O Hotel Nantucket

O Hotel Nantucket

Copyright © 2023 ALTA NOVEL
ALTA NOVEL é um selo da EDITORA ALTA BOOKS do Grupo Editorial Alta Books (Starlin Alta e Consultoria Ltda.)
Copyright © 2022 ELIN HILDERBRAND
ISBN: 978-85-508-1998-3

Translated from original The Hotel Nantucket. Copyright © 2022 by Elin Hilderbrand. ISBN 9781250621801. This translation is published and sold by permission of Little, Brown and Company, an imprint of Hachette Book Group, the owner of all rights to publish and sell the same. PORTUGUESE language edition published by Starlin Alta Editora e Consultoria Ltda., Copyright © 2023 by Starlin Alta Editora e Consultoria Ltda.

Impresso no Brasil — 1ª Edição, 2023 — Edição revisada conforme o Acordo Ortográfico da Língua Portuguesa de 2009.

Dados Internacionais de Catalogação na Publicação (CIP) de acordo com ISBD

H643h   Hilderbrand, Elin
          O Hotel Nantucket / Elin Hilderbrand ; traduzido por Camila Moreira. - Rio de Janeiro : Alta Novel, 2023.
          336 p. ; 15,7cm x 23cm.

          Tradução de: The Hotel Nantucket
          ISBN: 978-85-508-1998-3

          1. Literatura americana. 2. Ficção. I. Moreira, Camila. II. Título.

2023-612   CDD 813
                                 CDU 821.111(73)-3

Elaborado por Vagner Rodolfo da Silva - CRB-8/9410

Índice para catálogo sistemático:
1. Literatura americana : Ficção 813
2. Literatura americana : Ficção 821.111(73)-3

Todos os direitos estão reservados e protegidos por Lei. Nenhuma parte deste livro, sem autorização prévia por escrito da editora, poderá ser reproduzida ou transmitida. A violação dos Direitos Autorais é crime estabelecido na Lei nº 9.610/98 e com punição de acordo com o artigo 184 do Código Penal.

O conteúdo desta obra fora formulado exclusivamente pelo(s) autor(es).

Marcas Registradas: Todos os termos mencionados e reconhecidos como Marca Registrada e/ou Comercial são de responsabilidade de seus proprietários. A editora informa não estar associada a nenhum produto e/ou fornecedor apresentado no livro.

Material de apoio e erratas: Se parte integrante da obra e/ou por real necessidade, no site da editora o leitor encontrará os materiais de apoio (download), errata e/ou quaisquer outros conteúdos aplicáveis à obra. Acesse o site www.altabooks.com.br e procure pelo título do livro desejado para ter acesso ao conteúdo.

Suporte Técnico: A obra é comercializada na forma em que está, sem direito a suporte técnico ou orientação pessoal/exclusiva ao leitor.

A editora não se responsabiliza pela manutenção, atualização e idioma dos sites, programas, materiais complementares ou similares referidos pelos autores nesta obra.

Alta Novel é um selo do Grupo Editorial Alta Books

Produção Editorial: Grupo Editorial Alta Books
Diretor Editorial: Anderson Vieira
Vendas Governamentais: Cristiane Mutūs
Gerência Comercial: Claudio Lima
Gerência Marketing: Andréa Guatiello
Produtoras da Obra: Illysabelle Trajano & Mallu Costa
Tradução: Camila Moreira
Copidesque: Letícia Carvalho
Revisão: Denise Himpel & Fernanda Lutfi
Diagramação: Rita Motta
Capa: Paulo Gomes

Rua Viúva Cláudio, 291 — Bairro Industrial do Jacaré
CEP: 20.970-031 — Rio de Janeiro (RJ)
Tels.: (21) 3278-8069 / 3278-8419
www.altabooks.com.br — altabooks@altabooks.com.br
Ouvidoria: ouvidoria@altabooks.com.br

Editora afiliada à:

ELIN HILDERBRAND

O HOTEL NANTUCKET

Há muito drama entre portas fechadas

Tradução de **Camila Moreira**

ALTA BOOKS
GRUPO EDITORIAL
Rio de Janeiro, 2023

*Para Mark, Gwenn Snider
e toda a equipe do Hotel Nantucket,
meu amor e gratidão*

1. O Telégrafo de Pedra

A Ilha de Nantucket é conhecida por suas ruas de pedra portuguesa e calçadas de tijolo vermelho, chalés com telhas de cedro e arcos cobertos por rosas, longas praias com areia clarinha e brisas refrescantes do Oceano Atlântico — e também por seus residentes que adoram uma boa dose de fofoca (qual belo paisagista tem se insinuado para a esposa de um certo magnata de imóveis local — esse tipo de coisa). No entanto, ninguém aqui está preparado para o tornado de rumores que acomete a Main Street, espalhando-se pela Orange Street e seguindo na rotatória de Sconset, quando descobrimos que o bilionário londrino Xavier Darling está investindo 30 milhões de dólares no decadente Hotel Nantucket.

Metade de nós está intrigada. (Há muito tempo nos perguntávamos se alguém tentaria revitalizá-lo.)

A outra metade está cética. (O local, com toda sinceridade, aparenta não ter salvação.)

Xavier Darling não é nenhum novato no negócio de turismo. Já foi dono de cruzeiros, parques temáticos, pistas de corrida e até mesmo, por um breve período, possuiu sua própria linha aérea. Mas, até onde sabemos, ele nunca foi dono de hotel — e nunca pisou em Nantucket.

Com a ajuda de um magnata de imóveis local, Eddie Pancik — mais conhecido como "Eddie Veloz" (que, aliás, está feliz por reatar com a esposa) — Xavier toma a sábia decisão de contratar Lizbet Keaton como gerente-geral. A ilha inteira adora Lizbet. Ela se mudou de Twin Cities para Nantucket em meados dos anos 2000, com seu cabelo loiro em duas longas tranças fazendo-a parecer a princesa mais nova de *Frozen* e, no começo de seu primeiro verão na ilha, encontrou seu "príncipe encantado" em JJ O'Malley. Por quinze temporadas, Lizbet e JJ gerenciaram um restaurante muito popular chamado Deck. JJ era o dono/cozinheiro e Lizbet a perita em propaganda. Lizbet foi quem teve a ideia da fonte de vinho rosé e das famosas taças sem haste datadas — um fenômeno nas redes sociais. Nem todos nós gostávamos do Instagram, mas adorávamos passar as tardes de domingo no Deck tomando um rosé, aproveitando a famosa torrada com molho de ostras e observando pela janela os riachos de Monomoy, onde espiávamos o mergulho ocasional de uma garça-branca em busca do jantar na relva.

Todos acreditavam que Lizbet e JJ haviam conquistado o que nossos millennials chamavam de *#MetaDeRelacionamento*. No verão, eles trabalhavam no restaurante e, na baixa temporada, podiam ser vistos mergulhando para apanhar vieiras em Pocomo, divertindo-se com trenós no íngreme morro de Dead Horse Valley ou fazendo compras juntos no mercado Nantucket Meat and Fish, pois planejavam curar um pedaço de gravlax de salmão ou preparar um molho à bolonhesa de cozimento lento. Nós os víamos de mãos dadas na fila do correio e reciclando caixas de papelão no lixo juntos.

Ficamos *chocados* quando JJ e Lizbet se separaram. Ouvimos a notícia pela primeira vez por meio da Sharon Loira. Sharon é o motor a turbo da fábrica de rumores de Nantucket, portanto tínhamos nossas ressalvas, mas então Robbins Amoroso da floricultura Flowers on Chestnut confirmou que Lizbet *devolveu* um buquê de flores que JJ encomendara. Eventualmente a história veio à tona: na festa de encerramento do Deck em setembro, Lizbet descobriu 187 mensagens de cunho sexual que JJ enviara para sua representante de vinhos, Christina Cross.

Lizbet estava, de acordo com alguns, *desesperada* para se reinventar — e Xavier Darling proveu um meio. Nós desejávamos o melhor para ela, mas o Hotel Nantucket, já longe de seus dias de glória, tinha uma reputação manchada a reparar (sem mencionar o telhado, as janelas, o piso, as paredes e a fundação que afundava).

✳

Ao longo do inverno de 2021 e do início da primavera de 2022, observamos empreiteiros locais, arquitetos e a designer de interiores Jennifer Quinn entrarem e saírem do hotel, mas cada um dos funcionários mantinha segredo quanto ao que acontecia no interior. Havia rumores de que nossa instrutora de academia favorita, Yolanda Tolentino, tinha sido contratada para gerenciar um centro de bem-estar e que Xavier Darling estava em busca de alguém com "pedigree da ilha" para operar o novo bar do hotel. Nós vemos as idas e vindas de Lizbet Keaton, mas, quando Sharon Loira esbarra com Lizbet na fila da inspeção veicular na Don Allen Ford — Lizbet em seu Mini Cooper e Sharon em seu SUV

G-Wagon — e pergunta como está o hotel, Lizbet muda o assunto para os filhos de Sharon. (Sharon não tem o menor interesse em conversar sobre os filhos; já são adolescentes.)

Jordan Randolph, o editor do jornal *Nantucket Standard*, ignora as duas primeiras ligações que recebe de Lizbet Keaton informando que o interior do hotel está pronto e perguntando se ele gostaria de conferir tudo "em primeira mão". Jordan é um dos céticos. Ele não suporta a ideia de que alguém como Xavier Darling — um titã dos negócios estrangeiro — tenha comprado uma propriedade histórica como o Hotel Nantucket. (Jordan está ciente de que Herman Melville escreveu *Moby-Dick* antes mesmo de visitar a ilha. Isso o faz se sentir melhor? Não mesmo.) Ainda assim, Jordan raciocina: se não fosse Xavier Darling, então quem? O lugar havia sido abandonado. Até a Associação Histórica de Nantucket havia categorizado o hotel como um projeto muito grande (e caro).

Quando Lizbet liga pela terceira vez, Jordan atende o telefone e aceita, relutante, enviar um repórter.

A editora de *Home and Lifestyle*, Jill Tananbaum, é *obcecada* por design de interiores — qualquer um que siga seu Instagram nota isso imediatamente (@ashleystark, @elementstyle, @georgantas.design). Jill adoraria aproveitar esse trabalho no *Nantucket Standard* para se aproximar ainda mais de uma posição na *Domino* ou até mesmo na *Architectural Digest*. Cobrir a renovação do Hotel Nantucket poderia ser sua chance. Ela não deixaria nenhum detalhe de fora.

Assim que Jill entra pela grandiosa entrada, seu queixo despenca. Pendurado no teto abobadado do lobby jaz o esqueleto de um antigo barco baleeiro que fora engenhosamente reutilizado como um candelabro marcante. As vigas, recuperadas da estrutura original, mergulham o cômodo em um manto histórico. Largas poltronas estofadas em um tom de azul-hortênsia (que Jill logo descobriu ser a marca do hotel), bancos otomanos estofados em suede e mesas de centro exibindo livros e jogos de bom gosto (gamão, damas e quatro tabuleiros de xadrez de mármore). No canto mais distante do cômodo, está exposto um piano de cauda branco. Na extensa parede ao lado da recepção, uma enorme fotografia de James Ogilvy do Atlântico tirada do farol Sankaty Head traz o oceano para dentro do hotel.

Uau, pensa Jill. *Apenas... uau*. Sua mão está coçando para agarrar o telefone, mas Lizbet lhe disse que, por enquanto, estava proibido tirar fotos.

Lizbet mostra a Jill os quartos de hóspedes e as suítes. A artista local Tamela Cornejo pintara à mão um mural do céu noturno de Nantucket no teto de cada quarto. As luminárias, esferas de vidro envolvidas por correntes de latão, lembram boias e cordas. E as camas — *perdão, mas que camas!,* pensa Jill. As camas têm dosséis inspirados em madeira velha e grossas cordas náuticas. São camas tamanho imperador, feitas sob medida, cobertas por lençóis brancos etéreos.

Os banheiros são os mais espetaculares que Jill já vira na vida. Cada um com um chuveiro revestido por conchas de ostras, um moderno vaso sanitário sem caixa acoplada e uma bela banheira vitoriana — com a base pintada na cor azul-hortênsia do hotel.

— Mas o segredo do sucesso de qualquer banheiro — diz Lizbet para Jill — não é a *aparência*, e sim como o *hóspede* se sente. — Ela aperta um interruptor. Surge uma leve auréola de luz ao redor do comprido e retangular espelho sobre a bancada. — Favorece o reflexo, não acha?

Jill e Lizbet se olham no espelho como duas adolescentes. *É verdade*, pensa Jill. Ela nunca pareceu tão deslumbrante quanto no banheiro da suíte 217.

Então — e então! — Lizbet conta a Jill sobre o minibar gratuito.

— Eu perdi a conta de quantas vezes estive em um quarto de hotel e só quis uma taça de vinho ou um salgadinho, mas pagar 70 dólares por uma garrafa de chardonnay e 16 dólares por um pacote de amendoins é um crime quando já paguei tanto pelo quarto. Por isso, nossos minibares terão uma seleção cuidadosa de produtos locais. — Ela menciona cervejas Cisco, vodca Triple Eight e patê defumado de anchova do mercado na 167 Raw. — Tudo estará incluso e será estocado a cada três dias.

Minibar incluso!, escreve Jill em seu caderno. *Produtos de Nantucket!* Jordan deveria lhe oferecer o artigo de capa só por essa notícia.

Lizbet guia Jill até as piscinas. A primeira é um extenso espaço familiar com cascatas d'água. ("Haverá limonada e cookies frescos servidos todos os dias às 15h", diz Lizbet.) A segunda piscina é um santuário para adultos, com pastilhas azuis cercadas por paredes de ladrilhos cinza, que seria coberta por rosas em tons pastéis no auge do verão. Ao redor da piscina estão "as espreguiçadeiras mais confortáveis do mundo, largas e de fácil ajuste", e pilhas de tolhas de algodão turco feitas sob encomenda em azul-hortênsia.

Em seguida, elas vão direto para o estúdio de ioga. Jill nunca esteve em Bali, mas *lera* a obra *Comer, Rezar e Amar*, então apreciava a estética. O teto do estúdio exibe uma elaborada estrutura de teca recuperada de um templo em Ubul. (Jill pensa no quanto deve ter custado enviar e instalar este teto... *emojis de cabeça explodindo!*) Há uma fonte de pedra gorgolejante na forma um tanto aterrorizante de um deus Brahma que deságua em uma poça de pedras de rio.

A luz do exterior se dispersa através de cortinas de papel de arroz e música de gamelão toca no sistema de som. *Considerando tudo*, pensa Jill, *o novo estúdio de ioga será um lugar idílico para tentar a postura da criança.*

Mas, na opinião de Jill, a maior revelação é o bar do hotel. É uma grande caixa de joias, com um espaço pintado na cor Pitch Blue da Farrow and Ball (que se encaixa no espectro entre safira e ametista) e um bar de granito azul. Há luminárias meia-lua pendentes semelhantes a tigelas de cobre de cabeça para baixo e uma parede de destaque *repleta de moedas brilhantes!* Há também um globo de luz de cobre que descerá do teto toda noite às 21h. Não há nada igual em toda a ilha. Jill está chocada. Será que ela já pode fazer uma reserva, por favor?

Jill corre de volta para sua mesa na redação do *Standard*. Alguma vez ela já esteve tão inspirada a escrever um artigo? Ela digita como se estivesse possuída, expondo todos os detalhes, incluindo os tapetes Annie Selke nos tons do arco-íris, a seleção especial de romances nas prateleiras das suítes, e as banquetas estofadas em veludo seccionadas com botões no novo bar do hotel — depois revisa o artigo, palavra por palavra, para ter certeza de que a linguagem é tão graciosa e rica quanto o hotel.

Ao terminar sua edição final, ela leva o artigo ao escritório de Jordan Randolph. Ele gosta de ler a versão impressa de cada artigo de capa para marcar de caneta vermelha, como se fosse Maxwell Perkins editando Fitzgerald e Hemingway. Jill e seus colegas fazem piadas disso. Ele nunca ouviu falar do Google Docs?

Jill permanece de pé na porta enquanto ele lê, esperando o "impressionante" de sempre. Mas, ao terminar, Jordan joga as páginas sobre a mesa e diz:

— Hum.

Hum? O que *hum* quer dizer? Jill nunca ouviu seu chefe extremamente articulado pronunciar tal sílaba.

— Algo de errado? — pergunta Jill. — É a... escrita?

— A escrita está boa — diz Jordan. — Talvez polida *demais*? Isto parece uma daquelas propagandas no meio da *Travel and Leisure*.

— Ah — diz Jill. — Ok, então...

— Eu estava mais na expectativa de uma *história* — fala Jordan.

— Não tenho certeza se *há* uma história — diz Jill. — O hotel estava caindo aos pedaços e Xavier Darling o comprou. Ele contratou moradores...

— Sim, você diz isso. — Jordan suspira. — Eu queria que tivesse outro ângulo... — Sua voz se prolonga. — Não vou publicar isto esta semana. Me deixe pensar um pouco. — Ele sorri para Jill. — Mas obrigado por ir atrás do "em primeira mão". — Ele usa aspas, o que o faz parecer *bem* tiozão. — Eu agradeço.

No fundo, Jordan Randolph suspeita que o Hotel Nantucket será como uma obra de arte do Banksy: após ser revelado, atrairá atenções por um glorioso momento e então implodirá. Uma pessoa que concorda é o morador de 94 anos do asilo Our Island Home chamado Mint Benedict. Mint é filho único de Jackson e Dahlia Benedict, o casal dono do hotel entre 1910 e 1922. Mint pede à sua enfermeira favorita, Charlene, para empurrá-lo em sua cadeira de rodas até a Easton Street a fim de que ele possa ver a nova e elegante fachada do hotel.

— Eles podem arrumá-lo o quanto quiserem, mas não terão sucesso — diz Mint. — Guarde minhas palavras: o Hotel Nantucket é assombrado e é tudo culpa do meu pai.

Mint está falando besteira, pensa Charlene, *e com certeza precisa tirar uma soneca*. Ela gira a cadeira de rodas de volta para casa.

Assombrado?, pensamos.

Metade de nós está cética. (Não acreditamos em fantasmas.)

A outra metade está intrigada. (Logo quando pensávamos que a história não poderia ficar melhor!)

2 · A Quinta Chave

PLAYLIST DE TÉRMINO DE LIZBET KEATON

Good 4 U — Olivia Rodrigo
All Too Well (Taylor's version) — Taylor Swift
If Looks Could Kill — Heart
You Oughta Know — Alanis Morissette
Far Behind — Social Distortion
Somebody That I Used to Know — Gotye
Marvin's Room — Drake
Another You — Elle King
Gives You Hell — All-American Rejects
Kiss This — The Struts
Save It for a Rainy Day — Kenny Chesney
I Don't Wanna Be in Love — Good Charlotte
Best of You — Foo Fighters
Rehab — Rihanna
Better Now — Post Malone *Forget You* — CeeLo Green
Salt — Ava Max
Go Your Own Way — Fleetwood Mac
Since U Been Gone — Kelly Clarkson
Praying — Kesha

Desde sua terrível separação do JJ O'Malley, Lizbet esteve em busca de uma fonte de inspiração que a fizesse se sentir melhor. Ela gastou 77 dólares na Wayfair em um quadro com citação atribuída a Sócrates: *O segredo da mudança é focar toda a sua energia não em lutar contra o antigo, mas em construir o novo.* Ela o pendurou na parede perto da cama para ser a primeira coisa que visse ao acordar e a última antes de apagar as luzes para dormir.

Toda a sua energia. Não em lutar contra o antigo. Mas em construir o novo. O segredo da mudança.

É mais fácil falar do que fazer, pensa. Ela gasta toda a sua energia lutando contra o antigo.

✳

A Última Noite no Deck é uma tradição amarga, pois marca o fim do verão. Lizbet e JJ precisam dar adeus à equipe em que investiram tanto tempo e energia (e dinheiro) para construir. Alguns dos funcionários voltarão na próxima primavera, mas nem todos, então o verão não poderá ser replicado. Isso, descobriram, é tanto bom quanto ruim. A Última Noite é um momento de farra para os funcionários. Lizbet e JJ organizam uma excelente festa, abrindo latas de caviar beluga e garrafas e mais garrafas de vinho rosé Laurent-Perrier.

Uma das tradições é a foto dos funcionários que Lizbet tira de todos inclinados sobre o corrimão da escada com o riacho Monomoy atrás deles. Ela emoldura essas fotografias e as pendura no corredor que leva aos banheiros. É como um registro, um álbum, uma história.

A foto desta noite será a décima quinta. Ela quase não pode acreditar.

Lizbet chama todos para que se juntem, e eles se organizam em uma pose criativa e aconchegante. Os mais baixos na frente! Goose, o sommelier, e Wavy, o gerente, agarram Peyton, a favorita de todo mundo (e também baixinha) e a levantam. Christopher e Marcus seguram a mão um do outro — a primeira vez que reconhecem que se tornaram um casal neste verão. Ekash, Ibo e todos os cozinheiros, lavadores de louça e entregadores encontram seus lugares.

Lizbet usa o celular de JJ para tirar a foto porque está sobre a mesa dez, bem à sua frente. Ela digita a senha de JJ — 1103, o aniversário dela — e as notificações de mensagem começam a pipocar, todas com fontes absurdamente grandes (JJ não admite que precisa de óculos). Lizbet está prestes a sair das mensagens quando algo lhe chama atenção: Eu te quero tanto. Isso foi seguido por: Me diga o que quer que eu faça com você. Lizbet congela e, então, pensa: *Espera, este não deve ser o celular do JJ.* Deve ser o iPhone 13 Pro Max de outra pessoa, mas com uma capa azul-elétrica, uma foto de Anthony Bourdain de plano de fundo e o seu aniversário como senha. Um centésimo de segundo depois — é impressionante a rapidez com que o cérebro processa até informações contraintuitivas — ela entendeu se tratar do celular de JJ. Essas mensagens — ela desliza pela tela até encontrar a foto dos seios de uma mulher e o que ela *sabe* ser o pênis ereto de JJ — sendo enviadas e recebidas de Christina Cross, a representante de vendas de vinhos.

Goose a chama.

— Tira logo a foto, Libby. Essa criatura está ficando pesada!

As mãos de Lizbet estão tremendo. O que ela acabou de descobrir? É real? Isso está mesmo acontecendo? De algum modo, ela consegue disfarçar (mais tarde, considerará isso uma demonstração de força sobre-humana). Ela tira as fotos. Saíram boas. São as melhores. Então Lizbet pega o celular de JJ e se apressa para o banheiro feminino, onde, sentada dentro de uma cabine, ela lê as inúmeras mensagens pornográficas — 187 pelo que pode contar — que JJ e Christina enviaram um ao outro nos últimos três meses, a mais recente sendo mais cedo naquela noite. Lizbet quer jogar o celular no vaso e dar a descarga, mas não o faz. Ela tem os meios de tirar capturas de tela das mensagens e enviá--las para si mesma.

Então Lizbet retorna para a festa. A animação está no máximo — Polo G está cantando *Martin and Gina* o mais alto que pode, e Christopher, Marcus e Peyton estão dançando. Lizbet encontra JJ na mesa um ao canto, a mais procurada do restaurante, bebendo cerveja com alguns dos rapazes da cozinha.

— Aqui está a minha rainha — fala JJ ao vê-la. Ele envolve a cintura de Lizbet com uma mão e tenta aproximá-la para um beijo, mas ela o rejeita, empurrando o celular em seu peito.

— Vou para casa — diz ela.

— O quê? — pergunta JJ. Ele pega o celular e as mensagens de Christina brilham na tela. — Ah, Deus, não. Espere, Libby...

Lizbet não o espera. Ela caminha para longe, empurrando Wavy, que nota haver algo de errado e tenta pará-la.

— Não é o que parece! — diz JJ.

Ah, mas é exatamente o que parece, pensa Lizbet quando consegue voltar para o chalé na Bear Street que comprou com JJ e lê as mensagens uma por uma. *É exatamente o que parece.*

O Hotel Nantucket é talvez o único lugar na ilha onde Lizbet não tem histórias ou lembranças com Jonathan James O'Malley, então, quando Lizbet ouve que Xavier Darling comprara o hotel e que está à procura de um gerente-geral, ela se dirige direto para a imobiliária Bayberry Properties a fim de ver Eddie Veloz.

— Como posso ajudá-la, Lizbet? — pergunta Eddie quando ela se senta diante dele. Ela o pegou em um raro momento no escritório. Eddie prefere estar correndo pela ilha em seu Porsche Cayenne, usando um chapéu panamá e fechando negócios. — Espero que não esteja aqui para vender seu chalé. Se sim, posso conseguir um belo preço...

— O quê? — diz Lizbet. — Não! — Ela vira a cabeça. — Por quê? Você ouviu alguma coisa?

Eddie limpa a garganta e parece estranhamente reservado.

— Eu ouvi que você e JJ se separaram...

— E?

— E que você está ansiosa para deixá-lo no passado — afirma Eddie. — De vez. Então pensei que talvez estivesse deixando a ilha.

— Absolutamente não. — *Se alguém deve sair da ilha*, pensa Lizbet, *é o JJ!* Mas ela não vai arrastar Eddie para o drama do casal; qualquer coisa que ela diga será destrinchada pelo Telégrafo de Pedra. — Estou aqui porque eu gostaria de ter o contato de Xavier Darling. — Ela se senta ereta e joga as tranças para trás. — Eu quero me candidatar para a função de gerente-geral no novo Hotel Nantucket.

— Você deve ter ouvido falar do salário — diz Eddie.

— Não. Eu nem pensei no salário.

— São 125 mil por ano — informa Eddie. — Mais benefícios.

Lizbet se afasta alguns centímetros. Sua mente se transporta para o sonho de uma ida ao dentista sem precisar se preocupar quando Janice, a higienista dental, lhe disser que é hora de um raio-X completo.

— Uau.

— Eu posso lhe dar o e-mail do Xavier com prazer. — Eddie estrala os dedos. — Você não me disse que seu pai é dono de um hotel em Wisconsin?

O pai de Lizbet gerencia uma comunidade de aposentados em Minnetonka, Minnesota. Quando adolescente, Lizbet costumava tirar os números do bingo e acompanhar os residentes até o salão para cortarem o cabelo. Certo ano, ela atuou como jurada de um concurso de escultura de manteiga.

— Algo do tipo — respondeu Lizbet.

Eddie assentiu devagar.

— Xavier quer alguém com experiência em gerenciamento de hotéis de luxo.

Lizbet pisca. É impossível ela fazer a Comunidade de Aposentados Sol Nascente parecer um hotel Four Seasons.

— Mas ele também procura alguém que possa lidar com a Comissão do Bairro Histórico e os vereadores de Nantucket.

— Eu — diz Lizbet.

— E alguém que irá impressionar a câmara de comércio.

— Também sou eu.

— O hotel tem uma reputação bem ruim para recuperar.

— Concordo — confirma Lizbet. — Presumo que você tenha ouvido falar dos rumores de fantasmas?

— Eu não acredito em fantasmas. E *nunca* nem escutei os rumores.

Há-há-há! Pensa Lizbet. Pelo menos uma dessas afirmações é uma bela de uma mentira.

— Xavier tem um desafio pela frente — diz Eddie. — Há muita competição de alta qualidade: o Beach Club, o White Elephant, o Wauwinet. Avisei a ele que eu não sabia ao certo se havia espaço para mais um, mas o homem foi insistente. Além disso, ele tem muitos recursos. O hotel será inaugurado em junho e, de acordo com Xavier, será a hospedagem mais fina que a ilha já viu. Mas ele precisa da pessoa certa no leme.

Lizbet quase pula da cadeira. Ela deseja tanto fazer esse trabalho.

— Eu vou enviar meu currículo para o Sr. Darling hoje à noite. Você acha que poderia... me recomendar?

Eddie pressiona os dedos juntos, de modo a parecer contemplativo, e Lizbet espera que ele esteja se lembrando de todas as vezes que apareceu no Deck de última hora e Lizbet arranjou uma mesa para ele, mesmo quando estavam com uma lista de espera infinita. Eddie sempre requisitava a mesa número um e Lizbet atendia ao pedido quando podia (o fato de David Ortiz se sentar ali certa noite e Ina Garten em outra não era culpa da Lizbet!).

— Eu não vou fazer uma recomendação qualquer — diz Eddie. — Vou fazer uma *bela* de uma recomendação!

❋

Na semana seguinte, Lizbet faz uma entrevista com Xavier Darling pelo Zoom. Apesar de achar ter *arrasado* — mencionando o nome do diretor do conselho de zoneamento para ilustrar suas *conexões locais* —, a conduta de Xavier não transparecia nada. Lizbet deduziu que alguém como Xavier Darling teria uma lista de pessoas para o cargo que incluía indivíduos como os gerentes-gerais do Wynn Las Vegas e do XV Beacon Hotel em Boston. No entanto, apenas dois dias depois, Xavier entrou em contato com Lizbet pelo Zoom e lhe ofereceu o emprego. Ela estava calma e serena ao aceitar, mas no instante em que pressionou Sair da Reunião, ela pulou de alegria, com pulsos fechados vitoriosos acima da cabeça. Depois desabou em sua cadeira, com lágrimas de gratidão.

O segredo da mudança é focar toda a sua energia não em lutar contra o antigo, mas em construir o novo.

Lizbet conquistou a estaca zero proverbial.

Ela visualizou um assistente de produção de Hollywood batendo a claquete ao grito do diretor: *Tomada dois!*

Na manhã de 12 de abril, Lizbet está, infelizmente, de volta *à luta contra o antigo* — mais especificamente, lembrou-se de como foi *Christina* quem ligou para ela a fim de explicar as mensagens sexuais (*Aquelas mensagens não são nada, Libby, JJ e eu estávamos apenas fazendo piada*) — quando recebeu uma mensagem de Xavier Darling. Ele estava requisitando uma reunião. São 6h30 da manhã — Xavier, na Inglaterra, é ignorante à diferença de fuso horário —, Lizbet suspira. Ela estava planejando se exercitar na bicicleta ergométrica com streaming fitness, mas havia concordado em sempre estar disponível para Xavier, então ela coloca uma blusa sobre o top de academia, joga as tranças sobre os ombros e estiliza a franja do cabelo.

Entrar na Reunião com Vídeo.

— Bom dia, Elizabeth. (Xavier se recusa a chamá-la de Lizbet, apesar de ela já ter lhe pedido duas vezes, dizendo que a única pessoa que a chamava de Elizabeth era sua falecida avó.) Atrás de Xavier, Lizbet vê a torre do Big Ben e o Palácio de Westminster, uma vista tão icônica de Londres que poderia muito bem ser um plano de fundo do Zoom.

— Bom dia, senhor. — Lizbet tenta não se preocupar com o tom de voz sério dele, mas, por um breve instante, se pergunta se hoje será o fatídico dia em que ele baterá o martelo e toda esperança que ela tinha investido no hotel entrará em colapso, a coisa toda uma grande piada de primeiro de abril atrasada.

— Estou ligando para esclarecer alguns pontos que podem ter ficado confusos.

Lizbet se prepara. O que Xavier lhe diria?

— Você nunca me perguntou... na verdade, ninguém nunca perguntou... por que eu comprei o hotel. Afinal, eu moro em Londres e nunca nem visitei Nantucket. — Ele faz uma pausa. — Já se perguntou isso?

Lizbet, na verdade, havia se questionado sobre isso, mas concluiu ser um capricho dos muito ricos: eles compram porque podem.

— Eu comprei esse hotel em particular — diz Xavier — porque estou tentando impressionar duas mulheres.

Uau! Lizbet belisca a própria coxa para não parecer surpresa. Isso talvez seja a única resposta pela qual vale a pena sacrificar seus trinta minutos de hip-hop com Alex Toussaint.

— Duas mulheres? — pergunta Lizbet. Ela checa a expressão de seu próprio rosto no monitor; está mantendo uma cara mais ou menos séria. Lizbet, é claro, pesquisou sobre Xavier Darling no Google. De acordo com um artigo do *Times* de Londres, ele nunca se casou e não tem filhos. A internet mostrou fotos dele no torneio de corrida de cavalos do Royal Ascot e na competição de polo da Cartier Queen's Cup com mulheres jovens e provocantes em seus braços, nunca a mesma duas vezes. Quem seriam as duas sortudas? E estariam elas dispostas a vir a Nantucket? Porque *isso* será a maior notícia da ilha! Ela adoraria apontar que comprar um avião particular ou uma singela obra de Van Gogh para cada uma sairia mais barato.

— Sim — continua Xavier. — Eu vou compartilhar com você agora quem é uma das mulheres.

— Excelente, senhor.

— Uma das mulheres que quero impressionar é Shelly Carpenter.

Shelly Carpenter, pensa Lizbet. *É claro.*

— Você sabe quem é Shelly Carpenter? — pergunta Xavier.

— Fiquem bem, amigos — cita Lizbet. — E façam o bem.

— Precisamente — diz Xavier. — Elizabeth, eu quero conquistar uma avaliação de cinco chaves do *Hotel Confidential*.

Mais uma vez, Lizbet checa sua aparência. Ela parece incrédula? Sim... sim, ela parece. Junto a 18 milhões de outras pessoas, Lizbet segue Shelly Carpenter no Instagram. Sua conta @hotelconfidentialbySC se tornou uma obsessão de nível nacional. Shelly Carpenter posta ao meio-dia, do fuso horário oriental, na última sexta-feira do mês — um carrossel de dez fotos de cada propriedade (rumores dizem que ela tira essas fotos com seu iPhone) — e o link em sua bio leva direto ao seu blog *Hotel Confidential*, no qual ela premia propriedades com uma a cinco chaves. O segredo de seu sucesso é sua escrita espirituosa e brilhante, sua inteligência afiada como uma faca, e seu senso refinado do que funciona ou não quando se trata de hotéis — mas há também um mistério envolvido. Ninguém sabe sua identidade verdadeira. A internet concorda em apenas uma coisa: Shelly Carpenter é um pseudônimo.

Qualquer que seja seu nome, ela viaja ao redor do mundo avaliando o Hampton Inn em Murrells Inlet, Carolina do Sul, com o mesmo olhar crítico com que se debruça sobre o Belmond Cap Juluca em Anguilla. (Ambos receberam quatro de cinco chaves.) É bem sabido que Shelly nunca deu uma avaliação de cinco chaves. Ela clama estar em busca da ilusória propriedade cinco chaves, mas Lizbet pensa se tratar de um blefe. Shelly nunca dará cinco chaves; segurar esse título é sua moeda de troca.

— Bem, senhor, daremos o nosso melhor — diz Lizbet.

— Isso não será suficiente, Elizabeth — elucida Xavier. — Nós faremos *o que for preciso* para ser o único hotel no mundo que essa mulher considera merecedor das cinco chaves. Nós não a deixaremos ter dúvidas. Estamos entendidos?

— Sim, senhor, estamos entendidos.

— Então nós *conquistaremos* as cinco chaves do *Hotel Confidential* até o fim do verão?

Ressurge dentro dela um espírito competitivo que Lizbet não sentia desde que concorreu com seus irmãos em uma cruzada a nado no Serpent Lake em Crosby, Minnesota.

Construindo o novo!, pensa ela. Neste momento, Lizbet acredita poder conquistar o (tão) improvável — independentemente dos obstáculos que encontrasse.

— Nós vamos conseguir a quinta chave — afirma ela.

3 • História de Fantasma

Grace tenta, há cem anos, revelar a verdade: ela havia sido assassinada! Em agosto de 1922, o jornal *Nantucket Standard* relatou que a jovem camareira de 19 anos, Grace Hadley, havia falecido em um incêndio que consumiu o terceiro andar e o sótão do grande Hotel Nantucket — um incêndio produto de um "cigarro errante de origem desconhecida". Tecnicamente, era verdade, mas o artigo deixou de fora detalhes secretos e devassos conhecidos apenas por Grace. O dono do hotel, Jackson Benedict, havia provido uma cama dobrável para Grace no armário de estoque do sótão, diretamente acima de seus aposentos para que ele pudesse subir escondido e "visitá-la" sempre que estivesse na residência. Além do seu trabalho como camareira, Grace servia como dama de companhia à esposa de Jack, Dahlia, que se referia a Grace como "agradável" (nem sempre verdade) e "uma sabe-tudo" (ocasionalmente — ok, quase sempre — verdade). No primeiro dia de serviço de Grace, Dahlia cuspiu Bathtub Gin no rosto de Grace, cegando-a por um momento. (Depois desse incidente, Grace sempre manteve uma distância segura entre elas.)

Antes do incêndio começar nas primeiras horas de 20 de agosto, Jack e Dahlia ofereceram um baile com jantar no salão, um evento recorrente nos fins de semana durante o verão. Esses eventos extravagantes quase sempre acabavam com Dahlia bêbada e se atirando em outros homens. O casal Benedict, então, se recolhia para os aposentos do dono e gritava profanidades um ao outro. Uma vez, Dahlia arremessou um castiçal de prata que não acertou Jack, mas sim seu gato malhado, Luvinha. (Depois disso, o gato ficou manco.) Grace também podia imaginar com facilidade Jack expondo o segredo deles durante uma dessas discussões, como se removesse uma adaga da bainha: *eu estou dormindo com a sua garota Grace.*

Isso seria tudo o que Dahlia precisaria ouvir.

Grace despertou com o som de sirenes (fracas, por ela estar no sótão), detectou o cheiro de fumaça e sentiu o calor escaldante através do piso de madeira — era como estar em uma grelha —, mas ela não conseguia sair do armário de estoque. Sua porta estava emperrada. Ela bateu; gritou: "Socorro! Alguém me ajude! Jack! Jack!" Ninguém a ouviu. Jack era a única pessoa que sabia da presença de Grace no sótão, e ele não apareceu.

Fantasmas são almas com assuntos inacabados na Terra, e esse era o caso de Grace. Ela tentou apenas "deixar para lá" e "seguir em frente" em prol do seu descanso eterno, mas não conseguiu. Impossível. Ela assombrará o maldito hotel até que haja um reconhecimento da terrível verdade: Dahlia Benedict começara o incêndio *intencionalmente* e então trancara a porta do armário pelo lado de fora. Ela *matou* Grace! E Dahlia não era a única culpada. Jack havia seduzido Grace, e a enorme diferença de status social entre os dois deixara Grace sem opção além de aceitar. Jack não a havia salvado. Envergonhado por ter uma amante, apenas a deixou queimar.

✳

Após o incêndio, Jack vendeu o hotel por uma ninharia, mas Grace se tornou determinada a revelar às pessoas que ela ainda estava ali.

Ela começou com as portas de mogno de dois metros e meio de altura: cupins.

Depois as sedas trazidas da Ásia por navios baleeiros de Nantucket e os veludos, brocados e provençais: mariposas, bolor e mofo.

Grace inundou o hotel com o odor de ovos podres. A gerência suspeitou se tratar da fossa e chamou o encanador, mas nada pôde erradicar o fedor. *Ah, sinto muito, mas não sinto muito!*, pensou Grace.

Quando o mercado de ações despencou em 1929, o hotel encerrou as atividades. E permaneceu fechado ao longo de toda a Grande Depressão e durante a guerra também, é óbvio. *Aqueles foram*, admite Grace, *anos tediosos*. Eram apenas ela, os ratos e uma coruja ocasional. Qualquer um que ouviu a história da pobre jovem camareira falecida no incêndio do hotel tinha coisas mais importantes com as quais se preocupar.

Na década de 1950, um novo dono anunciou a propriedade como um "hotel barato para a família". Isso significava lençóis puídos que rasgavam tão fácil quanto um lenço umedecido e colchas ensebadas com estampas desagradáveis para disfarçar as manchas. Grace esperava que, onde quer que Jack estivesse, ele soubesse o quão comum e de baixo-custo seu antes luxuoso hotel se tornara.

Nos anos de 1980, quando filmes como *Poltergeist — O Fenômeno* e *Os Caça-fantasmas* foram lançados e, de repente, todos se tornaram especialistas em atividades paranormais, virara moda falar que o hotel era assombrado. *Até que enfim!*, pensou Grace. Por certo *alguém* investigaria um pouco e descobriria o que lhe havia acometido. Grace começou a assombrar de fato aqueles hospedados no hotel que mereciam: os mulherengos e ocasionalmente cruéis, os abusadores, os falastrões e os preconceituosos. As histórias se acumularam: brisas geladas, som de batidas, uma bacia arremessada em um garçom no corredor do terceiro andar, água pingando gota por gota na testa de um homem adormecido. (Esse homem passava as mãos em jovens no seu escritório.)

O hotel fora, mais uma vez, vendido. Desta vez para um jovem casal com planos de renová-lo na cara e na coragem, sem muito dinheiro. Tais esforços já deram certo alguma vez? Não esse, apesar do hotel entrar em funcionamento, ainda que precariamente, na virada do novo milênio. Em seguida, trocou de mãos em 2007, vendido para um homem desprovido de gosto (Grace bisbilhotou sobre os ombros do decorador de interiores e viu planos de camas redondas e espelhos chanfrados). Contudo, o hotel nunca reabriu as portas com esse dono em particular. Ele havia investido na empresa de Bernard Madoff e perdera tudo.

Depois, o hotel permaneceu esquecido e Grace ficou, mais uma vez, entediada. Durante o Furacão José em 2017, ela quebrou uma janela, o que causou a queda de uma parte do telhado, que foi vista girando pela North Beach Street.

Após a tempestade, as portas do hotel abandonado podiam ser abertas com facilidade e o lobby se tornou um ponto de encontro para festas adolescentes. Grace aprendeu *bastante* — ela escutou as conversas dos jovens; observou-os separarem-se em pares e seguirem pelos corredores escuros em busca de privacidade nos quartos de hóspedes. Ela se tornou fã das suas músicas (*Levitation* da Dua Lipa!). Aprendeu sobre Instagram, Venmo, Tinder, Bumble, YouTube, Tik-Tok — e a maior plataforma de todas, o Snapchat (o fantasma!). Grace escutou os debates sobre justiça social e percebeu estar cada vez mais apaixonada. Cada ser humano tinha direito à dignidade, até mesmo a camareira/amante mantida no armário do sótão!

Grace e os jovens se davam bem até uma garota chamada Esmé humilhar o corpo de uma garota chamada Genevieve ao postar uma foto de Genevieve de roupa íntima no vestiário do ginásio. Quando Esmé entrou no hotel após o episódio, o rosto de Grace apareceu na tela de seu celular — o cabelo dela ainda estava encaracolado e escuro sob a touca branca com babado, mas seus olhos eram dois orbes de um preto infinito, e, quando abriu a boca, cuspiu fogo.

Esmé desmaiou logo em seguida. Ao reabrir os olhos, ela jurou para todos que havia visto um zumbi em seu celular. Coisa digna de *Crepúsculo*, postou, um fantasma, porr*! Alguns jovens pesquisaram as palavras *Hotel Nantucket* e *mal-assombrado*, mas não obtiveram nenhum resultado. Os registros digitais do *Nantucket Standard* iam apenas até 1945. Para encontrar mais informações, eles teriam que pesquisar nos *arquivos impressos*. A mera menção da palavra evocava pilhas e mais pilhas de papéis poeirentos e mais esforço do que queriam investir.

Grace havia perdido a chance de ser reconhecida. E não apenas isso, mas as festas adolescentes também terminaram, e ela se viu sozinha novamente.

✳

Grace está, como os jovens gostavam de dizer, animada por um cavalheiro de enorme fortuna ter comprado o hotel e contratado funcionários competentes (e ágeis) e uma decoradora de gosto impecável. Grace avança pelos primeiros três andares tentando ficar fora do caminho, apesar de às vezes, ao entrar em um cômodo, um ocupante tremer e afirmar:

— Que frio de repente!

Grace é visível para certas pessoas. Ela pensa neles como "os naturalmente supersensitivos". Eles podem ver Grace pelos espelhos e vidros, mas a maioria das pessoas não enxerga nada. Grace também pode executar manipulações aterrorizantes, mas inofensivas. Se concentrasse toda a sua energia e atacasse, ela provavelmente poderia machucar uma pessoa. (É claro que ela cria fantasias de dar um tapa em Dahlia Benedict, uma vez por si mesma e outra pelo gato, Luvinha.)

No quarto 101, Grace vê um vislumbre de si mesma em um espelho de corpo inteiro que havia sido montado na porta do armário, e pensa: *não, isto não está bom*. Seu longo vestido cinza da cor de cimento queimado e o avental amarelado a faziam parecer um figurante de um filme da Merchant Ivory Productions da década de 1970. Ela resolve o problema de sua vestimenta antiquada ao se deparar com uma caixa aberta repleta de roupões novos do hotel. Eram brancos, de algodão trançado, revestidos de felpa macia e absorvente. Grace retira seu vestido — nua, ela ainda parece a jovem de 19 anos, com peito e bunda proeminentes; pode até ser considerada "um colírio para os olhos" — e prova o roupão. É quente e delicioso como um abraço — e ainda tem bolsos! Grace decide ficar com a peça. Se alguém a visse no espelho, o que a pessoa pensaria? Talvez se tratar de um fantasma usando um roupão de banho. Ou talvez apenas um roupão levitando, como se envolto em um corpo invisível.

Aterrorizante!

Grace se deleita com o pensamento.

✳

Quando a nova gerente-geral do hotel, Lizbet Keaton, caminha pelas portas recém-renovadas do hotel, segurando um caixote de plástico cheio com seus pertences, Grace pensa: *finalmente uma mulher no comando!* Lizbet aparenta estar em forma vestindo uma calça de ioga, uma jaqueta corta-vento e um boné de baseball do Minnesota Twins sobre suas tranças loiras. Apesar de seu rosto ser saudável como o de uma criança — ela não usa maquiagem —, Grace diria que sua idade está entre os 35 e os 40 anos.

Lizbet coloca o caixote sobre a nova mesa da recepção e se vira, com braços levantados, como se para abraçar o lobby. Grace vê o brilho de coragem e determinação sair dela. Ela é uma pessoa determinada a obter o sucesso onde muitos já falharam — e se torna impossível para Grace não gostar um pouco dela.

Olá, Lizbet, pensa Grace. *Eu sou a Grace. Bem-vinda ao Hotel Nantucket.*

4 · Contrata-se

Lizbet reservou a terceira semana de abril para conduzir a etapa final de entrevistas de candidatos. Ela colocou anúncios nos jornais *Nantucket Standard*, *Cod Times* e *Boston Globe*, e nos portais *Monster*, *ZipRecruiter* e *Hcareers*, mas as opções de candidatos não eram tão abrangentes quanto esperava. Lizbet verificou sua pasta de lixo eletrônico, mas não encontrou nada além de e-mails do FarmersOnly.com (certa vez, em uma fossa após o término com JJ, ela cometeu o erro de visitar o site).

Lizbet não menciona a resposta desanimadora para Xavier porque as operações do dia a dia são responsabilidade dela. Ela deveria estar aliviada por não ter de lidar com inúmeros universitários recém-formados, cujas avós falecerão, impreterivelmente, no segundo sábado de agosto. Ela não precisa de *muitas* pessoas. Precisa das pessoas *certas*.

✳

Grace está vestindo seu novo roupão e, para substituir sua touca branca com babado, o boné do Minnesota Twins que ela afanou casualmente da bolsa de academia de Lizbet há alguns dias. Ela se empoleira na prateleira mais alta no escritório de Lizbet, onde encontra uma excelente vista dos candidatos. Grace se recorda, de modo vívido, sua própria contratação na primavera de 1922. Havia, pelo menos, outras quarenta jovens reunidas no salão do hotel, e cada uma havia recebido um pedaço de pano. A Sra. Wilkes, chefe das camareiras, havia inspecionado a técnica de cada jovem ao removerem o pó dos lambris e das mesas de carvalho redondas de banquete. Grace suspeita que a Sra. Wilkes também estivesse observando as aparências, pois foram escolhidas, em sua maioria, jovens bonitas; as feias foram mandadas para casa.

Processos judiciais, pensa Grace, agora com um riso.

Grace olha por cima dos ombros de Lizbet para a pequena pilha de currículos na mesa. A primeira candidata é a residente de Nantucket de 22 anos, Edith Robbins, candidata à função de recepcionista. Lizbet abre a porta de seu escritório e convida Edith — uma jovem mulher com pele morena iluminada vestindo saia-lápis e salto gatinho — a se sentar.

— Querida Edie! — diz Lizbet. — Não me conformo com o quanto você está crescida! Me lembro de seus pais a levando para o Deck no seu aniversário.

A Querida Edie se ilumina.

— Todo ano.

— Como está sua mãe? Eu não a vejo desde o funeral do seu pai.

— Ela está trabalhando na floricultura Flowers on Chestnut e assumiu o posto do meu pai no Rotary Club — responde Edie. — Então tem estado bastante ocupada.

— Por favor, diga a ela que mandei um oi. Agora, vejo que você é filha de dois profissionais experientes do setor hoteleiro, mas preciso perguntar... sua mãe não queria que você trabalhasse no Beach Club?

— Ela queria — diz Edie. — Mas pensei que esta seria uma oportunidade mais interessante. Todos na ilha estão comentando sobre o hotel.

— Ah é? E o que estão dizendo?

Edie lança a Lizbet o que pode ser descrito como um sorriso nervoso. *O que estão falando?*, pergunta-se Grace. Alguém estaria falando *dela*?

— Seu currículo é *impressionante!* — fala Lizbet. — Você se formou em administração hoteleira na Cornell, onde se tornou uma Statler Fellow. Também era a primeira de sua turma!

É claro que era!, pensa Grace. *Olhe só para ela!*

— Na sua opinião — continua Lizbet —, qual é o aspecto mais importante do setor hoteleiro?

— Construir uma conexão verdadeira com cada hóspede desde o primeiro minuto — responde Edie. — Uma recepção calorosa e um sorriso... "Estamos felizes em recebê-lo. Deixe-nos ajudá-lo a ter uma excelente estadia."

— Ótima resposta — diz Lizbet. — Aqui diz que você trabalhou no Statler Hotel no campus da Carnell e então, no verão passado, no Castle Hill em Newport?

— Sim, meu namorado e eu trabalhamos no Castle Hill juntos. Aquela propriedade é in-*crí*-vel!

As sobrancelhas de Lizbet se erguem.

— Seu namorado veio passar o verão? Pois eu estou procurando um...

— Nós terminamos logo depois da formatura.

22 | Elin Hilderbrand

Grace não consegue imaginar que tipo de idiota terminaria com essa jovem mulher cativante.

— Nós dois recebemos ofertas para o programa de treinamento de gerentes no Ritz-Carlton — explica Edie. — Mas eu queria passar o verão em Nantucket com a minha mãe. Graydon perguntou se poderia vir e eu disse que não. Eu queria começar minha vida adulta como uma mulher independente.

Bom para você, pensa Grace. Ela gostaria de ter sido uma mulher independente na sua época, se fosse a moda.

— Eu adoraria oferecer a você a função na recepção — diz Lizbet. — Seu salário inicial será 25 dólares a hora.

Grace entende a inflação, porém, mesmo assim, esse número é chocante. Em 1922, ela ganhava 35 centavos por hora!

— Estamos pagando bem acima do padrão do setor e, portanto, esperamos mais ainda. Será uma agenda rigorosa.

— Sem problemas — diz Edie. — Uma das coisas que nos ensinaram na Cornell é que *não* teríamos vida pessoal.

— Pelo menos, você está preparada. — Lizbet se inclina sobre a mesa. — Suponho que você segue a Shelly Carpenter no Instagram.

— "Fiquem bem, amigos" e "façam o bem". As avaliações dela são fogo!

Fogo, pensa Grace. Tudo que é bom esses dias é fogo. Ela sonha com o dia em que esse termo seja esquecido.

— Você acha que ela um dia dará cinco chaves? — pergunta Lizbet.

— Meus amigos e eu debatíamos sobre o que seria preciso para ela dar a quinta chave. A mulher é *cheia* de picuinha e, ainda assim, ela não é irracional. Se você pede leite desnatado no café do serviço de quarto, você deveria receber. O secador de cabelo deve funcionar sem precisar apertar o botão de reiniciar. Na minha opinião, se você presta atenção e tem os recursos, então sim, a quinta chave é possível.

— Excelente. O dono do hotel, Sr. Darling, está determinado a conquistar a quinta chave.

A querida Edie se ilumina.

— Estou *tão* dentro!

✳

A próxima entrevista é bem na área da Grace: chefe das camareiras! Grace avalia o currículo: Magda English, 55 anos. Há dois endereços listados. Um em St. Thomas, nas Ilhas Virgens Americanas, e outro logo na esquina da West Chester Street. A experiência da Srta. English inclui 32 anos como gerente das camareiras na empresa de cruzeiros XD Cruise Lines. A Srta. English se aposentou em 2021 e, ainda assim, aqui está ela — a mulher que pode vir a ser a nova Sra. Wilkes.

Lizbet cumprimenta a Srta. English ("Por favor", diz ela, "me chame de Magda!") no lobby, e Grace as segue pelo corredor a distância. Ela consegue ver que nada escapa a essa mulher.

— Temos 36 quartos — diz Lizbet. — E 12 suítes.

Magda tem uma postura suntuosa e quase nenhuma linha de expressão em seu rosto. Conforme ela e Lizbet percorrem o corredor, ela admira o teto de tábuas em mogno e as escotilhas de bronze, recuperadas de um navio oceânico francês, ao longo das paredes.

— Eu costumava cuidar das camareiras de uma linha de cruzeiros, então me sinto em casa aqui — diz Magda. Sua voz tem um toque de sotaque da Índia Ocidental (ao contrário da voz da Sra. Wilkes que parecia um trator nas costas da Grace). — Essas escotilhas precisarão ser polidas toda semana.

Lizbet abre a porta do quarto 108. Grace desliza para dentro e se posiciona no topo do dossel da cama, ajustando seu roupão com modéstia. Ela escolheu esse local porque não pode ser vista no espelho nem na janela.

Magda caminha ao redor da cama tamanho imperador e corre uma mão sobre as cobertas.

— Lençóis Matouk?

— Bom olho — observa Lizbet.

— Sei bastante sobre tecidos. — Magda pega uma manta de cashmere azul-hortênsia do pé da cama. — Que linda.

— Todos os quartos terão uma. São tecidas na Nantucket Looms especialmente para o hotel.

— Espero que tenham planos para extras — diz Magda —, pois essas vão parar "acidentalmente" na mala dos hóspedes, posso garantir. — Ela coloca a cabeça para dentro do closet e depois do banheiro. — Quantas pessoas estariam na minha equipe?

— Quatro — responde Lizbet.

Magda solta uma risada.

— Isso é um décimo do que estou acostumada, mas deve ser o suficiente.

— Então o que a trouxe para Nantucket? — pergunta Lizbet.

Magda solta um suspiro.

— Passei a primeira metade da minha carreira em navios no Mediterrâneo, depois pedi transferência para casa, no Caribe. Quando a esposa do meu irmão faleceu em setembro, eu me aposentei e me mudei para cuidar dele e do meu sobrinho Ezekiel.

— Ezekiel English é seu sobrinho? Vou entrevistá-lo esta tarde.

— É um rapaz muito bom, como verá com os próprios olhos. — Ela sorri. — Zeke e William tiveram alguns meses difíceis... mas agora que estão de pé novamente, seria bom ter um pequeno serviço no meu dia.

Lizbet ergue as sobrancelhas.

— Este é mais do que um pequeno serviço.

— Bem, não é um navio de cruzeiro — diz Magda. — Meus padrões são impecáveis, como meu empregador anterior pode atestar. Eu lhe asseguro, o hotel ficará mais limpo do que já foi no passado.

Ora!, pensa Grace indignada. *É o que veremos.*

✳

Após a saída de Magda, Lizbet considera sair para almoçar ou pegar uma das bicicletas de montanha da frota novinha em folha do hotel e dar uma voltinha rápida. Esta manhã, ela finalmente sentiu um friozinho no ar, mas, por mais tentador que seja sair, Lizbet decide ficar em seu notebook. Primeiro, ela checa as referências do casal — Adam e Raoul Wasserman-Ramirez; ambos se candidataram para as posições de carregadores de mala. Atualmente trabalham no hotel Four Seasons em Punta Mita, México, e querem vir para a Nova Inglaterra passar o verão. Lizbet vinha postergando a decisão sobre Adam e Raoul porque não sabe ao certo se contratar cônjuges para o mesmo serviço é uma boa ideia, apesar dos dois terem se saído bem na entrevista ao telefone. E se brigarem? E se um se sair muito melhor do que o outro?

O e-mail do gerente-geral do Four Seasons chama a atenção. Ele menciona que Adam tem uma "bela voz lírica". (*Qual a relevância disso?*, pensa Lizbet. *Ele estará arrastando malas.*) A carta termina com: "*Nós no Four Seasons Punta Mita determinamos que o melhor é manter o casal Wasserman-Ramirez em turnos separados.*"

Ah! Os instintos de Lizbet estavam certos, mas a realidade continua sendo que ela precisa de três carregadores, e suas opções são limitadas. Ela contratará Adam e Raoul.

Em seguida, apesar de ter-se alertado para não fazer isso, ela checa para ver se há alguma reserva nova para a semana de abertura.

Apenas uma, uma reserva de quatro noites de um casal de Siracusa. Isso é animador, mas o fato de a ocupação geral do hotel estar um pouco acima de 25% uma semana inteira após o site entrar no ar não é. Eles colocaram propagandas em todos os maiores sites de viagens, e Lizbet escreveu suas impressões em um excelente comunicado à imprensa, mas foram poucos os que aceitaram. Quando Lizbet ligou para Jill Tananbaum do jornal *Nantucket Standard* para ver o que acontecera com seu artigo, Jill respondeu: "Jordan me disse que talvez o publique em algum momento, mas não sabe quando."

Lizbet desligou, desanimada. A reputação do hotel estava, de fato, abominável, e o interesse de Xavier nele parecia, de certo modo, chocante. Mas o estabelecimento havia passado por uma tremenda metamorfose.

Construir o novo!, pensa ela. Mas logo no instante seguinte ela se pergunta se não estaria fora de si. Havia sido mais fácil se promover para Xavier do que havia antecipado (considerando que ela não tinha experiência real com hotéis) — e apenas agora Lizbet se questiona quanta competição houvera. *É possível que ela fora a única pessoa a se candidatar ao emprego?*

Xavier havia pedido a Lizbet para reservar a suíte 317 para ele — historicamente, a suíte do dono do hotel — de 24 a 28 de agosto. Parece um pouco estranho Xavier só chegar no fim de agosto, mas Lizbet está aliviada. Até lá, talvez ela já saiba o que está fazendo.

Lizbet não tem certeza de onde vem toda essa dúvida; talvez esteja apenas com fome. Ela está tentada a correr até a padaria Born and Bread para comprar um sanduíche, mas não há tempo. Sua próxima entrevista chegou.

✳

O terceiro currículo é bastante impressionante, pensa Grace. Alessandra Powell, 32 anos, candidatou-se para o cargo de recepcionista. A primeira linha anuncia (em negrito) que Alessandra é fluente em espanhol, francês, italiano e inglês. Ela havia trabalhado em hotéis em Ibiza, Mônaco e, mais recentemente, em Tremezzina, na Itália. Isso revive uma memória em Grace. Quando Dahlia Benedict estava sendo "legal" com Grace, ela se gabava das viagens dela e de Jack ao exterior. Ela contara a Grace que ela e Jack tinham velejado pela Europa a bordo do *Mauretania*, e, quando Grace lançou em voz baixa um sussurro sarcástico sobre a sorte do *Mauretania* não ter atingido um iceberg como o *Titanic*, Dahlia lhe dera um tapa forte no rosto.

Foi um tapa que Grace mereceu. Naquela altura, Grace já estava tão envolvida no caso com Jack que ela não via escapatória. Ela desejava profundamente que o *Mauretania tivesse afundado* com Jack e Dahlia a bordo.

Grace é puxada de volta para o presente quando uma jovem mulher com cabelo longo, ondulado e de um ruivo da cor de damasco, entra no escritório de Lizbet.

Não, pensa Grace. *Não!* Há um fedor provindo dessa mulher que significa apenas uma coisa: uma alma podre.

A mulher, Alessandra, segura uma sacola de papel branco.

— Eu trouxe um sanduíche grelhado de queijo, maçã e bacon da Born and Bread para você, para o caso de estar ocupada demais com as entrevistas e ter pulado o almoço.

Os olhos azuis de Lizbet se arregalam.

— Obrigada! Isso é... tão *intuitivo*. Eu *pulei* o almoço e esse sanduíche é o meu favorito. — Ela aceita a sacola. — Por favor, sente-se. Então, Alessandra, seu currículo é nada além de excelente. Itália, Espanha, Mônaco. E você fala tantas línguas! O que a traz à nossa pequena ilha?

— Já era hora de voltar para casa. Para os Estados Unidos, quero dizer, apesar de eu ser originalmente uma garota da Costa Oeste. Estudei línguas românicas em Palo Alto...

— Você estava em Stanford? — Lizbet checa seu currículo. — Aqui não diz isso...

— E depois eu entrei na onda de fazer um mochilão pela Europa inteira... o trem, os hostels... e me vi falida em Ravena. Eu fui para lá especialmente para ver os mosaicos da Basílica de São Vital.

— Mosaicos?

— São os melhores exemplos de mosaicos bizantinos fora de Istambul. São magníficos. Já viu?

Ah, por favor, pensa Grace. *Quanta pretensão.*

— Nunca vi.

Alessandra prossegue:

— Bem, quando digo *falida*, quero dizer que meu último euro foi uma doação para entrar na igreja. Felizmente, eu puxei conversa com um cavalheiro que também estava vendo os mosaicos, e acontece que ele era dono de uma *pensione* na cidade. Ele me deixou ficar de graça em troca de serviço na recepção... e foi assim que minha carreira em hotéis começou.

— Então esteve na Europa por... oito anos, mais ou menos? Notei que há alguns buracos no currículo...

— Eu queria deixar a Itália enquanto ainda a amava. E escolhi Nantucket porque parece ser o resort mais exclusivo da Nova Inglaterra para as férias de verão.

— Estou curiosa... a Shelly Carpenter do *Hotel Confidential* avaliou algum dos hotéis no seu currículo?

Alessandra aquiesce.

— Ao que parece ela se hospedou no Águas de Ibiza enquanto eu trabalhava lá. A avaliação foi positiva, mas ela apenas nos deu quatro chaves. Ela teve algumas reclamações legítimas. A primeira foi que o carregador levou quinze minutos para entregar a bagagem no quarto, ou seja, dez minutos a mais do que o padrão dela...

— Ah, sim. Eu sei.

— E não havia sal e pimenta na bandeja do serviço de quarto, apesar de ela ter feito um pedido expresso disso.

— Ai.

— Sim, pessoas perderam o emprego. Você sabe que ela usa disfarces, nomes falsos e sempre aparece nas horas de maior movimento, quando a equipe não pode prestar atenção completa a cada hóspede como deveriam. E às vezes ela cria circunstâncias extraordinárias para ver como a equipe reage. Dizem rumores que, quando ela visitou o Pickering House Inn em Wolfeboro, ela furou um pneu de seu carro alugado para ver com que rapidez a equipe conseguia trocá-lo.

— Disso eu *não* sabia — diz Lizbet, afundando-se um pouco.

— Minha dica seria treinar os carregadores no básico de reparos mecânicos, porque tenho certeza de que assim que Shelly Carpenter tiver notícias da abertura deste local, ela vai aparecer.

— Você acha?

— Eu posso garantir. Ela parece gostar de Nantucket. Até fez uma avaliação do White Elephant...

— Ela deu quatro chaves.

— E também fez uma avaliação do Nantucket Beach Club and Hotel, onde tenho uma entrevista em seguida.

— Você vai ter uma entrevista com Mack Petersen?

— Eu... *tenho*, sim. Mack basicamente já me ofereceu o cargo, mas eu disse que queria manter minhas opções em aberto.

Ah, vamos, Lizbet!, pensa Grace. *Ela está blefando!*

Lizbet corre um dedo pelo currículo.

— Estas referências apenas mostram os telefones gerais dos hotéis. Poderia dar nomes ou ramais?

— Como deve saber, há muitas mudanças de pessoal no ramo de hospedaria. Minha gerente-geral em Ibiza se aposentou e comprou um olival. Meu gerente-geral em Mônaco teve câncer de garganta e faleceu. — Ela para, estendendo ao máximo o momento. — Alberto. Ele fumava cachimbo.

Quando Lizbet faz uma expressão compassiva, Grace grunhe. Ela poderia apostar seu roupão e seu boné que nunca houve um Alberto!

— Se você ligar para os hotéis diretamente, eles oferecerão meus relatórios de desempenho.

— Você tem a experiência que estou procurando — diz Lizbet. — Hotéis de alto padrão com uma clientela distinta.

— Posso perguntar quanto ao salário?

— Nós oferecemos 25 dólares a hora — responde Lizbet. — Mas acredito que pela sua experiência eu possa aumentar para US$27,50 e torná-la gerente da recepção.

Não!, pensa Grace. Ela precisa tirar essa bruxa metida daqui. Grace sopra uma corrente de ar frio na parte de trás do pescoço de Alessandra.

Alessandra nem pisca. É claro.

— As horas serão brutais — informa Lizbet. — Um dia e meio de descanso a cada duas semanas.

— Um dia de folga? O que é isso?

— Há! — Ri Lizbet. — Você é boa demais para ser verdade.

Grace sente ser exatamente esse o caso.

✳

Equipe de cinco, pensa Lizbet ao dar uma mordida no pão de fermentação natural, com uma crosta de cranberry e recheio de maçã, bacon e queijo branco grelhado que Alessandra lhe trouxe. Alessandra se saiu bem na entrevista, apesar do seu currículo apresentar falhas. Tem um período recente de um ano sem atualizações, mas é possível que Alessandra estivesse viajando entre trabalhos. Ela parece ser culta, conhecedora de artes e de línguas. E disse que havia estudado línguas românicas em Palo Alto... "Palo Alto" é uma referência especial para Stanford, mas, se Alessandra estudou em Stanford, isso não estaria estampado no topo do seu currículo? Lizbet decide ignorar esses pontos. Mack Petersen do Beach Club basicamente ofereceu o emprego para Alessandra, mas Lizbet a conquistou!

Alessandra parecia saber bastante sobre Shelly Carpenter. Alessandra poderia ser a arma secreta deles.

✳

Quanto aprimoramento!, pensa Grace ao colocar os olhos no último candidato do dia. Ezekiel English, 24 anos, é, como dizem os jovens, um pedaço de mau caminho. (É mais uma gíria que Grace não gosta, apesar de ver o sentido. Ela está sentindo um pouco de calor em seu roupão e o puxa para abrir o colarinho.)

Zeke oferece a Lizbet um sorriso encantador e aperta sua mão.

— Oi, me chamo Zeke English, qual é a boa?

— O sanduíche que acabei de comer estava bom — diz Lizbet. — Se é isso que quer dizer.

— Desculpa, estou um pouco nervoso — fala Zeke. — Obrigado por me receber.

Que adorável!, pensa Grace. *Ele está nervoso.*

— Por favor, sente-se. Eu conheci sua tia Magda esta manhã.

— Sim — responde Zeke. — Minha tia Magda é o máximo. Ela veio morar conosco em setembro... — Zeke abaixa a cabeça e, quando a levanta novamente, seus olhos estão brilhando com lágrimas. Ele limpa a garganta. — Minha mãe faleceu devido a um aneurisma no cérebro. Tia Magda cozinha para nós e... simplesmente torna tudo melhor. — Ele limpa uma lágrima com o dorso da mão, e, antes que Grace possa parar, ela voa para dar um abraço em seus ombros largos. Ela adora um homem que não tem medo de mostrar suas emoções. O abraço parece reviver Zeke um pouco (ou talvez Grace esteja se dando muito crédito?), porque ele se senta ereto e gargalha. — Estou arrasando nesta entrevista ou o quê?

Lizbet se inclina para frente.

— Estou interessada em contratar seres humanos. Não robôs. Você passou por uma grande perda. — Ela respira fundo. — Vamos recomeçar. Oi, Zeke, bem-vindo! Há quanto tempo mora em Nantucket?

— A minha vida inteira, nascido e criado aqui.

— E onde mais trabalhou na ilha?

— Ensino na escola de surf em Cisco desde os 15 anos.

Ele é surfista!, pensa Grace. Bem, é oficial: Grace tem uma queda pelo Zeke. Ela se pergunta se ele estaria interessando em um fantasma com a figura de uma jovem de 19 anos, mas com a sabedoria de alguém *muito* mais velho. (Ela está brincando! A cena de um filme da década de 1990 com roda de argila — infelizmente — nunca aconteceria na vida real).

— É um trabalho divertido — diz Lizbet. — Por que mudar para o setor hoteleiro?

Zeke ri.

— Meu pai me disse que era hora de crescer. Ele disse que ou eu trabalhava aqui ou para ele. Ele atuou como eletricista na reforma do hotel.

— Sim — concorda Lizbet. — William e sua equipe fizeram um serviço maravilhoso.

— Não acreditei quando ouvi que alguém estava reformando. Sempre pareceu uma causa perdida. Sabe, meus amigos e eu costumávamos dar festas aqui durante o ensino médio.

AI! MEU! DEUS!, pensa Grace. Zeke é um dos seus adolescentes crescidos!

— Algumas coisas esquisitas aconteceram aqui certa noite — diz Zeke. — O rosto de um fantasma apareceu no celular de uma garota. — Ele faz uma pausa. — Então este lugar ganhou a reputação de ser assombrado, e nós paramos de vir.

Lizbet mostra um sorriso indulgente.

— Não se preocupe. Fizemos um exorcismo quando renovamos.

Há-há, pensa Grace. Ela considera flutuar até o currículo de Zeke na mesa e provar que Lizbet está errada, mas não quer se mostrar. Ainda.

※

Lizbet gosta de Zeke — é um rapaz agradável, como Magda prometeu — apesar da preocupação de Lizbet de que ele possa ser um surfista um tanto relaxado demais para o serviço. E se ele levar quinze minutos para levar as bagagens para o quarto em vez dos cinco minutos instituídos por Shelly Carpenter? Ela suspira. As mulheres vão pirar ao vê-lo... ele é a cópia de Regé-Jean Page. E ela já contratou Magda, e o pai do rapaz é o eletricista contratado, então ela não pode *não* o contratar. Lizbet terá apenas que treinar Adam, Raoul e ele para que as bagagens sejam diretamente levadas aos quartos em cinco minutos! E ela gostaria de treinar Zeke para que não mencione o fantasma a ninguém. Ela pode se safar com isso?

Ela envia uma mensagem para ele: Você conseguiu a vaga!

Zeke responde: Blz.

Lizbet fecha os olhos. *Blz?*

Uma segunda mensagem chega: Muito obrigado pela oportunidade. Não vou decepcioná-la!

Lizbet exala. Ela pode lidar com isso.

※

A última pessoa que Lizbet precisa contratar é o auditor noturno, mas a única candidatura que recebera para o cargo foi a de um homem chamado Victor Valerio (nome verdadeiro?), que mandou uma foto usando maquiagem branca, presas que brilham no escuro e uma capa preta e longa esvoaçante. Quando se pede para pessoas trabalharem no turno da madrugada, supõe Lizbet, acaba-se encontrando os vampiros.

Perfeita companhia para o fantasma da casa, pensa ela, rindo consigo mesma. Ela terá que lidar com a auditoria noturna até alguém compatível aparecer.

Ela envia um e-mail para Xavier.

※

Querido Xavier
Contratei nossa equipe essencial hoje. Em frente rumo à quinta chave!

Abraços, Lizbet

5 · Dia de Inauguração

06 de junho de 2022
De: Xavier Darling (xd@darlingent.co.uk)
Para: Funcionários do Hotel Nantucket

É chegado o dia! Nós finalmente abriremos as portas ao público para mostrar nossa obra de arte viva. E o que lhe dá "vida" são todos vocês. De que importam pias de prata entalhada no banheiro, se a equipe é rabugenta e distraída ao fazer o check-in? De que importa a sauna sueca no centro de bem-estar, se o carregador entrega as malas erradas no seu quarto? Hotéis só são bons se seus funcionários também forem.

Eu lerei pessoalmente cada comentário sobre nosso hotel no site Travel-Tattler, e, baseado no conteúdo dos comentários, oferecerei um prêmio de mil dólares para o funcionário de destaque toda semana. Espero que cada um de vocês vença, mas tenham em mente que esse não é um prêmio de participação. É possível que o mesmo funcionário vença todas as dezoito semanas da temporada.

Meu objetivo é tornar o Hotel Nantucket o melhor hotel do mundo. Mas não posso fazer isso sem vocês.

Obrigado por toda a sua dedicação e empenho.

XD

*

Lizbet encosta seu Mini Cooper vermelho-cereja no espaço RESERVADO PARA A GERENTE-GERAL e joga fora o que restava de seu expresso duplo. Ela está *furiosa* com o e-mail que Xavier enviara naquela manhã. Xavier premiará semanalmente os funcionários com prêmios em dinheiro, como se estivessem em um reality show. Lizbet passou as últimas duas semanas treinando os atendentes, e tinha perfeita ciência de que se esforçar todo o dia deveria ser uma *questão de orgulho e de integridade pessoais*. Ela também destacou a importância do trabalho em equipe, um conceito que a premiação em dinheiro destruirá.

Dois dias atrás, Lizbet hospedou-se no hotel. A equipe fora instruída a usar a visita de Lizbet como um ensaio final. A gerente da recepção Alessandra fez o check-in de Lizbet, e lhe presenteou com o Livro Azul, uma compilação das melhores praias, passeios, museus, paisagens, restaurantes, galerias, shoppings, bares e vida noturna de Nantucket que a própria Lizbet passou incontáveis horas selecionando, escrevendo e refinando. Alessandra também perguntou se poderia fazer reservas de jantar para Lizbet. *Não, obrigada*, disse Lizbet, mas ela gostaria que um sanduíche Reuben da Walter's fosse entregue em seu quarto entre as 19h15 e 19h30. Alessandra disse que cuidaria do pedido, sem problemas. Alguns momentos após Lizbet entrar no quarto — tempo suficiente para ela admirar a vista da Easton Street da janela emoldurada —, Zeke chegou com sua bagagem.

Lizbet se jogou sobre a cama tamanho imperador. Não estava mais no Deck, e certamente não estava na Comunidade de Aposentados Sol Nascente em Minnetonka. Ela era a gerente-geral do novo e aprimorado Hotel Nantucket. Os lençóis estavam macios sob a bochecha de Lizbet e emitiam vagamente, sem excesso, um perfume floral. O colchão era tão confortável que Lizbet fechou os olhos e tirou uma das melhores sonecas da vida.

O segredo da mudança é focar toda a sua energia não em lutar contra o antigo, mas em construir o novo.

Ela deixou alguns testes para a equipe de limpeza — um lenço amassado chutado para o canto extremo debaixo da cama, um bolo do sabonete de flores silvestres da Nantucket Looms incongruentemente escondido atrás do patê de anchova defumada (e gratuito) no minibar. Até chegou ao ponto de esvaziar a caixa de fósforos ao lado da banheira em sua mala. Será que a equipe de Magda de fato usaria a lista de checagem de cem pontos?

Sim, eles usariam. Quando Lizbet investigou o quarto no dia seguinte, tudo havia sido limpo, trocado e reposto.

Ela estivera ansiosa para ver o que acontecia no bar do hotel — era uma subcontratação, então Lizbet não tinha poder de decisão em como gerenciá-lo —, mas ela encontrou a porta trancada e as janelas da frente cobertas por papel. Ela ouviu vozes e movimento no interior, mas, ao bater na porta, ninguém atendeu. Lizbet havia perguntado repetidas vezes a Xavier quem cuidaria do bar, e ele respondera que queria que fosse uma "grande surpresa". Aparentemente, ele havia contratado um chef "digno de nota" para preparar o menu do bar, mas estava mantendo o anúncio em segredo até o dia da inauguração, o que parecia uma "faca de dois gumes" para Lizbet. Ela deu a volta escondida até a porta de trás e notou uma entrega de pedidos. Uma jovem mulher saiu, espantando

Lizbet. Ela se apresentou como Beatriz, e, quando Lizbet perguntou para quem ela trabalhava, Beatriz disse: "Chef". E, quando Lizbet questionou "Que chef?", Beatriz balançou a cabeça e disse: *"No puedo decirte hasta mañana."*

Lizbet fez uma aula de ioga com Yolanda no estúdio decorado em um estilo balinês e, apesar de soar banal, ela emergiu sentindo-se concentrada e em paz... ou o mais centrada e em paz que poderia estar com a abertura do hotel no dia seguinte.

Quando Lizbet fez o check-out do quarto, Zeke colocou sua bagagem no porta-malas do seu carro para a longa viagem de volta ao seu chalé na Bear Street, que ficava a pouco mais de dois quilômetros. Junto com sua conta, Lizbet foi presenteada com uma surpresa de despedida: uma barra bem gelada do sabonete de flores silvestres do Nantucket Looms.

Lizbet sabia que isso soava ridículo, mas desejava poder ficar. A estadia havia sido luxuosa, apesar de ela estar tecnicamente trabalhando. E ela ficou feliz em relatar que não houve barulhos assustadores, nem correntes de ar frio, nem visões etéreas, e nenhum sinal de fantasma.

O hotel brilha sob o sol de junho com suas telhas de cedro e acabamento em branco puro. A paisagista do hotel, Anastasia, colocou majestosos vasos transbordando com flores bocas-de-leão, jacintos, lavandas e hera em cada degrau da escadaria que levava à entrada do hotel. A extensa varanda dianteira do hotel está decorada com cadeiras de balanço acolchoadas no tom azul-hortênsia e mesas de coquetel que podem ser transformadas em braseiros. (A recepção vende kits para marshmellows por oito dólares.) A varanda também será o local da hora de vinhos e queijos toda a tarde, por conta da casa. Lizbet confirmou que oferecerão excelentes vinhos e uma seleção de queijos importados acompanhados de frutas maduras e azeitonas grandes e lustrosas.

Lizbet checa se não há manchas de rímel em seus olhos e batom em seus dentes. Ela ficou acordada até tarde na noite passada provando roupas. É um emprego novo e ela deseja um estilo novo. No Deck, ela sempre vestia *muumuus*, vestidos havaianos, pois são leves e soltos (em média, ela consumia oito taças de rosé e catorze fatias de bacon *diariamente*). Agora, seu armário estava repleto de peças mais ajustadas e um pouco mais profissionais. Hoje, ela usaria um vestido azul-marinho com gola, sandálias stiletto nude e um berloque da Minnesota Golden Gophers em uma corrente ao redor do pescoço.

Ela desce do carro, tão emocionada que poderia *levitar*. Ela se sente uma citação de inspiração ambulante. Parou de lutar contra o velho e começou a construir o novo! Ela superou a tempestade ao ajustar suas velas! Ela é um abacaxi: altivo, com uma coroa na cabeça e doce por dentro!

Lizbet coloca o celular dentro da bolsa de listras azuis e brancas e levanta o olhar para ver o seu ex-namorado, JJ O'Malley, de pé no estacionamento de conchas brancas, com as mãos atrás das costas.

Isto não *pode estar acontecendo*, pensa ela. Lizbet não havia visto JJ desde o terrível dia em outubro passado quando ele buscou o restante de seus pertences no chalé. Ele disse a Lizbet que passaria o restante da baixa temporada no norte de Nova York com os pais; havia conseguido um trampo de cozinheiro na Hasbrouck House. Àquela altura, Lizbet já havia aceitado o emprego no hotel, mas não havia dito a JJ. Obviamente, ele havia ouvido as notícias. O Telégrafo de Pedra é real.

— O que está fazendo aqui, JJ? — pergunta Lizbet. Ele veste uma bermuda cargo, sua camiseta Black Dog, sapatos de cozinheiro e uma bandana verde ao redor do pescoço. Um pensamento percorre a mente de Lizbet, tão terrível que ela quase derruba a bolsa: o chef do novo bar do hotel era uma "grande surpresa", pois, na pior reviravolta do universo, Xavier havia contratado JJ.

Lizbet pediria demissão.

Não, ela não se demitiria. Ela faria JJ pedir demissão. Apesar disso, uma coisa era certeza: ela e JJ O'Malley *não* trabalhariam no mesmo prédio.

— *Você* está trabalhando no bar aqui? — pergunta ela.

— O quê? — diz JJ. — Não. Nem fui procurado. Por quê?

Graças a Deus, pensa Lizbet.

JJ tira as mãos de trás das costas. Ele oferece a ela uma dúzia de rosas de cabos longos envoltas em papel pardo; e o que ela chama de olhar pidão — olhos grandes e beicinho. Em dias mais felizes, isso levaria Lizbet a apertá-lo com força e cobrir seu rosto com beijos, mas, agora, ela pensa: *Nossa, ele está horrível*. Era normal para JJ deixar o cabelo e a barba crescerem ao longo do inverno, mas sempre fora *tão* bagunçado? Sua barba prolonga-se por seu rosto como trepadeiras em uma parede de tijolo.

— Antes de mais nada, eu vim lhe desejar boa sorte na inauguração.

Uma mensagem de texto teria sido o suficiente (apesar de Lizbet ter bloqueado seu número há meses).

— Pode apostar. E não vou aceitar essas flores. O que mais...?

Ele derruba as flores no chão, busca no fundo do bolso externo da bermuda e puxa uma caixa de anel.

— Não ouse — alerta Lizbet.

JJ se abaixa em um joelho sobre as conchas trituradas e Lizbet se encolhe — mas, não, desculpe, sua empatia pela dor desse homem já acabou.

Ele abre a caixa.

Não olhe para o anel!, pensa ela.

O Hotel Nantucket 35

Mas, vamos, ela é apenas humana. Ela estraçalha as conchas em seus stilettos e estuda o anel. É impressionante. Ou é falso ou JJ apostou o restaurante em uma enorme linha de crédito — uma decisão que ela teria certamente vetado se ainda estivessem juntos. São mais de dois quilates, talvez dois e meio, e um corte lapidado — o que ela sempre quis.

— Eu tive muito tempo para pensar durante o inverno — diz JJ. — Eu amo você, Libby. Case-se comigo. Seja minha esposa.

Lizbet está perto o suficiente para ver um buraco no ombro da camiseta do Black Dog de JJ — uma camiseta que ele tinha desde o verão de 2002, pelo que ela sabe. Havia sido seu primeiro emprego como cozinheiro, no Vineyard.

— A resposta é não. E você sabe o porquê.

Ele se levanta; seus joelhos cobertos de conchas.

— Você não pode ficar com raiva para sempre.

— Não estou com raiva — afirma Lizbet. — E também não vou me casar com você. Você me traiu.

— Eu não toquei na Christina. Não toquei nenhuma vez sequer.

— Pode até ser verdade — diz Lizbet. — Mas claramente havia *eletricidade* ou *química* suficiente entre os dois para que a mera ideia de a ter lhe deixasse com uma ereção e o fizesse se dar o trabalho de *fotografar* e *enviar* para ela junto com *cento e oitenta e sete mensagens* descrevendo o que faria com ela se a visse sozinha na adega. — O expresso que Lizbet acabara de terminar entra em ação; vira raiva líquida correndo por sua corrente sanguínea. — Você *não vale nada*, JJ. Eu não vou me casar com você e nem todas as flores de desculpas do mundo me farão mudar de ideia. Você é um canalha por aparecer aqui.

— O que preciso fazer para você me perdoar? Eu não posso tocar o restaurante sem você.

— Contrate a Christina.

— Eu não quero a Christina. Eu quero você.

— Acho que o que você quer dizer é que a Christina foi banida de todos os restaurantes na ilha... como deveria... então ela se mudou para Jackson Hole. — Lizbet pode apenas esperar que seja verdade.

— Libby, por favor, estou desesperado. Estou perdido. E olhe para você, amor, você está cem vezes mais gostosa do que já foi.

Por um vaidoso segundo, JJ consegue a atenção de Lizbet. Ela havia passado meses desde o término correndo, exercitando-se na bicicleta ergométrica e tendo aulas particulares de barre com Yolanda. Ela perdera quatorze quilos, definira a lateral das coxas e levantara o bumbum. Ela consegue se sentar na parede por dois minutos e meio, e fazer prancha por três; pode manter a postura do corvo na ioga; ela tem tríceps! E, hoje, ela libertou o cabelo das tranças habituais — optou por um estilo liso e longo, dividido no meio.

36 | Elin Hilderbrand

Lizbet vinha perseguindo algo, e esse algo era a vingança. Vinha aguardando o momento em que JJ reconheceria sua mudança na aparência. *Cem vezes mais gostosa*. É um começo. Muito mais importante do que a aparência de Lizbet é como ela se sente — forte, saudável e motivada! Ela não vai beber oito taças de rosé toda noite neste verão; ela não vai dividir o cigarro com JJ ou ficar acordada até as 3h. Já bastava daquele estilo de vida.

— Eu preciso ir trabalhar — diz Lizbet. — Por favor, vá embora e leve esse anel.

— Então está dizendo que não me ama? — JJ busca algo em seu bolso novamente, e Lizbet de repente se sente em pânico, com medo de que ele revele uma arma e... atire nela? Em si mesmo? Ele é *tão* desequilibrado assim? Ela dá um passo para trás, mas vê se tratar apenas do celular na mão dele. — Está me dizendo que pode ouvir isso e não sentir nada?

Ele toca *White Flag* da Dido. *But I will go down with this ship*. Quantas vezes Lizbet e JJ cantaram isso a plenos pulmões na caminhonete de JJ enquanto dirigiam pela praia às 2h para poderem ver a luz do luar no oceano? Quantas vezes dançaram ao som dessa música na cozinha? *I'm in love and always will be*.

Tocá-la agora era golpe baixo.

— Eu me sinto triste e desapontada — diz Lizbet. — Você quebrou minha confiança. Jogou quinze anos do meu amor pelo ralo porque não conseguiu se segurar de dizer a Christina que queria lamber o peito dela.

JJ se encolhe.

— Eu nunca disse isso.

— Ah, mas disse. Vá embora, JJ, antes que um dos meus carregadores o arraste daqui.

JJ coloca a caixa de anel no bolso e endireita a coluna, tomando seu tamanho real. Ele mede 1,90 metro, e pesa 127 quilos. Na Terra dos Dez Mil Lagos, onde Lizbet foi criada, isso se chama Paul Bunyan.

— Ou eu vou pedir uma ordem de restrição — ameaça Lizbet.

— Libby... — Ele agarra seu braço, mas ela se afasta.

— Há algum problema? — Um homem de jaqueta branca e calça quadriculada sai da entrada do novo bar do hotel e caminha até JJ e Lizbet.

Quem é este?, pensa Lizbet. Em sua camisa lê-se CHEF MARIO SUBIACO.

Lizbet luta para manter a compostura. Mario *Subiaco?* Quase involuntariamente, Lizbet olha para JJ. A boca dele está um pouco aberta.

— Eu sou Mario Subiaco — diz o homem, oferecendo uma mão à Lizbet. — O chef do Blue Bar.

O Blue Bar. É claro... Mario Subiaco havia sido o chef patissier do Blue Bistro, que era o melhor restaurante de Nantucket antes de fechar em 2005. Mario

Subiaco é *O* lendário chef celebridade de Nantucket. JJ tem uma foto de Mario — cortada de um perfil dele na *Vanity Fair* escrito um pouco antes do Blue Bistro fechar as portas — pendurada na parede de seu escritório! Lizbet pensou que Mario Subiaco estivesse em Los Angeles, trabalhando como chef particular de Dwayne Johnson. Mas, aparentemente, aqui está ele agora.

Meu Deus, Xavier, pensa ela. *Bom trabalho.*

— Lizbet Keaton — apresenta-se Lizbet, apertando a mão do chef. — Sou a gerente-geral do hotel.

— Sim, eu sei — diz ele.

— Você é Mario *Subiaco!* — JJ soa como um quarterback de 9 anos de uma escolinha de futebol americano que está conhecendo Tom Brady. — Você é uma *lenda*, cara!

Mario aquiesce.

— Obrigado, isso faz eu me sentir velho. Quem é você?

— JJ O'Malley — responde ele. — Eu sou o chef e o dono do Deck.

Mario dá de ombros.

— Nunca ouvi falar. Mas, como um companheiro da cozinha, vou pedir que deixe a Lizbet aqui voltar ao trabalho. — Mario checa com Lizbet. — Se for o que quer?

De repente, Lizbet está envergonhada pela bagunça de sua vida pessoal exposta assim no estacionamento — JJ com sua barba de assassino em série e seus sapatos de cozinha, o celular na mão (tocando Dido), e uma dúzia de rosas aos seus pés no chão.

Lizbet sorri para JJ.

— Foi bom revê-lo.

Fazendo uma saída perfeita, ela se vira sobre o salto e segue Mario para o prédio. Ela ouve a música de Dido ser cortada. Quando olha para trás, vê JJ de relance encarando-a desamparado. *Vingança: confere*, pensa ela, e se sente um pouco triste por ele.

Quando Lizbet e Mario chegam à cozinha de serviço, que será usada para o café da manhã e para o almoço continental gratuito na piscina, Lizbet diz:

— Obrigada, mas não precisava ter se envolvido.

— Eu o vi agarrá-la — diz Mario. — Pensei que precisava ser salva.

De imediato, o choque por conhecer uma celebridade se esvai.

— Eu sei cuidar de mim mesma — fala Lizbet. — E de muitas outras pessoas, aliás.

Mario tem a audácia de piscar para ela.

— Imagino que seja seu ex-namorado aparecendo para pedi-la em casamento?

Não é do interesse de Mario Subiaco saber quem era, mas Lizbet não quer criar problemas entre o hotel e o bar no primeiro dia. Haverá tempo suficiente para isso depois.

— Eu deveria subir — diz Lizbet.

— Eu menti para ele, sabia? — anuncia Mario.

— Perdão?

— Eu disse que nunca ouvi falar do Deck. Estive fora da ilha, claro, mas não morando em Marte. Vocês dois conquistaram muito naquele restaurante, não é? Uma fonte de rosé? Eu queria ter pensado nisso há dezessete anos. E ouvi dizer também que a comida era excelente.

— "Aqueles foram os dias, meu amigo, que pensávamos que nunca acabariam" — fala Lizbet. — Ah, mas acabaram. Eu deixei o Deck e o deixei. Veremos o que acontece neste verão.

Mario sorri torto.

— Neste verão, eu vou roubar todos os clientes dele.

Deus, como é convencido, pensa Lizbet — ou talvez seja um sussurro provindo da paranoia da cafeína, porque Mario solta uma risada.

— Eu sei que você precisa subir para começar sua tarefa importante de gerente-geral, mas posso pedir uma breve opinião?

Ele indica a cozinha reluzente em branco e aço inoxidável do Blue Bar. Lizbet o observa por um segundo, pensando que gostaria de enfiar seu stiletto nele onde o sol não bate. São apenas 7h30 da manhã e ela já teve sua cota de chefs.

Ainda assim, ela o segue.

— Eu só estava aqui fazendo um pouco de coquetelaria — diz Mario. — Venha ver.

Ele guia Lizbet até um largo balcão de cozinha feito de madeira listrada — não pouparam mesmo — repleto de frutas. Há pequenos morangos silvestres, combavas, melancias, laranjas sanguíneas, kiwis, frutas-do-conde, rambutões, mangas, dois tipos de cerejas (Bing e Rainier dourada), goiabas, amoras, cocos, toranjas e algo que se parece com — sim, é isso mesmo — um abacaxi rosa. É um festival de frutas, um acampamento de frutas, uma rave de frutas. Abaixo do balcão está o álcool, todos de alta qualidade: gim Plymouth, vodca Finlandia, tequila Casa Dragones. Lizbet está impressionada do ponto de vista do custo.

— Eu só preciso de mais um coquetel para a minha lista. O que acha disso? — Mario alcança um béquer cheio de um líquido vermelho profundo, como o pôr do sol. Ele o vira em uma taça de vinho sem haste e o completa com champagne. É Dom Pérignon, percebe Lizbet. Mario está fazendo seu experimento de coquetelaria com *Dom*. Uma real exibição.

Ela não deveria beber antes das 8h no seu primeiro dia de trabalho, mas o foco de Lizbet se estende como um estilingue, e ela precisa de algo para combater a agressividade do expresso.

Ela toma um gole. *Nossa!* Está tão bom. Outro gole, com o intuito de descobrir o que há no drink. Vodca. Morangos. Gengibre? Sim, há um resto de gengibre na tábua de corte. E um pouco do suco de laranja sanguínea.

Ela dá de ombro.

— Está bom, eu acho.

Um pequeno sorriso cruza o rosto de Mario, e Lizbet o olha melhor. Na foto da revista dependurada na parede do escritório de JJ, Mario é muito mais jovem: pele morena lisa, denso cabelo preto, e um olhar de *deixe-me levá-la para a cama* em seus olhos. Agora ele está mais velho, seu cabelo e seu cavanhaque entremeados com fios grisalhos. Linhas de expressão profundas correm por sua testa e irradiam dos cantos de seus olhos. Mas ele ainda tem certa arrogância — e sabe que esse coquetel é o melhor que Lizbet já provara, que ela nadaria nele se possível.

— Nesse caso... — diz ele. — Vamos dar o seu nome a ele. Arrasa-corações.

Magda English pode já estar na meia-idade, mas seu sobrinho Zeke lhe ensinara algumas coisas. Ela sabe que o rapper Pop Smoke faleceu e que as quartas-feiras são chamadas de "Woo Back Wednesdays" em sua homenagem. Sabe sobre Polo G, House of Highlights, Shade Room, e tudo sobre a Barstool. Ela sabe o significado moderno de *suave, dar um chá, sofrência, vazar, dlç* e *meter bronca*. E Magda sabe o que é um Chad — um jovem que representa um certo estereótipo de riqueza e de privilégio: internato, universidade, poupança, camisas polo de tom pastel vestidas com o colarinho levantado, golfe, casa de esqui, casa de verão, "*vodka soda close it*", e um rio de dinheiro fluindo de seus pais.

Portanto, Magda acha curioso que o jovem que está prestes a entrevistar se chame, de fato, Chad. *Chadwick Winslow de Radnor, Pensilvânia*, anuncia o belo currículo em papel marfim. Sua aparência não decepciona: ele apareceu no escritório do serviço de limpeza vestindo bermuda caqui, camiseta rosa, gravata com estampa de estrelas-do-mar segurando martínis e um blazer azul-marinho. Mocassins sem meias. Ele tinha um denso cabelo loiro e as bochechas lisas de uma criança. Seu currículo também diz a Magda que ele tem 22 anos, formou-se na Bucknell no curso de Ciências Humanas e fazia parte da fraternidade *Sigma Phi Epsilon*. Sua experiência profissional anterior é ter sido conselheiro em um clube de golfe.

Apesar de Magda não ter ideia do que esse jovem estava fazendo em seu escritório, ela não estava descontente por vê-lo. Um de seus quatro funcionários da limpeza ligara *ontem* para cair fora, no dia antes da inauguração do hotel. Quando Magda informou isso a Lizbet, Lizbet puxou o currículo do rapaz Winslow da pasta que ela chamava brincando (ou talvez nem tanto) de "Pasta de Último Recurso".

— Esse jovem passou aqui outro dia, insistindo que queria fazer parte da limpeza. Sinceramente, pensei ser uma piada. Mas fique à vontade para ligar para ele e ver se é sério.

Quando Magda ligou, Chad pareceu ansioso para a entrevista e até apareceu na hora hoje — primeiro obstáculo superado. Mas ainda poderia ser uma piada, uma aposta, um desafio ou um mero engano.

— Você sabe, filho, que estou procurando um funcionário para o *serviço de limpeza?*

— Sim, senhora.

— Você tem 22 anos e diploma universitário. Eu entenderia se você quisesse trabalhar na recepção. Mas não entendo por que você gostaria de limpar quartos de hotel.

Chad limpa a garganta.

— Eu fiz besteira. Uma das grandes.

— Você não vai ficar rico limpando quartos — diz Magda. — Já perguntou se tem vaga no Blue Bar?

— Eu quero limpar quartos, senhora.

Mas por quê?, pensa Magda. *Isso não faz o menor sentido.*

— Você tem alguma experiência com limpeza?

— Eu ajudo minha mãe na casa de tempos em tempos. E fui o responsável social na fraternidade por organizar as festas e a limpeza no final.

Magda balança a cabeça, perplexa. Pensara, com certeza, que ele havia se candidatado ao emprego errado. Pelas suas roupas, ele tinha plenas condições financeiras. E, ainda assim, ela podia ver a ansiedade em seu rosto; por alguma razão, ele quer *este* emprego. Ela estuda o currículo. O endereço que ele ofereceu é na Eel Point Road, que Magda descobrira recentemente ser uma região de empreendimentos imobiliários de alto padrão.

— Seus pais o fizeram se candidatar a este emprego? Estão tentando lhe ensinar uma lição?

— Não, senhora, foi ideia minha.

O jovem Chadwick Winslow aparenta estar dizendo a verdade. Magda está intrigada.

— Você seria o quarto e último membro da equipe de limpeza e como... o treinador de lacrosse da Escola Episcopal diria para você, não existe *eu* numa *equipe*. Você não terá tratamento especial por ser homem ou por ter um diploma universitário, e não haverá exceções porque você foi ao Chicken Box e está de ressaca demais para limpar o banheiro. Eu preciso que esteja aqui na hora e pronto para trabalhar. Aqui não é um clube de golfe, Chadwick. Terá que retirar lençóis, pegar toalhas molhadas do chão e esfregar os banheiros até que estejam brilhando. Terá que lidar com excremento, urina, vômito, sangue, sêmen e cabelo de outras pessoas. Eu espero que tenha um estômago forte.

— Eu tenho.

Bem, assim espero, pensa Magda, *porque eu preciso de alguém hoje*.

— Vou me arriscar e oferecer o emprego a você — diz ela.

Ela não pode acreditar que está fazendo isso. Há noventa e nove por cento de chance desse garoto não durar duas semanas. Ele pode nem durar dois dias.

Mas Magda adora um tiro no escuro.

— Obrigado — fala Chad. — Eu não vou decepcioná-la.

— Você começará agora — avisa Magda. — É o dia da inauguração, os quartos estão todos limpos e isso me dará a chance de treiná-lo.

— Agora está ótimo! — celebra Chad.

Pelo menos ele tem o bom senso de tirar o blazer e puxar as mangas.

— Então o que você fez? Que besteira aprontou?

— Se não se incomodar, eu prefiro não dizer.

— Não é da minha conta — diz Magda. — Só estava curiosa. Acontece que eu acredito, Chadwick, que até mesmo os maiores desastres podem ser consertados, e vou ensiná-lo a acreditar nisso também.

Edie Robbins acorda na manhã do seu primeiro dia de trabalho na recepção, checa seu telefone e vê o e-mail de Xavier Darling. *Isso!*, pensa ela. *Isso, isso, isso!* Xavier está oferecendo um bônus de mil dólares por *semana!* E não é um prêmio de participação! O mesmo funcionário pode ganhar todas as dezoito semanas da temporada!

Edie sente o cheiro de bacon fritando. Assim como todos os anos no primeiro dia de aula de Edie, haverá bacon e ovos no café da manhã e caçarola de bolinhos de batata para o jantar. A mãe de Edie, Love, está tentando manter tudo em suas vidas como sempre fora — ainda que nada seja o mesmo desde o falecimento do pai de Edie, Vance Robbins, devido a um ataque cardíaco. Apesar de Love dizer que "está bem" — ela trabalha agora em tempo integral na floricultura Flowers on Chestnut para "se manter ocupada" —, Edie pode sentir que ela ainda está de luto. Foi por isso que decidiu passar o verão em casa. Além disso, ela precisava se afastar do ex-namorado Graydon.

O plano de Edie é economizar dinheiro suficiente durante o verão e candidatar-se a um emprego no "mundo real" — Nova York, São Paulo, Londres, Sydney, Xangai — no outono. Ela tem um pesado empréstimo estudantil para pagar (as universidades da Ivy League não são baratas), portanto, apesar da sua hora de trabalho paga ser mais do ela esperava, os mil dólares extras seriam de grande ajuda.

Ela vencerá o prêmio, decidiu. Ela vencerá toda semana. Ela está pronta para arrasar!

✳

A concorrente mais acirrada de Edie pelo prêmio em dinheiro será sua parceira na recepção, Alessandra Powell. Quando Edie chega ao trabalho — quase dez minutos mais cedo —, Alessandra já se encontra lá e apossada do computador mais desejado, o mais perto da entrada do balcão da recepção (Edie terá que se apertar para passar por Alessandra toda vez que sair e voltar).

— Bom dia, Alessandra! — diz Edie, animada.

Alessandra olha para Edie de modo breve, mas ainda perceptível, pressiona os lábios e lhe responde em um tom nem frio nem caloroso:

— Bom dia.

Edie se esforça para não se ofender; pelo que ela observou durante o treinamento e durante a primeira reunião de funcionários, Alessandra é pouco comunicativa. (Talvez não seja uma garota má, mas talvez não seja uma garota *boazinha*.) Com isso, Edie pode lidar. É mais difícil aceitar que Alessandra é a gerente da recepção. Edie não entende por que é preciso uma gerente de recepção quando há apenas duas funcionárias na recepção até agora. Edie percebe que Alessandra é mais velha e tem mais experiência prática profissional, além de falar quatro línguas. Mas algo em relação a Alessandra ter o título lhe parece errado. Ela acabou de aparecer aqui; é seu primeiro verão em Nantucket. Lizbet não a conhece, nem ninguém nesta ilha.

Na noite anterior, durante o jantar, Edie reclamou sobre a situação com sua mãe. Love trabalhou por anos como gerente de recepção no Nantucket Beach Club, e o pai de Edie, Vance, havia sido o gerente noturno.

Love bebericou o vinho.

— Eu aposto que vocês duas ainda serão grandes amigas até o fim do verão.

— Que fala de mãe.

— Desculpa — diz Love. — Eu aposto que as duas terão um verão tumultuoso marcado por incidentes de apunhaladas de inveja.

Inveja, sim, pensa Edie agora. Alessandra não é apenas bela e poliglota, mas também parece ter saído direto do Pinterest. Edie e Alessandra estão vestindo o mesmo uniforme — calça branca e uma blusa azul-hortênsia com botões. Alessandra incrementou seu uniforme com um cinto de tecido com blocos de cores da Johnnie-O, que provavelmente pertence ao namorado dela (mas ficou *tão fofa!*), sandálias de salto anabela e uma coleção de pulseiras douradas — entre as quais há um bracelete do amor da Cartier — que tintilam alegremente sempre que Alessandra mexe o braço esquerdo. Seu cabelo loiro-cobreado é longo, despenteado e praiano; ainda assim nenhum fio está fora do lugar (como isso é possível?). Ela usa um delineador de olho branco e um pequeno cristal grudado sob o olho direito. (Na universidade, Edie achava que cristais de olho fossem bregas, mas em Alessandra parece tão chique. Como isso é possível?) Seu crachá está de cabeça para baixo, o que Edie acha ser um erro, mas então percebe ser intencional — um truque para iniciar conversas —, pois pode ver que Alessandra não comete erros.

Edie, pelo contrário, está com o cabelo preso por uma bandana, nenhum cinto (ela não pensou em usar um cinto), e tênis Skechers nos pés, porque estava preocupada com conforto. Seu crachá está do lado correto.

— Obrigada por fazer o café — diz Edie ao acessar o computador ao lado da parede. Ela tenta não se sentir pressionada ou presa (ela sente os dois). Os braceletes de Alessandra gingam em resposta, e Edie pensa: *que seja, tanto faz*. O café tem um cheiro ótimo e delicioso, e Edie reflete se pode se servir com uma caneca; Lizbet não disse nada sobre isso.

Mas, neste momento, Edie vê Joan, o colega de trabalho de sua mãe, da Flowers on Chestnut, empurrando um carrinho cheio de buquês para os quartos. Onze hóspedes em onze quartos vão fazer o check-in hoje e eles encomendaram uma dúzia de arranjos primaveris: enormes hortênsias azuis, lírios orientais rosa, bocas-de-leão laranja e peônias abertas enroladas em pequenas bolas. Joan também tem uma versão gigante desse arranjo para a mesa pedestal do lobby.

— Querida Edie! — exclama Joan. — Olhe só para você no seu *primeiro dia de trabalho!* Sua mãe está tão orgulhosa de você.

— Bom dia, Joan — responde Edie.

Ela ouve Alessandra sussurrar: "Querida Edie?", e Edie sente o rubor subir em seu rosto. *Esse é o problema de trabalhar na sua ilha de origem*, pensa ela. Todo mundo a conhece e a envergonha com seu apelido horrendo. Ela tem sido a Querida Edie desde que era pequena, culpa do seu pai.

Edie move o grande arranjo para o lobby enquanto Alessandra ocupa o carregador baixinho e de cabelo bagunçado chamado Adam com a entrega dos onze arranjos aos quartos. O décimo segundo arranjo é para o escritório de Lizbet.

Joan adentra o lobby novamente, segurando um vaso de orquídeas vanda gloriosas e de um roxo profundo.

— Que vandas impressionantes — diz Edie, mostrando seu conhecimento sobre orquídeas para Alessandra. — São para mim?

Ela está brincando. Essas flores custam no mínimo quatrocentos dólares e, apesar de a mãe de Edie estar orgulhosa da filha, elas não têm esse tanto de dinheiro para gastar.

— São para Magda English — fala Joan. — Parece que ela tem um admirador.

Madga English!, pensa Edie. Essa é a tia de Zeke English, e a chefe do serviço de limpeza.

— Eu vou levá-las para ela. — Edie carrega as orquídeas pelo corredor até o escritório da limpeza, onde ela encontra Magda saindo com um rapaz loiro da idade de Edie que veste uma camiseta Oxford rosa e um cinto trançado. Ele parece um daqueles jovens desagradáveis que só vão lá no verão, acotovelam outras pessoas para saírem do caminho e arremessam o cartão de crédito dos pais no Gazebo.

— Srta. English, estas chegaram para você — diz Edie. — Você tem um admirador.

Magda interrompe seus passos e encara as flores, então estala a língua e balança a cabeça.

— Coloque-as na minha mesa, por favor, querida — pede. — Chadwick e eu temos trabalho a fazer.

Chadwick, pensa Edie, tentando esconder o sorriso. *Chad!* Ela coloca as orquídeas na mesa de Magda e encara o pequeno envelope preso nas pontas da estaca de plástico. O envelope está selado, e Edie não pode simplesmente abri-lo, mas está tentada a erguê-lo contra a luz do sol que entra pela janela para poder ver quem enviou flores tão extravagantes para Magda English.

✳

Edie havia concluído com sucesso o check-in dos hóspedes em dois quartos e uma suíte quando uma família adentra pelo corredor. São uma mãe e duas crianças — uma menina e um menino. A mãe é alta e magra como uma supermodelo — peitos pequenos e ossos do quadril protuberantes — e ela tem o que Edie apenas pode descrever como "cabelo de pavão", tingido em mechas ombré verdes e azuis. *Ou ela é bem mais descolada do que uma mãe-padrão*, pensa Edie, *ou está passando por uma crise de meia-idade.*

Edie está em espera no telefone com Cru, tentando garantir a reserva para os Katzen no quarto 103. Ela observa o pequeno menino correr apressado até um dos jogos de xadrez. Quando ele agarra um dos cavaleiros e o move, Edie desliga o telefone.

O *Hotel Nantucket* 45

— Louie! — alerta a mãe. — Venha já para cá, neste instante.

— Eles têm xadrez! — gritou Louie. Ele vai até o lado oposto do tabuleiro e move o peão.

Ao lado de Edie, Alessandra chama a atenção e oferece à família seu sorriso radiante (e de araque).

— Bem-vindos...

— Bem-vindos ao Hotel Nantucket! — grita Edie, atropelando as palavras de Alessandra.

Sem remover os óculos escuros, a mãe com penteado de pavão olha de Edie para Alessandra, como se tivesse chegado a uma encruzilhada na estrada. Ela parece inclinada a falar com Alessandra, e Edie se pergunta se passará por essa humilhação check-in após check-in, dia após dia, durante todo o verão. Dada a escolha entre Edie e Alessandra, as pessoas sempre escolhem Alessandra, seja por sua beleza ou pelo fato dela irradiar a confiança de uma Kardashian.

Edie acena para a mulher a fim de evitar qualquer dúvida.

— Eu vou fazer o seu check-in!

Os braceletes de Alessandra tintilam. É um som passivo-agressivo que expressa seu descontentamento. Por sorte, o telefone toca e Alessandra o atende. Edie divide sua atenção por tempo suficiente para saber que é a atendente do Cru ligando de volta. Alessandra pode lidar com a reserva de jantar dos Katzen.

— Então tá...? — diz a mulher com penteado de pavão.

Ela se aproxima com as crianças agora controladas em suas mãos. Ambas têm um cabelo loiro claríssimo e pequenos óculos redondos com lentes grossas, fazendo seus olhos parecerem pequenos peixinhos azul-claros nadando por trás do vidro; eles são tão estranhos, tão fofos.

— Meu nome é Kimber Marsh e esses são Wanda e Louie. Nós gostaríamos de reservar um quarto.

— Com certeza posso ajudá-la — diz Edie.

A primeira de última hora! Lizbet ficará animada; ela confessou a Edie que estava preocupada com o baixo índice de reservas.

— Qual tipo de quarto melhor lhe atenderia?

— Eu diria que precisamos de um quarto com duas camas queen-size. Eu não posso deixá-los ter um quarto separado, são muito novos.

— Por quantas noites?

— Eu gostaria de ficar o verão inteiro.

O verão inteiro?, pensa Edie. Ela começa a vibrar de emoção. É isto que Lizbet estava esperando: pessoas ouvindo sobre o hotel e entrando para reservar quartos.

— A diária do nosso quarto deluxe com duas camas queen-size é de 325 dólares — responde Edie. — Com as taxas e os impostos, o quarto fica 400 dólares.

— Tudo bem — concorda Kimber. — Por favor, reserve até... — Ela abre o calendário no telefone. — As crianças precisam voltar à escola então... adicionando alguns dias para me preparar... digamos que 25 de agosto.

Edie checa a disponibilidade, olha para Alessandra, que acabara de terminar o telefonema com Cru, e diz:

— Olha, eu vou lhe oferecer um upgrade gratuito para uma das nossas suítes familiares.

O hotel conta com doze suítes e apenas uma delas está reservada, então Edie se sente segura em oferecer o upgrade para Kimber Marsh. As suítes são divinas e, na opinião de Edie, não deveriam ficar à toa. A suíte 114, que Edie está reservando para a família Marsh, tem uma grande área de convívio com uma parede inteira repleta de livros de capa dura novos — para todos os gostos dos hóspedes — e possui uma janela com vista para a Easton Street. Essa suíte em particular tem um quarto principal e um quarto lúdico para crianças com quatro beliches conectados por túneis e pontes de corda; há cantos de leituras escondidos e até um balanço. É bem extravagante. Wanda e Louie vão adorar.

— Você vai nos dar um upgrade? — pergunta Kimber. Ela levanta os óculos de sol para o topo da cabeça a fim de poder ver o crachá de Edie. — Edie Robbins, você é um anjo que caiu na terra.

Edie estuda o rosto de Kimber. Ela tem olhos azuis turvos com círculos em um tom roxo-amarronzado abaixo. A mulher lembra a Edie de uma mãe necessitada em um comercial de sabão de roupas. Edie se enche de alegria por poder oferecer um upgrade à boa mulher de cabelos azuis e verdes.

— É um prazer enorme e sincero — diz a recepcionista.

Ela se enche de um sentimento de orgulho e de realização profissionais.

Este é o significado de hospitalidade: oferecer aos hóspedes algo extra, algo que os faça se sentir especiais, únicos e bem tratados.

— Só vou precisar de um cartão de crédito.

— Bem, olha, só tem um problema — fala Kimber. Ela olha para as crianças atentas como sentinelas ao seu lado. — Crianças, vão jogar xadrez, por favor. Mas apenas *uma* partida.

— Eu não quero jogar xadrez — reclama Wanda. — Eu quero ler. — Ela levanta um livro que Edie reconhece, um mistério vintage de Nancy Drew com uma contracapa amarelo-canário. *The Secret of Shadow Ranch*. Edie lera a mesma edição quando tinha a idade de Wanda.

— Por favor, Wanda? Eu deixo você ganhar — implora Louie.

Edie solta um riso, e Kimber revira os olhos.

— Ele é *obcecado*. Trouxe até um jogo de xadrez de viagem, mas acidentalmente o esqueceu no centro de boas-vindas de Connecticut. Foi um rio de lágrimas até o portão I-95. Espero que goste de crianças, porque nunca vamos conseguir tirá-lo de lá. Ele vai ficar sentado diante do tabuleiro o verão inteiro.

Edie volta a rir, apesar de menos entusiasmada. Louie consegue arrastar Wanda até o tabuleiro enquanto Edie espera para escutar o "problema" do qual Kimber quer falar.

Quando as crianças estão longe demais para ouvir, Kimber diz:

— Eu esperava pagar em dinheiro.

— Dinheiro? — pergunta Edie. A mulher está reservando um quarto de 400 dólares por noite por 81 noites e quer pagar em *dinheiro*?

Kimber abaixa a voz, sussurrando.

— Estou no meio de um divórcio, então todos os meus cartões foram bloqueados porque são da conta conjunta, blá-blá-blá. Eu tenho dinheiro, mas receio que não poderei passar um cartão.

Edie pisca. Quem em pleno ano de 2022 é louco o suficiente para pensar que ela poderia fazer o check-in em um hotel de luxo sem um cartão de crédito?

— A cobrança não será aceita — informa Edie. — Só fazemos uma cobrança mínima no cartão, cinquenta dólares por noite.

— O que estou dizendo é que não vai funcionar, o cartão será negado. — Kimber Marsh limpa a garganta. — Já tentamos isso no Faraway.

— Ah — diz Edie. O Faraway é um hotel boutique relativamente novo no centro da cidade. Se o Faraway não permitiu que Kimber fizesse um check-in sem cartão de crédito, então Edie obviamente também não poderia. Mas... ela sabe que é a missão do hotel é se *distinguir* dos demais hotéis de luxo na ilha. Por que não deveriam aceitar dinheiro em notas? Notas são dinheiro. Mas então Edie se recorda da realidade não falada, mas compreendida, do negócio hoteleiro: hóspedes mentem. A relação deles com você — com os funcionários do hotel — é temporária, então eles sentem que podem dizer o que quiserem. Quantos estudos de caso Edie lera na Cornell sobre como lidar com situações complicadas com hóspedes? Dúzias — e, ainda assim, nada desse tipo. O ex-namorado dela, Graydon, provavelmente diria que Kimber Marsh está tentando passar a perna nela, usando as crianças como distração. Ela *diz* que tem dinheiro, mas e se não tiver? E, mesmo que tenha, ela vai apenas entregar um monte de notas?

Edie precisa falar com Lizbet.

— Um momento, por favor — diz Edie.

Ela entra no escritório ao fundo e liga para o celular de Lizbet, mas a ligação vai direto para a caixa de mensagem. Droga. Ela lembra que Lizbet está dando um tour pela propriedade para o casal de Siracusa do quarto 303 e que não deveria ser interrompida. Cada hóspede é um influencer em potencial.

Alessandra entra no escritório.

— Você está deixando aqueles hóspedes *de molho*.

De molho, é sério?, pensa Edie. Não fazia nem sessenta segundos que ela saíra.

— Eu preciso falar com Lizbet.

— Por que não me deixa cuidar do check-in deles, já que não se sente confortável?

— Estou confortável — afirma Edie.

Ela passa por Alessandra e volta para o balcão, onde Kimber Marsh aguarda. Edie ouve Louie dizer: "Xeque-mate." Ele começa a organizar o tabuleiro mais uma vez enquanto Wanda se afunda na poltrona e abre seu livro.

— Eu realmente preciso informar à gerente-geral antes de prosseguir — informa Edie.

Kimber Marsh se inclina para frente.

— Meu futuro ex-marido me deixou por uma babá. — Ela emite uma pequena risada amarga. — É tão cliché, mas a verdade é que eu perdi meu marido *e* minha ajudante. Craig e Jenny estão passando o verão em Hamptons, Jenny acabou de descobrir que está *grávida,* então eu queria me afastar com meus filhos em vez de deixá-los sofrer no caldeirão que é a cidade de Nova York. Mas vejo que não ter um cartão de crédito que funciona *é* um problema. — Ela faz uma pausa. — E se eu lhe der a primeira semana em dinheiro com outros quinhentos dólares como segurança? — Ela suspira. — Pode me ajudar? Por favor?

Ele a deixou pela babá?, pensa Edie. *Que está grávida?* É claro que Edie quer ajudá-la. Essa pobre mulher precisa de sua ajuda. Kimber Marsh quer que os filhos aproveitem o verão, e Edie fará isso acontecer (e talvez ganhará o bônus de mil dólares pelo seu serviço excepcional!).

Ela ouve os braceletes de Alessandra, mas não olha para a colega. Ela desliza dois cartões sobre o balcão.

— Eu vou discutir as opções de pagamento com a gerente-geral, mas, por enquanto, vou deixá-la se acomodar na suíte.

Alessandra limpa a garganta.

— Você tem bagagens? — pergunta Edie.

— Sim, o cavalheiro na entrada... — Kimber checa atrás de si. — É bastante coisa. Eu acho que estão retirando do carro.

— E estão com o Doug! — Wanda reaparece, apesar de Louie estar confortável diante do tabuleiro de xadrez.

— Excelente — diz Edie. Ela não tem ideia de quem é Doug; talvez seja um bicho de pelúcia, um amigo imaginário. — Eu mal posso esperar para conhecê-lo. Já que os carregadores estão ocupados com suas bagagens, eu vou lhes mostrar o caminho. — A essa altura, Edie não tem escolha senão virar-se para Alessandra. — Eu só vou levar a família Marsh até a suíte. Já volto.

O sorriso de Alessandra é glacial.

— É claro. — E para Kimber diz: — Espero que aproveite a sua estadia e avise se pudermos ajudá-la com qualquer coisa.

Assim que Edie emerge de trás do balcão, Adam surge com o carrinho de bagagens, cheio até o topo com bolsas. Adam cruza com o olhar de Edie e sussurra algo que ela não compreende. E, baseando-se no seu tom de voz e na sua expressão facial, talvez ela não queira ouvir. Um segundo depois, Zeke English, que se formou na Nantucket High School dois anos antes de Edie e que é tão lindo a ponto de deixar Edie tonta, entra no lobby com um cachorro na coleira — um pit bull azul-acinzentado esbelto e musculoso. Edie reconhece a raça porque Graydon, seu ex-namorado, tinha uma pit bull chamada Portia. O cachorro, que está com uma focinheira preta, arrasta Zeke, suas unhas arranhando o raro e texturizado piso de castanheiro do lobby.

A boca de Edie vai ao chão, e ela olha para Zeke e para Adam, mas é claro que ambos esperam que ela lide com isso.

— Este é o Doug? — pergunta Edie.

A expressão de Kimber se ilumina.

— Sim. Eu coloquei a focinheira nele na minivan, e ele *não* gostou. Ele é um hipopótamo doce, mas pode ficar um pouco agitado perto de estranhos.

Um pouco agitado perto de estranhos, então por que trazê-lo para um resort onde só haverá estranhos ao redor? Edie começa a suar. Quando se quer passar o verão todo em Nantucket com suas crianças e um cachorro, você aluga uma casa. Por que Kimber Marsh não alugou uma casa? É possível que ela não tenha encontrado um aluguel ideal em cima da hora. Ou talvez ela não quisesse o trabalho. Talvez quisesse uma piscina, um centro de bem-estar e serviço de quarto. Poderia haver milhares de motivos, mas uma coisa era clara: Edie precisa falar com Lizbet. Ela está muito ansiosa para processar a reação de Alessandra.

— Você poderia levar a Sra. Marsh e as crianças para a suíte? — pergunta Edie a Adam. — Eu vou ligar para a Lizbet.

— E o cachorro? — questiona Zeke. — Levo?

Tudo o que Edie pode imaginar é Doug pulando na suntuosa cama branca, mastigando a corda e a moldura de madeira, arranhando os lençóis brancos, urinando no tapete Annie Selke. Arrepios percorrem seu corpo. Ela deduz que o motivo do Faraway ter rejeitado os Marsh não foi o pagamento, mas o cachorro.

— Você e o Doug podem esperar lá fora por dois segundos enquanto falo com a Lizbet?

Zeke olha para fora. O cachorro obviamente quer seguir o restante da família, mas Zeke o conduz para a área externa. Edie olha de relance para

Alessandra, que oferece um olhar gélido. Ela não vai ajudar. *Certo, tudo bem.* Edie volta para o escritório e tenta entrar em contato com Lizbet novamente, e desta vez Lizbet atende.

— Lizbet? — pergunta Edie. — Nós tivemos nossa primeira reserva de última hora! É uma mulher chamada Kimber Marsh e seus dois filhos. Eles querem ficar o verão inteiro e pagarão em dinheiro.

— Por favor, me diga que você pegou o cartão de crédito, Edie.

— Ela está passando por um divórcio, então seus cartões estão bloqueados. Ela disse que dará a entrada de uma semana mais quinhentos dólares como segurança...

— Ah não, Edie!

Só agora Edie percebe o quanto isso soa absurdo, e ela mal começou a história.

— Eu ofereci um upgrade para a suíte 114 porque está vazia.

— Você ofereceu um upgrade — diz Lizbet — para o verão inteiro? Por favor, me diga que é brincadeira.

— Aquelas suítes familiares estão vazias.

— Serão reservadas — afirma Lizbet. — E, quando forem, nós perderemos receita com o seu upgrade de onze semanas.

Edie estragou tudo. Se isso fosse um jogo de faz de conta da universidade, ela não ganharia nada além de "comentários para aprimoramento". Aqui no mundo real, poderia ser demitida, e ela ainda nem contou a pior parte para Lizbet.

— Além disso — fala Edie —, ela tem um pit bull. O nome dele é Doug.

— *O quê?*

Edie dá adeus ao seu sonho de ganhar o bônus de mil dólares desta semana.

6 • Segredos dos Funcionários

Em seus cem anos como fantasma, Grace desenvolveu e refinou sua inteligência emocional; seus instintos sobre as pessoas estão (quase) sempre corretos. Grace pode pressentir problemas — como se estivesse ouvindo uma nota errada em uma música ou provando um vinho estragado. E, apesar de Grace estar intrigada pela chegada inesperada dessa família, ela vê um aviso amarelo brilhante ao olhar para a mãe. Kimber Marsh está mentindo sobre alguma coisa. As crianças, no entanto, são pequenos anjinhos preciosos, tão fofos e estranhos que Grace adoraria abraçá-los.

As crianças correm, aos gritos, ao entrar no paraíso de quarto com beliche da suíte 114 com o cachorro no encalço. O pequeno menino, Louie, escala os degraus do beliche superior perto da porta, então atravessa pela ponte de corda até o outro beliche superior. A pequenina menina, Wanda, se aninha no balanço semelhante a uma cadeira de vime em formato de ovo, e abre seu livro de mistério. Doug, o cachorro, para logo na entrada do cômodo e levanta sua cabeça gigante. Ele começa a choramingar.

Ah, droga, pensa Grace. Ele a percebe, animais quase sempre percebem.

— O que foi, Dougie? — pergunta Wanda. — Venha.

Grace flutua para o quarto principal, onde Kimber Marsh corre um dedo pelas lombadas dos livros alinhados nas estantes. *Ela é realmente muito linda ao sorrir*, pensa Grace, apesar do cabelo azul e verde ser desconcertante. E algo mais parece estranho.

Kimber abre o pequeno contêiner de gelo e puxa uma embalagem de biscoitos, um tubo de patê de anchova defumada e — bem, são 17h na Groenlândia — uma garrafa de vinho pino gris de cranberry da Nantucket Vineyards. Ela se serve de uma taça de espumante, então arrasta o biscoito pelo patê antes de enfiá-lo na boca. Grace perdoa seus modos à mesa por ser tão magra e precisar comer. Então Kimber desliza para o tablet ao lado da cama e, de repente, o quarto se enche de música. É Mötley Crüe cantando *Home Sweet Home*. Grace não ouvia essa música desde o início dos anos 1990.

Kimber vai até o banheiro com seus produtos de limpeza, e Grace a segue com cuidado. Ela precisa evitar os espelhos, caso Kimber tenha, como era popular no fim dos anos 1990, "um sexto sentido". (*Eu vejo gente morta*.) Kimber olha ao redor, cheira a vela Nest ao lado da banheira (Amalfi de limão e menta), vira-se para o leve anel de luz ao redor do espelho e pisca para seu reflexo. *Ok?,* pensa Grace. *Vamos pensar sobre isto: por que uma pessoa piscaria para si mesma? Ela conseguiu tramar algo? Não tem um centavo no seu nome, mas agora ela, as crianças e o cachorro estão confortáveis neste cômodo luxuoso?*

De volta ao quarto, Kimber pega outro biscoito e então, do entulho de bagagens que trouxeram, pesca uma bolsa de lona vermelha. Ela abre o zíper e revela montanhas de dinheiro. *Então não estava blefando quanto ao dinheiro,* pensa Grace. Enquanto ela guarda as pilhas de dinheiro no cofre no closet do quarto, alguém bate à porta. Kimber fica tensa, então caminha cuidadosamente pela sala de estar, olha pelo olho mágico e sorri.

É o crush de Grace, Zeke (*suspiro*) segurando um dos jogos de xadrez em mármore do lobby.

— Edie disse que o Louie perdeu o conjunto de xadrez de viagem. Ela pensou que ele fosse gostar de ter um próprio no quarto.

— Obrigada! — diz Kimber. — Quanta gentileza. — Ela levanta um dedo. — Deixe-me lhe dar uma coisinha.

— Não precisa — afirma Zeke. — O prazer é nosso.

✳

Lizbet havia acabado de terminar o tour pelo hotel com o casal de Siracusa — a mulher disse que tinha uma "bela" quantidade de seguidores no Instagram, e Lizbet pensara que talvez ela pudesse ajudar a espalhar a notícia sobre o hotel para o mundo — e esteve o dia todo de pé (o que pensou quando decidiu usar stilettos?), mas, quando Edie conta sobre a família na suíte 114, ela corre de volta para o escritório. Tudo em que pode pensar ao desabar na cadeira é que a Querida Edie fora passada para trás por uma vigarista logo no primeiro dia.

Ela deve ir até a suíte 114.

Lizbet se arrasta pelo corredor e bate na porta com um sorriso tão forçado que faz sua cabeça doer.

Kimber Marsh abre a porta. Graças a Deus Edie avisara a Lizbet sobre o cabelo, porque é chocante.

— Olá, Sra. Marsh. Eu sou Lizbet Keaton, gerente-geral do hotel.

— Que bela propriedade você tem aqui — diz a hóspede. — As crianças estão no céu.

Lizbet planejava ser firme, mas, quando as duas pequenas cabecinhas com óculos saem na ponta dos pés do quarto de beliches, ela repensa imediatamente. A menina está segurando um livro e o menino está agarrado a uma rainha branca do xadrez.

— Eu falei com Edie, a responsável pelo seu check-in. Ela me contou que você deseja pagar em dinheiro, o que não será problema. Vou precisar do valor da primeira semana como depósito.

— Sim, é claro. Um segundo. — Kimber segue para o quarto e reaparece um instante depois com uma pilha de dinheiro. Ela conta: 3.300 dólares. — A primeira semana mais 500 dólares como segurança. Eu posso pagar adiantado toda segunda-feira, se preferir.

— Adiantado, toda segunda-feira, tudo bem — diz Lizbet, relaxando um pouco. Se a mulher pagar adiantado, não há problema, não é? — Vamos entregar o recibo de pagamento por debaixo da porta e também enviá-lo por e-mail para você.

Kimber Marsh abre os braços e abraça Lizbet, e as crianças correm e agarram Lizbet ao redor das pernas. Sobre os ombros de Kimber, Lizbet vê o cachorro. Ele trota até eles, cheira Lizbet, então se joga sobre seus pés doloridos.

✳

Ao final do dia, Lizbet chama os funcionários até o seu escritório. Raoul, que trabalha no turno noturno, concorda em ficar de olho no balcão.

Lizbet reúne Edie, Alessandra, Zeke, Adam e Magda, que vem seguida de um jovem universitário vestido com bermuda cargo e uma camiseta Oxford com mangas enroladas.

— Lizbet, permita-me apresentá-la ao mais novo membro da minha equipe de limpeza, Chadwick Winslow — anuncia Magda. — Eu o treinei hoje. Os outros da equipe só virão a partir de amanhã.

— Chad Winslow — diz o jovem, apertando a mão de Lizbet.

— É mesmo, eu me lembro de quando veio entregar seu currículo. Estou feliz que deu certo. Seja bem-vindo.

Chad abaixa a cabeça.

— Obrigado pela oportunidade. Sou muito grato.

Chadwick Winslow parece um nome saído direto do Pacto de Mayflower, mas Lizbet deseja fomentar a diversidade e a inclusão na equipe toda. Por que um jovem com cara de rico, chamado Chad, não poderia limpar os quartos?

Lizbet guia todos para a sala de descanso, que fora decorada para lembrar uma lanchonete norte-americana dos anos 1950, com os tons turquesa e laranja marcantes da rede Howard Johnson, muitas peças cromadas e revestimentos laminados. Isso oferece uma separação psicológica completa do restante do hotel — importante quando todos estão trabalhando seis dias e meio por semana. Há um balcão de bar no qual os funcionários podem se sentar e almoçar, um sofá baixo e curvo com travesseiros suficientes para uma soneca, uma máquina de sorvete italiano, uma máquina de pinball vintage — Abracadabra — e um jukebox que permite quatro músicas por dólar.

Lizbet está realmente impressionada com a sala de descanso, mas a maior parte dos funcionários parece perplexa. Zeke encara a máquina de pinball como se fosse uma nave marciana, e Lizbet pode vê-lo desejar que houvesse uma televisão e um PS5 em vez disso. Edie inspeciona as músicas no jukebox e diz:

— Eu nunca ouvi nenhuma destas músicas. Quem é Joan Jett?

Lizbet pede para todos se sentarem, então checa se a porta está devidamente fechada.

— Antes de mais nada, eu quero agradecer a cada um de vocês pelo excelente trabalho hoje. — Ela leva as mãos ao peito.

O incidente com JJ e Mario Subiaco daquela manhã no estacionamento parece até ter acontecido três dias atrás, e Lizbet tem que ficar para trabalhar no balcão à noite. Como será possível ela aguentar o verão inteiro?

Nesse ritmo, ela não vai aguentar, especialmente não de salto alto.

— Nós temos hóspedes na suíte 114 que ficarão o verão inteiro. Eu só quero lembrar a todos que, apesar desses hóspedes poderem se tornar familiares a vocês ao longo do tempo, sempre devem tratá-los com o mais alto padrão de serviço. E informações sobre todos os nossos hóspedes devem ser tratadas com a maior confidencialidade.

— É claro — diz Edie. Todos os outros apenas aquiescem.

Algo sobre o dinheiro de Kimber Marsh parecia estranho, e, após as crianças e Doug voltarem para o quarto, Lizbet quis fazer uma pergunta a Kimber, mas ela não tinha certeza de qual pergunta deveria ser. O seu ex-marido era abusivo? Ele era mafioso ou traficante? A família estava se escondendo? No fim, Lizbet disse para Kimber: "Estamos felizes que estejam aqui. Eu preparei um guia de recomendações de Nantucket, que eu chamo de Livro Azul. Vou deixá-lo para você no balcão."

Depois, Lizbet sentou-se em frente ao computador e pesquisou sobre Kimber Marsh no endereço East Seventy-Fourth Street, Nova York, estado de Nova York. Nada de relevante surgiu. Lizbet checou o Facebook, o Twitter e o Instagram — e nada. Ela tentou Kimberly Marsh, Kim Marsh, Kimmy Marsh — nada ainda. No que se tratava de internet, Kimber Marsh não existia. Isso era suspeito? Lizbet pensou que houvesse muitas pessoas que não usavam redes sociais. Ou talvez, devido ao divórcio, ela tivesse deletado as suas contas.

Para os funcionários, Lizbet diz:

— Eu aconselhei a Sra. Marsh a usar a saída ao lado da suíte para caminhar com o cachorro. A última coisa que quero ver é aquele cachorro andando pelo lobby.

— Eu levo o cachorro para passear se a Sra. Marsh precisar — anuncia Zeke.

Edie solta uma risada.

— É sério? Hoje à tarde, o cachorro é que estava levando você para passear.

— Nós ficamos amigos — diz Zeke. — Será um prazer fazer isso para a Sra. Marsh.

— Ele só quer o bônus de mil dólares — diz Adam.

— Sobre o bônus — introduz Lizbet, e todos os olhos se voltam para ela. — Além de ler os comentários no TravelTattler, o Sr. Darling também ouvirá os *meus* comentários sobre a performance dos funcionários. E o que procurarei é um serviço excepcional ao hóspede, é claro, mas também altruísmo, proatividade, consistência, gentileza e trabalho em equipe.

Alessandra, que estivera sentada no sofá com os braços cruzados, levantou uma mão.

— O Sr. Darling estará presente neste verão?

— Não até agosto.

Alessandra franze as sobrancelhas, mas o restante dos funcionários parece aliviado. Adam ergue uma mão.

— Podemos afinar o piano no lobby?

— Claro — diz Lizbet. Até este segundo, ela pensava que o piano fosse apenas uma peça de decoração. — Você toca?

— Sim, toco — responde Adam. Ele cantarola *Bem-vindo ao Hotel Na-an-tucket!* usando o tom de *Hotel California*, e todos, exceto Alessandra, sorriem. Ele tem uma ótima voz, digna da Broadway, como seu ex-gerente-geral dissera por e-mail.

— Vou colocar isso na minha lista — afirma Lizbet, e olha para todos no cômodo. — Alguém mais tem um talento escondido? — Ela faz uma pausa. — Ou talvez um segredo que deseje compartilhar neste espaço seguro?

Ela observa cada rosto no cômodo ficar tenso.

Lizbet sorri.

— Estou apenas brincando, pessoal. Parabéns pelo excelente primeiro dia.

Lizbet *não* está brincando. Ela quer nutrir intimidade e confiança. Durante suas quinze temporadas no Deck, Lizbet foi um cofre para todo o tipo de informação sensível. Fora ela quem recebeu a ligação sobre a prisão do irmão de Goose por dirigir embriagado; fora ela quem se sentou com Juliette no escritório do restaurante enquanto Juliette chorava por ter acidentalmente engravidado. No entanto, Lizbet mantinha limites: ela era noventa por cento chefe, dez por cento irmã mais velha. Seus funcionários sentiam um pouco de medo dela, mas isso significava que ela estava fazendo um bom trabalho. Agora, ela deseja criar essa mesma atmosfera aqui; esse é seu *ponto forte*. Ela examina cuidadosamente a equipe. Se estão escondendo algo — como ela suspeita ser o caso de Kimber Marsh — então ela quer saber de tudo agora, neste momento.

✳

Chad Winslow deixa a reunião da equipe e dirige seu Range Rover novo de volta para a casa de veraneio dos seus pais na Eel Point Road.

Segredos?, pensa ele. Não é possível Lizbet ter ouvido falar do que aconteceu na Pensilvânia, mas a pergunta o deixara desconfortável.

Ele checa o celular por tempo suficiente para ver infinitas mensagens de textos e snapshots do seu verão com os amigos, mas não há nada de Paddy, o que é tanto agonizante quanto aliviante. Chad enviou uma mensagem para Paddy todos os dias desde que chegara à ilha, mas não obteve resposta. Paddy não queria nada com Chad, odeia sua atitude, e nunca lhe dirigirá a palavra novamente. E a questão é que Chad não pode culpá-lo. Enquanto Chad percorre a trilha de terra até as grandiosas casas de praia da ilha, ele se recorda das palavras da Srta. English: *Acontece que eu acredito, Chadwick, que até mesmo os maiores desastres podem ser consertados, e vou ensiná-lo a acreditar também*. Chad quer acreditar. Ele quer pensar que, se trabalhar duro e mantiver a cabeça no lugar, poderá remover a terrível mancha em sua vida.

A Srta. English e Chad passaram o dia no quarto 104, que estava impecavelmente limpo. Ela removeu os lençóis da cama tamanho imperador, ele começou do zero, puxando os tecidos sob medida bem justos ao redor dos cantos. *Nada pior do que um lençol amarrotado*, dissera a Srta. English. Ela mostrou-lhe como organizar os travesseiros, e o fez tirar uma foto do resultado como se fosse uma exibição de arte. Passaram duas horas somente no banheiro, revisando todos os pontos nos quais as bactérias se escondem, vendo como encontrar e jogar no lixo fios de cabelo e unhas cortadas, como remover manchas de umidade dos copos e como dobrar uma toalha — que era mais difícil do que parecia. Chad dobrou a mesma toalha cerca de 62 vezes, começando de novo se as pontas não estivessem retas. Eles repassaram todos os cem pontos da lista de checagem, incluindo os menores detalhes nos quais Chad nunca teria pensado: o número de cabides no armário, o funcionamento de todas as lâmpadas e a temperatura do frigobar. A Srta. English deu instruções severas a Chad sobre quais bagagens dos hóspedes tocar; ele deveria dobrar roupas jogadas e colocá-las sobre a superfície mais próxima. (Os hóspedes sempre deixam a roupa íntima presa no fio de telefone, disse a Srta. English a ele, o que o fez rir. Esperava que ela estivesse brincando.) Ele nunca deveria tocar em joias, relógios ou dinheiro, a não ser que seja um procedimento de check-out e o dinheiro tenha sido deixado como gorjeta. Ele nunca deveria abrir as gavetas, os armários ou as malas.

"Obviamente", disse Chad, e a Srta. English lhe lançou um olhar sério. Ela achava que ele era um ladrão? Ele não dissera como havia "pisado na bola", então era possível que ela pensasse que ele tivesse roubado algo.

Isso era praticamente a única coisa que ele não fizera.

✳

Quando Chad estaciona na garagem, ele vê o Porsche Cayenne do seu amigo Jasper ali, e Jasper, Bryce e Eric estão parados na varanda da frente.

Chad mira o ar-condicionado direto para o seu rosto e deseja poder desaparecer.

— Onde esteve, mano, mandamos snaps o dia todo. Finalmente decidimos invadir, mas sua irmã disse que você não estava em casa. E, quando perguntamos onde você estava, ela disse que esperava que você estivesse apodrecendo em uma vala.

— Ai — diz Chad, apesar de não ser surpresa. Leith o odeia agora.

— Ela é fria — fala Bryce.

— E ainda assim gostosa — afirma Eric.

Chad não tem energia para advertir Eric pelo comentário. Está mais preocupado com o doce miasma verde no ar acima de seus amigos.

— Vocês fumaram na minha varanda?

— Estávamos *esperando* você, cara. Vamos passar em uma cervejaria. Você precisar vir.

— Não posso.

— O quêêê? — diz Eric. — A banda está reunida de novo, mano, vamos lá. Não sentiu nossa falta?

A resposta era não. Chad ainda era amigo desses caras — os jovens príncipes de Greenwich, Connecticut; Mission Hills, Kansas; e Fisher Island, Flórida — apenas porque compartilhavam um passado. Eles jogaram areia uns nos outros na Children's Beach, assistiram escondidos a filmes adultos no Dreamland Theater, chegaram tarde na noite de churrasco no Sankaty Head Golf Club com seus sapatos Oxford calçados pela metade e os olhos vermelhos por fumarem um cachimbo de maçã em Altar Rock. Mas, graças à sua amizade com Paddy,

Chad havia ganhado uma pitada de consciência. Ele sabia que o estereótipo de Chad — desmaiar em público (como Jasper na frente do Gazebo no fim de semana no campeonato de fragatas) ou atolar um carro na praia (como Eric fizera com o Mercedes do seu pai na Fisherman) — não é apenas privilegiado e elitista, como também ridículo e patético.

Como se chama um grupo de Chads? Uma herança.

No entanto, essa consciência, da qual Chad era secretamente orgulhoso, tragicamente falhou no dia 22 de maio.

Chad está impressionado que esses caras não tenham ouvido falar do aconteceu em Radnor. Ele meio que esperava que sua irmã, Leith, jogasse tudo no ventilador, mesmo que seus pais tenham feito os dois jurarem silêncio "pelo bem do nome da família". Ainda assim, Chad sabe que a fofoca corre rápido entre afluentes repletos de dinheiro e de privilégio. Como as notícias sobre a festa não chegaram aos três?

Ou talvez tivessem chegado, e eles apenas não ligassem.

A cervejaria parece um programa legal. Eles podem tomar alguns copos gelados de coquetel Whale's Tales, comer alguns aperitivos de lagosta dos food trucks, observar as mulheres, ouvir uma música ao vivo, acariciar os golden retrievers de outras pessoas. (*Não*, pensa Chad, *nada de cães.*)

Apenas uma hora, pensa ele, *para agradá-los.*

Mas então ele lembra que uma ou duas horas em uma cervejaria poderiam facilmente se tornar drinks no Gazebo, o que então se transformará nos quatro na fila do Chicken Box, pulando com as mãos para cima em um show de banda cover do Coldplay, antes de caminharem pela Dave Street e vomitarem no banco de trás de um táxi.

Chad precisa estar no trabalho amanhã bem cedo. Ele *não* irá aparecer com uma ressaca.

— Bom revê-los, pessoal — diz Chad.

— Cara, o que está rolando? — pergunta Bryce. — Você não abriu nenhum snap o dia todo e agora não vai sair com a gente?

Chad sabe que seu comportamento pode parecer estranho. Ele nunca foi o líder do grupo — sempre foi o Jasper —, mas nos verões passados sempre se juntava a um pouco de diversão.

— Onde esteve o dia todo? — questiona Jasper.

— Eu... — diz Chad. Ele poderia dizer a esses caras que conseguiu um emprego, mas haveria perguntas como "Onde?" e "Como?" Chad deveria estar tendo um último verão relaxado, sem problemas, antes de começar na firma de investimento do pai, o Grupo Brandywine, em setembro. Como Chad poderia explicar que não apenas está trabalhando neste verão, mas como *camareiro?* Ele passou o dia com luvas de borracha, aprendendo sobre desinfetantes. — Talvez eu encontre vocês mais tarde.

Chad estende a mão para a maçaneta a fim de não haver dúvidas: ele não irá a lugar nenhum com eles.

Eric abre um grande sorrisão.

— Chad deve ter arrumado uma amiga. Olhe só a roupa dele... veio para *casa* ontem à noite?

Jasper e Bryce começam a caçoar — "os parceiros primeiro depois as minas, cara, mas de boa, já vamos"; "Falamos com você depois" — assim que Chad adentra para o ar gelado da entrada e fecha a porta. Leith está descendo as escadas; ela mostra o dedo do meio para o irmão e segue para a cozinha sem dizer uma palavra. Sua irmã atualmente conquistou o título de doutora em tratamento de silêncio, o que dói, pois costumavam ser amigos.

Um segundo depois, ele escuta sua mãe, Whitney.

— Chaddy?

Se ela o está chamando pelo pior apelido do mundo — Chaddy — então já deve estar bebendo chardonnay. Chad coloca a cabeça para dentro da cozinha e vê Whitney de pé perto da ilha com uma grande garrafa aberta de Kendall-Jackson à sua frente.

Ela balança um pedaço de papel em sua direção.

— Por favorzinho — diz ela. — Vá ao mercado para a mamãe.

Ele pega a lista: *8 filés wagyu, 1,3kg de atum-rabilho, 900g de salada de lagosta, queijo comté, batatinhas trufadas (6 pacotes).*

— É bastante comida — afirma ele. — Vamos ter visita?

Whitney dá de ombros e foca o olhar na promessa dourada do vinho.

— Coisas para o jantar.

Ainda vai demorar algumas semanas para o pai de Chad chegar à ilha; ele está ocupado fechando um negócio. Leith consome apenas duas coisas — ovos cozidos e Dr. Pepper diet — e Whitney come até menos do que isso. Sim, sua mãe sempre mantém a geladeira abastecida como se a linha ofensiva do time de futebol americano Philadelphia Eagles estivesse vindo para o jantar. Quando ela se dá o trabalho de cozinhar, noventa por cento da comida é jogada direto no lixo (nenhum dos pais de Chad prefere guardar as sobras). Porém, na maior parte do tempo, Whitney não se dá esse trabalho. Em vez disso, ela entorna vinho, estoura um saco de pipoca e se perde na Netflix ou encontra "as meninas" no clube de iate, e as compras ficam esquecidas na geladeira até criarem uma camada de gosma ou tufos de mofo verde-acinzentado. Isso nunca incomodou Chad; ele nem mesmo notava isso até Paddy discursar sobre o "desperdício notável" da residência Winslow.

Chad vai comprar três filés, o queijo e um saco de batatas, decide.

— Eu consegui um emprego hoje — anuncia ele.

— Você não fez isso.

Essas foram as primeiras palavras de Leith ao irmão desde 22 de maio.

— No Hotel Nantucket — diz Chad. — Na limpeza dos quartos.

Sua mãe pisca os olhos.

— Eu queria fazer algo — continua Chad — para consertar as coisas.

— O seu pai está cuidando disso com os advogados — diz sua mãe.

— *Eu* queria fazer algo. Arrumar um emprego honesto, ganhar meu próprio dinheiro para dar ao Paddy.

— Ah, querido — diz Whitney.

— Espera — fala Leith. — Está falando sério? Você vai limpar quartos no hotel? Você será um... um...

— Um camareiro — diz Chad.

Ele observa a irmã sorrir, o que é bom porque ela tem um belo sorriso e ele não o via há um bom tempo. Mas então ela se desata numa gargalhada histérica, que logo se transforma mais em ataque histérico do que em risada, e termina com lágrimas horrendas. Ela agarra a coisa mais próxima que encontra — uma xícara de café com uma foto de um cachorro dachshund — e joga nele, juntando força como se quisesse arremessar uma bola de lacrosse no gol para marcar o ponto da vitória contra o rival de longa data. Ela erra Chad, e a xícara se quebra no chão.

— Não! Dá! Para! Remediar! As! Coisas! — grita Leith.

Chad sai da cozinha e segue para a porta da frente com a lista em seu punho fechado.

Sua irmã está certa... não dá para ele remediar as coisas. Mas ele vai morrer tentando.

Desde sua chegada a Nantucket em agosto do ano passado e de sua mudança para o chalé de visitas atrás da casa do seu irmão na West Chester Street, Magda English tinha estabelecido uma rotina modesta e organizada. Ela participa da missa das 7h30 da igreja na Summer Street todo domingo de manhã; ocasionalmente encontra as senhoras da igreja (lideradas pela hipócrita e quase intolerável Nancy Twine) para tardes de "artesanato"; e cozinha: sopas, caldos e pratos de arroz, todos diabolicamente picantes.

Quando Magda deixa a reunião de equipe, ela ri consigo mesma. *Alguém tem um segredo que deseje compartilhar neste espaço seguro?*

Magda tem segredos, mas não é idiota o bastante para divulgá-los a pessoas que acabara de conhecer, cuja maioria não tem idade o suficiente para se lembrar da virada do milênio. Ela acha engraçado que sua nova gerente-geral, uma mulher em seus trinta anos, seja ingênua a ponto de acreditar que exista um espaço "seguro".

Se Magda quisesse dar o exemplo e compartilhar algo, talvez tivesse dito isto: ela está animada para voltar a trabalhar. Sua rotina modesta e organizada havia se tornado sem graça; ela estava entediada e, mais de uma vez, havia checado os voos de volta para St. Thomas. Ela havia se aposentado de cruzeiros de vez, mas havia um novo resort inaugurando na ilha Lovango Cay, e ela pensou que poderia liderar a equipe de limpeza de lá. Mas então teve notícias de Xavier, que lhe contou o que havia feito: comprado um hotel, sem ver o local, na ilha em que ela agora mora.

Xavier é como um colegial plantando bananeira e dando mortais para chamar a atenção de Magda, mas, no caso dele, as acrobacias são demonstrações de riqueza — o modo como ele conseguiu completar a renovação tão rápido, os bônus de mil dólares para os funcionários. E mandando as orquídeas hoje pela manhã! (Vandas são as flores preferidas de Magda, e Xavier sabe bem disso.) Ela as deixou sobre a mesa. Se as levasse para casa, ela receberia todo tipo de pergunta as quais não tinha a intenção de responder.

Magda deixa discretamente o hotel e entra no seu Jeep Gladiator novo, que é parte Jeep, parte caminhonete e parte conversível. Seu irmão, William, lhe lançara um olhar *bem* sério quando ela voltou de Don Allen Ford com o veículo; com certeza, ele estava pensando em como ela conseguira pagar pelo carro. Ela dissera: "Eu vivi em navios por tanto tempo que tudo que sonhava era ter um carro novo, então eu exagerei um pouco." Se ele não ficou satisfeito com sua resposta, o problema era dele.

Magda tem tarefas a fazer. Sua primeira parada é na adega Hatch's para uma garrafa fresca de rum Appleton Estate de 21 anos — ela constantemente busca uma lembrança do Caribe — e, porque não consegue se segurar, ela também compra um cartão de raspadinha de dez dólares. Ao voltar para o carro, ela raspa a cobertura prata com uma moeda da sua bolsa de trocados.

Ahá! Ela tinha ganhado quinhentos dólares! Voltará depois para retirar seu prêmio.

Magda considera parar na Bayberry Properties para ver se Eddie Veloz tem mais casas disponíveis, mas ela não gosta como a irmã de Eddie, Barbie, olha para ela, e então decide apenas enviar uma mensagem para Eddie.

Por favor, não se esqueça de mim, Sr. Pancik, **escreve ela.**

Para crédito dele, Eddie responde em seguida: Eu nunca poderia esquecê-la, Magda! Vou apresentar uma listagem no fim desta semana, como discutimos.

Magda adora William e Ezekiel, mas era hora de ela ter a própria casa, especialmente agora que ficaria de vez.

Há mais uma tarefa para fazer: ir ao Nantucket Meat and Fish Market. Magda quer comprar caranguejos de casca mole; ela vai refogá-los em manteiga marrom e servi-los com arroz sujo e aspargos assados. O mercado está em uma temperatura fria e agradável, e cheira a café. É a residência da única loja da Starbucks na ilha. Magda segue para a generosa e extensa prateleira refrigerada do açougue, onde encontra bandejas impecáveis de costelas, bifes Wellington individuais, filés cortados em cubo em três marinadas diferentes, peitos de frango recheados com espinafre e queijo, espetinhos de vegetais dispostos nas cores do arco-íris, costelinhas, costeletas de cordeiro, caudas de lagostas, coquetéis de camarão jumbo, salmão no limão e coentro e filés de peixe-espada grossos como livros. A fila do açougue tem quatro ou cinco pessoas, mas Magda não se importa em esperar. É a primeira vez no dia que ela descansa por um tempo.

O hotel ficou maravilhoso, ela precisava admitir. Mas, é claro, Xavier nunca faz nada pela metade. *Se você não planeja ser o melhor, por que se dar o trabalho de começar?* Não fora isso o que Xavier lhe dissera na noite em que o conheceu há milhares de anos, quando ele comprou uma linha de cruzeiros pela primeira vez? Ele se dirigiu aos funcionários no teatro Tropicana; todos ficaram animados, inclusive Magda, pois seria uma hora de drinks gratuitos. Magda ainda consegue visualizar Xavier ereto e imponente em seu terno sob medida. Isso foi há quase trinta anos, a noite em que sua vida mudou.

Xavier virá para a ilha em agosto. Magda garantirá que sua suíte esteja impecável.

Só de pensar nessas palavras uma risada é arrancada de Magda, o que atrai a atenção do jovem à sua frente. Ele se vira para ela.

— Ah — diz ele. — Olá, Srta. English.

Pelo amor de Deus, pensa Magda. É seu tiro no escuro. Ela tem dificuldade em se lembrar do nome do rapaz mesmo tendo passado o dia inteiro em sua companhia, mostrando a ele como aspirar em linhas organizadas e como esfregar os ladrilhos de conchas de ostras com uma escova de dente elétrica. Eles tinham limpado uma boa parte do hotel, apesar de ter ficado imediatamente claro que o jovem nunca limpara nem um prato na mesa de jantar. Ainda precisavam lidar com a lavanderia — dobrar um lençol sob medida; será que ele um dia vai conseguir dominar isso? Também precisam de tempo para abordar temas sensíveis com os quais a equipe de limpeza se depara: brinquedos sexuais e objetos de encenação, pílulas anticoncepcionais, camisinhas, diafragmas, tubos de lubrificantes, falsificações, drogas e parafernália para drogas. Ela não quer chocá-lo.

— Olá... — Não consegue se lembrar do nome dele por nada. Ela chegou a chamá-lo pelo nome hoje? Deve ter chamado. Sua mente tateia pelo nome assim como suas mãos tateiam a mesa de cabeceira em busca dos seus óculos na escuridão do início da manhã.

— Chad — completa o jovem.

Ela começa a rir. Não consegue evitar. Ela abaixa a cabeça e gargalha em direção ao peito, seu corpo tremendo com a risada. É tão *engraçado*, não apenas ela se esquecer do nome *mesmo após passar o dia todo com ele*, como também o nome, Chad, quando ele se parece, por fora pelo menos, o epítome do estereótipo de Nantucket. Um Chad chamado Chad. Magda gargalha com vontade, os músculos do seu estômago começam a doer e lágrimas escorrem pelos cantos dos olhos. Chad a está encarando, assim como um casal na fila — o que começa a trazê-la de volta ao presente, mas então Magda vê um vislumbre da expressão de Chad e está tão *confusa* que ela desata a rir novamente. Ela está fazendo um som de tique que nem se parece com uma risada, mas é tudo o que consegue externalizar. Ela deve estar a trinta segundos de alguém chamar uma ambulância.

Agora é a vez de Chad ir até o balcão e fazer um pedido. Ele pede três filés Wangyu e, apesar de Magda conhecer o rapaz a menos de 24 horas, é exatamente isso que ela adivinharia que sua família comeria para o jantar. Magda finalmente consegue recuperar o fôlego e se recompor, apesar de pequenas risadas continuarem saindo até Chad se virar com sua encomenda embrulhada e sorrir incerto para ela.

— Até amanhã, Srta. English.

— Até amanhã, Tiro no Escuro — diz ela. O sorriso dele se alarga; ele aguenta um certo cutucão, e Magda sente uma onda de otimismo. Ela se pergunta se seu tiro no escuro poderia dar certo afinal.

Edie sai da reunião e pensa: *sou só eu ou esse dia durou três semanas?* Ela checa o celular.

Há uma cobrança no Venmo de cinco mil dólares do seu ex-namorado.

Não, pensa Edie.

Isso parece um erro ou uma brincadeira, mas calafrios correm pelo seu corpo.

Graydon está no árido e rachado deserto do Arizona; ele aceitou um emprego no Ritz-Carlton na propriedade de Dove Mountain, o cargo para o qual os dois se candidataram juntos e planejaram exercer juntos. Mas então as coisas com Graydon começaram a ficar estranhas e horríveis, e Edie mudou de ideia sobre o Ritz e decidiu voltar para casa. Graydon, que àquela altura estava obcecado por Edie, perguntou se ele poderia vir para Nantucket também — ele disse que moraria com Edie e a mãe dela, Love —, mas Edie respondeu que não achava uma boa ideia. O que ela quis dizer era que não *queria* Graydon em Nantucket. O que ela quis dizer era que queria terminar. Edie presumira que ela trabalharia no Beach Club como seus pais trabalharam, até que sua mãe, de improviso, mencionou que o Hotel Nantucket — uma poluição visual e um flagelo durante a infância de Edie — estava passando por uma suposta renovação de trinta milhões de dólares. Edie queria fazer parte do time que restauraria o hotel à sua antiga glória. E ela estaria segura; as águas ao redor da ilha eram quase um líquido amniótico, protegendo-a de Graydon.

Exceto agora que ele estava em uma cobrança no Venmo.

Um casal caminha pelo lobby, vestido para o jantar. Edie quase tinha se esquecido de que havia outros hóspedes no hotel além de Kimber Marsh, seus filhos e o pit bull. *São os Katzen*, pensa Edie, *a caminho de Cru*; eles acenam ao passar pela porta. Se Edie estivesse no pique hoje, ela sairia com os Katzen, conversaria com eles; afinal, ela havia dito a Lizbet em sua entrevista que o aspecto mais importante da hospitalidade era se conectar com cada hóspede. Mas ela não faz nada, não diz nada, porque tem uma catástrofe no seu celular. *Cinco mil dólares!*

Ela caminha para casa em Sunset Hill, pensando que não deixaria Graydon ameaçá-la. Ela deleta a cobrança no Venmo. Que audácia dele!

Uma mensagem chega. Edie espera ser sua mãe dizendo que a caçarola de bolinhos de batata está pronta. Mas, ao verificar, Edie vê uma mensagem de Graydon: um emoji de uma câmera de cinema.

Ela precisa pagar a ele.

Mas não pode. Ela tem um empréstimo estudantil com vencimento em 15 de junho que consome quase metade do seu salário.

Ela *não* vai pagar-lhe! Para quem ele enviará os vídeos? Ela não é famosa; o jornal *National Enquirer* não se importa com ela. E seus amigos em comum são conscientes o suficiente para perceber que Graydon está usando seu privilégio de homem hétero branco para se vingar de Edie por terminar com ele. Eles deletarão os vídeos sem assisti-los (ela espera, pelo menos) e cancelarão Graydon.

Mas e se Graydon enviar os vídeos para sua *mãe?* Edie pode correr *esse* risco? Love teve Edie aos 40 anos. Agora tem 62 anos, e apesar de tentar se manter atualizada — ela sabe quem é Billie Eilish e Doja Cat — ela não entende as novas normas sexuais ou o modo como a Geração Z vive sua vida no celular. Love provavelmente não pensa que Edie ainda seja virgem, mas, por mais próximas que sejam, as duas nunca discutem sobre sexo. Nããããão! (Edie assistiu à segunda temporada inteira de *Euphoria* em seu quarto com a porta não apenas fechada, mas trancada.) Se Love visse Edie nos vídeos que Edie permitiu que Graydon gravasse, ela morreria por dentro. Edie é o orgulho e a felicidade de Love, seu prêmio e seu tesouro, e sua obsessão com Edie se intensificou ainda mais após o falecimento de Vance. A pior coisa seria se Love culpasse a *si mesma* pelos vídeos, pensando que não havia criado Edie direito; não havia sido um bom exemplo.

Edie envia cinco mil dólares para Graydon pelo aplicativo Venmo, o que é grande parte do que ela possui na banca bancária — é seu dinheiro de formatura. Ela quer gritar na linda tarde de junho, mas está com medo de que um dos vizinhos em Sunset Hill a ouça.

Ela recebe outra mensagem. De Graydon, é claro. Vlw, diz. Com um emoji com o dedão para cima.

A última pessoa a deixar a sala de descanso é a que Grace mais deseja ver ir embora: Alessandra Powell. Grace flutua acima enquanto Alessandra coloca quatro moedas no jukebox (essas moedas são as que Grace vira Alessandra furtar no caixa de trocados) e seleciona as músicas — todas heavy metal adoradoras do diabo da década de 1980. Uau, Grace não sentia falta dessas músicas. Ela tenta assustar Alessandra, se posicionando para que sua figura de roupão branco e boné do Minnesota Twins possa ser visível no reflexo do vidro da máquina de pinball que Alessandra havia começado a jogar. Grace balança um pouco a cabeça para se entreter e captar a atenção de Alessandra. Alessandra pode vê-la? Não. Ela continua focada apenas em manter a bola prateada em jogo. Grace sopra ar frio no pescoço de Alessandra, mas a mulher não parece notar também. Isso pode significar apenas uma coisa: a garota tem demônios dentro dela. Grace pode particularmente escutar as provocações deles: *você não nos assusta! Nada nos assusta!*

Um segundo depois, Grace percebe que ela não é a única que suspeita de Alessandra. Há mais alguém escondido bem ao lado da porta.

Lizbet não está preocupada com a vida privada de Zeke, Adam, Chad ou Edie, e certamente não se preocupa com Magda.

Alessandra, no entanto, é outra história.

Logo antes da reunião de equipe, Mack Petersen do Nantucket Beach Club ligou para parabenizar Lizbet pela inauguração e perguntar como estavam as coisas. Mack fez isso de boa-fé, apesar do fato de serem competidores — Lizbet conhece Mack de seus dias no Deck. Ela não conseguiu evitar se gabar:

— Eu tenho a Querida Edie na recepção.

— Saiba que estou com ciúmes. Ela é minha afilhada.

— E eu acabei contratando aquela Alessandra? Aquela que trabalhava na Itália?

— Não sei de quem está falando — disse Mack.

— Ela não tinha uma entrevista marcada com você? Alessandra Powell? Para a recepção?

— Eu não tenho nenhuma vaga para a recepção este ano. A única vaga para qual contratei foi carregador noturno. Eu tive sorte, quase toda a minha equipe do ano passado voltou — informou Mack.

— Ah — disse Lizbet. Ela ficou perplexa por um segundo. Alessandra não havia dito que tinha uma entrevista com Mack no Beach Club? Ela tinha. Havia dito a Lizbet que Mack basicamente lhe oferecera a vaga na recepção! — Bem, espero que eu tenha a sua sorte ano que vem.

✻

Alessandra havia mentido, e isso não era bom. Lizbet deveria ter sido menos ingênua na entrevista, mas Alessandra lhe havia cativado — trazendo um sanduíche para Lizbet quando sabia que ela teria uma entrevista logo antes do almoço. Que astuta! Que inteligente! (Que manipuladora!) E como ela desviou das perguntas sobre suas referências. Esse gerente se aposentou, o outro faleceu, não há ninguém na Europa que possa dar referência sobre meu desempenho. Lizbet havia ligado para todos os quatro hotéis listados em seu currículo, e apenas em um hotel — o Grand Hotel Tremezzo — ela encontrara alguém que pudesse verificar que sim, Alessandra Powell havia trabalhado lá por dois anos, mas não, ninguém que estava presente no momento havia conversado com Alessandra pessoalmente. Lizbet deixou mensagens em outros três hotéis e está esperando o retorno — no entanto, o que ela fará agora? Demitir Alessandra? A mulher é extremamente profissional na recepção e é linda de se olhar. Ela é bonita o suficiente para se livrar de uma acusação de assassinato.

✻

Lizbet está prestes a começar seu turno noturno na recepção (eles *precisam* de um auditor noturno!) quando percebe que vira todos os funcionários deixar o hotel, exceto Alessandra.

Lizbet entreabre a porta da sala de descanso. Alessandra está diante da máquina de pinball, gingando o quadril como se estivesse fazendo amor com a máquina, e a máquina estivesse tocando e piscando luzes como se gostasse. O jukebox está tocando *Same Old Situation* de Mötley Crüe, que Lizbet não escutava desde a infância na rádio 92 KQRS em Twin Cities.

Quando o jogo termina — Alessandra deve ser boa, porque dura mais do que metade dos homens com quem Lizbet estivera — e a música muda para *Highway to Hell* da banda AC/DC (quase todas as músicas do jukebox são do século passado), Alessandra caminha para a máquina de sorvete italiano e se serve de um pote enorme de chocolate. Ela come como se não tivesse feito uma refeição há dias.

— Ei — diz Lizbet, entrando no cômodo.

Alessandra pisca. Seu cabelo ondulado castanho-avermelhado recai sobre os ombros.

— Não tivemos muita chance de conversar — comenta Lizbet.

— Conversar? — diz Alessandra. Sua colher paira sobre o sorvete.

Lizbet considera confrontar Alessandra a respeito de sua mentira sobre Mack e o Beach Club, mas não o faz, porque o fato é que ela não pode arriscar Alessandra ficar na defensiva e se demitir.

— Pensei que talvez a gente pudesse se conhecer um pouco? — Lizbet escuta como isso soa piegas, ou até como bajulação, como se estivesse puxando o saco da garota mais popular do colégio. *Podemos ser amigas?* Ela muda de tática.
— Você quer que eu chame um Uber? Onde está morando?

— Não preciso de um Uber, posso ir andando. Estou morando na Hulbert Avenue.

Hulbert Avenue?, pensa Lizbet. Esse é o endereço mais exclusivo da cidade; todas as residências de lá ficam em frente ao porto.

— Que bom — diz Lizbet. — Está *alugando* em Hulbert?

— Eu tenho um amigo que mora lá — explica Alessandra.

— Não sabia que você conhecia alguém aqui.

— É um amigo novo. — Alessandra sustenta o olhar de Lizbet e lambe o sorvete da colher. — Alguém que conheci em um navio a caminho daqui.

O quêêê?, pensa Lizbet. Alessandra conheceu alguém no navio e agora tem um lugar para morar em Hulbert?

— Uau, que sorte — diz Lizbet. Sua voz soa uma pouco aguda, então ela tenta suavizar. — Como foi o seu primeiro dia?

Alessandra oferece a Lizbet um olhar penetrante como se para dizer: *por favor, vá embora ou me deixa em paz com meu sorvete.*

— Foi normal.

✻

Lizbet troca de roupa, optando por uma calça jeans branca, uma blusa azul-hortênsia, e — ahh — um par de tênis de corrida. Ela sai para a varanda e observa o entardecer no lobby. Dourada, a calda de luz do sol inunda o interior pelas portas da frente abertas, e os hóspedes saem para jantar — apesar de, é claro, não serem tantos hóspedes quanto Lizbet gostaria. O lobby se parece com uma festa com pouco público. O que ela pode fazer para aumentar as reservas? O hotel não é barato — *não deveria* ser barato —, mas é um pouco mais barato do que seus concorrentes. Lizbet decide entrar em contato com todos os portais de notícias, todos os lugares que bajularam o Deck. Seria bom ter alguma ajuda de Xavier, mas ele não parece preocupado com os números baixos. Ele se importa apenas com a quinta chave.

O filho de Kimber Marsh, Louie (o nome combina perfeitamente com o pequeno rapaz; com suas bermudas de anarruga e camisa polo passada, ele é tanto fofo quanto formal, como um pequeno rei), entra no lobby sozinho, senta-se diante de um tabuleiro de xadrez e começa a mover as peças. Lizbet o observa por um segundo, perguntando-se se Kimber aparecerá. O Sr. e a Sra. Stamm do quarto 303 param ao lado da criança no caminho para a porta.

— Você realmente sabe o que está fazendo — diz o Sr. Stamm para Louie. — Quantos anos tem?

Louie não afasta os olhos do tabuleiro.

— Seis e meio.

O Sr. Stamm solta uma risada e diz à esposa:

— Um prodígio.

Louie move uma torre branca e fala:

— Xeque-mate. — Então se vira para o Sr. Stamm. — Quer jogar?

O Sr. Stamm gargalha.

— Estou saindo agora, mas talvez amanhã, o que acha?

Louie dá de ombros e o casal Stamm vai embora. Lizbet considera se deve se aproximar e se oferecer para jogar com Louie, mas então vê a porta da sala de descanso aberta e Alessandra saindo. Lizbet tem uma ideia maluca, que logo descarta. Está perdendo a cabeça; ela está neste hotel há quase doze horas e precisa aguentar até meia-noite.

Mas... ela merece um pequeno descanso, e é a chefe, então não há ninguém para impedi-la.

Alessandra desce as escadas e puxa uma bicicleta do bicicletário — é uma das bicicletas do hotel; ela perguntou se poderia usá-las? Lizbet se aproxima de Raoul, que está posicionado na porta da frente e tem o porte ereto de um guarda do Palácio de Buckingham.

— Você se importa de ficar de olho na recepção por uns vinte minutos mais ou menos para eu tomar um arzinho?

— Sem problemas — diz Raoul. Ele tem um cavalheirismo antiquado que Lizbet adora, e ela brevemente se parabeniza pela boa contratação.

— O pequeno Louie está lá dentro jogando xadrez e eu não vejo a mãe dele por perto. Poderia ficar de olho nele, se não se importar? — Ela estremece. — Eu sei que você não é babá.

— Com prazer — responde Raoul.

— Você joga xadrez? — pergunta Lizbet.

— Jogo, sim — diz Raoul. — Se o hotel estiver parado, talvez eu o deixe vencer.

— Excelente! Obrigada! — Lizbet observa Alessandra pedalar pela Easton Street. — Eu já volto.

Lizbet também pega uma das bicicletas do hotel — são Treks brancas novinhas em folha; Xavier comprou uma frota de 35 — e segue atrás de Alessandra. Ela sente o vento no rosto, a suavidade do ar, e o tom dourado do pôr do sol, tentando ignorar o fato de estar fazendo algo totalmente improvisado. Está seguindo Alessandra até sua casa. Se alguém estivesse filmando de cima, veria duas mulheres — em roupas idênticas! —, uma sorrateiramente seguindo a outra. A parte de trás da camisa azul de Lizbet se agita ao vento. Ela cantarola a música-tema da Bruxa Má em sua cabeça.

Alessandra prossegue até Easton, passa pela Great Point Properties, pela entrada da Children's Beach, pelo hotel White Elephant, e Lizbet segue a distância. Ela sente um cheiro de alho e de manteiga provindo do restaurante Brant Point Grill e seu estômago ronca; não comera o dia todo. Alessandra passa pelas grandiosas residências com fontes à direita e vira à esquerda na Hulbert antes da Estação da Guarda Costeira e do farol Brant Point Light. Lizbet a segue. Alguns carros passam por elas, e Lizbet teme cruzar com alguém conhecido. Um monte de clientes do Deck moram em Hulbert; ela e JJ costumavam ser convidados para festas nas piscinas privadas e para jogos de croquete o tempo todo. Eles tinham feito amizade com dois casais, os Bick e os Layton; dois deles moravam nesta vizinhança. A casa dos Bick, que tem uma quadra de tênis, é logo à frente e... Alessandra desacelera.

Não é possível Alessandra estar morando na casa dos Bick, certo? Michael e Heidi são por excelência um incrível casal — ambos são altos, esbeltos e loiros — e têm quatro crianças loiras pequenas. Talvez Alessandra tenha feito algum tipo de acordo no qual ela fica de olho nos filhos à tarde em troca de moradia? Mas isso não soa correto. Heidi tem uma babá em tempo integral. E algo sobre o modo como Alessandra dissera *"Eu tenho um amigo que mora lá... um amigo novo. Alguém que conheci no navio"* continua uma carga sexual. Lizbet *pensou* que Alessandra estava insinuando que tinha conhecido o homem no navio, o homem a tinha convidado para sua casa, e agora ela morava lá.

Alessandra para, joga uma perna por cima da bicicleta, e se vira.

— Está me *seguindo?* — questiona.

Os pés de Lizbet escorregam do pedal e a bicicleta cambaleia, mas Lizbet endireita o guidão, aperta o freio e não cai.

Ela não tem ideia do que dizer. Considera punir Alessandra por pegar uma bicicleta do hotel sem permissão, mas isso soa mesquinho.

— Eu a vi sair e decidi que também podia aproveitar um passeio. Está uma tarde tão bonita, e trabalho no balcão hoje à noite. — Lizbet olha para a casa dos Bick. O portão da quadra de tênis está aberto e há uma raquete sobre o banco, então os Bick devem estar de volta à ilha. Lizbet espera profundamente que eles não estejam vendo esta conversa pela janela. Ela começara o dia bem, mas agora tinha se transformado em um tipo de chefe psicopata que segue a funcionária até em casa. — Até amanhã. — Ela pedala para longe, lutando contra a vontade de verificar para onde Alessandra se dirige. Ela diz a si mesma que não é da sua conta.

✳

Quando retorna à recepção do hotel, ela encontra Raoul e Louie focados em uma partida de xadrez. Raoul levanta os olhos arregalados.

— O rapazinho está acabando comigo. De verdade.

Lizbet aquiesce, preocupada com seu comportamento vergonhoso. O que Alessandra deve pensar dela agora? É humilhante — e ainda assim Lizbet sente que algo está errado, algo maior do que mentir na entrevista (isso poderia ser apenas estratégico) e maior do que pegar uma bicicleta sem permissão (quem liga? Ela vai trazer de volta amanhã). Ao confirmar para si mesma que nada urgente precisa de sua atenção, Lizbet pega seu celular no escritório e sorrateiramente desliza o aparelho ao lado do computador, mesmo isso sendo, segundo seu próprio decreto, proibido. Ela envia uma mensagem para Heidi Bick: Ei, garota, estive pensando em você. Está na ilha? Agora que não estou trabalhando no Deck, nós podemos sair para jantar neste verão! Me avise quando estiver livre para podermos marcar.

Ela clica em Enviar e respira fundo. Então decide colocar um novo anúncio para a vaga de auditor noturno nos classificados do *Nantucket Standard* — ela não vai conseguir ir a lugar nenhum ou fazer nada até contratar alguém. Desta vez, ela declara a remuneração: *25 dólares por hora, mais bônus!* Com sorte, isso será a solução.

De repente, uma jovem mulher está na recepção, segurando uma caixa branca de papelão. É Beatriz, do Blue Bar.

— O chef me pediu para entregar isto para você com as felicitações dele.

Chef, pensa Lizbet. *Mario Subiaco.* Ela relembra aquela manhã. O pedido de casamento de JJ, a loucura de frutas no balcão de madeira e o coquetel. Ela adoraria um daqueles coquetéis agora.

— Obrigada! — diz Lizbet. Ela abre a caixa e quase desmaia.

— É uma cesta de quitutes — diz Beatriz. — Uma das especialidades do chef. No sentido horário, você tem rolinhos de pizza artesanais, bolinhos gougères recheados com béchamel e dois dos favoritos do Blue Bistro: rosquinhas saborosas de alecrim e cebola e pão de pretzel servido com a mostarda de mel especial do chef.

Incrível!, pensa Lizbet.

— Isso parece... impressionante.

— O chef queria se certificar de que você comesse algo delicioso hoje — diz Beatriz, então ela some pela porta que dá para o bar. Lizbet escuta risadas e conversinha, e Nat King Cole cantando *Unforgettable*. Isso soa... divertido. E animado. Lizbet sente uma pontada; apesar da sua bravata, ela sente falta de lidar com um restaurante.

Ela não tem certeza de por onde começar — quer engolir a caixa inteira de delícias, mas escolhe uma das duas rosquinhas glaceadas e douradas porque tinha ouvido histórias sobre elas. *Ah!* A rosquinha é tão boa que os cílios de Lizbet se fecham brevemente e ela precisa se segurar para não gemer. Em seguida, ela mordisca a ponta de um dos rolinhos de pizza folhados triangulares e encontra um recheio abarrotado de pedaços de linguiça e pepperoni em um molho um tanto apimentado. É tão *insanamente delicioso* que ela se sente culpada. Ela olha de relance para Raoul e Louie. Raoul se levanta e anuncia:

— Eu deveria voltar ao meu posto.

Louie retorna as peças aos seus quadrados específicos. Raoul passa pela recepção e diz:

— Aquela criança é única. Pensei que teria de deixá-lo ganhar e ele *acabou* comigo.

De modo relutante, Lizbet oferece a caixa para Raoul.

— Quer uma rosquinha ou algum pão de pretzel? — Ela espera desejosa que ele não pegue o gougère, porque há apenas três.

Raoul recusa com um aceno.

— Obrigado, mas eu não como carboidratos.

Ah! Maravilha! Raoul segue para seu posto e Lizbet esconde a caixa de tesouros em seu escritório, mas fica de olho em Louie pela porta. A criança começa outra partida contra si mesmo, mas então Wanda aparece, segurando um caderno e um lápis, e diz:

— Mamãe quer que você volte para a suíte, Louie. Vamos.

— Em um minuto — diz Louie. — Estou jogando.

Wanda coloca as mãos no quadril como uma mãe descontente.

— Você tem um tabuleiro no quarto.

Louie suspira, então segue a irmã pelo corredor.

Lizbet joga um gougère na boca, que explode com o béchamel cremoso. *Nada mal, Subiaco*, pensa. Ela se lembra da noite, há quinze anos, quando JJ a pediu para ajudá-lo a desenvolver uma receita. Ele estava tentando aperfeiçoar um assado de ostra de panela, e Lizbet sentou-se no banco alto na cozinha do Deck, enquanto JJ lhe dava na boca uma ostra crua gorda e salgada, depois uma colherada de molho da panela (creme, bacon e tomilho). Isso levou ao primeiro beijo, que levou ao namoro, a morarem juntos e então a comprarem o chalé na Bear Street e gerenciarem um restaurante juntos, até ela descobrir os textos pornográficos em seu celular. Se alguém conhece os perigos de ser seduzido pela comida, essa é Lizbet Keaton.

E ainda assim... ela rasga um pedaço grande do pão de pretzel e o passa com vontade na mostarda de mel. Ela não consegue parar.

Lizbet decide tirar uma foto da caixa de quitutes e enviá-la para JJ; ele ficará com ciúmes e pensará que ela está se gabando (está mesmo). Mas, quando Lizbet pega o celular, vê uma mensagem de Heidi Bick.

Oi, garota, desculpa. Eu estava buscando Hayford na aula de jiu-jitsu. Ainda estou em Greenwich, eu deixei a ilha na sexta passada depois das crianças terminarem a escola. Michael ficará lá por alguns meses para terminar um projeto supersecreto que requer silêncio total, que não pode, é claro, ser encontrado em casa. Estou livre qualquer noite depois do dia 18 — será a vez do Michael ficar com as crianças! Talvez você possa arrumar uma reserva para nós no Blue Bar? Ouvi dizer que é o próximo ponto de encontro! Amo você, beijos.

Lizbet pisca. Heidi está em Connecticut com as crianças e Michael tem estado na ilha por alguns meses "para terminar um projeto supersecreto"? *Isso não quer dizer que esteja dormindo com sua gerente de recepção*, diz Lizbet a si mesma. Ser traída havia destruído a fé de Lizbet na humanidade; ela automaticamente pensa o pior de todos. Não estava claro que Alessandra estava parando na casa dos Bick; foi apenas onde ela parou para confrontar Lizbet. Era como se ela tivesse olhos atrás da cabeça. Foi um pouco assustador, para ser honesta.

Lizbet disse que queria saber os segredos de todos, mas agora compreende que não quer. Ela joga outro gougère na boca. Não quer mesmo.

7 · Avaliações Ruins

15 de junho de 2022
De: Xavier Darling (xd@darlingent.co.uk)
Para: Funcionários do Hotel Nantucket

Bom dia, equipe. Receio que tenhamos uma situação complexa em nossas mãos. Os comentários sobre nossa propriedade no TravelTattler para a primeira semana foram majoritariamente negativos. Agora compreendo que as pessoas são mais propensas a deixar comentários após um problema e que é altamente provável que todos os hóspedes que não fizeram comentários deixaram o hotel com um sentimento de alegria e de satisfação com a estadia. No entanto, eu não vou oferecer o bônus de mil dólares desta semana.

    Espero que percebam que um hóspede satisfeito não é o suficiente. Eu quero que vocês, por favor, façam todo o possível para que nossos hóspedes saiam jubilantes, energizados e inspirados para contar na internet sobre sua estadia sem precedentes no Hotel Nantucket.

    Isso não deve ser visto como uma punição ou mesmo uma repreensão. Por favor, pensem neste e-mail como um impulso para levar suas habilidades de atendimento ao cliente a um novo patamar.

Obrigado,

XD

✻

AVALIAÇÕES DO TRAVELTATTLER

O Hotel Nantucket, Nantucket, Massachusetts
Datas da estadia: 11 a 13 de junho

Número de pessoas: 3
Nome (opcional):
Por favor, avalie as seguintes áreas do hotel em uma escala de 1 a 10
Recepção/check-in: 10
Limpeza do quarto: 10
Estilo/decoração: 10
Concierge: 10
Centro de bem-estar: 10
Piscinas: 10
Serviço de quarto/frigobar: 10
Experiência geral: 2
Por favor, sinta-se à vontade para comentários adicionais sobre sua estadia, mencionando funcionários que a tornaram memorável.
Eu queria que houvesse uma categoria para avaliar a equipe de carregamento porque isso seria a resposta do enigma de como minhas duas amigas e eu pudemos amar tudo nesse hotel e ainda assim dar uma avaliação de duas estrelas no geral. O porteiro do turno durante a nossa estadia não somente era cheio de si, como também extremamente rude, antipático e nada hospitaleiro. Ele arruinou o que teria sido uma experiência maravilhosa. Nós também suspeitamos que ele esteja por trás de um fenômeno inexplicável que ocorreu em nosso quarto na última noite de estadia. Ele deveria ser demitido imediatamente.

✳

Grace esteve observando a atividade cotidiana do hotel se desenrolar com muito interesse, e, apesar de ela ser parcial, acha que seu crush Zeke English está fazendo um excelente trabalho. Ele esteve um pouco estranho durante a primeira semana enquanto aprendia o ofício — e, sendo sincera, ele não é tão polido quanto Adam, que trabalha com Zeke durante o dia, ou Raoul, que trabalha à noite —, mas hoje é 11 de junho, o começo da segunda semana, e Zeke deu a partida como um belo carro de corrida.

Quando o táxi de Roger estaciona na frente do hotel e três mulheres muito deslumbrantes de uma certa idade saem dele, Adam cutuca Zeke e diz:

— Todas suas, garanhão.

Zeke caminha com seu sorriso conquistador e seus ombros abertos para receber as mulheres no hotel.

A líder das três mulheres se apresenta como Daniella, então se vira para as duas amigas e diz:

— Vejam só que pão, moças!

Pão?, pensa Grace. Esse termo não é usado desde 1977. Isso faz Grace pensar em Farrah Fawcett Majors, nas líderes de torcida do Dallas Cowboy, e no perfume Charlie (todos hospedados no hotel naquele ano usavam).

As outras duas mulheres eram Claire (desleixada) e Alison (hiponga). Claire diz a Zeke que as três são da Flórida e vieram à ilha para "uma festa de arromba". (Mais uma vez, Grace se pergunta: *quem fala assim?*) É o aniversário de 50 anos de Daniella — e estão celebrando seu divórcio novinho em folha.

— Estou caçando! — anuncia Daniella. — Como apenas uma mulher deixada pelo marido ortodontista que a trocou por uma das mães de pacientes pode estar. — Daniella é alta, com uma cortina de cabelo preto até a cintura e uma boca grande. Ela não é muito carismática.

Ah, Deus, pensa Grace. Ela prevê um problema atingindo Zeke como um trem desgovernado.

Zeke entrega as bagagens na suíte 117 e apresenta suas maravilhas — o sistema de som, as cortinas elétricas e o frigobar gratuito. Daniella oferece uma gorjeta de cem dólares para Zeke e pergunta se ele gostaria de ficar para uma cerveja.

— Muito obrigado pela oferta, senhora, mas tenho mais cinco horas de trabalho, então a cerveja terá que ficar para depois.

— Esperamos vê-lo depois — diz Daniella. Ela aperta o bíceps de Zeke sob a camisa de botões azul-hortênsia. — Veja só que *braços!*

Alison, que tem um cabelo grisalho com frizz e veste um vestido tie-dye de verão, grita:

— Dani*ella!*

Claire, com óculos e *mom jeans*, pisca para Zeke e diz:

— Você é um belo chuchuzinho. — O que faz Zeke soltar uma risada.

Mas ele se apressa para sair dali.

Grace está aliviada por Zeke terminar o turno antes das senhoras saírem do quarto, energizadas por uma garrafa de vinho rosé Laurent-Perrier que pediram do Blue Bar, e seguirem para jantar no Lola. Claire tenta brevemente flertar com Raoul, perguntando se ele é solteiro, e Raoul responde direto que não, que é casado com Adam, o porteiro do turno diurno. Isso as cala na hora!

Na manhã seguinte, Grace vê Zeke chegando ao hotel sem seu uniforme, como de costume, mas em roupas de academia. Ele se dirige para o estúdio de ioga... e Grace o segue. Há oito ou nove mulheres se alongando em antecipação para a aula de barre de Yolanda. Quando Yolanda toma seu posto na frente da sala, Grace vê Zeke se derreter um pouco.

Ahá!

Grace não pode culpá-lo. A jovem de 27 anos, Yolanda Tolentino, parece a irmã mais nova de Chrissy Teigen; cabelo escuro despenteado com luzes acobreadas, pele perfeita, grandes olhos castanhos e uma covinha profunda na bochecha esquerda. Seu corpo é esbelto, ágil e flexível. Nas últimas semanas, Grace tinha visto Yolanda cruzar o lobby. Uma vez, ela parou para falar com Lizbet e manteve a postura da árvore — pé apoiado no joelho oposto e mãos juntas sobre a cabeça como galhos — o que era incomum, mas impressionante. Em outra ocasião, Yolanda estava esperando o elevador e executou uma ponte, o que levou o Sr. Goldfarb do quarto 202 a ter uma crise de soluços pela surpresa. Yolanda, Grace está contente em relatar, é tão adorável por dentro quanto por fora. E ela deve comer como um cavalo — ela vai do estúdio de ioga para a cozinha do Blue Bar meia dúzia de vezes por dia.

Quando Yolanda vê Zeke, ela se apressa até ele para instruí-lo na barra com uma bola, uma faixa de resistência e pesos de mão de um quilo e meio.

— Hum... — diz Zeke, olhando para os pequenos pesos em cor lavanda. — Eu já segurei burritos que pesam mais que isso.

— Sinta-se à vontade para pegar os mais pesados — fala Yolanda. — Apenas lembre-se de que eu avisei. E infelizmente eu não tenho nenhuma meia antiderrapante que caiba em você.

— Pés grandes — diz uma mulher entrando. É Daniella; seguida de Alison e Claire. — Sabemos o que isso significa, não sabemos, *moças?*

Não, já chega, pensa Grace. Ela sopra uma rajada de ar frio atrás do pescoço de Daniella, e ao fazê-lo inala o cheiro inconfundível da tequila da noite passada. Daniella nem parece perceber, talvez até goste do vento. Quando Claire e Alison veem Zeke, elas começam a sussurrar desenfreadamente.

Grace está envergonhada por elas. Ela já viu adolescentes de 14 anos com mais compostura.

— Zeke é virgem em barre! — anuncia Daniella em voz alta. — Não se preocupe, eu vou estar logo atrás de você, Zeke, admirando sua forma.

— Eu também — diz Alison. Ela está vestida com uma calça de ioga com arco-íris e sinais de paz.

— Eu vou ficar mais perto — fala Claire. Ela veste uma camisa com o dizer EU PEGO TODOS.

Yolanda começa a música.

— Senhoras, vamos tentar focar. — Ela levanta a perna ao mesmo tempo em que cruza os braços na frente do peito. Zeke a imita; ele não consegue levantar a perna tão alto, ou talvez consiga, mas está simplesmente extasiado demais por Yolanda, em sua calça de ioga branca e regata azul-hortênsia, com o cabelo em uma trança grossa sobre um ombro, para se esforçar.

De pernas levantadas, passam para pranchas em tapetes de ioga, seguidas de flexões. Grace observa Zeke fazer isso com facilidade. Quando a turma vai para a barra, Yolanda diz:

— Quem está pronto para trabalhar as coxas?

Daniella dá um gritinho e levanta os braços sobre a cabeça, dando a Zeke uma visão clara de seu peito; Grace nota que ela tinha removido os forros do top de ioga para que Zeke pudesse ver seus mamilos salientes.

— Calcanhares juntos, dedões separados — instrui Yolanda. — Agora agachem uns quinze centímetros e façam um diamante.

Zeke tenta se aproximar da posição, mas seu calcanhar se levanta um pouco do chão; quando ele se abaixa, choraminga.

— Sobe uns três centímetros — diz Yolanda — e desce uns três. Lembrem-se: equivale mais ou menos ao tamanho de um clipe de papel.

Quando eles "se abaixam para finalizar", as pernas de Zeke tremem incontrolavelmente; é a coisa mais engraçada que Grace já viu em muito tempo.

— Fim da primeira série — fala Yolanda. — Faltam duas.

Zeke olha com anseio para a porta.

— Peguem suas bolas — instrui Yolanda.

Daniella estala a língua.

— Agora, sim — anuncia ela.

✳

Quando a aula de barre termina, há um impasse. Zeke parece querer puxar assunto com Yolanda, mas Daniella, Alison e Claire claramente ficam por perto para falar com Zeke.

— Obrigada a todos por virem. Vou correr para o restaurante para comer açaí antes da aula de ioga. Tchauzinho! — diz Yolanda.

Daniella, Alison e Claire se aproximam de Zeke, que está de costas para a barra.

— Hoje é o meu jantar de aniversário no Ventuno — diz Daniella. — Depois vamos ao Club Car para cantar e, com sorte, ao Pearl para fechar a noite.

— Adivinha o que daremos à Daniella de presente? — pergunta Claire.

Zeke responde às senhoras que nem imagina.

— Você! — diz Alison. — Por favor, venha conosco. Vamos pagar por tudo.

— Eu adoraria, senhoras — responde Zeke. — Mas eu tenho trabalho hoje à noite.

— Tudo bem — fala Daniella. — Sempre temos a saideira.

✳

78 | Elin Hilderbrand

Zeke é um alvo fácil quando as senhoras da suíte 117 chegam ao lobby naquela noite em uma onda de vozes agitadas e perfume. As três estão vestidas com lantejoulas, penas e saltos com solas vermelhas. Daniella usa uma tiara.

Zeke puxa visivelmente o ar. *Ele leva tão na esportiva*, pensa Grace.

— Aí está minha rainha aniversariante! — diz Zeke, pegando a mão de Daniella e deixando-a dar um giro. — Adorei os Louboutins.

As senhoras gritam.

— Ele sabe o que são Louboutins!

— Vamos tirar uma selfie. Daniella, fique ao lado do Zeke — diz Alison.

Daniella se joga de lado em Zeke, e Claire faz o mesmo do outro lado, enquanto Alison, no lado mais distante de Claire, segura o celular diante deles.

— Olha o passarinho! — Ela pressiona o botão ao mesmo tempo que Daniella e Claire apertam a bunda de Zeke.

— Opa! — diz Zeke, levantando os braços e afastando-se.

O quê?, pensa Grace. Talvez seja hora de ela mostrar sua cara de desprezo na tela do celular de Claire. Essas senhoras. Passaram. Dos. Limites!

Neste momento, o táxi de Roger encosta e as senhoras entram apressadas; conforme o carro se afasta, elas acenam para Zeke pela janela aberta.

Grace espera que quando Daniella, Alison e Claire retornarem, Zeke já tenha saído do trabalho e esteja seguro na cama, em casa. Mas apenas alguns minutos antes da meia-noite, Daniella entra aos tropeços pela escadaria, ainda de salto alto. Claire, logo atrás dela, está segurando seus sapatos nas mãos, e Alison ainda está lá embaixo na calçada movendo-se ao som de uma música psicodélica que apenas ela pode escutar.

Elas estão bêbadas, pensa Grace. *Embriagadas como Dahlia Benedict costumava ficar nos velhos tempos.*

— Ei, senhoras — cumprimenta Zeke. Seu tom de voz é preocupado. — Como foi o aniversário?

Daniella serpenteia um braço pelo quadril de Zeke e aninha-se em seu corpo.

— Temos uma proposta para você.

Os sinos da igreja da cidade tocam à meia-noite.

— Todas as propostas terão que esperar até amanhã, senhoras. Estou terminando meu turno e estou acabado. Vejo vocês amanhã.

— Ah, não, não vai! — afirma Daniella, seu tom de voz agora afiado. — Nós estamos cobrando a promessa de antes. Suba conosco e beba um champagne — convida, puxando-o pelo lobby.

— Não tenha medo — comenta Alison. — Não mordemos.

— Fale por você — diz Claire.

Daniella puxa quinhentos dólares da bolsa.

— Vamos lhe dar uma boa gorjeta pelo excelente serviço.

Zeke levanta as mãos.

— Sinto muito, senhoras. — Ele cuidadosamente se afasta no lobby, agora deserto. *Estou aqui, Zeke,* pensa Grace. *Estou aqui.* — Eu preciso ir para casa agora. Tenham uma boa noite, e feliz aniversário, Daniella.

— É meu aniversário de 50 anos — diz Daniella. — Suba por apenas dez minutos.

Absolutamente não, pensa Grace. Ela precisa buscar ajuda. Ela aumenta sua área de busca e vê a resposta logo do outro lado da porta que leva ao Blue Bar. Grace toca levemente nas costas de Yolanda.

— Ei, Zeke! — Yolanda entra no lobby, segurando uma caixa de comida. Ela está vestida com um macacão preto justo, um chapéu porkpie e All Stars. Ela acena para as senhoras e segura o braço de Zeke. — Você se importa de me acompanhar até o meu carro?

Zeke exala.

— É claro. Eu já estava de saída. Boa noite, senhoras.

— Mas... — começa Daniella.

Zeke e Yolanda saem pela entrada principal. Daniella, Alison e Claire encaram a saída de Zeke.

— Obrigado — sussurra Zeke para Yolanda.

— Não precisa me acompanhar — diz Yolanda, apontando para o outro lado da rua, para um Ford Bronco verde-metálico vintage com capô branco. Ela sorri para ele, revelando a linda covinha. — Eu tive um jantar maravilhoso no Blue Bar hoje à noite. Já comeu lá?

— Hã...

Yolanda suspira.

— Estou tão apaixonada pelo chef.

— Está? — pergunta Zeke.

Ela está apaixonada por Mario Subiaco?, pensa Grace. *Bem, isso explica por que ela passa tanto tempo naquela cozinha.*

Yolanda desce pulando os degraus e acena.

— Tenha uma boa noite, Zeke. — Ela dirige para longe e Zeke fica a encarando sumir. Ele se vira e vê a figura de Daniella parada no lobby. Ela lhe mostra o dedo do meio, mas Zeke corre para casa. *Boa noite, doce príncipe!,* pensa Grace.

Em seguida, ela segue as senhoras da suíte 117.

Claire desmaia de cara na cama do segundo quarto. *Ela vai perder toda a diversão,* pensa Grace. Alison declara que vai preparar um banho e, em alguns instantes, a banheira está cheia de água quente. Ela pega uma caixa de fósforos da pequena mesinha ao lado da banheira e tenta acender uma vela de limão e menta, mas o fósforo crepita e se apaga. Ela tenta um segundo, mas o mesmo acontece de novo. E de novo. Ela não consegue manter nenhum fósforo aceso. Alison liga a luz perolada ao redor do espelho, e isso lança um clima similar, então ela coloca um pé dentro da banheira.

Ela grita. A água está fria demais. E então as luzes se apagam.

— Daniella! — grita Alison.

Daniella está no quarto principal, tentando fechar as persianas eletrônicas. Toda vez que ela aperta o botão para descer, a persiana começa a descer, mas então, como se mudasse de ideia, volta a subir. Grace está maravilhada! As pétalas dos lírios e das peônias do buquê da Surfside Spring murcham e caem na mesa, e, enquanto Daniella se choca com isso, Grace joga as persianas para cima. Daniella pega o telefone a fim de ligar para a recepção, mas não há sinal. Ela se joga na cama, ainda em seus sapatos de sola vermelha, e cobre o rosto com o travesseiro. Grace entra no sistema de som e, um instante depois, a música está estourando: *Cum on Feel the Noize* de Quiet Riot. Daniella se senta ereta na cama, e Grace gargalha e gargalha. Ela não se divertia assim desde que *garotas* eram *moças*.

AVALIAÇÕES DO TRAVELTATTLER

O Hotel Nantucket, Nantucket, Massachusetts
Datas da estadia: 12 a 15 de junho
Número de pessoas: 1
Nome (opcional): Franny Yates

Por favor, avalie as seguintes áreas do hotel em uma escala de 1 a 10

Recepção/check-in: 1
Limpeza dos quartos: 10
Estilo/decoração: 10
Concierge: 10
Centro de bem-estar: 10
Piscinas: 10
Serviço de quarto/frigobar: 10
Experiência geral: 5.5

Por favor, sinta-se à vontade para comentários adicionais sobre sua estadia, mencionando funcionários que a tornaram memorável.

Eu gostei da minha estadia no Hotel Nantucket. Porém, estou dando apenas cinco estrelas e meia no geral porque a noite do check-in foi um desastre absoluto, e, se não fosse tão tarde e todos os outros quartos na ilha não estivessem ocupados, eu teria saído imediatamente. A recepcionista e o carregador estavam ansiosos e distraídos, e a recepcionista foi, em dado momento, rude comigo. Então o carregador levou meia hora para entregar minhas malas no quarto, quando tudo o que eu queria era vestir meus pijamas e dormir. Além disso, quando o carregador chegou, ele falhou em explicar os recursos do quarto. Eu só percebi no último dia, enquanto conversava com um adorável casal na piscina, que tudo no frigobar era gratuito.

O Blue Bar, no entanto, era maravilhoso e perfeito para comer sozinha. Todas as minhas refeições durante a estadia de três dias foram lá. Meus cumprimentos ao chef!

Essa avaliação, enviada a ela por Xavier, está esperando na caixa de entrada de Lizbet quando ela chega ao trabalho no dia 16 de junho. (Ela poderia apenas ter checado as avaliações no TravelTattler sozinha, mas estava muito ocupada checando as operações do hotel, e Xavier tem um fuso de cinco horas a mais no dia, o que parece uma vantagem pouco justa.)

Os comentários acompanhando a avaliação são os seguintes:

Bom dia, Elizabeth
Após ler essa avaliação, eu chequei o calendário e descobri que a responsável pela recepção noturna era você e que o carregador da noite era Raoul Wasserman-Ramirez. Suponho que não preciso mencionar que, como gerente-geral, você deve manter os maiores padrões de hospitalidade. O hotel não está nem perto de cheio, então peço que tenha bastante atenção com os hóspedes em residência. A mulher que escreveu essa avaliação podia muito bem ser Shelly Carpenter. Mantenha o foco na quinta chave, Elizabeth! A quinta chave!

XD

Lizbet está começando a se ressentir de Xavier Darling. Como ele ousa julgá-la quando ele está em Londres e ela aqui, perdida nas trincheiras. Ele *checou o calendário*, como se estivesse no Big Brother! Ah, vá! Ele pode mandar todos os e-mails de advertência que quiser, mas não vai impressionar Shelly Carpenter, nem a segunda mulher, quem quer que ela seja, se não a ajudar com a falta de funcionários e a baixa ocupação.

Ainda assim, a indignação de Lizbet (e por que ele não ligou para Lizbet como ela pediu?) está misturada com culpa e responsabilidade. Aquela mulher — Franny Yates, de Trappe, Pensilvânia — fez o check-in três horas mais tarde (não foi culpa dela; o voo da Cape Air atrasou por conta da névoa) durante um momento de crise.

A crise envolvia Wanda Marsh. As crianças Marsh estavam se sentindo bem em casa no hotel. Toda manhã e toda tarde, Louie descia até o lobby vestindo uma camisa polo abotoada até em cima, com o cabelo molhado e penteado, trajando seus pequenos óculos engraçados, e se sentava diante do tabuleiro de xadrez para uma partida individual. Louie sempre ganhava e se tornou algo curioso: um gênio do xadrez de seis anos e meio bem ali no lobby do Hotel Nantucket! Um dos hóspedes (Sr. Brandon, do quarto 301) havia escrito sobre Louie na sua avaliação no TravelTrattler, dizendo como ele gostava de jogar xadrez toda manhã com Louie enquanto tomava uma xícara de café jamaicano Blue Mountain percolado. Lizbet está esperando Xavier presentear Louie com um bônus de mil dólares.

Wanda percorria o hotel livremente também. Ela sempre tinha um livro de mistério de Nancy Drew em mãos — estava lendo-os em ordem cronológica, apesar de sua mãe ter comprado até o número doze, *The Message in the Hollow Oak*, e ela estar lendo o número nove, *The Sign of the Twisted Candles*, então ela ficaria sem opções em breve. Wanda também tinha começado a carregar um caderno em espiral e um lápis número dois porque queria escrever seu próprio livro de mistério, protagonizado por uma investigadora chamada Wanda Marsh. Ela sempre estava perguntando às pessoas, aos funcionários e aos hóspedes se eles tinham notado algo estranho ou misterioso no hotel, mas o único mistério que ela havia descoberto foi o Caso do Desaparecimento dos Croissants de Amêndoas. *Era* incomum a rapidez com que os croissants de Beatriz, recheados com marzipã, sumiam do café da manhã continental, e por que a cozinha nunca fazia uma segunda fornada?

Diferente de seus filhos, Kimber Marsh estava tendo dificuldades para se acostumar. Na terceira noite de sua estadia, Kimber tinha descido até o lobby por volta de 1h. Lizbet estava no turno noturno na recepção.

— Eu sofro de insônia crônica — explicou Kimber.

Lizbet quase perguntou se poderia trocar de lugar: Kimber poderia ficar de olho na recepção e Lizbet poderia ir até a suíte 114 e dormir na cama tamanho imperador.

Kimber se serviu com uma enorme xícara de café — café? — e recostou-se contra o balcão para conversar. *Tudo bem*, pensou Lizbet. Isso a manteria acordada pela hora restante.

— Meu marido me deixou pela babá, com quem agora terá um filho... e me deixe dizer, isso foi um belo despertador — disse Kimber.

Sim, você me contou, pensou Lizbet. Ela teve o seu próprio despertador, apesar de não querer compartilhar com Kimber Marsh sobre seu término com JJ. Ela estava tão cansada, tinha certeza de que começaria a chorar.

— Eu vou aproveitar este verão para me reconectar com meus filhos — disse Kimber. — Viajei muito a trabalho, então mal os via. Eles estavam sempre com Jenny, nossa babá. Sendo sincera, não é surpresa Craig ter me trocado por ela. Eu nunca estava por perto, então ela se aproveitou da minha ausência e se tornou não apenas a mãe substituta, como também a esposa substituta. — Kimber se inclina para frente. — É por isso que as crianças são tão focadas em leitura e xadrez, algo estava faltando em suas vidinhas, e esse algo era eu. — Kimber bebericou o café e puxou uma cópia do Livro Azul sobre a mesa. — A partir de amanhã, eu vou me esforçar mais. Vou fazer todos os itinerários sugeridos neste guia.

No dia seguinte, quinta-feira, Kimber e as crianças levaram Doug à reserva Tupancy Links para uma longa caminhada, então seguiram para a oficina Barnaby's Place para um projeto de artes, almoçaram no Something Natural, e passaram a tarde na praia para crianças. Mas, na sexta-feira, Kimber se escondeu sob um guarda-sol na piscina e ficou lendo enquanto Louie jogava xadrez no lobby, Wanda entrevistava os hóspedes e Zeke levava Doug para fazer as necessidades. No sábado, Kimber não desceu do quarto até o fim da tarde. Quando desceu, ela carregava o notebook consigo; ela anunciou que iria ficar sentada no lobby e escrever em seu diário. *Ok?*, pensou Lizbet. Pelo menos Kimber poderia ficar de olho em Wanda, que estava terminando o último mistério de Nancy Drew, e em Louie, que estava jogando xadrez contra si mesmo. Mas Lizbet ficou desanimada pela família Marsh ter passado o dia todo dentro do hotel. Os dias finais de junho em Nantucket são o auge da temporada — céu azul, bastante luz do sol, violetas e flores de cerejeira, e sem o terrível calor e a umidade de julho e agosto. Mas, na manhã de domingo, Kimber reviveu e levou as crianças para colher morangos na Bartlett's Farm. Quando voltaram, Wanda entrou no lobby, orgulhosa ao carregar sua cesta cheia de frutas vermelhas brilhantes. Apesar de Lizbet estar feliz por terem saído, ela não pôde evitar pensar nos lençóis brancos perfeitos nas camas e no tapete Annie Selke, então ela se ofereceu para lavar os morangos e deixar as crianças comerem com sorvete de baunilha na sala de descanso.

Tanto Wanda quanto Louie ficaram chocados com a máquina de sorvete.

— Eu quero trabalhar aqui quando crescer — anunciou Wanda.

Então, 15 minutos após as 22h de domingo — quando Lizbet estava exausta; ela tinha trabalhado turnos de 12 horas por 7 dias seguidos — Kimber Marsh veio correndo ao lobby no que a mãe de Lizbet descreveria como "grande agitação".

84 | *Elin Hilderbrand*

Ela disse que Wanda não estava na cama.

— Viu a Wanda? — Kimber praticamente gritou. — *Você a viu?*

— Não a vi — respondeu Lizbet. Ela fez uma varredura no lobby, checando a cadeira de leitura favorita de Wanda e embaixo do piano, onde (inexplicavelmente) Wanda às vezes gostava de ficar lendo, então disse:

— Vou verificar na sala de descanso. — (A atração da máquina de sorvete italiano era forte; Lizbet tinha que resistir todo dia.)

Mas a sala de descanso estava vazia.

Lizbet chamou Raoul para ajudar — ele procuraria pelo hotel, andar por andar. Kimber perguntou se seria de ajuda deixar Doug sair da suíte. Ela tinha certeza de que o cachorro os levaria direto para Wanda. Lizbet hesitou; a última coisa que queria era um pit bull vagando pelos corredores do hotel. Mas Lizbet sentiu a urgência — uma criança de 8 anos desaparecida às 22h15 da noite —, então ela permitiu.

Raoul ligou para o centro de bem-estar: nada de Wanda.

— Eu pensei que ela pudesse estar na sala de ioga — disse Raoul. — A fonte é hipnotizante. — Agora ele seguia para o primeiro andar.

— Verifique todos os quartos desocupados, por favor — instruiu Lizbet. Havia 21 quartos vazios e 6 suítes disponíveis (Lizbet sentia cada quarto vago como um alfinete em seu coração). — Talvez ela tenha encontrado um jeito de entrar.

Lizbet tentou pensar como Wanda. Ela parecia fascinada pelos outros hóspedes, então Lizbet colocou a cabeça para dentro na única área ocupada do hotel, o Blue Bar — e uau! O lugar estava agitado! O bar estava lotado, cada assento ocupado, e a bola cobre de discoteca tinha sido abaixada, e um grupo de pessoas estava dançando ao som de *Tainted Love* no espaço em frente à parede de moedas. Lizbet vasculhou a multidão na ponta dos pés e tentou olhar debaixo das mesas. Não havia sinal de Wanda em lugar nenhum, apesar de Lizbet ter notado muitas pessoas bebendo coquetéis vermelho-fogo, o Arrasa-corações.

Quando Lizbet voltou à recepção, uma senhora de meia-idade, curvilínea e usando óculos de armação quadrada escura e uma pochete ao redor do quadril — ela parecia uma versão mais velha da Velma do Scooby-Doo — estava esperando no balcão.

— Finalmente! — bufou a senhora.

— Sinto muito — desculpou-se Lizbet. — Você deve ser a Sra. Yates?

— Eu cheguei há mais de cinco minutos e você é a primeira pessoa que vejo!

Lizbet retorna ao seu posto atrás do computador assim que Raoul aparece correndo pelo corredor, dizendo:

— Estou indo para o segundo andar.

Lizbet faz um sinal de positivo para Raoul; estava receosa de que, se falasse, perderia a calma. *Uma criança desaparecida no hotel*, pensou ela. Ou *fora* do hotel. Quando era a hora certa de chamar a polícia?

— Vou precisar de sua identidade e de seu cartão de crédito, por favor, Sra. Yates.

Franny Yates puxou a carteira de motorista da Pensilvânia e o cartão Mastercard da pochete.

— Você está viajando com pouca bagagem mesmo — comentou Lizbet.

— Minha bagagem está na calçada! — disse Franny. — É muito pesada para eu carregar pela escada. Que tola eu sou por pensar que um hotel desse valor teria um carregador!

— Nós temos um carregador — informou Lizbet. — No momento, ele está ajudando outro hóspede. Fico feliz em ajudá-la com a bagagem.

— Você não vai conseguir subir as escadas — disse Franny.

Lizbet piscou para Franny.

— Você não me viu com pesos de academia.

Mas, quando Lizbet foi até a entrada do hotel e olhou para as bagagens, viu três malas pretas grandes o suficiente para guardar um corpo morto. Franny Yates ficaria no hotel por apenas três noites. O que ela poderia ter guardado para a viagem?

Lizbet voltou à recepção.

— Minhas desculpas... você estava certa, é claro. Teremos que esperar Raoul.

— Ele vai demorar quanto tempo? — perguntou Franny, checando o celular. — Eu queria dormir.

— É claro — disse Lizbet. Em seguida, Raoul ligou.

— Ela não está no segundo andar, e Kimber disse que ela e Doug passearam no terceiro andar e ela também não está lá. Vou vasculhar o quarto andar. Você checou as piscinas, certo?

— Piscinas? — falou Lizbet. Ela começou a tremer. — Não...

— Ah, cara — disse Raoul.

Lizbet desligou. Ela juntou as mãos em oração diante de Franny.

— Eu volto em um minuto.

— Mas e o número do meu quarto? Minha chave? Minha bagagem ainda está na calçada. E se alguém furtar?

— Estamos em Nantucket — informou Lizbet. — Ninguém vai tocar nas suas malas e são muito pesadas para levar andando. Eu vou dar as suas chaves assim que... — Mas Lizbet não terminou a frase. Ela correu para a porta da piscina, rezando para não ver a pequena forma de Wanda Marsh flutuando de rosto para baixo. Lembrou-se de que ambas as crianças sabiam nadar. Ela acendeu as luzes da piscina. Nada de Wanda. Ela exalou — mas ainda havia a piscina de adultos no andar de baixo e a hidromassagem. Lembrou-se de que Wanda tinha grande curiosidade pelo Mistério da Hidromassagem, porque era uma área restrita para menores de 14 anos. Lizbet correu de volta ao lobby, passando por Franny Yates, que tinha se jogado de pernas cruzadas *no chão* diante da recepção, o que Lizbet entendeu como um tipo de declaração ou protesto, porque havia poltronas e bancos ottoman a menos de dois metros.

— Já venho... — disse Lizbet. Ela correu escada acima, passando pelo centro de bem-estar e para fora. A piscina de adultos estava escura e silenciosa.

— Wanda? — sussurrou Lizbet. Ela espiou na hidromassagem, sentindo-se como uma heroína malfadada de um filme de terror.

Estava vazia.

Lizbet desceu as escadas, pensando se teria deixado algo grande passar — Wanda não havia se afogado nas piscinas. Apesar de Lizbet estar ficando cada vez mais agitada. Onde ela *estava?*

— Deixe-me pegar suas chaves — falou Lizbet para Franny Yates. — Vou lhe oferecer um upgrade na suíte por ter sido tão paciente. Aqui está. É a suíte 214. Você pode ir pelas escadas ou pelo elevador até o segundo andar, depois é só seguir até o fim do correr à esquerda.

— E quanto à minha *bagagem?* — questionou Franny Yates.

— Assim que o carregador estiver livre, eu vou enviá-la com seus pertences.

— Eu quero dormir!

— Sra. Yates, preciso pedir que seja tolerante. Nós temos uma situação aqui...

— A sua situação é que este hotel é horrível — disse Franny Yates, em seguida, marchou pelo corredor.

Lizbet não tinha certeza do que fazer. Deveria tentar arrastar a bagagem de Franny Yates pelas escadas sozinha? Deveria ir ao quarto andar para ajudar nas buscas? Deveria chamar a polícia? *Uma criança está perdida.* Lizbet não era mãe, mas entendia a seriedade disso. Lizbet desceu as escadas que davam para a rua e olhou para os dois lados. Nada de Wanda.

Ela ouviu o telefone tocar no lobby e correu escada acima, pulando dois degraus de cada vez. Seu coração estava acelerado ao chegar ao topo.

— Alô?

— Encontramos — disse Raoul. — Ela estava zanzando pelo quarto andar.

— Ah, graças a Deus. — Lizbet fez uma pausa. — O que ela estava fazendo *lá?* — O quarto andar tinha ângulos estranhos no teto e muitas janelas pequenas, e a Comissão de Bairro Histórico teria que aprovar quaisquer mudanças estruturais que fossem visíveis da rua, então Xavier optou por não renovar aquela parte por enquanto. Lizbet aventurou-se no quarto andar apenas uma vez; era, essencialmente, um sótão cavernoso e poeirento.

— Ela disse que estava procurando pelo fantasma — disse Raoul.

O fantasma!, pensou Lizbet. Ela tinha sido cuidadosa em nunca mencionar o suposto fantasma a ninguém, especialmente para Wanda, mas Zeke talvez tenha deixado algo escapar.

— Nós temos uma hóspede na suíte 214 que está ansiosa por suas bagagens. São três malas, e eu mesma entregaria, mas são do tamanho de uma casa pequena.

— Eu já vou descer assim que terminar de limpar aqui.

— Limpar? — perguntou Lizbet.

— Doug ficou tão animado de ver Wanda que fez um servicinho.

Lizbet fechou os olhos. A outra linha de telefone do hotel tocou. Era a suíte 214.

— Você precisa ir à suíte 214 com as bagagens. Por favor, Raoul. Agora.

— Mas o cachorro...

— Raoul, por favor!

— Sim, chefe — respondeu Raoul

Lizbet atendeu a outra linha.

— Sua bagagem já está a caminho, Sra. Yates.

— Mentirosa! — gritou Franny Yates. — Eu posso ver minha bagagem pela janela. Ainda está na calçada!

✼

A avaliação de Franny Yates era correta — Raoul tinha levado trinta minutos para entregar a bagagem, tanto Lizbet quanto Raoul estavam ansiosos e distraídos, e Lizbet estava, talvez, um pouco irritadiça. Mas o check-in havia sido um "desastre absoluto"? Não, um desastre absoluto teria sido se Wanda ainda estivesse desaparecida ou morta.

Lizbet cobriu a conta inteira de Franny Yates no Blue Bar (três noites, 260 dólares). Por que ela não mencionou as refeições de cortesia?

Lizbet fecha o e-mail de Xavier e descansa a cabeça, brevemente, sobre a mesa. São 7h30 da manhã e ela está tão cansada que poderia dormir até 7h30 do dia seguinte. Ela está tão desmoralizada, sente vontade de chorar. Ou de desistir.

Ela precisa de um auditor noturno.

8 • Mentira, Traição e Roubo

Grace aperta o cinto do roupão e faz sua ronda de sempre pelo hotel, começando pelo quarto onde Louie e Wanda estão dormindo. Eles estavam alternando entre os quatro beliches; esta noite, ambos estavam nos superiores. Wanda está com seu caderno escondido debaixo do travesseiro, e Louie tinha adormecido com seus óculos, apertando com a mão uma peça rainha. Grace pode escutar Doug, o cachorro, roncando no outro cômodo. Ele sempre fica em frente à porta da suíte; se Grace se aproximar, ele acordará e rosnará. Kimber, a mãe, dorme com os braços e as pernas em X; ela parece um anjo de cabelos azuis e verdes que caiu do céu.

Grace flutua para fora da suíte 114 e entra para checar os Bellefleur no quarto 306 — *Opa, desculpa interromper!* —, depois a suíte 216, onde a Sra. Reginella está olhando as mensagens de texto no celular de seu marido, então o quarto 111, no qual Arnold Dash dorme com a urna com as cinzas de sua esposa na mesa de cabeceira. Grace queria que houvesse mais ação. Ela espera que, conforme julho se aproximar, a ocupação aumente. O hotel é bem acolhedor, os funcionários são atentos a todos os detalhes. O que está afastando os hóspedes? Talvez haja muita concorrência ou talvez seja muito caro. Afinal, quando este era um "hotel barato para família", vivia lotado. Talvez a reputação do hotel esteja muito danificada para se recuperar. (Seria culpa *dela?*) Ela se pergunta o que aconteceu com o artigo que aquela adorável mulher jovem, Jill Tananbaum, escrevera. Até onde Grace sabia, não havia sido publicado.

De repente, Grace capta o odor de algo que cheira semelhante a um caminhão de lixo passando e percebe que um novo perigo está prestes a entrar no hotel. Ela desce rapidamente para o lobby, que é iluminado de modo aconchegante, com a voz de Norah Jones tocando no sistema de som. Lizbet está em seu posto na recepção, pesquisando vestidos de verão no site da marca Alice and Olivia. Grace pode ouvir as pessoas no Blue Bar, cantando *Don't! Stop! Believin'!*, o que era de se esperar. A bola de discoteca havia sido baixada há uma hora.

Tudo parece estar em ordem, no entanto Grace está arrepiada. Há um predador se aproximando.

Ela ouve passos nas escadas. Uma figura entra pelas portas do hotel.

Sério?, pensa Grace. *Este homem?*

✳

Lizbet está tão cansada ao entrevistar Richard Decameron — 54 anos, pai de três, de Avon, Connecticut, que atendeu às preces dela e se candidatou à vaga de auditor noturno — que a conversa parece um sonho. Ele chega ao hotel às 22h30, recém-saído da balsa noturna, mas entusiasmado e tagarela como um apresentador de televendas tentando vender um soprador de folhas que mudará sua vida. Ele está vestido como se fosse a Sexta Casual de uma empresa de investimentos, usando um terno leve azul-marinho, uma camisa xadrez azul e amarela e um mocassim de suede da Gucci sem meias. Ele tem um corpo de pai — uma certa barriguinha — e cabelo grisalho ralo no topo da cabeça, mas seu sorriso e seus olhos brilhantes conquistam. Lizbet tem fortes lembranças dos homens que conheceu na universidade, os melhores amigos divertidos e de boa índole dos populares bonitos e idiotas que todos amavam. Richard Decameron — ele pede que o chame de Richie — era o homem que, na verdade, ficava para trás a fim de ter certeza que você pegaria o táxi depois do último e desaconselhado shot de tequila.

Lizbet imprime seu currículo. Ele foi executivo de uma empresa de seguros em Hartford por trinta anos, e durante os últimos dois anos esteve trabalhando para algo chamado Kick City.

— Essa... Kick City? Eu não conheço — diz Lizbet.

— É um site de revenda de tênis — explica Richie. — Quando atletas ou rappers lançam uma edição limitada, nossos corretores os compram e revendem. Sei que parece coisa de menino novo, mas, acredite em mim, é um grande negócio.

— O que o inspirou a fazer essa mudança? — perguntou Lizbet.

— Eu queria uma mudança da área de seguros, algo um pouco mais sedutor.

— E o que o traz a Nantucket?

Richie suspira.

— Sou divorciado, minha ex-esposa recentemente começou a namorar de novo e o cara mora na mesma cidade que eu. É claustrofóbico, então eu decidi me animar com um verão na praia. Sou uma pessoa noturna por natureza, então, quando vi o anúncio sobre auditor noturno, pensei em entrar em contato.

— Você tem moradia? — pergunta Lizbet. *Por favor, diga que sim*, pensa Lizbet. Ela quer tanto um auditor noturno, que talvez deixe Richie dormir em um dos cômodos vagos. (O restante dos funcionários iria, sem dúvida, fazer um motim.)

— Estou ficando em um hotel perto do aeroporto esta noite — diz ele. — Amanhã tenho uma reunião com uma mulher que está alugando um quarto na Cliff Road.

— Ah, excelente. E está familiarizado com o programa FreshBooks? Você ficará responsável pela preparação dos recibos dos hóspedes...

— Tenho experiência com todos os tipos de sistemas e de softwares — anuncia Richie. — Eu sou o cara dos números. Tenho graduação em matemática pela Universidade de Connecticut. — Ele fecha o punho. — Vai, Huskies!

Ela gosta da sua energia, especialmente tão tarde da noite.

— Você se sente confortável em lidar com hóspedes?

— Eu converso com todo mundo. Meus filhos acham vergonhoso.

— E quantos anos têm seus filhos? — Lizbet está perguntando por educação. Ela vai contratar esse homem.

— Kingsley tem 13, Crenshaw tem 11 e Millbrook tem 8 anos. — Ele puxa o celular. — Olha só uma foto da nossa família nos bons tempos.

✳

Grace flutua acima, então pode analisar a foto. Há uma versão um pouco mais nova de Richie ao lado de uma morena bonita e três crianças sorridentes posicionadas à frente deles. Há um rio, um moinho de água e árvores com folhas alaranjadas — é outono. A criança mais nova está segurando um cesto de maçãs.

Essa família parece feliz. Grace nota a mão de Richie tremer levemente, então ele oferece o celular para Lizbet, que foca a foto. Ela está se perguntando, como Grace, o que acontecera com o casamento?

— Seus filhos virão visitar Nantucket este verão? — pergunta Lizbet.

— Não chegamos nesse ponto ainda — diz Richie. — Estou tentando encontrar uma situação favorável.

— Bem, se for de ajuda, fico feliz em lhe oferecer a posição de auditor noturno. Serão seis noites por semana, receio. Só consigo dar conta de uma noite e ainda manter minha sanidade.

— Fico feliz de trabalhar sete noites — afirma Richie. — Eu até preferiria. Isso me manterá longe de problemas. É melhor eu me manter atarefado para não sentir tanta falta dos meus filhos.

Lizbet exala com óbvio alívio e olha direto para o ponto ocupado por Grace. Pela primeira vez, Grace se pergunta se, talvez, Lizbet seja sensível ao sobrenatural e possa ver o roupão roubado do hotel e seu boné do Minnesota Twins desaparecido flutuando no ar. *Definitivamente não*, pensa Grace. A pobre mulher está apenas exausta. Mas, mesmo assim, Grace sobe um pouco.

— Nós temos uma família na suíte 114, uma mãe com duas crianças. Eles estão pagando a conta em dinheiro. Você fará o recibo deles toda semana, então Kimber, a mãe, trará o dinheiro à recepção, e você deve guardá-lo em segurança no cofre até eu encontrar tempo para ir ao banco depositar. — Lizbet sorri. — Posso contar a senha do cofre?

Richie gargalha.

— Todas as minhas referências garantirão que sou apenas um bom homem.

— Você já trabalhou com marketing? — pergunta Lizbet.

— Eu assisto a todas as reuniões na Kick City.

Lizbet franze as sobrancelhas.

— A taxa de ocupação do hotel está abaixo de cinquenta por cento, e eu não consigo entender o motivo. O hotel ficou, admito, medíocre por um longo tempo. Não tenho certeza se estamos lidando com uma reputação ruim ou...

— Ou?

— Bem, algumas pessoas dizem ter visto um fantasma.

Richie urra.

— O hotel é assombrado? Que fantástico! Creio que isso poderia atrair pessoas ao hotel ao invés de afastá-las. Você deveria estar promovendo a história do fantasma.

— Deveria?

— Sem dúvida — diz Richie. — Faça propaganda do fantasma! Lucre com ele!

Hum, pensa Grace. Ainda há um fedor vindo de Richie Decameron — algo está errado; ela não consegue dizer o quê —, mas está disposta a apertar o nariz e ignorar isso porque parece que Richie está interessado na sua história. *Olá, Richie!,* clama ela, em um tom nasalado, apesar de, é claro, ele não ouvi-la. *Estou aqui! Eu fui assassinada!*

✳

Tudo o que Alessandra Powell possui cabe em duas bolsas de lona (falsificadas) da Louis Vuitton que comprou no Mercato di Sant'Ambrogio em Florência.

Michael disse a Alessandra que sua esposa e seus filhos planejam chegar à ilha em 18 de junho — mas Alessandra tinha criado raízes tão profundas na psique de Michael que ela pensou que, talvez, ele decidiria deixar a esposa. Seria um belo golpe, apesar de não ser o maior que ela executara (esse seria Giacomo, que deixou as duas amantes supermodelos e sua esposa herdeira por Alessandra). Pelo que Alessandra podia ver, Heidi Bick é o tipo de esposa e de mulher que se encontra com as amigas da ioga toda manhã após deixar os filhos em suas escolas privadas progressistas e absurdamente caras, depois passa no mercado de orgânicos a caminho de casa para poder provar qualquer comida eclética que Sam Sifton havia recomendado naquele dia em sua coluna de gastronomia do *New York Times*. (*Às quartas-feiras, talvez um tahdig...*) Heidi não apenas cuida dos quatro filhos, como é também a pessoa que cuida do pai de Michael, que sofre de Parkinson.

Alessandra conheceu Michael Bick na balsa rápida no início de abril. Alessandra tinha medo de não ter muitas opções quanto a candidatos masculinos — quase todos os homens vestiam bermudas esportivas Carhartt, botas de trabalho e tinham o sotaque regional pesado —, mas então ela observou Michael com o relógio Vacheron e sua postura de mestre do universo. No bar de petisco da balsa, ele pediu uma cerveja Sam Adams e um ensopado. Então, Alessandra apareceu atrás dele e fez o mesmo pedido. Ela se sentou um assento adiante, de frente para ele, e puxou sua cópia bastante usada de *O Sol Também Se Levanta*. Ela bebeu a própria cerveja, deixou a sopa esfriar e — surpresa, surpresa! — pegou Michael a encarando.

— Desculpe — disse ele. — Não é todo dia que vejo uma bela mulher beber cerveja e ler Hemingway.

Ao final do trajeto, Michael havia se movido para o assento à frente de Alessandra e comprado outra rodada de cerveja para eles; suas respectivas sopas seguiram intocadas, e o livro de Alessandra ficou virado com a capa para baixo, esquecido. Ambos distorceram a verdade sobre suas situações. Michael disse que estava "dando um tempo com a esposa", que estava "em Greenwich com as crianças". Alessandra disse ter morado na Europa nos últimos oito anos e que agora estava "se dando férias" no verão norte-americano.

— A Riviera perde a graça depois de um tempo — disse ela, arrancando risadas dos dois.

Ele a convidou para ir à sua casa a fim de tomar uma bebida. Ela lhe disse que tinha que fazer o check-in no Airbnb (ela não tinha reserva). Ele insistiu, girando o bracelete do amor da Cartier dela e dizendo:

— A não ser que seu coração pertença à pessoa que lhe deu isto?

— Ah, *não* — respondeu ela, olhando para o bracelete como se estivesse de algemas. (Giacomo tinha lhe dado de presente algumas semanas antes de ser preso).

— Ótimo! — disse Michael. — Então venha tomar uma bebida.

— Realmente não posso.

— Só uma. Por favor?

A casa era mais do que Alessandra poderia ter imaginado. Era um desses antigos e enormes "chalés" familiares bem no porto, por onde tinha passado de balsa. Tinha uma longa e elegante piscina diante de uma pequena praia particular e uma quadra de tênis no jardim interno. ("Você joga?", perguntou Michael. "Um pouco", respondeu Alessandra.) O interior da casa era de bom gosto e renovado, digno de uma revista — muitos lambris brancos e vigas claras expostas, uma lareira de pedra maciça e uma mesa repleta de fotografias em molduras prata (a esposa de quem ele supostamente estava dando um tempo e as quatro crianças) atrás de um grande e largo sofá.

Michael a beijou no lado de fora, na varanda, logo mordendo o lábio inferior dela. Passou uma mão pelo cabelo dela, com uma leve puxada para mostrar quem estava no comando. (Ele, erroneamente, pensava ser o mestre.) Deslizou sua boca pelo pescoço dela, demorando um pouco no ponto certo logo abaixo da orelha; bom garoto, ele foi bem treinado pela esposinha, mas Alessandra apostaria milhares de dólares que ele não beijava mais Heidi Bick assim. Ele desabotoou a blusa de Alessandra devagar, seu dedo mindinho deslizando levemente sobre o mamilo dela, e Alessandra sentiu um pulsar entre as pernas que foi replicado pela luz rubi do farol Brant Point Light à distância.

Ele a tinha deixado sem fôlego — blusa aberta, peitos expostos, zíper da calça jeans aberto — quando se virou e voltou para dentro de casa.

Alessandra esperou um segundo, se perguntando se ele estava tendo uma crise de consciência. Ela se repreendeu, havia feito uma escolha ruim.

Quando finalmente o seguiu para dentro, seus olhos precisaram se acostumar com a escuridão. Havia raios do luar entrando pela janela, números azuis em um decodificador — então mãos agarraram sua cintura e ela gritou, genuinamente assustada, percebendo que de fato não estava no controle. Ela também percebeu que Michael Bick tinha, muito provavelmente, trazido outras mulheres desconhecidas para casa antes. Talvez com frequência.

Mas, à luz cinza-perolada da manhã — névoa cobria o porto como uma camada de poeira em um espelho antigo —, Michael traçou uma das sobrancelhas dela e disse:

— De onde você veio, Alessandra Powell?

Essa era a questão, não? Alessandra havia nascido em São Francisco, onde sua mãe, Valerie, atendia mesas no restaurante Tosca Café na North Beach. Valeria e Alessandra moravam em um prédio na rua do restaurante. Valeria mantinha o apartamento limpo, não bebia muito (o ocasional vinho), e não consumia drogas (a ocasional maconha); sempre havia dinheiro para abastecer a casa e para Alessandra comprar sorvete no píer, ou ir ao cinema, ou, quando mais velha, pegar o ônibus para Oakland e vasculhar brechós. Mas havia algo de estranho na criação de Alessandra. Enquanto os amigos de Alessandra abriam presentes ao redor da árvore na manhã de Natal, e sentavam-se para comer costela assada, Alessandra estava em casa, sozinha, assistindo a filmes adultos na televisão enquanto sua mãe atendia mesas. Ela e a mãe abriam os presentes de Natal no dia 16 com ovos e uma lata de caviar Osetra ao som de Springsteen, *Santa Claus Is Coming to Town*. Na Páscoa, enquanto os amigos de Alessandra frequentavam a igreja, caçavam ovos e cortavam presunto assado com mel, Alessandra estava assistindo a filmes adultos na televisão e comendo do saco de jujubas que sua mãe comprara como substituto para o feriado, apesar de ela não comemorar a Páscoa.

E ainda havia homens. Toda semana, Valerie voltava para casa com homens casados que frequentavam o bar do Tosca enquanto estavam na cidade a negócios. Esses homens chegavam depois de Alessandra ter ido dormir, mas ela os ouvia no banheiro na manhã seguinte enquanto a mãe de Alessandra vasculhava suas carteiras no quarto. Volta e meia, um desses homens ficava para tomar café da manhã e ouvia Valerie cantar ao som do seu CD favorito: *Torn between two lovers, feeling like a fool.*

Alessandra era inteligente o suficiente para não seguir os passos de sua mãe, mas havia sido o único exemplo que teve. Quando Alessandra tinha 18 anos, ela seduziu o Dr. Andrew Beecham, pai da sua melhor amiga, Duffy. Depois de Alessandra e Drew estarem dormindo juntos há algumas semanas, Alessandra percebeu que poderia lucrar com o poder que detinha — o poder de dizer a Duffy e à esposa de Drew, Mary Lou — e tirar algo de valioso em retorno. Drew era o diretor do departamento de línguas românicas em Stanford. Alessandra assistiu como aluna especial a um ano inteiro de aulas — italiano, espanhol, literatura francesa, história da arte — e então exigiu uma passagem de ida para Roma, algo que Drew ficara feliz em providenciar.

De onde você veio, Alessandra Powell?

— *Poiché la tua domanda cerca un significato profondo, risponderò con parole semplici* — respondeu Alessandra com seu lindo italiano. Ela sorriu; não tinha a intenção de traduzir. — Foi escrito por Dante.

Michael Bick a beijou com ternura. Ela estava fazendo progresso. Ficou na casa na noite seguinte, e na outra.

Para Michael, ela cozinhou porco assado ao leite com gnocchi enrolados à mão em sálvia e manteiga, e uma salada de folhas amargas. Cozinhou coq au vin. Fez ovos mexidos como sua mãe costumava fazer para os maridos de outras esposas, com gemas duplas (*ovos mexidos com o dobro de gemas após uma noite de uísque*, dizia Valerie, *parece um toque de amor*). Alessandra ganhou com facilidade de Michael no tênis. (Em Ibiza, ela havia tido aulas com o primeiro treinador de Nadal.) Quando faziam amor, ela gritava em italiano. Não reclamava por nunca saírem juntos — nem para jantar, nem para tomar um café, nem para caminhar na praia ou na reserva florestal, nem para dirigir até o farol Great Point ou Sconset. Quando um homem veio consertar a internet, ela o recebeu em francês e lhe disse que era uma babá au pair.

Em segredo, Alessandra garantiu o emprego no Hotel Nantucket que começaria em junho, apesar de esperar que até lá Michael estivesse tão apaixonado por ela que diria a Heide que o casamento havia terminado, e Alessandra poderia simplesmente tomar o lugar de Heidi. Ela iria a Surfside todo dia enquanto Michael trabalharia em casa em seu notebook (enquanto ele dormia, Alessandra tinha hackeado seu computador e descoberto que ele vendia títulos de petróleo e que em 2021 tinha declarado 10.793.000 dólares de renda), e ela o acompanharia à cervejaria Cisco Brewers para escutar música ao vivo e à sua reserva habitual no Ventuno nas noites de quinta. Ela se tornaria a melhor amiga dos Layton ao lado; as famílias eram tão próximas que tinham as chaves da casa uns dos outros. Ela enfeitiçaria todos na vida de Michael do mesmo modo que o havia enfeitiçado.

Porém, não foi bem o que aconteceu. Alguns dias antes de Alessandra começar a trabalhar, ela escutou Michael ao telefone com Heidi e seus filhos, sua voz doce, animada e despreocupada.

— Como foi o jogo, Colby, você acertou a bola, fez o giro? Ei, amigão, você viu Dustin Johnson errar aquela tacada na nona?... Eu amo você, eu amo você, eu amo você, beijo, mal posso esperar para vê-los, só mais duas semanas! Estou preparando o barco; Coatue, aqui vamos nós!

Alessandra se sentiu afrontada por essa última parte. Ela não havia percebido que Michael tinha um barco.

Ela foi para o trabalho no dia da inauguração, desaparecendo da casa enquanto Michael estava ao telefone, e ignorando todas as suas ligações. Deixou-o ficar curioso. Quando ela entrou pela porta naquela noite, ele estava visivelmente abalado.

— Onde esteve? — perguntou ele.

Ela estreitou os olhos e tentou ler seu rosto. Por que ele se importava? O quanto ele se importava? Ela deu de ombros.

— Fora.

Um discurso se seguiu; era a primeira vez que o via com raiva (além da vez em que o Wi-Fi caiu, mas era diferente), e era por causa dela. *Preocupado, saí de carro à sua procura, você simplesmente saiu sem dizer uma palavra, eu só sabia que voltaria porque sua bagagem ainda estava aqui.*

Você me ama?, pensou ela. Ela pensou que a resposta pudesse ser sim, mas não seria o suficiente.

— Eu consegui um emprego — disse ela. — Na recepção do Hotel Nantucket.

O rosto de Michael ficou branco.

— O quê?

Alessandra o encarou de cabeça erguida.

— Nossa... minha amiga Lizbet Keaton trabalha lá. Ela é a gerente-geral, pelo que escutei. Foi ela quem a contratou? — perguntou Michael.

— Sim.

Michael assentiu devagar, então deu um passo para trás, como se Alessandra estivesse com uma arma.

— Você não disse onde está morando, disse?

— É óbvio que não. — Alessandra não disse para Michael que Lizbet a havia seguido até a casa. Por sorte, Alessandra a viu no espelho retrovisor da bicicleta antes de entrar na garagem.

Alívio percorreu o rosto de Michael.

— Ok, bom. Eu não quero que as pessoas tenham a ideia errada.

— Você quer dizer — questionou Alessandra — é que não quer que as pessoas tenham a ideia *certa*. Que você tem uma amante apesar de ainda estar casado. Sua esposa não tem ideia de que você precisava de espaço. Ela pensa que você veio para trocar as janelas à prova de tempestades por telas, e para trabalhar no seu projeto "supersecreto", o que parece ultrajante, mas ela não questiona porque confia em você e provavelmente está aproveitando o tempo separada, alimentando os filhos com pizza três noites por semana, saindo com as amigas para um novo bar de vinhos, flertando com bartenders bonitos e depois voltando para casa e se contorcendo com o vibrador. — Alessandra parou para respirar. — Você é um mentiroso e um traidor.

Michael limpa a garganta.

— Eles virão no dia 18, então você precisará sair.

— É mesmo? — questionou Alessandra.

Havia medo nos olhos dele. Foi *ele* quem fez a escolha ruim.

— Querida, por favor.

— Eu não sou sua querida, Michael. Sou uma mulher adulta que você tratou como uma concubina.

— Você sabia no que estava se metendo — disse Michael. — Não pode me dizer que não entendia o que era isso.

Ele entendeu tudo errado. Era *ele* que não entendia o que era isso.

— Eu vou sair em silêncio um dia antes da sua família chegar — anunciou Alessandra. — Com uma condição.

✳

Alessandra caminha da casa de Michael para o hotel com uma bolsa falsificada da Louis Vuitton em cada mão. É uma caminhada da vergonha com estilo — ou seria se Alessandra sentisse qualquer vergonha. O que ela mais sentia era arrependimento. Michael Bick era o pacote completo. Tinha a aparência, o dinheiro, a inteligência, o humor e até mesmo a decência básica (se ignorar o óbvio). Ele fazia perguntas; ouvia as respostas; era generoso, curioso e ponderado. O sexo era explosivo; Michael é o único homem que Alessandra conhecera que não precisava aprender uma coisa ou outra na cama. E eram tão compatíveis. Ah, bem.

Por experiência, Alessandra sabia que homens como Michael Bick saíam cedo do mercado, na universidade ou nos primeiros anos como adulto na cidade.

Ela também se sente triunfante. Em sua bolsa de suede Bruno Magli está um cheque ao portador de cinquenta mil dólares. Michael perguntou qual era o seu preço e ela respondeu de modo tão racional, incerta do que poderia conquistar, mas agora se pergunta se poderia ter pedido o dobro. Ela não precisará se preocupar com isso. Durante a primeira semana de prazer pecaminoso, Alessandra viu Michael colocar a senha em seu celular, e depois, enquanto ele dormia, Alessandra copiou o número de Heidi. Ela também tirou fotos de si mesma em vários locais pela casa — na piscina, pesando-se na balança de Heidi (esbeltos 47 quilos), preparando comida na cozinha, e até esparramada na cama principal (apesar de eles nunca terem transado naquele quarto, o único pingo de fidelidade de Michael).

Se Alessandra não encontrar outra situação, ela simplesmente enviará as fotos para Michael por mensagens e pedirá mais dinheiro.

Enquanto Heidi estiver checando a lista de itens das malas em Greenwich — o inalador de Colby, o taco de Hayford, sua faca de tomate Wüsthof —, Alessandra estará pagando pelo Jeep CJ-7, do ano de 1980, em "condições perfeitas" que encontrou nos classificados do *Nantucket Standard*. O Jeep custa vinte mil; Alessandra pagará em dinheiro, então preencherá um cheque de doze mil para o porteiro Adam, que é sua parte do aluguel para o verão agora que ela morará com ele e Raoul na Hooper Farm Road. Ela gastará dez mil para pagar o cartão de crédito e ainda terá uma poupança financeira.

Alessandra está cansando de seduzir homens e depois os extorquir. Preferiria encontrar um provedor permanente.

Ela sobe a escadaria principal do hotel, tentando se portar como uma hóspede do hotel fazendo o check-in. Exceto que está vestindo o uniforme, e Adam diz, do seu ponto atrás do atril:

— Você parece uma sem-teto de alta classe.

Alessandra não responde. Ela imagina Michael limpando a casa freneticamente, removendo cada fio de cabelo dela, apagando suas digitais das taças de vinho, verificando se ficou alguma calcinha desgarrada nas gavetas. Mas ele vai notar a sombra de olho da Chanel que Alessandra deixou na gaveta de maquiagens de Heidi no banheiro? (Heidi usa Bobbi Brown.) Vai checar a sapateira no closet, onde Alessandra deixou um par de sandálias, número 38, da Jack Rogers e as sapatilhas da Tory Burch? Vai encontrar o teste de gravidez positivo que Alessandra escondeu na cópia do livro *Good in Bed* de Jennifer Weiner sobre a pilha de romances de Heidi Bick na mesa de cabeceira?

Ele não vai ver nada disso, imagina Alessandra, porque homens não prestam atenção no modo de vida das mulheres, não de verdade. Michael vai sofrer por isso, e por sua arrogância. Pensou que poderia sair ileso (ainda que com um custo alto).

Alessandra pensa se Michael sente sua falta. Depois de entregar o cheque, ele a beijou profundamente, e quando ela se afastou pôde ver lágrimas nos cantos dos olhos dele. *Torn between two lovers*, cantou ela em sua mente, *feeling like a fool*.

— Raoul disse que vai passar aqui ao meio-dia para pegar suas malas — diz Adam agora.

— Quanta gentileza dele, obrigada — diz Alessandra, apesar de querer que Raoul venha agora para ela poder evitar perguntas inevitáveis.

Alessandra entra no lobby e sente o cheiro do café jamaicano Blue Mountain bem torrado que Edie está passando (elas usam um coador vintage e os hóspedes amam o sabor). Ela escuta Mandy Patinkin cantando uma música de Gershwin: *They Can't Take That Away From Me*.

Ela está atrasada devido ao cheque, ao beijo e à caminhada com as malas. Ela prefere chegar antes de Edie, pois sente que ganha uma vantagem, e agora, quando Edie levanta o olhar e vê Alessandra, além de notar suas malas, ela parece confusa e um tanto superior.

— Bom dia, Alessandra — diz ela. — Vai viajar? — A voz de Edie soa leve e calma, apesar do fato de Alessandra sempre ser fria com ela.

— Bom dia, Edie. — Não é que Alessandra não *goste* de Edie; ela gosta. Edie é inteligente, modesta e excelente em lidar com as crianças Marsh. (Tanto Wanda quanto Louie temem Alessandra.)

Mas Edie também é jovem, e a última coisa que Alessandra quer é Edie a vendo com um exemplo. Alessandra não quer mentir para Edie sobre seu passado ou seu presente, portanto a amizade entre as duas é impossível. Alessandra precisa afastar-se de Edie.

É pelo seu próprio bem!, Alessandra deseja dizer porque vê suas atitudes rudes magoarem Edie.

Alessandra deixa as malas embaixo do balcão e entra com seu usuário no computador.

Lizbet aparece vinda do escritório dos fundos para o que deve ser sua quarta xícara de café; ela consome muita cafeína, Alessandra está surpresa por ela não começar a bater os braços e voar.

Lizbet nota as malas, pois nota tudo.

— O que está havendo aqui? — pergunta com uma sobrancelha arqueada.

Alessandra encontra o olhar de Lizbet.

— Meu acordo de moradia não deu certo, então vou morar com Adam e Raoul.

Lizbet se move para a cafeteira.

— O que aconteceu com a casa na Hulbert?

Alessandra tenta não se importar com a possibilidade de Lizbet ter descoberto ou não. Lizbet não pode demiti-la pelo que acontece em sua vida pessoal, apesar de poder acarretar questionamentos mais tarde, algo que Alessandra deseja evitar. Ela sorri apesar do sabor amargo quase químico em sua boca.

— Ah — diz ela —, aquilo era apenas temporário.

Chad havia sido escalado como parceiro de limpeza de Bibi Evans, que trata todo quarto como uma cena de crime. Isso pode ser porque Bibi deseja ser uma cientista forense, ou talvez porque Bibi é o que a mãe de Chad chamaria de "abelhuda", ou talvez porque Bibi seja uma ladra. Chad não gosta de pensar na última opção, mas Bibi toca em todo e qualquer item no quarto que possa ser valioso para furtar. Ela toca no que a Srta. English expressamente disse para eles *não* tocarem, como relógios, joias, dinheiro e pílulas.

Eles vinham trabalhando juntos há duas semanas quando Bibi levanta um bracelete de diamante da caixa de joias de viagem e o *prova*. Chad está apavorado (e também um pouco impressionado) pela ousadia de Bibi. Ela não se mostra intimidada pela Srta. English ou pelas suas regras. Bibi estende a mão, assim os diamantes captam a luz do sol entrando pela janela panorâmica com vista para a Easton Street.

— Eu nasci para coisas finas.

— Você deveria colocar de volta — diz Chad.

— Você é tão *certinho* — diz ela, como se o estivesse chamando de pedófilo.

Seria fácil para Chad chocar Bibi com as histórias de como quebrara as regras, mas não é algo do qual se orgulha.

— O hóspede pode entrar a qualquer hora, Bibi — diz ele. — Ou a Srta. English.

Bibi acena o braço como se estivesse expondo o bracelete a um cômodo cheio de admiradores. Parece deslocado em seu pulso pálido e ossudo. Bibi usa um delineador de olhos preto e grosso e tem uma tatuagem de uma caveira atrás do pescoço, que Chad notara quando a Srta. English insistiu que Bibi usasse seu cabelo preto e oleoso em um rabo de cavalo. Ela não é nada como as garotas com quem Chad frequentou a escola ou a universidade; Chad entende que ela é de uma "classe social" diferente. Bibi é mãe de uma garotinha de nove meses, Smoky (esse é mesmo o nome dela; não é nenhum apelido). Ela disse a Chad que aceitou essa "droga de serviço" porque quer ir para a universidade, estudar ciência forense e entrar em uma unidade de homicídio na Polícia Estadual de Massachusetts para poder oferecer uma vida melhor a Smoky do que ela mesma teve na infância. A vida de Bibi envolve uma mãe alcoólatra (Chad pode simpatizar com ela nesse quesito, apesar de não ter certeza de que sua mãe e a de Bibi te-nham muito mais em comum). Bibi lamenta com frequência os custos de cuidar de uma criança e o valor dos bilhetes da balsa vinda de Cape que consomem mais da metade do seu pagamento. Chad fez o que esperava parecer um som simpático. Ele disse que a bebê dela era fofa.

— Você é um fanfarrão total, Tiro no Escuro — disse Bibi no primeiro dia. "Tiro no Escuro" era o apelido que a Srta. English lhe dera e, secretamente, ele gostava porque, em Nantucket, qualquer nome é melhor do que Chad. — Mas eu prefiro trabalhar com você do que com aquelas loucas.

Ela se referia a Octavia e a Neves. Elas falam português e usam cruzes dou-radas pesadas ao redor de seus pescoços. A Srta. English se refere a Octavia e Neves como a Equipe A, e a Chad e Bibi como Equipe B, o que não devem ser de-signações aleatórias. Deve ser isso que alimenta o desgosto de Bibi pelas demais garotas (Chad não se importa; ele sabe que pertence à Equipe B), mas o criticis-mo de Bibi é tão intenso que Chad se pergunta se as irmãs maltratam Bibi na balsa. (Ele não consegue imaginar.) Por admissão própria, Bibi odeia pessoas. É a única coisa, segundo ela, que lhe traz alegria.

Chad anuncia que limpará o banheiro e lidará com os buquês de flores se Bibi quiser passar o aspirador e começar a arrumar a cama. Ela grunhe em confirmação, apesar de Chad estar esperando um agradecimento, já que está pegando as tarefas mais onerosas. Cuidar das flores é uma tarefa surpreenden-temente tediosa — ele precisa remover a poeira da hortênsia azul, cortar os talos dos lírios porque o pólen mancha tudo com um tom de vermelho-sangue oxida-do, e trocar a água marrom do vaso. Mas as flores são moleza se comparadas a limpar o banheiro. Em duas semanas trabalhando no hotel, Chad havia lidado com absorventes externos e internos com sangue na lixeira (ele encontrou uma apreciação nova por nunca ter dividido um banheiro com a sua irmã), e lim-pou o vômito de um homem em uma despedida de solteiro que não conseguiu chegar perto do vaso sanitário a tempo. Os menos repulsivos, pelo menos um pouco, são as gotas de creme dental e os fios de cabelo que ele precisa remover da pia.

Ao lidar com as flores e o banheiro, ele atinge o duplo objetivo de punir a si mesmo e agradar a Bibi. A aprovação dela é importante, apesar de não ser boni-ta, nem sofisticada e não ter uma educação de renome; apesar de sua afirmação de que ela "nasceu para coisas finas", tudo em seu comportamento diz o contrá-rio. Ela é uma mãe solo de 21 anos (não mencionou o pai da criança e ele não tem coragem de perguntar), e Chad está admirado e com medo dela.

*

Quando Chad termina de esfregar o chuveiro e a banheira — ele limpa a banheira de forma consciente apesar de estar claro que não fora usada —, coloca a cabeça para dentro do quarto. A cama havia sido despida e refeita, os travesseiros rearranjados artisticamente; Bibi sempre faz um belo trabalho com as camas. Chad não vê Bibi, mas, em vez de chamar por seu nome, ele caminha na ponta dos pés. E a encontra no closet, mexendo em uma mala. Ela levanta primeiro um cinto, então uma camisola de seda ametista. Ele nota que ela ainda está com o bracelete de diamante no pulso.

— Bibi?

Ela pula em surpresa.

— Nossa, Tiro no Escuro, você me assustou, o que é?

— O que está fazendo? — pergunta ele. — Sabe que não devemos tocar nos pertences pessoais. E você precisa tirar esse bracelete.

— Quem é você? A polícia da limpeza?

— Eu só não quero que tenha problemas.

— Por que eu teria problemas? Só estou dando uma olhada. Não vou *levar* nada. Você deve achar que sou uma ladra porque não sou rica como você, Sr. Eel Point Street. Sr. Ranger Rover.

Chad pisca. Ele não tem certeza de como Bibi descobriu o carro que dirige ou onde mora. Fora cuidadoso ao se apresentar como um garoto normal que estava ali para o verão. Ele estaciona longe, na Cliff Road, e dissera a ela apenas que mora em "uma estrada rural, fora da cidade".

— Eu não acho que seja uma ladra, Bibi — diz. Ele está tentado, neste momento, a oferecer uma parte do pagamento semanal porque sabe que ela precisa comprar coisas como fraldas e leite, mas está com medo de que ela o ache condescendente. — Você quer que eu passe o aspirador de pó?

Na manhã seguinte, a Srta. English envia Octavia e Neves para limpar a suíte 114 — Chad fica grato, porque ficar perto de Doug, o pit bull, o deixa desconfortável —, mas, em vez de oferecer outros quartos para Chad e Bibi e os colocar para trabalhar, a Srta. English fecha a porta do escritório e se vira para eles.

— Os hóspedes no quarto 105 relataram o sumiço de um pertence — diz ela. — Um cachecol da Fendi preto e dourado.

Chad fecha os olhos. O quarto 105 foi o último quarto que limparam ontem; era um check-out. No quarto 105, Bibi surpreendentemente se manteve focada na tarefa e Chad pensou ser porque os hóspedes tinham deixado uma bela gorjeta de quarenta dólares, que Chad ofereceu a Bibi. Ela havia perguntado se ele queria ir até a cozinha de serviço para repor os itens do frigobar — o vinho, as cervejas Cisco, o patê de anchova e os biscoitos —, que era a melhor tarefa de todas. A cozinha de serviço era adjacente à cozinha do Blue Bar, onde Beatriz geralmente retirava uma bandeja do forno — queijos gougère, ou enroladinhos artesanais, ou pães de pretzel — e ela sempre oferecia um pouco do que quer que fosse à equipe de limpeza. Na tarde de ontem, Chad teve a sorte grande porque Beatriz estava preparando pequenos sanduíches de lagosta com pães de leite caseiros. Chad tinha comido lagosta na infância como outras crianças comem manteiga de amendoim e geleia, mas nunca havia comido um sanduíche assim antes. O exterior do pão de leite era crocante enquanto o interior era cheiroso e macio; a carne de lagosta havia sido misturada com raspas de limão, ervas, pedaços crocantes de salsão e apenas uma pitada de maionese picante. O sanduíche de lagosta estava tão... *saboroso* que Chad voltou ao quarto 105 inspirado. Ele queria fazer o trabalho tão bem quanto Beatriz. Ele queria limpar o quarto 105 *de cima a baixo!*

Mas, ao retornar, o quarto estava pronto e Bibi fora de vista. Chad olhou para fora da janela e viu Bibi se dirigindo para a North Beach Street em direção à balsa com sua mochila jogada sobre o ombro. Ele sentiu pena por ela ir embora — tinha lhe trazido um sanduíche —, mas também se sentiu aliviado por ter sobrevivido a mais um dia com ela.

— Um de vocês viu um cachecol preto e dourado? — perguntou a Srta. English. — Porque a Sra. Daley tem certeza de que deixou um para trás. Ela enviou fotos de si mesma o vestindo em Ventuno e disse que não está em sua bagagem. Vocês o encontraram e, por um acaso, o colocaram no Achados e Perdidos? — a Srta. English faz uma pausa. — Talvez *quisessem* colocar no Achados e Perdidos, mas esqueceram?

Ela está oferecendo uma saída para Bibi, pensa Chad. Porque Bibi definitivamente furtou o cachecol.

— Eu não vi nenhum cachecol — diz Bibi, com uma voz clara e calma, tão genuína que Chad acredita nela. — Você viu, Tiro no Escuro?

— Não — responde ele. — E nós checamos as gavetas como deveríamos.

— Sim, eu chequei novamente também — diz a Srta. English. Ela estuda seus rostos. A Srta. English é uma mulher bonita que nunca tratou Chad com nada além de gentileza; mesmo quando o fez dobrar uma toalha de mão pela sexagésima vez, ele sentiu que ela estava fazendo isso pelo seu próprio bem. Ela tem padrões elevados e uma dignidade que Chad respeita. Ele *não* quer desapontá-la.

— Você conferiu a lavanderia? — pergunta Bibi. — Talvez o Sr. e a Sra. Daley estivessem usando o cachecol na cama, sabe, para se amarrar, e acabou sendo misturado com a roupa de cama.

— É claro que conferi a lavanderia — afirma a Srta. English, antes de limpar a garganta. — Eu entendo como deve ser tentador ver algo que deseja e pensar que o hóspede, com tantas posses, não vá dar por falta de um cachecol...

— Parece que você está nos acusando de roubá-lo — diz Bibi. — O que não é apenas um insulto, mas também um absurdo. Chadwick tem uma família rica, além disso um homem não usaria um cachecol de mulher. E eu nunca pegaria, porque cachecóis são coisa de cinquentonas. Perdão às mulheres de idade avançada. E, mais, eu não saberia diferenciar um cachecol da Fendi de um do Walmart.

Isso é mentira, pensa Chad. Bibi adora itens de designers famosos. É um jogo para ela identificar os criadores de bolsas, cintos e sapatos sem consultar a marca — Chloé, Balenciaga, Louboutin — e está sempre certa.

— Além do que eu nunca roubaria de um hóspede. Tenho uma filha em casa. Eu sou uma *mãe*. — Bibi faz uma pausa. — Você perguntou a Octavia e a Neves se *elas* o viram?

Chad abaixa o olhar. Ele não pode acreditar no que ela está fazendo.

— O cachecol desapareceu do quarto 105 — diz a Srta. English. — É o quarto que você limpou.

— Mas todas têm a chave-mestra — argumenta Bibi. — Não é impossível que elas tenham pegado e tentado fazer parecer como se tivesse sido a gente. Elas têm uma rixa esquisita contra mim que você deve saber.

A Srta. English permanece quieta. Chad permanece quieto. Bibi não está falando, mas há muita energia disruptiva emanando dela. Ou talvez Chad esteja projetando.

— Vou avisar à Sra. Daley que não encontramos, mas que continuaremos procurando — diz a Srta. English. — Talvez esteja na mala do Sr. Daley ou talvez ela o tenha tirado ao sair e esqueceu em algum lugar. Mas eu espero que nada mais suma.

※

Chad e Bibi levam seu carrinho até o quarto 307 em silêncio. Bibi não toca em nada no quarto e se oferece para limpar o banheiro e trocar as flores, o que, Chad percebe, é o máximo de admissão de culpa que ele receberá.

9 · O Telégrafo de Pedra

O verão está em curso na ilha, e muitos de nós estão ocupados demais cuidando de suas próprias vidas — entrando em contato com o limpador de janelas, adubando nossos jardins, tirando as cadeiras de praia dos depósitos — para prestar atenção nos acontecimentos do Hotel Nantucket. Mas, de vez em quando, nós passamos por perto e vemos Zeke English de pé na calçada em frente ao hotel com um pit bull na coleira cheirando os dentes-de-leão, e nos perguntamos como estão as coisas.

Sharon Loira está aproveitando um jantar no Deck certa tarde quando o próprio JJ O'Malley aparece para dar um oi. Sharon Loira é intrépida e pergunta se ele escutou que Lizbet arranjara um novo emprego.

— Não, eu não sabia — diz JJ. — Não estamos nos falando.

— Bem, tenho certeza de que ela está ocupada — comenta Sharon Loira. — Você já comeu no Blue Bar? É a novidade que todo mundo está comentando. Eles têm uma bola de discoteca de cobre que desce...

— Do teto às 21h — completa JJ. — Sim, eu sei. Mas, pelo que escutei, não se pode jantar de verdade, não é? Lá não servem uma costela, ou um contrafilé, ou mesmo um assado.

— Verdade — diz Sharon Loira. — É mais como um grande coquetel de petiscos, com entradas para compartilhar, e, depois de terminar de petiscar, alguém vem com copos de shots com chantili nos sabores Kahlúa e maracujá. É chamado de concierge de chantili! Já ouviu algo tão fabuloso? E todos começam a dançar. Nós fomos lá semana passada e, honestamente, eu nunca me diverti tanto na vida.

JJ O'Malley se endireita e olha para os riachos, talvez lembrando a Sharon Loira que, apesar do Deck não ter um *concierge de chantili*, tem uma vista magnífica.

— As avaliações do hotel no TravelTattler não estão tão boas.

— Ah — diz Sharon Loira. — Esteve de olho?

✳

O Policial Dixon recebe um telefonema às 16h sobre um homem adormecido no carro na Dionis Beach.

— E? — diz Dixon para Sheila ao receber o chamado.

— Eu acho que ele está dormindo no carro no estacionamento há três dias — responde Sheila. — Algumas mães o notaram e pensam que pode ser um predador em potencial.

Dixon respira fundo. Um homem dormindo no carro é o que Nantucket considera como crime; ele supõe que deveria se sentir orgulhoso. Então, entra na viatura.

Ao chegar a Dionis, ele vê o homem e o carro em questão — um homem em seus 50 anos em um Honda Pilot de 2010 com placa de Connecticut e um adesivo de para-choque com a frase: O QUE JIM CALHOUN FARIA? A janela traseira apresenta um decalque que diz: PAI DE UM ESTUDANTE DE HONRA DA ESCOLA PRIMÁRIA DE AVON.

Que palavras ameaçadoras. Dixon se pergunta se precisará chamar reforço.

Ele se aproxima da janela aberta do carro e vê o homem no assento do motorista, com a cabeça jogada para trás, roncando. Ele está vestindo uma camisa polo branca e bermuda de natação; seus óculos bifocais tinham deslizado até a ponta de seu nariz, e há uma cópia da obra *Blue Moon* de Lee Child aberta sobre o painel ao lado de uma lata de Red Bull. Dixon se afasta porque sente estar se intrometendo no quarto do homem, quando percebe o kit de barbear aberto no assento do passageiro e uma toalha de mão secando no painel. Uma olhada no assento de trás revela uma mala aberta.

Este homem... Dixon olha para os banheiros públicos. Dionis é a única praia em Nantucket com chuveiros. Este homem está *morando* no carro?

— Com licença, senhor — pergunta Dixon, balançando os ombros do homem. — Posso ver sua carteira de habilitação e o documento do veículo, por favor?

✳

Richard Decameron, 54 anos, residente de Avon, Connecticut, está aqui na ilha a trabalho no Hotel Nantucket durante o verão.

— Então você não está... morando no carro? — pergunta Dixon. — Porque é o que parece.

Decameron tenta desviar da pergunta com uma risada, mas não é tão convincente.

— Não, não, eu moro no hotel.

— Por que está dormindo aqui no estacionamento? Nós recebemos relatos de que está aqui há três dias.

— Estou aproveitando a praia — responde Decameron. — Acordo cedo para nadar, tomo banho, leio meu livro e, às vezes, eu pego no sono. — Ele oferece um sorriso amigável a Dixon. — Isso é crime?

Ele está "aproveitando a praia" ao dormir no estacionamento. Algo não está certo.

— Qual a sua função no hotel? — questiona Dixon.

— Eu trabalho na recepção — responde Decameron.

Dixon aquiesce. Nada nesse homem grita predador ou mesmo sem-teto. Ele parece um homem normal — um fã do time de basquete Huskier, o pai de um estudante de honra.

— Então me diga uma coisa — diz Dixon. — Já viu o fantasma?

— Ainda não — responde Decameron. — Ela está se fazendo de difícil.

Dixon solta uma risada e bate no teto do carro.

— Tudo bem, não vou lhe dar uma multa. Amanhã, no entanto, é melhor encontrar outra praia.

— Encontrarei, policial — diz Decameron. — Obrigado.

✳

Lyric Layton está em sua cozinha às 7h, preparando uma vitamina de beterraba e mirtilo após a aula de ioga em sua praia particular, quando ouve uma rápida batida em sua porta. Ana Bolena, a gata de pelo curto inglês da cor chocolate, levanta-se e coloca as patas na canela de Lyric, algo que ela faz apenas quando está ansiosa. Lyric pega a gata no colo e vai ver quem está batendo na sua porta tão cedo.

É Heidi Bick, a vizinha. Os Layton e os Bick têm planos de ir jantar na Galley Beach hoje à noite. Lyric se pergunta se Heidi ficou sabendo da sua novidade; ela planejava contar a Heidi hoje no jantar se Heidi não descobrisse quando Lyric pedisse uma água com gás em vez de champagne. Mas então ela vê o rosto chocado de Heidi.

— Só você está acordada? — sussurra Heidi. — Eu preciso conversar.

— Sim, é claro — diz Lyric. Seu marido, Ari, e os três filhos dormiriam até o meio-dia durante todo o verão se ela deixasse. — Entre.

Lyric guia Heidi até a cozinha e lhe oferece uma vitamina — não, obrigada, ela não consegue comer nada —, então Lyric abre a porta deslizante para as duas se sentarem na varanda. O sol nascente lança lantejoulas na água de Nantucket Sound; a balsa da manhã está deslizando próxima ao farol Brant Point Light e saindo do porto.

— Acho que Michael está tendo um caso — diz Heidi, dando uma pequena risada sufocada. — Não posso acreditar no que acabei de dizer. Eu pareço alguém na Netflix. Quero dizer, é o *Michael*. Somos Michael e Heidi *Bick*. Isso não deveria acontecer.

Ora, ora, ora, pensa Lyric.

— Calma, querida, vá do começo. O que lhe deu essa impressão?

— Eu sou tão burra! — esbraveja Heidi. — Michael estava morando aqui desde abril. Ele me disse que ele e seu colega de trabalho, Rafe, estavam se preparando para sair e começar a própria empresa. Ele escolheu trabalhar remotamente para ter a privacidade necessária. Eu fiz alguma pergunta? Não! Eu acreditei nele, e estava tão feliz por ter um tempo para mim mesma. Enquanto isso, ele estava aqui com alguém!

Para qualquer um além de Lyric Layton, essa notícia sobre Michael poderia ser uma surpresa. Michael e Heidi Bick eram considerados por muitos o "casal perfeito" — todos diziam isso de Nantucket a Greenwich. Mas Lyric tinha notado certas... coisas em Michael. No último verão, quando Lyric, Ari, Michael e Heidi estavam jantando no Deck, Lyric pegou Michael a encarando do outro lado da mesa. Ela pensou ser sua imaginação — muito vinho rosé havia sido consumido —, mas então ele tocou sua perna com o pé. Lyric rapidamente se afastou e colocou as pernas sob sua cadeira. Não disse nada para Ari ou para Heidi porque tinha certeza de que Michael estava apenas sendo um bêbado safado. Lyric se considera uma excelente amiga — lembra-se de aniversários, oferece mais vezes para levar as crianças à escola, lustra as coroas de outras rainhas — então ela nunca, *nunca* nutriria a ideia de ter um caso com Michael. Mas... se fosse dolorosamente sincera, ela admitiria que houve vezes em que esteve praticando ioga na praia e se perguntou se Michael Bick estava em seu banheiro principal, de banho recém-tomado, observando-a da janela.

Lyric organiza sua expressão facial para uma de ceticismo e preocupação.

— Ah, Heidi, eu duvido.

— Então você não escutou os rumores de Michael andando pela ilha com outra mulher? — Heidi pressiona as palmas das mãos nos olhos. — Eu tive essa impressão horrível de que todos sabiam, menos eu, e de que todos estavam comentando...

— Eu não ouvi nada — comenta Lyric. — E almocei com Sharon Loira no Field and Oar Club ontem. Ela não disse nada. O que te faz *pensar* isso?

Heidi puxa uma sombra de olho da Chanel do bolso da jaqueta jeans. É uma sombra em creme meio usada na cor marrom-carmesim.

— Isso estava na minha gaveta de maquiagem.

Lyric pega a sombra.

— Não é a sua cor — diz ela, tentando fazer uma piada, mas por dentro Lyric está tremendo. Não é a cor da *Heidi*, mas é a cor de Lyric, e Lyric usa apenas sombras da Chanel, como Heidi bem sabe. Lyric se pergunta se Heidi a está acusando de ter um caso com Michael. Isso está se tornando perigoso. Michael estava dormindo com alguém que usa sombra de olho da Chanel da cor que Lyric sempre usa? Ele deve estar. Por que mais a sombra estaria na gaveta de Heidi? Lyric sente um pouco de inveja dela, o que é insano, é claro. Ela tem um casamento feliz e está grávida do quarto filho.

— Você perguntou para Michael sobre isso?

— Não — responde Heidi. — Estou esperando para ver se encontro mais alguma coisa.

Lyric concorda ser uma boa ideia. Provavelmente não é nada; talvez tenha sido a funcionária de limpeza (isso não faz sentido) ou talvez pertença a Colby, filha de Heidi (ela tem apenas 11 anos, mas essa geração é precoce). Ela está certa de que há uma explicação razoável. Lyric guia Heidi até a porta com um pouco de pressa porque sente o enjoo matinal a acometê-la *(vitamina de beterraba com mirtilo, eca; o que a fez pensar que seria uma boa combinação?)*.

— Tente relaxar, Michael ama você, vejo você no jantar hoje à noite. — Lyric pode não contar a Heidi que está grávida esta noite, por que o quão terrível seria compartilhar boas notícias quando sua amiga está sofrendo?

Lyric fecha a porta após Heidi passar e dispara pelo corredor até o banheiro, onde vomita a vitamina. Após limpar a boca, ela sai em busca da sua própria sombra de olho em creme da Chanel na cor marrom-carmesim.

O engraçado é que ela não consegue encontrá-la.

✳

Jasper Monroe, da Ilha Fisher, na Flórida, acorda na suíte 115 do Hotel Nantucket com uma mensagem de sua mãe: Onde você está??? Você não voltou para casa ontem à noite??? Conhece as regras, Jasper!!!

Jasper grunhe e rola para o lado. Beija Winston no ombro e diz:

— Eu tenho que ir embora, cara. Minha mãe está enlouquecendo.

— Sua *mãe?* — pergunta Winston.

— Sim — diz Jasper. Ele se sente como uma criança de 12 anos, e percebe que Winston, que era o professor-assistente de Jasper em Trinity, queria lembrá-lo de que é um homem crescido, de 22 anos, e que poderia ficar fora a noite toda

O Hotel Nantucket · 109

se quisesse. Mas o fato é que Jasper mora sob o teto dos pais e quebrou a regra da casa ao não avisar à sua mãe que ficaria fora a noite toda. Além disso, seus pais não sabem que ele é homossexual. Ninguém sabe.

Jasper veste sua bermuda Nantucket Reds e sua camisa polo, ambas amarrotadas e cheirando a cerveja após uma noite no Chicken Box. Ele decide comprar para sua mãe meia dúzia dos infames pães matutinos da padaria Wicked Island como pedido de desculpas.

— Vejo você depois, cara — diz Jasper.

— Quando? — indaga Winston.

Jasper não tem certeza. Winston veio para Nantucket especialmente para ver Jasper, mas Jasper precisa ser cuidadoso.

— Eu te mando um snap.

Winston sai da cama para se despedir de Jasper, então ele não deve estar com tanta raiva. Eles dão alguns amassos à porta.

— Volte para cama — sussurra Winston colado à boca de Jasper.

Jasper está de fato considerando isso — sua mãe não vai ficar mais brava em uma hora do que está agora —, mas então ele ouve um barulho e vira para ver o carrinho da faxina virando a esquina, e puxando o carrinho está... Chad Winslow.

O quê? Chad está vestido com bermudas cargo e uma camisa polo azul, e acompanhado de uma garota bem abatida, que lança um sorriso esperto na direção de Jasper e um Winston sem camisa, e diz:

— Os senhores estão prontos para o serviço de quarto?

— Jasper? — pergunta Chad.

Jasper sente-se como um coiote com a perna presa em uma armadilha.

— Chad? Você está... *trabalhando* aqui, cara? — Jasper e seus amigos Eric e Bryce estiveram se perguntando o que andava rolando com Chad, mas ele ter um *emprego* nunca passara por suas cabeças. No serviço de limpeza de um *hotel?* Não fazia sentido.

Chad dá de ombros e dirige o olhar por cima dos ombros de Jasper, para Winston.

— Sim, sou camareiro — diz Chad. — O que está fazendo aqui?

Sou camareiro. Isso deve ser piada, não é? Exceto que Jasper pode ver que não é, e Chad não parece nem um pouco envergonhado. É como Winston sempre diz: não há nada de vergonhoso em quem realmente somos.

— Eu passei a noite com meu namorado, Winston — diz Jasper. E, simples assim, ele saiu do armário. Ele sorri. Não pode acreditar como é simples.

Chad assente.

— Massa. Prazer em conhecê-lo, Winston.

— Prazer em conhecê-lo — responde Winston.
— Prazer, prazer, prazer — diz a garota com Chad. — Então, estão prontos para o serviço de quarto ou o quê?

Nancy Twine passa em frente à cesta de ofertas na Summer Street Church. Ela tenta não notar quanto cada pessoa doa; três dólares para alguns é um sacrifício tão grande quanto trinta dólares para outros. Mas chama sua atenção quando Magda English entrega várias notas de cem dólares dobradas na cesta. (*Cinco notas de cem dólares*, Nancy descobre ao contar o dinheiro após a missa.)

Agora, onde Magda English — que se mudara em setembro para cuidar de seu pobre irmão, William, e de seu sobrinho Ezekiel; e que estava trabalhando como chefe do serviço de limpeza no hotel assombrado do outro lado da cidade — conseguiu esse tanto de dinheiro? Nancy não conseguia imaginar.

10 · A Última Sexta-feira do Mês: Junho

Lizbet, Edie, Adam e Alessandra estão apertados no escritório de Lizbet às 11h55 da manhã de 24 de junho para poderem atualizar o feed do Instagram exatamente ao meio-dia.

Adam é o primeiro a ver a postagem de Shelly Carpenter.

— É o hotel Isthmus em Nova York. Quatro chaves.

— Um tanto sem graça, não? — comenta Alessandra. — Apesar dela não ter avaliado Nova York há algum tempo.

— Ela avaliou o William Vale em março do ano passado — diz Edie.

— É assustador que você saiba isso — admite Adam. Ele olha as fotos enquanto Lizbet, Edie e Alessandra clicam no link. Francamente, Lizbet está aliviada pelo Hotel Nantucket não ter sido escolhido; eles não estavam nem um pouco preparados.

Hotel Confidential por Shelly Carpenter
24 de junho de 2022
O Isthmus Hotel, Nova York, Nova York: quatro chaves
Olá de novo, amigos!
A rede do Isthmus Hotel tem sido sinônimo de luxo e serviço sofisticado desde que o principal hotel da rede abriu na Cidade do Panamá em 1904 para atender aos visitantes do incrível canal criado pelo homem. O posto avançado em Manhattan, localizado na desejada esquina sudeste da Fifty-Fifth Avenue com a Fifth, há muito tempo é uma escolha confiável dos viajantes experientes, especialmente os da América Central e do Sul, que apreciam os funcionários bilíngues.

O hotel passou por uma renovação abrangente em 2019, na qual todos os quartos receberam uma repaginada tão necessária. Eles optaram por um estilo clean e moderno — os quartos repletos de tons de marfim e cinza-perolado, o que pode parecer um pouco genérico. As luzes de cada quarto são todas controladas no painel principal dentro do quarto e oferecem três opções: Festival (todas as luzes acessas), Romance (ambientação leve), e Boa-noite (todas as luzes apagadas). Eu tentei descobrir como burlar o sistema para desligar algumas e ligar outras (como ao lado da cama, por exemplo). E parece ser impossível sem um diploma de engenharia elétrica.

Eu quis checar o conhecimento do concierge sobre a área, então perguntei o nome de um salão onde eu pudesse fazer as unhas com um valor mais em conta a até dez blocos de distância em um domingo. O concierge encontrou imediatamente um local, mas, quando fui escrever o endereço em um bloco de notas ao lado do telefone, descobri que a caneta do hotel estava seca. Leitores desta coluna podem achar isso um mero detalhe — e não se enganem, é mesmo —, mas, se o hotel está oferecendo uma amenidade como uma caneta, o item deveria funcionar.

Os demais aspectos da minha estadia no Isthmus foram excelentes. A cama era deliciosa, o edredom tão macio quanto um chantili; as amenidades no fino e cromado banheiro de mármore (que era gigante para os padrões nova-iorquinos) tinham cheiro de sândalo, e a pressão da água no chuveiro era forte, mas sem machucar. Minhas malas chegaram apenas dois minutos após o meu check-in, e, quando requisitei gelo, a entrega foi feita dentro de cinco minutos. O serviço de quarto superou todas as expectativas. O cardápio do quarto do Isthmus incluía alguns toques panamenhos com adição de sancocho de gallina e chicheme — eu fiz um pedido dos dois, e ambos tinham bom sabor e preço razoável em comparação com as tarifas-padrão de serviço de quarto.

No geral, ofereço ao Isthmus Hotel em Nova York quatro chaves, com um pedido para todos os hoteleiros lendo esta avaliação: coloquem interruptores individuais em cada lamparina, um que seja fácil de achar e, de preferência, com luz ajustável. Obrigada!

Fiquem bem, amigos. E façam o bem.

— SC

— Todas as nossas luzes têm interruptores individuais, e as da mesa e do chão são ajustáveis! — aclamou Edie.

— Não acredito que ela reclamou das canetas — diz Adam. — Eu nunca pensaria em checar as canetas.

— A Srta. English faz a equipe checar cada caneta — comenta Alessandra.

— Sim — diz Lizbet. As canetas do Hotel Nantucket são Uni-Ball Jetstream, as melhores, e oferecem uma escrita leve e escura. Ela se orgulha dos cuidados deles com as canetas. Mas o fato é que nenhum detalhe escapa a Shelly Carpenter. As luzes e as canetas do hotel podem estar corretas, mas pode haver dúzias de coisas nas quais Shelly poderia encontrar defeito.

Quando — se — ela vier.

11 • O Livro Azul

27 de junho de 2022
De: Xavier Darling (xd@darlingent.co.uk)
Para: Funcionários do Hotel Nantucket

Bom-dia, equipe! É com orgulho que anuncio que há um vencedor do bônus semanal que eu prometi a vocês no dia da inauguração. O vencedor da semana do dia 20 de junho foi a gerente da recepção, Alessandra Powell. Alessandra recebeu avaliações impressionantes de um de nossos hóspedes no TravelTattler por seu serviço ao cliente excepcional. Parabéns, Alessandra! Continue com o bom trabalho!

XD

Ao entrarem na última semana de junho, as operações do hotel tinham amaciado seus sapatos novos, tornando-se mais fluidas e orgânicas. (Falando em sapatos, Lizbet tinha trocado os stilettos por plataformas, uma ideia que roubara de Alessandra, sentindo-se muito mais confortável.) Houve uma reclamação no TravelTattler quanto a um cachecol Fendi desaparecido, o que causou certo dano — um mistério que continua sem solução, de acordo com Magda —, mas as demais avaliações têm sido positivas e Xavier finalmente cedeu e ofereceu o primeiro bônus de mil dólares a Alessandra porque algum avaliador anônimo a elogiou profundamente. (Se Lizbet tivesse que adivinhar, diria ser o Sr. Brownlee do quarto 309; ele não escondia que achava Alessandra a criatura mais bela que já havia visto.) Lizbet preferia que o bônus fosse para outra pessoa — Raoul, por exemplo, o herói noturno desconhecido da recepção, ou a Querida Edie — mas foi para Alessandra e ninguém expressou nenhuma frustração. Eles provavelmente estavam intimidados.

A aparência de Lizbet também melhorou desde que Richie começara a trabalhar no turno noturno. Agora, Lizbet deixa o hotel às 17h30, faz uma corrida ou pedala na bicicleta ergométrica de streaming fitness, prepara um jantar para si mesma (ela está tão cansada que geralmente consegue apenas fazer um sanduíche de atum ou macarrão instantâneo), depois se deita com o notebook na cama com a intenção de se atualizar sobre o que está acontecendo ou assistir a um programa de TV para ter algo sobre o que conversar com os hóspedes, mas na maioria das noites ela cai no sono dentro de cinco minutos após se deitar.

Lizbet não tinha vida social desde que ela e JJ terminaram, e agora que está finalmente pronta, nada de convites. Ela tinha pensado que ela e Heidi Bick tinham planos mais ou menos confirmados no dia 18, mas, quando Lizbet mandou uma mensagem para confirmar, Heidi cancelou. Ela precisava de um tempo a sós com o marido Michael. Ser trocada pelo companheiro de alguém fez Lizbet se sentir uma solitária fracassada. Lizbet tinha outros amigos, mas infelizmente todos gravitavam, de um jeito ou de outro, para o Deck, e Lizbet não sentia que podia entrar em contato sem parecer estar entrando no território de JJ ou, pior ainda, desesperada. Além disso, ela estava chateada por Goose, Wavy e Peyton parecerem tê-la abandonado ou "escolhido" JJ como se fossem crianças em um divórcio. Lizbet não apenas sente falta deles como também gostaria de saber como as coisas estão sem ela. Quem JJ deixou cuidando do livro de reservas em seu lugar? Provavelmente Peyton — ela é a mais capacitada e teria sido a escolha de Lizbet se alguém tivesse perguntado, o que não fizeram, é claro.

O dia 1º de julho amanhece claro — há algo fresco e otimista no primeiro dia do mês, e Lizbet tem grandes expectativas para a melhora da ocupação do hotel. Edie coloca a cabeça para dentro do escritório de Lizbet e diz:

— Há uma mulher na recepção que gostaria de falar com você.

Lizbet se levanta em um pulo, sempre consciente de que Shelly Carpenter poderia aparecer a qualquer momento. É a semana do Dia da Independência que, por tradição, é sempre movimentada, e é de conhecimento geral que Shelly Carpenter tende a aparecer nos hotéis durante momentos estressantes ou extraordinários.

Mas a animação de Lizbet esmaece ao ver a Sra. Amesbury. Não existe um universo em que a Sra. Amesbury seja Shelly Carpenter. A Sra. Amesbury veio reclamar para Lizbet no dia anterior porque a fofa Sra. Damiani estava amamentando seu filho pequeno no lobby e ela achava isso de mau gosto.

— Como posso ajudá-la, Sra. Amesbury? — pergunta Lizbet. É quase doloroso, mas Lizbet consegue esboçar um sorriso. O Sr. Amesbury, o tipo de marido que carrega a bolsa da esposa, está parado atrás da Sra. Amesbury assim como esteve no dia anterior quando a Sra. Amesbury viera reclamar sobre a amamentação.

A Sra. Amesbury estende o Livro Azul; aberto na seção de restaurantes.

— Isso tem um erro terrível.

116 · Elin Hilderbrand

— Erro? — questiona Lizbet, sentindo o sangue aquecer em pânico. O Livro Azul é o seu projeto do coração. Checara duas vezes todos os endereços, telefones, horários de operação, sites e outros detalhes pertinentes, como regras de vestimenta, faixa de preço e protocolo para reservas. Estava orgulhosa do livro e até havia considerado enviá-lo para uma editora. O mundo precisa de um guia de Nantucket escrito por um residente da ilha. — Qual tipo de erro?

— O Deck não está aqui! — diz a Sra. Amesbury. — É o restaurante mais importante e de sucesso de toda a ilha e você se *esqueceu* de incluí-lo!

Lizbet pisca. Não pode fingir estar surpresa, porque sabia que este momento chegaria. Lizbet não esqueceu o Deck; havia o deixado de fora. Pode parecer uma omissão chocante, mas Lizbet não se importa. Nem pensar que ela colocaria o restaurante de JJ no Livro Azul.

— Estou ciente de que não está incluído, Sra. Amesbury. Eu queria expor *outros* restaurantes da ilha, alguns com os quais pode não estar familiarizada. Já comeu no Or, The Whale? Que tal o Straight Wharf? — diz Lizbet.

— Nós gostaríamos de comer no Deck — diz a Sra. Amesbury. — No Dia da Independência.

— Ah — responde Lizbet. O Deck *é* mágico no Dia da Independência. JJ não apenas assa um porco com acompanhamentos caseiros de feijões cozidos, picles em conserva, pão de milho e salada de batata, como os clientes também podem desfrutar da vista dos fogos de artifício no porto. Ano passado, Lizbet contratou uma banda de bluegrass e as pessoas dançaram até meia-noite. — O Deck provavelmente vendeu todas as reservas para essa noite há semanas.

— Eu gostaria que você verificasse, por favor — pediu a Sra. Amesbury.

— A senhora já comeu no Tap Room? — Lizbet abaixa a voz. — Eles têm um Big Mac secreto que não está no cardápio.

— Eu nunca comi um Big Mac na minha vida — diz a Sra. Amesbury. — Gostaríamos de ir ao Deck.

Lizbet aquiesce mecanicamente.

— O atendimento por telefone deles começa às 15h. Vou pedir para Edie ligar.

— Eu preferia que *você* ligasse — insiste a Sra. Amesbury. — Você é a gerente-geral; terá mais peso. Se for tão difícil de reservar como você diz, nós precisaremos de toda vantagem possível.

Há-há-há-há!, pensa Lizbet.

— Ficarei feliz em ligar eu mesma, Sra. Amesbury. Vou ligar às 15h em ponto.

✳

Mas às 15h em ponto, Lizbet está no quarto andar testando a escada que leva para a plataforma no telhado do hotel. É uma plataforma bem larga, talvez grande o suficiente para trinta pessoas, e Lizbet pensa em oferecer uma vista panorâmica para os hóspedes assistirem aos fogos de artifício. Algo para rivalizar com o Deck?

A escada é frágil e íngreme. Lizbet consegue subir, ainda que com muito esforço. Isso não vai dar certo no Dia da Independência, mesmo assim, ela destrava a portinhola e sobe para ver o panorama deslumbrante. Lizbet pode ver até os guarda-sóis amarelos, verdes e azuis do Beach Club; ela consegue ver o farol Brant Point Light e as ruas da cidade, dispostas em uma matriz de quatro quadras.

— O que está fazendo?

Lizbet arfa. Wanda, segurando seu caderno e um lápis, está no pé da escada.

— O que *você* está fazendo? — pergunta Lizbet. — Pensei que havíamos deixado claro que este andar está fora dos limites.

Wanda aquiesce com seriedade.

— Eu sei. Mas é onde o fantasma mora.

Lizbet quase a corta: *não há fantasma. Por que sua mãe não está de olho em você? Este hotel não é a sua casa de brinquedo,* mas Wanda, com seu cabelo loiro-claro e óculos pesados, é adorável demais para levar uma bronca. Ela está usando um vestido de algodão xadrez vermelho com morangos bordados no bolso da frente. Outras meninas de 8 anos, suspeita Lizbet, estão desfilando com calças rasgadas e blusas cropped, conferindo suas contas no Instagram.

Lizbet fecha a portinhola com força e pega Wanda pela mão.

— Vamos.

✳

Quando chegam à recepção, a Sra. Amesbury está esperando.

— Você conseguiu fazer a reserva no Deck?

Lizbet considera dizer: *sim, eu liguei às 15h e todas as reservas estavam feitas.* Mas não consegue mentir.

— Sinto muito, Sra. Amesbury. Eu esqueci completamente. Vou ligar agora mesmo.

A Sra. Amesbury aquiesce com os lábios apertados, como se esperasse esse tipo de erro.

— Vou aguardar.

O que Lizbet pode fazer, além de pegar o telefone e ligar para o Deck?

— Boa tarde, restaurante Deck. — Uma voz feminina familiar atende, mas não é Peyton. Lizbet percorre na mente os nomes dos antigos funcionários, tentando dar nome àquela voz. Ou talvez JJ tenha contratado alguém novo?

— Boa tarde, aqui é a Lizbet Keaton do Hotel Nantucket. — Ela espera uma resposta, mas recebe apenas silêncio. — Nós temos um grupo de duas pessoas no hotel que deseja uma reserva para segunda-feira à noite às... — Lizbet olha para a Sra. Amesbury, que levanta sete dedos. — Às 19h. — A Sra. Amesbury não vai conseguir uma reserva às 19h; 17h30 ou 21h30 talvez, *talvez*, se houver um cancelamento de última hora.

— Na segunda-feira, você quer dizer no Dia da Independência, dia 4? — questiona a voz.

— Sim, no dia 4 de julho. Às 19h. Para duas pessoas. — Lizbet poderia estar pedindo para atirar na lua e derrubá-la do céu ou para o oceano ser tingido de roxo.

— Certo — responde a voz. — No nome de quem?

Lizbet é pega de surpresa, temporariamente sem palavras. É possível que a Sra. Amesbury *terá* sua reserva do Dia da Independência às 19h? As coisas no Deck pioraram tanto a ponto de ter uma mesa *disponível*? Lizbet não tem certeza de como se sente sobre isso, mas também se sente triste de que o espaço no qual investiu tanta energia tenha caído como uma frágil torre de Jenga.

— Amesbury — diz ela. — E, mais uma vez, eles estão hospedados aqui no Hotel Nantucket.

A Sra. Amesbury lança um sorriso presunçoso para Lizbet, que pode ouvir as palavras *eu te disse*.

— Por favor, avise aos Amesbury que eles são os 57º na fila de espera para essa data e horário. Se uma mesa ficar disponível, nós avisaremos.

— Ah — responde Lizbet. Ela conseguirá jogar o *eu te disse* de volta direto para a Sra. Amesbury, mas não está feliz com isso. — Vamos torcer para que fique, eu acho. Muito obrigada.

— Qualquer coisa por você, Lizbet — responde a voz.

— Sinto muito, eu sei que reconheço a sua voz, mas não sei dizer de onde — diz Lizbet. — Quem é?

Há um silêncio por um instante antes da voz responder.

— É a Christina.

Lizbet desliga o telefone e, de algum modo, encontra forças para sorrir para a Sra. Amesbury.

— Vocês são os 57º da lista de espera — diz. — Podemos tentar o Tap Room?

É por isso *que ninguém no Deck me procurou*, pensa Lizbet. Eles não queriam dizer a ela ou presumiram que já soubesse: Christina está responsável pela casa. Christina é a nova Lizbet.

✳

Quando Lizbet sai do trabalho, ela segue direto para o Blue Bar como uma mulher possuída. O serviço da noite havia acabado de começar, então o espaço parecia um show da Broadway antes das cortinas subirem. A bola de cobre brilha com a luz do bar; os assentos estão perfeitamente alinhados e em um ângulo convidativo: venha se sentar em mim! O som estéreo está tocando Tony Bennett cantando *The Best Is Yet to Come*. Lizbet queria parar para um coquetel desde o primeiro dia, mas estava muito cansada ou muito envergonhada por estar sozinha. Mas esta noite ela precisa de uma bebida e da chance de processar em silêncio a nova traição de JJ.

A bartender aparece, seu uniforme azul abotoado e bem-passado, com as mangas viradas cuidadosamente nos pulsos. Ela sorri torto.

— Ei, Lizbet.

— Ei, Petey — diz Lizbet. Patricia "Petey" Casstevens é uma superestrela de Nantucket; por dez anos, ela iluminou o bar principal de Cru. Ela está em seus 50 anos, pesa cerca de 45 quilos com o bolso cheio de gorjetas e é extremamente leal a todos os residentes de Nantucket.

— Eu vou querer o Coração-arrasado, por favor — diz Lizbet.

Petey franze as sobrancelhas.

— O... ah, você quer dizer o Arrasa-corações? O drink que o chef fez em sua homenagem?

Isso mesmo: Lizbet é a arrasadora, não a arrasada. Essa é uma afirmação tão boa quanto qualquer outra; ela vai escrever isso no celular.

— Ele te disse isso?

— É o melhor drink do cardápio. — Petey segue misturando vários sucos como uma alquimista e inclui uma boa dose de vodca Belvedere. — Um drink forte para uma mulher forte — diz. — Dizem por aí no telégrafo que o Deck não é nem metade do que era com você. — Isso é bom de ouvir, apesar de Lizbet suspeitar que Petey esteja sendo legal com ela.

Lizbet relembra a última vez em que viu JJ, quando ele ficara de joelhos sobre as conchas esmagadas do estacionamento e, a não ser que ela esteja enganada, a pediu em *casamento*. Agora, apenas três semanas e meia depois, Christina está de volta, girando seus chardonnay de carvalho na vida emocional de JJ. Ele é tão idiota. Um idiota dissimulado. Por que saber disso não diminui sua dor? Por que descobrir que Christina agora trabalha — e, quem ela está tentando enganar, *dorme* — com JJ o faz parecer tão mais desejável? É uma crença falsa, diz Lizbet a si mesma. Todos desejamos o que não podemos ter.

Mas isso não a faz se sentir melhor.

"*Qualquer coisa por você, Lizbet*", disse Christina enquanto ela mandava a Sra. Amesbury para o fim da fila.

Petey desliza o Arrasa-corações pelo balcão. É de um laranja-avermelhado profundo, mais impressionante do que Lizbet se lembrava, e ela sabe que deveria aproveitar cada gole —, mas vira a bebida em três longos goles. JJ e Christina não estão apenas morando de graça na mente de Lizbet, eles trouxeram mala e cuia. Como expulsá-los? Com todos os avanços da medicina e da tecnologia, por que ninguém criou uma pílula que cura o coração partido? Penicilina emocional. Por que ninguém inventou o software que apaga do seu cérebro todos os traços do seu ex ou um aplicativo que elimina o amor não correspondido?

— Vou dizer ao chef que você está aqui — diz Petey.

— Não, por favor — pede Lizbet.

Petey limpa o copo e pisca.

— Ele me fez prometer avisá-lo assim que você chegasse. Vou voltar em segundos para preparar outro coquetel. Presumo que vai querer mais um?

— Pode apostar — responde Lizbet.

Petey some na parte de trás do bar por apenas um instante, depois retorna para misturar mais um Arrasa-corações. (*Arrasa, não arrasado!*, pensa Lizbet.) Tony Bennett é substituído por Elvis Costello cantando *Alison*. "*I know this world is killing you*". Lizbet foca o presente. Ela, finalmente, *saiu*. Um obstáculo superado. E ela não apenas saiu, mas está no Blue Bar! Corre as mãos sobre o granito azul e admira como o sol do fim da tarde captura a brilhante parede de moedas; olha para o teto que esconde a bola de discoteca. A banqueta curvada com assento de veludo safira seria um excelente local para se deitar e chorar.

Talvez JJ e Christina se casem e tenham seis filhos e dois labradoodles, e JJ ensine futebol americano no Boys and Girls Club e ganhe prêmios de cidadania, enquanto Lizbet... o que Lizbet fará? Trabalhará na recepção do hotel que receberá três, talvez duas, chaves de Shelly Carpenter, porque o hotel é amaldiçoado, ou assombrado, ou os dois — e isso se Shelly resolver aparecer.

Não, Lizbet não ficará se lamentando. Não dará ouvidos a pensamentos negativos. Ela tenta se lembrar de uma frase motivacional, mas a única que lhe vem à mente é uma citação atribuída a Sócrates, e está enjoada dessa.

Lizbet é cuidadosa ao beber o segundo coquetel. O morango, o gengibre e a laranja sanguínea dançam em seu paladar — girando, deslizando. Ela fecha os olhos.

— É bom, não é? — comenta Petey. — Esses morangos foram colhidos na Barlett's Farm esta manhã.

— Você disse ao chef que eu estava aqui?

— Claro.

— Ele vai vir?

— Vir para cá? — pergunta Petey.

Sim, pensa Lizbet. É isso que chefs fazem quando recebem um VIP — eles vão ao salão de jantar para cumprimentar. São apenas 17h15, então não é possível que Mario já esteja atarefado.

— Ele não acredita nisso — diz Petey.

Lizbet sente uma pontada; é outra rejeição — não que ela se importe com Mario Subiaco. Ele é prepotente demais.

Talvez ela devesse ir embora. Mesmo em 2022 há algo de patético em uma mulher sentada sozinha em um bar. Lizbet tem uma garrafa de champagne Krug em casa, acumulando poeira na geladeira. Ela vai beber tudo sozinha. Estava reservando a bebida para uma ocasião monumental, fosse boa ou ruim. Esperava, é claro, que fosse a primeira e recebera a segunda, mas não há como negar que Christina substituir Lizbet no Deck é monumental.

Petey desaparece para os fundos novamente e Lizbet não pode culpá-la por querer escapar; Lizbet não é bem uma fonte cintilante de conversação. Quando Petey retorna, ela está segurando um copo julep prata, margeado com papel-manteiga e repleto de batatas douradas, crocantes e finas como papel. Ao lado, ela coloca um molho que se assemelha ao molho Mil Ilhas cremoso salpicado com ervas.

— Nosso molho amnesia — diz ela. — É tão bom que a fará esquecer todo o resto.

Ah, se isso fosse verdade, pensa Lizbet. Então ela o prova — e, por um sublime momento, não consegue se lembrar do próprio nome, muito menos do nome do seu ex-namorado ou da representante de vinhos com quem ele trocara mensagens sexuais. Pelos próximos minutos, ela existe nesta bolha, onde há apenas ela, o Arrasa-corações, o granito azul e as melhores batatas e molho do mundo.

Elvis Costello abre espaço para Van Morrison, com *Crazy Love*. A playlist não está ajudando, mas Petey prepara três ovos recheados — um com bacon, outro salpicado com cebolinhas, e o terceiro coroado com pimenta-vermelha doce fatiada. Lizbet dá uma mordida em cada. São a perfeição materializada. Se Lizbet fechar os olhos, ela poderá jurar que está de volta a Minnesota para o anual Festival do Primeiro Luterano...

— O chef chama esses de ovos do piquenique da igreja — comenta Petey.

Isso mesmo.

— Outro Arrasa-corações? — pergunta Petey.

— Pode apostar! — Ao beber, Lizbet começa a soltar seu sotaque de Minnesota. — Por favor e obrigada. — Ela vai pedir um Uber para casa se precisar. Outras pessoas entraram no bar e sentaram-se nas banquetas. Lizbet não conhece ninguém... ainda. No segundo em que ver um rosto familiar, ela irá embora.

O terceiro Arrasa-corações chega com três pequenas sopas frias — abobrinha com curry, creme de cebola Vidalia e gaspacho de melancia picante. Em seguida, dois sanduíches de frango apimentado com picles da casa e tacos de lanchonete, que são exatamente como os que Lizbet se lembra da escola Clear Springs Elementary, exceto as cascas mais frescas, a carne moída mais saborosa, o queijo desfiado mais defumado, os tomates mais maduros e a alface mais crocante. Lizbet dá uma mordida, apenas uma mordiscada. Observa linguiças enroladas em uma pasta folheada com algum tipo de molho de mostarda passar por ela, e sente uma pontada de inveja. Da próxima vez, pedirá isso, assim como um arranjo artístico de minivegetais da Pumpkin Pond Farm, servidos com molho ranch amanteigado. A comida é tão fresca, divertida e perfeitamente apresentável que Lizbet decide que Mario Subiaco pode se achar o tanto quanto quiser. A energia da música aumenta com Counting Crows e Eric Clapton. Lizbet move a cabeça no ritmo. Não olhou o celular nenhuma vez; e não está envergonhada disso. Ela é uma mulher se divertindo sozinha em um bar. Do que tinha medo?

Beatriz aparece atrás do balcão, segurando uma bandeja de shots refrigerados.

— Aqui está nosso concierge de chantili — anuncia Petey.

Concierge de chantili! O terceiro Arrasa-corações subiu à cabeça de Lizbet e ela solta um pequeno grito. Que ideia maravilhosa!

— Nossos sabores esta noite são coco e maçã caramelizada — diz Beatriz. — Você gostaria de um?

— Pode *apostar!* — diz Lizbet. — Um de cada, por favor e obrigada!

Beatriz coloca os shots diante dela e entrega-lhe uma colher demitasse. Lizbet começa com o de coco, que tem gosto de nuvem de coco, então segue para o de maçã caramelizada.

Um homem se senta a duas banquetas de Lizbet.

— Ei, gata — diz ele, estendendo a mão. — Eu sou Brad Dover, de Everett.

— Oi? — responde Lizbet. Brad Dover tem um sotaque sulista pesado e uma cara gorda e, sem dúvida, um armário repleto de camisetas do time Bruins e contas a acertar com Tom Brady.

Ele se vira para Petey.

— Eu gostaria de um Irish Car Bomb, por favor, boneca.

O único problema com o Blue Bar, decide Lizbet, é o fato de ser aberto ao público, incluindo pessoas como Brad Dover, de Everett, homens que pedem Irish Car Bomb e chamam desconhecidas de "boneca" e de "gata". É hora de ela ir para casa.

— Eu vou pagar minha conta, por favor e obrigada — diz ela.

Petey levanta as palmas das mãos.

— Tudo é por conta da casa.

— Está de brincadeira?! — diz Lizbet. — Bem, obrigada, foi extraordinário.

— Você não pode ir ainda — diz Brad Everett, de Dover, ou era Brad Dover, de Everett? Ela não sabe e nem se importa. — Eu acabei de chegar.

Exatamente, pensa ela. Lizbet puxa duas notas de vinte dólares para oferecer de gorjeta a Petey, livra-se de Brad Dover, e dá de cara com a pessoa sentada do seu outro lado, e essa pessoa é Mario Subiaco. Ele está com a jaqueta branca de chef e um boné do White Sox, está um pouco suado, o que apenas serve para deixá-lo ainda mais gostoso do que ela lembra.

— Ei, Arrasa-corações — diz ele.

Ela se afasta em surpresa.

— Pensei que não saía da cozinha.

— Há uma exceção a toda regra. Como estava a sua comida?

— Estava... estava...

— Estava boa?

— Melhor do que boa — diz ela, e, para morrer de vergonha, sente lágrimas abrirem caminho. É a vodca, obviamente; ela havia tomado três Arrasa-corações em menos de uma hora... Quem faz isso? Uma mulher que está comendo fora pela primeira vez em meses, uma mulher que nunca tivera seu coração malcicatrizado dilacerado *de novo*. Não é a vanglória de Christina que a está fazendo chorar. É a gentileza — a comida em si e a preocupação de alguém com o que ela pensa.

Mario sorri olhando para o próprio colo.

— Bem, obrigado. Eu sei que você tem padrões altos, então tentei dar o meu melhor. Fiquei na dúvida quanto aos tacos de lanchonete.

Lizbet ri e limpa as lágrimas discretamente.

— Estavam mil vezes melhores do que os servidos pela nossa antiga cozinheira Sra. MacArthur.

— Bom, bom — diz Mario. Ele pigarreia. — Então, olha. Eu tenho a noite do dia 5 de folga e esperava poder levá-la para jantar.

— Ei, colega — diz Brad Dover, de Everett. — Dá licença. Eu que vou sair com ela.

— Não — diz Lizbet para Mario. — Ele não vai. E, sim, eu adoraria jantar. — Ela sorri. Não há motivo para manter a calma, se é que ela tinha alguma, porque Mario Subiaco *a estava chamando para sair,* uma frase que deveria ser pontuada com dez exclamações. — Aonde iremos?

— Estive pensando no Deck — diz Mario. — O que acha?

Há-há-há-há-há!, pensa Lizbet. Isso está mesmo acontecendo? Está mesmo *acontecendo?*

— É perfeito.

— Era isso que eu queria ouvir — diz Mario. — Temos uma reserva às 20h.

12 • Turno no Cemitério

Grace não pode acreditar. Ela não pode *acreditar!* Fora preciso um século inteiro, mas alguém finalmente está fazendo a pesquisa necessária para descobrir a verdade sobre a sua morte.

Esse alguém não é Lizbet Keaton, e não é Richie Decameron, que mostrou tanto entusiasmo pelo fantasma em sua entrevista para depois prontamente se esquecer do assunto. Esse alguém é a pequena de 8 anos, Wanda Marsh. Wanda se tornou, no vocabulário moderno, obcecada pelo fantasma do hotel. Zeke mencionara o fantasma em um comentário descuidado enquanto Wanda estava procurando um mistério para resolver, e a menina atacou o tema. Ela implorou para Kimber a levar ao Nantucket Atheneum, onde ela e a bibliotecária Jessica Olson buscaram nos arquivos do *Nantucket Standard* e encontraram um artigo publicado em 31 de agosto de 1922. Jessica fez uma fotocópia para Wanda, que colocou a folha na parte de trás do caderno.

CAMAREIRA MORRE EM INCÊNDIO DE HOTEL
O xerife da ilha Wilbur Freeman relatou na segunda-feira uma fatalidade no incêndio que tomou conta do terceiro andar e do sótão do Hotel Nantucket. Grace Hadley, 19 anos, uma camareira do hotel, faleceu em sua cama, uma morte que passara despercebida porque ninguém — nem mesmo o gerente do hotel, Leroy Noonan — percebeu que Hadley estava morando no sótão.

"O quarto que ela ocupava era um depósito de armazenamento no qual ela conseguiu colocar um dos catres do hotel e estava usando como quarto, sem o conhecimento de ninguém", disse Noonan. "Se soubéssemos que Grace estava morando lá em cima, teríamos informado ao Departamento de Bombeiros de Nantucket imediatamente para que pudesse tê-la resgatado. Grace era conhecida por seu senso de humor,

seu desejo por aceitar até as tarefas mais árduas e sua dedicação. Nós iremos sentir sua falta."

Como relatado em nosso jornal na semana passada, o hotel pegou fogo às 2h do domingo, 20 de agosto, após uma animada festa de jantar no salão do hotel. Agora sabemos que a causa das chamas fora um "cigarro perdido de origem desconhecida". O dono do hotel Jackson Benedict e sua esposa, Dahlia, estavam dormindo na suíte do hotel; no entanto, ambos escaparam ilesos.

A senhorita Hadley faleceu antes de seus pais e de seu irmão, George Hadley, um pescador comercial.

Wanda mostra o artigo para sua mãe (que acha o interesse de Wanda na morte repentina de Grace um tanto desconcertante), então para Louie (que não entende, nem se importa), depois para Zeke (que satisfaz Wanda e a escuta ler todo o artigo em voz alta), em seguida para Adam (que não dá ouvidos a Wanda) e, por fim, para Edie (que sugere que Wanda escreva um artigo que Edie ajudará a enviar para o *Nantucket Standard*).

A verdade está logo ali *entre as linhas!*, pensa Grace. Ninguém percebeu Grace morando no sótão. (*Jack a escondera lá!*) Grace era conhecida por aceitar as tarefas mais árduas. (*Trabalhar como a camareira pessoal de Dahlia Benedict!*) Os Benedict tinham escapado ilesos. (*Dahlia começara o incêndio, depois correra para fora do prédio!*)

Grace está lisonjeada por Sr. Noonan mencionar seu senso de humor e sua dedicação. Ela é dedicada mesmo. Passaram-se cem anos, e ela ainda está aqui.

No dia 2 de julho, na hora mais escura da noite, a porta do depósito de armazenamento do quarto andar se abre com um ranger, e Grace — que não está dormindo, que nunca dorme, nunca descansa, apesar de ser tudo o que mais deseja, por favor, algum dia — vê Wanda colocar a cabeça loira para dentro.

— Grace — sussurra a menina.

Ah, pelo amor de Deus, pensa Grace. *Cuidado com o que deseja.*

— Você está aqui? — pergunta Wanda.

Sim, querida criança, pensa Grace. *Agora volte para a cama.*

— Pode me dar um sinal? — questiona Wanda. — Pode... bater na porta?

Grace considera o pedido. Ela *pode* bater, mas e se isso trouxer mais problemas? E se levar Lizbet a contratar, *de fato*, um exorcista? Wanda pode *pensar* que quer que Grace bata, mas, quando Grace bater, Wanda pode gritar, desmaiar ou se traumatizar.

Aparentemente, não há ninguém mais persistente do que uma menina de 8 anos.

— Por favor, Grace?

Está bem, pensa Grace. Ela bate, três toques curtos e incisivos que não podem ser confundidos com nada além do sobrenatural.

Wanda derruba o caderno e o lápis, e coloca a mão sobre a boca.

Agora está feito, pensa Grace.

— Eu sabia. Obrigada, Grace! — sussurra Wanda.

❋

Grace segue Wanda de volta para seu quarto. Wanda pega o elevador até o andar onde fica o centro de bem-estar e esgueira-se pelas escadas. Então é *assim* que ela evita o lobby! Wanda abre a porta da suíte 114 com o cartão que mantém guardado em seu caderno e retorna silenciosamente para a cama. Esta noite, ela tinha escolhido o beliche de baixo, mais perto da porta, e Louie está no beliche de cima mais distante da porta. Garota esperta.

Grace está tentada a puxar a coberta sobre os ombros de Wanda e colocá-la para dormir, mas já fizera o suficiente por uma noite. Ela deixa a suíte e segue pelo corredor. No lobby — ah, olá! — encontra a mãe de Wanda, Kimber, recostada sobre uma mesa, em uma conversa profunda com Richie. É tão tarde que Raoul, o carregador noturno, já fora para casa. Richie e Kimber são as únicas duas pessoas acordadas em todo o hotel; quer dizer, que Grace possa sentir. Eles estão comendo o sorvete italiano que Richie obviamente trouxera da sala de descanso.

— Craig me disse que sou muito crítica — diz Kimber. — Segundo ele, eu estava sempre reclamando de coisas que outras pessoas, como a babá, deixavam passar. Você sabe o que acontece quando se deixa as coisas passarem? Mediocridade. — Ela passa a colher pela borda derretida do chocolate, então segura a colher no ar diante de sua boca. — E você? Há uma Sra. Richie?

— Eu sou divorciado — diz Richie. — Três filhos. Infelizmente, nos separamos enquanto eu estava na empresa de seguros, então minha pensão é calculada com base no salário que eu já não tenho mais. Eu trabalhei para uma startup de tênis após deixar a seguradora, mas o CEO era uma criança de 22 anos formada em West Hartford cujos pais a estavam bancando. Ele gerenciou mal o negócio e tudo foi por água abaixo.

— Urgh — diz Kimber.

— Pois é — comenta Richie. — Eu tentei recorrer no jurídico, mas ainda tenho dívidas com o advogado pela primeira rodada, então ele não está tão

O Hotel Nantucket 127

disposto a atender minhas ligações. Estou muito atrasado nos pagamentos para Amanda e ela se recusa a me deixar ver as crianças até eu pagar.

— Ah, não — diz Kimber. — Sinto muito.

— Escutar minha história triste não deve estar ajudando sua insônia — comenta Richie. — De qualquer forma, tento ser grato pelo que tenho. Estou bem empregado e saudável.

— E bonito e charmoso! — fala Kimber.

Bem!, pensa Grace. *Essa foi direta!*

— Obrigado — agradece Richie. — Faz bem para o meu ego.

— É sério — continua Kimber. Ela lambe o sorvete da colher como se fosse uma performance artística. — Você é um partidão. Poderia facilmente achar uma namorada nesta ilha.

Richie gargalha.

— Durante o *dia* — diz ele. — Eu trabalho toda noite.

— Eu estou aqui toda noite — comenta Kimber.

Audaciosa!, pensa Grace. Ela está deixando clara sua queda por Richie. Como ele responderá?

Ele limpa a garganta, enrubesce e encara o seu pote de sorvete de baunilha.

— Wanda me disse que há uma escada para a plataforma no telhado do quarto andar — comenta Kimber. — Quer dar uma olhada?

— Não posso — diz Richie. — Estou no trabalho.

— São 1h30 da manhã — insiste Kimber. — Ninguém vai precisar de você.

— O Sr. Yamaguchi fará o check-out amanhã — diz Richie. — Ele esteve aqui a semana toda e preciso organizar sua conta. O homem gosta de gastar... e de beber. Ele pediu duas garrafas de Dom Pérignon todas as noites, e até onde eu sei, ele está sozinho.

— Faça a conta dele depois — diz Kimber. — Venha.

Grace não perderá isso por nada. Ela segue Richie e Kimber até o quarto andar e observa enquanto Kimber primeiro e depois Richie, relutante, sobem a escada de navio para a plataforma. Grace está confinada ao interior do prédio, mas tudo bem, porque ela sabe como a vista é. Ela costumava subir pela mesma escada de navio com Jack; eles estavam de pé, juntos, na plataforma com vista para o porto quando ele dissera a Grace que a amava e que, em poucas semanas, se divorciaria de Dahlia e casaria com Grace. (Mentira, tudo mentira.) Naquela época, Grace não via como estava sendo usada, e com certeza não sabia que seria assassinada. Então o tempo na plataforma, observando a água e as ruas adormecidas de Nantucket parecia... mágico, transcendental. Ela havia acreditado, naqueles momentos roubados, que tudo ficaria bem.

Há!

Pelo que Grace pode ver, a noite está clara. Uma lua crescente brilha a leste do pináculo branco da igreja Congregacional. Grace vê Kimber tremer — ela estava vestida apenas com um pijama curto, um cardigã fino e um par de chinelos do hotel, o que é tolice, pois Grace sabe que ela tem um roupão perfeitamente pendurado na porta do banheiro. Ela pode estar exagerando quanto ao frio para ver se Richie colocará o braço ao seu redor, mas ele está a um ou dois metros de distância, segurando o corrimão com as duas mãos. Seus olhos estão fechados com força, mesmo havendo um céu cheio de estrelas. De repente, Grace percebe que Richie tem medo de alturas.

— A vista é de tirar o fôlego — diz Kimber.

— Eu deveria voltar para a recepção — comenta Richie. Ele desce a escada e Kimber o segue, aparentemente abatida. Seu encontro romântico foi um desastre. Grace acha que ela terá melhores chances caso se faça de difícil.

Como se lesse a mente de Grace, quando Richie aperta o botão do elevador, Kimber diz:

— Eu vou pelas escadas. Boa noite, Richie.

Ela desaparece pela escadaria, e tanto Grace quanto Richie podem ouvir seus chinelos nos degraus de concreto. Agora Richie é quem está abatido. *Boa jogada, Kimber!,* pensa Grace. Ela está prestes a seguir Richie de volta para a recepção — algo nele a incomoda —, mas então ela sente um puxão que a atrai para o segundo andar. Grace chega a tempo de ver a porta da suíte 215 abrir-se. O quarto do Sr. Yamaguchi. Uma mulher com longos cabelos castanho-avermelhados sai, segurando seus sapatos nas mãos.

É Alessandra.

13 • Afirmações

4 de julho de 2022
De: Xavier Darling (xd@darlingent.co.uk)
Para: Funcionários do Hotel Nantucket

Feliz Dia da Independência dos Estados Unidos, equipe! É um prazer anunciar que a gerente da recepção, Alessandra Powell, mais uma vez é a vencedora do bônus semanal. Ela recebeu incríveis avaliações de um hóspede do hotel dizendo que ela foi além do necessário para atendê-lo durante sua estadia. Bom trabalho, Alessandra! Você está dando um exemplo maravilhoso.

XD

No dia 5 de julho, Lizbet chama Edie ao escritório para informá-la de que sairá 15 minutos mais cedo.
— Sem problemas — diz Edie. — Eu posso cobri-la. — Edie lança uma tentativa corajosa de sorriso, mas Lizbet sabe que ela está chateada por Alessandra ganhar o bônus de mil dólares uma segunda vez seguida. E, logo depois de receberem o e-mail de Xavier, Alessandra disse que estava com cólica e que ficaria em casa pelo resto do dia. Mais tarde, quando Lizbet checou o TravelTattler, ela viu a avaliação excelente de David Yamaguchi da suíte 215, que especialmente citou que Alessandra tornara sua estadia "sublime".
— Você está fazendo um excelente trabalho, Edie — diz Lizbet. — Espero que saiba disso.
Essas palavras, que Lizbet esperava serem reconfortantes, causam a queda de uma singela lágrima no rosto de Edie. A jovem limpa o rosto.
— Obrigada — responde ela. — Eu amo meu trabalho.
— Mas?

— Sem mas — diz Edie. — Apesar de ter me candidatado para um cargo na loja Annie and the Tees por algumas noites. Eu preciso de um dinheiro extra.

Lizbet franze as sobrancelhas. Edie já está trabalhando mais de cinquenta horas por semana no hotel. Como ela vai aguentar outro emprego?

— Isso não é muito?

— Sim, é — diz Edie. — Mas tenho empréstimos estudantis e... outros custos.

Lizbet pensa por um momento em intervir a favor de Edie com Xavier. Mil dólares a mais seriam uma boa ajuda, mas, de algum modo, Lizbet sabe que Xavier não vai aceitar. (*Isso não é um prêmio de participação.*) Em seguida, Lizbet pensa em postar uma avaliação no TravelTattler com um pseudônimo, enaltecendo as virtudes de uma certa Edith Robbins. *Fraude*, pensa Lizbet. Por fim, sua mente recai nos quatro mil dólares em dinheiro que Kimber Marsh entregara mais cedo na semana. Ainda está guardado no cofre, porque Lizbet não tivera um segundo para ir ao banco. *Desvio de fundos*, pensa ela.

— Você é tão jovem, Edie — diz Lizbet. — Não quer ter uma vida social?

— Agora não — responde Edie. — Eu disse na entrevista que terminei com meu namorado da faculdade...

— E está aproveitando um tempo sozinha, o que é tão... *importante.* — Lizbet se inclina para frente. Aqui, enfim, é um dos momentos de intimidade que ela estava aguardando. — Não tenho certeza se você sabe disso ou não, mas JJ e eu terminamos no outono passado. — Ela faz uma pausa. — Estivemos juntos por quinze anos e terminou... mal. — Lizbet quer dizer mais, mas não dirá. — Eu fiz exatamente o que você está fazendo. Entrei em forma, encontrei este emprego, tirei um tempo para mim mesma a fim de processar e me reconstruir. Não saio com ninguém socialmente desde que terminamos. — Mais uma pausa. Ela deveria contar a Edie? *Sim*, pensa ela. — Mas hoje à noite eu tenho um encontro.

Isso coloca um sorriso no rosto de Edie, pois ela é o tipo de alma gentil e generosa que deseja a felicidade dos outros, mesmo que ela não esteja feliz.

— Mesmo? Com quem?

— Vou contar amanhã — diz Lizbet. — Se tudo der certo.

✳

Se tudo der certo. Lizbet vai a um encontro com um chef famoso e extremamente atraente que a levará ao restaurante do seu namorado anterior, atualmente gerenciado pela mulher com quem ele a traiu. Alguns diriam que isso só pode dar errado, mas Lizbet tem outras ideias.

Ela está usando um vestido de verão de crochê branco, que comprara na boutique ERF na Main Street. Sabia que ficava bem nela antes mesmo de sair do provador e a gerente de vendas, Caylee, velha conhecida de Lizbet, gritar: "Aí sim, garota!"

Aí sim, garota! Logo após a conversa com Edie, Lizbet deixa o hotel fisicamente e — talvez pela primeira vez desde a inauguração — mentalmente. Ela segue para o salão R. J. Miller a fim de fazer uma escova. Lorna, sua cabeleireira, transforma seu cabelo em uma seda loira; os fios balançam como uma cortina lisa e brilhante. Em casa, Lizbet passa rímel nos olhos, pó iluminador no rosto e batom vermelho. Ela quer usar os stilettos, mas havia testemunhado dezenas de mulheres terem seus saltos presos entre as placas da varanda (uma vez, em julho de 2016, isso resultara em um doloroso tornozelo quebrado), então ela calça sapatilhas.

Olhando no espelho, ela pensa: *arrasa, não arrasado.*

Ela pensa: *cem vezes mais gostosa do que já foi.*

Ela pensa: *aí sim, garota!*

Mario bate à sua porta às 19h45, sua caminhonete prata parada na rua. Ele está vestindo calças jeans, camisa de linho branca, blazer ardósia e chinelos — que na opinião de Lizbet é o traje perfeito em qualquer homem. Seu sorriso ao ver Lizbet é tão... *safado* que ela fica ruborizada.

Ele assobia.

— Eu preciso dizer?

— Sim.

— Você está... uau. Simplesmente uau.

As habilidades de flerte de Lizbet permaneceram dormentes durante seus anos com JJ, e agora ela precisa reacendê-las. Ela pisca para ele.

— Eu trouxe algo para mais tarde. — Ela entrega uma bolsa térmica e espera não estar sendo presunçosa.

Ele olha dentro da bolsa e lança um sorriso torto.

— Eu gosto de como está pensando. — Ele estende a mão para ela. — Vamos deixar algumas pessoas com ciúmes.

Quando Mario para no estacionamento do Deck, Lizbet entra em pânico.

Ela está de volta.

Ela vê a grande caminhonete Dodge preta de JJ estacionada na vaga de sempre, e ao lado está o Jeep laranja pertencente a Christina. Lizbet consegue se lembrar das inúmeras vezes em que aquele Jeep parava no Deck e seu ânimo melhorava. Lizbet havia *gostado* de Christina; ela era charmosa, engraçada e modesta. Ela e Lizbet conversavam sobre vinhos, é claro, mas também sobre viagens que sonhavam para a Itália e para a África do Sul, restaurantes que queriam visitar ao voltar a Nova York, e ambas amavam escândalos de celebridades (elas foram *à loucura* com o término de JLo e A-Rod, e Christina ligara para Lizbet, *gritando*, quando JLo foi vista com Ben Affleck).

O olhar de Lizbet é atraído para além do restaurante e para os riachos de Monomoy. Sentia falta daquela vista — os caminhos de águas rasas serpenteando por juncos e taboas, os botes amarrados a boias coloridas, a cúpula distinta do museu de salva-vidas de Nantucket à distância. Há alguns caiaques esta noite, deslizando pelos riachos conforme o pôr do sol lança um rosa leve no céu. Lizbet pode ouvir as risadas, a batida de copos e talheres, e as conversas alegres que eram a trilha sonora de sua vida passada. É surreal ser uma observadora, ser uma *estranha*. Este nem é mais seu restaurante. O que ela está *fazendo* aqui?

Bem, não é tarde demais para dar meia-volta. Mario busca sua mão novamente; ele deve entender o quão difícil isso é para ela.

Ele para diante da porta.

— Está pronta, Arrasa-corações?

Ela aquiesce, e eles entram.

Tudo está o mesmo de antes. À esquerda, está a entrada arqueada para o rústico salão de jantar arejado. Outras pessoas talvez notem o teto de catedral, as vigas expostas, a enorme janela de vidro manchado recuperada de uma igreja em Salem, Massachusetts, na extremidade do cômodo, a abertura de vidro do outro lado oferecendo uma vista direta para a água. O que Lizbet vê são as mesas 25 a 40, incluindo uma paleta em frente à lareira de pedras chamada carinhosamente pela equipe de "The Bitch" — em homenagem ao filme de Gerry O'Hara, porque, bem, é verdade. Peyton está recebendo os pedidos perto de The Bitch, e Lizbet se pergunta se foi um erro não avisar a seus antigos funcionários de sua chegada.

Mario guia Lizbet pela entrada do salão de jantar até a recepção, e Lizbet permanece para trás como uma criança que não quer ir ao jardim de infância. Ela vê a pintura de Robert Stark que recepciona cada cliente no Deck — um quadro amplo de um mar esverdeado com um único barco vermelho no horizonte. Eles estão no comando central, a antiga cabine de pilotagem de Lizbet, seu Escritório Oval, um lugar tão familiar quanto seu próprio quarto. Quando Lizbet começara a trabalhar no Deck como garçonete, eles tinham um atril padrão, saído direto de um auditório escolar, mas Lizbet o substituiu por uma mesa de desenho antiga que encontrara em Brimfield.

— Boa noite — Lizbet escuta Mario dizer. — Subiaco, mesa para dois?

Lizbet está escondida atrás dele, tentando repassar suas afirmações. Quais eram? Não consegue se lembrar de nenhuma, nem mesmo a idiota sobre abacaxi. Ela escuta a voz de Christina, e apesar de estar muito confusa para escutar as palavras exatas, consegue discernir a adulação de Christina: "Meu nome é Christina... é uma honra... Vou avisar ao chef... por favor, me siga..."

Mario puxa Lizbet para frente. *Aí sim, garota!*, pensa Lizbet. Ela sorri para Christina e diz:

— Olá, como vai?

Nunca subestime o elemento-surpresa. Christina não parece reconhecer Lizbet de primeira (há-há — nada de tranças), mas então a ficha cai, e os olhos de Christina ricocheteiam entre Mario e Lizbet. Ela remexe os cardápios, derrubando um no chão. Lizbet observa Christina agachar-se para pegá-lo ao mesmo tempo em que tenta ter certeza de que sua saia preta, e bem justa, não exponha sua bunda.

Christina os guia até a mesa do canto mais próxima à água, mesa número um, também conhecida como "Perseguidor Implacável". Não é de se surpreender que esta seja a sua mesa, considerando que, para JJ, Mario Subiaco se equipara a Deus, Papai Noel e Clint Eastwood — apesar de agora Christina provavelmente desejar poder trocar e colocá-los na mesa 24 no canto oposto ou até mesmo dentro do salão.

Mario puxa a cadeira de Lizbet. Christina entrega os cardápios e diz:

— Temos uma fonte de vinho rosé Whispering Angel aqui no Deck. Vendemos nossas taças especiais por cinquenta dólares cada. São suas para levar e podem aproveitar quantas taças de rosé quiserem.

Lizbet encara Christina. Ela está *mesmo* de lengalenga com Lizbet quando fora Lizbet quem sonhou com a ideia de uma fonte de rosé, quando fora Lizbet quem reaproveitou uma fonte de jardim que comprara de Marty McGowan no Sconset Gardener? A fonte era *dela*, não da Christina. Como Christina ousa fazer isso?! Deve ser sem noção ou maliciosa.

Mario espera Christina terminar, então estende a mão pela mesa e aperta a de Lizbet.

— Obrigado, Tina. Se importa de nos dar um minuto?

Christina pisca.

— Eu também sou a sommelier da casa...

Lizbet quase solta um grunhido. O que aconteceu com Goose? JJ o *demitiu* para que Christina pudesse ficar com o cargo de sommelier? Ela percebe estar esmagando os dedos de Mario e afrouxa a mão um pouco. Ela lembra a si mesma de que não é mais da sua conta.

— Deixe-me buscar a carta de vinhos...

— Ainda não, Tina. Obrigado — diz Mario.

Se liga, Tina, pensa Lizbet. *Suma*.

Christina se demora e depois dirige-se claramente apenas a Mario. Ela toca a manga do lindo blazer ardósia dele com seus dedos com unhas francesinhas. Lizbet percebe ser do feitio de Christina atirar-se em Mario.

— Eu sei que o chef adoraria vir e cumprimentá-lo.

Mario mantém os olhos fixados em Lizbet.

— Obrigado.

Passam-se mais alguns segundos enquanto Christina tenta compreender o que está acontecendo.

Por fim, Lizbet lança um olhar para Christina como uma adaga atravessando seus pulmões.

— Obrigada, Christina.

Christina cambaleia para trás e os olhos de Lizbet a seguem, pensando que ela cairá sobre a mesa três, que está ocupada por... Ari e Lyric Layton. Ari e Layton estão envolvidos em uma conversa, e Lyric está chateada, secando os olhos, então não notam Christina, que se endireita no último instante, e nem parecem notar Lizbet.

Quando Christina finalmente retorna ao seu posto, Mario diz:

— Devemos ir embora?

— Sim — diz Lizbet, e eles saem.

✳

De volta à caminhonete de Mario, Lizbet não sabe se quer rir ou chorar. *Rir*, pensa ela — e assim o faz. Eles saíram do Deck de mãos dadas, Mario guiando o caminho, Lizbet ignorando as pessoas chamando seu nome. Ao chegarem à porta, encontraram Christina e JJ tendo uma briga aos sussurros, Christina sem dúvidas dizendo algo como: *Mario Subiaco apareceu com Lizbet! Foram tão rudes comigo!* Christina estava de costas para Mario e Lizbet, mas JJ os viu e disse:

— Oh, ei... está indo embora, chef?

Mario interrompe os passos.

— Nós vamos a um lugar onde o serviço seja um pouco mais educado. — Ele saúda JJ. — Prazer em revê-lo.

JJ os segue para fora.

— Esperem — diz ele. — Lizbet, vamos lá, não seja assim.

Mario segura a porta do passageiro aberta e Lizbet entra no veículo. Ela acena para JJ ao saírem do estacionamento.

✳

O *Hotel Nantucket* 135

Ela não sabe para onde estão indo; nem se importa. Mario segue para a cidade, onde as pessoas estão na rua aproveitando as celebrações de julho. Há um grupo de jovens mulheres tendo uma festa de despedida de solteira; famílias; casais felizes e um casal discutindo, o que lembra Lizbet dos Layton. Lyric Layton, que é a pessoa mais calma, mais zen que Lizbet conhece, estava *chorando no Deck*. Algo de errado deve ter acontecido.

Lizbet suspeita que Mario a esteja levando ao Club Car, mas o veículo balança sobre as pedras da estrada da Main Street, então ela pensa estarem se dirigindo para o Nautilus. Eles passam pelo Nautilus, e Lizbet pensa: *Lola?* Ela está com Mario Subiaco, o ex-monarca do mundo gastronômico de Nantucket. Eles conseguirão entrar em qualquer lugar.

Mario vira na pista de conchas brancas atrás do residencial Old North Wharf e estaciona em uma vaga marcada com APENAS RESIDENTES. Ele diz:

— Talvez eu devesse ter consultado você antes. Tudo bem se eu cozinhar para você na minha casa? — Ele sorri. *Ele é tão atraente*, pensa Lizbet. Agora que JJ e Christina foram devidamente humilhados, ela se sente energizada — e nervosa — por outra razão. Ela está em um encontro com Mario Subiaco! E ele cozinhará para ela!

Mario a guia pelos lindos chalés do Old North Wharf, passando pelo aclamado Wharf Rat Club, além da cafeteria Provisions e do restaurante Straight Wharf à direita — aonde estão indo? — e seguem por uma frágil doca sobre a água. Lizbet observa ao colocar os pés sobre as tábuas velhas e desniveladas, pensando que com seu estado emocional elevado ela poderia facilmente cair nas águas do porto, onde seus pesos poderiam ancorá-la ao fundo.

A doca leva para um chalé isolado, e Lizbet olha ao redor. Como em quinze anos ela nunca percebeu este pequeno lugar aqui, flutuando sobre os pilares no meio do porto? À esquerda estão as grandes residências da Easton Street e do farol Brant Point Light, e à direita ela pode ver e ouvir as pessoas comendo na varanda do Straight Wharf.

Mario abre a porta, e eles voltam no tempo. O chalé parece ter saído de algo que Lizbet vagamente pensa ser "os bons velhos tempos", das décadas de 1950 e 1960, quando as propriedades eram tanto amadas quanto negligenciadas, quando as casas de veraneio eram passadas por gerações da família e não compradas na internet por altos valores graças a uma galeria de fotos em 360º graus. O chalé tem um cômodo quadrado e é revestido de madeira que cheira a oceano. Há um sofá cinza de tweed e duas poltronas retas, um tapete trançado, uma mesa de jantar marcada com cadeiras diferentes, uma cozinha com armários marrons, bancadas de revestimento Formica, um fogão elétrico de quatro bocas e um congelador branco com alça comprida. Há algumas pinturas a óleo abomináveis nas paredes. Lizbet se encolhe — são paisagens de Nantucket, sem dúvida resultado do esforço de um dos donos anteriores que tivera um interesse de verão em retratar a ilha *en plein air*. Ela tem certeza de que encontrará nos armários livros de receitas da Liga Junior e da igreja Congregacional manchados com molho de cranberry e sumo de amêijoa, assim como um pote de lagosta preta decorada com salpicos e uma caixa de palitos de dentes comprados na época do governo Kennedy.

À esquerda há uma porta para o quarto (cama baixa, coberta por um edredom de retalhos) e outra porta que leva para o banheiro revestido de rosas iridescentes (provavelmente decorado nos anos 1970).

— É fabuloso — diz Lizbet.

Mario remove o blazer e tira os chinelos do pé.

— Que bom que gostou. Algumas pessoas não entenderiam. Elas não... entenderiam. — Ele havia pegado a bolsa térmica de Lizbet da caçamba da caminhonete e puxa uma garrafa de Krug. — Me deixe mostrar a melhor parte. — Mario pega dois frascos de geleia do armário, entrega-os para Lizbet (são pintados com cenas do desenho *Tom e Jerry*), e abre uma porta que leva para a sua... bem, Lizbet supõe ser sua varanda da frente. É um deque coberto com vista para o porto de Nantucket; as ondas da água quebram nos pilares sob seus pés. Há uma escada pendurada no corrimão.

— Como — diz ela — conseguiu este lugar?

— Xavier — responde Mario. — Eu estava com um pé atrás quanto a trabalhar no bar, mas então ele usou este lugar como isca e aqui estou. — Com habilidade, ele remove o lacre de metal da garrafa de Krug e gentilmente puxa a rolha. Mario serve o champagne em frascos de geleia, então ele e Lizbet se olham e brindam. — Assim é melhor — diz Mario. — A você, Arrasa-corações.

No segundo copo, eles estão sentados ao lado um outro na poltrona de vime de dois lugares no deque, pés descalços sobre a mesa de aço fundido, olhando para o céu anoitecido. A luz vermelha do farol Brant Point Light acende e apaga.

— Como você veio de Minnesota para Nantucket? — pergunta Mario. — Acho que você não me contou.

— Bem — começa Lizbet. — Quando estava na Universidade de Minnesota, havia uma garota no meu dormitório que apareceu nas aulas com uma semana de atraso. Tudo o que sabíamos sobre ela era seu nome, Elyse Perryvale, e que ela era do Leste. Nenhum de nós entendia por que alguém perderia a primeira semana do primeiro ano. — Lizbet beberica o champagne. — Ela estava bronzeada e com o cabelo descolorido pelo sol, e vestia um short jeans desgastado e mocassins que pareciam ter sido atropelados múltiplas vezes por um Jeep Wagoneer antigo. E ela disse: "Desculpa chegar tão tarde. Meus pais queriam passar mais uma semana em nossa casa em Nantucket."

— Você não gostava dela? — pergunta Mario.

— Eu a *reverenciava* — diz Lizbet. — Pensava ser a frase mais sedutora que já tinha escutado. Nós somos de Minnesota, o verão para nós é ir às cabines no lago e esperar na fila pelos biscoitos Sweet Martha's na feira da cidade. E lá estava essa... sereia entre nós. Perguntei tudo sobre Nantucket e ela me emprestou um romance de Nancy Thayer, que eu devorei. No verão após a formatura, eu me mudei para cá e consegui um emprego atendendo mesas no Deck, que havia acabado de inaugurar naquele ano. Comecei a namorar JJ e então quinze anos se passaram.

— Nunca quis se casar?

— Quando conheci JJ, eu era muito jovem para me casar. Acabamos nos tornando um símbolo contra o casamento. Queríamos ser como Goldie Hawn e Kurt Russell. Pensávamos que o casamento acabaria com o romance, mas JJ o matou de um modo bem diferente.

— Vou deduzir que Tina é a nova namorada — comenta Mario.

— Christina, sim, nossa ex-representante de vinhos. Uma mulher da qual eu gostava. — Lizbet conta a Mario sobre a Última Noite no Deck, sobre encontrar as mensagens e sobre seu subsequente término.

— Ai — diz Mario. — Vou arriscar e dizer que ele não é bom o suficiente para você.

— Ele era, apesar disso — completa Lizbet. Ela já tem problemas em compreender por si mesma, que dirá explicar para outra pessoa. O que ela tinha com JJ era real. Todo minuto juntos parecia um investimento para o futuro — café da manhã, almoço, saídas de carro, caminhadas, festas de coquetéis, encontros com vendedores de alimentos, viagens ao correio, viagens de balsa, as férias em Bermuda, Napa e Jackson Hole, feriados com sua família em Minnesota e com os pais dele em Binghamton, todos os filmes a que assistiam, todos os programas a que assistiam, todas as músicas que escutavam no rádio, todos os livros de receita do qual tentavam copiar receitas, cada funeral do qual participaram (houve três), cada casamento (seis), cada batizado (cinco), cada dia na praia, cada mensagem, cada ligação, cada visita à loja Stop and Shop, cada casa que visitaram antes de comprar o chalé na Bear Street, cada briga, cada discussão, os pneus furados, as baterias sem carga, os vazamentos no teto, os apagões de energia, o dia em que o congelador parou de funcionar, os jogos de futebol americano, os concertos (Kenny Chesney, Foo Fighters, Zac Brown), as queimaduras, os cortes na cozinha do restaurante, as febres, as intoxicações em casa — tudo isso era como tijolos de uma fortaleza que deveria manter Lizbet feliz e em segurança para toda a sua vida. Ela e JJ tinham piadas internas, palavras secretas, rotinas e rituais. Lizbet coçava as costas de JJ toda manhã; ela sabia o local exato; a sudoeste da tatuagem de trevo no centro das costas dele era onde mais coçava. Nas manhãs de domingo no inverno, JJ preparava um banho para Lizbet, acendia as velas perfumadas dela e deixava uma pilha de revistas sobre culinária. Enquanto ela aproveitava a banhéira, ele ia até o Nautilus, comprava os bagels Caleb com molho de pimenta sriracha, e eles comiam na cozinha — Lizbet ainda de roupão — enquanto escutavam os antigos concertos de Springsteen. Aquelas manhãs de domingo eram sagradas, a versão de igreja deles.

Lizbet chegara a pensar que eles se *casariam* algum dia, apesar da atitude arrojada. Ela queria um anel de diamante em corte marquise, queria uma cerimônia na praia em Miacomet, seguida de uma mariscada; ela queria dançar no Chicken Box usando um vestido de casamento. Eles tinham conversado sobre ter filhos — queriam dois —, e, quando a menstruação de Lizbet não veio em janeiro de 2021, eles ficaram tontos e nervosos. Não era exatamente o que haviam planejado — um bebê chegando em setembro, Lizbet absurdamente grávida durante todo o verão —, mas ambos sorriram como nunca, chamando-se de mamãe e papai, chamando o bebê de "Bubby" — e, quando Lizbet começou a sangrar na nona semana, eles choraram nos braços um do outro.

As mensagens sexuais com Christina começaram naquele verão. JJ havia implodido a fortaleza. Pior ainda, havia permitido Lizbet pensar que a fortaleza existia apenas na mente dela.

No fim, em vez de criar um espaço resistente do qual Lizbet pudesse se jogar em uma vida nova, diferente e com melhor qualidade, houve uma obliteração, como se os 15 anos da vida de Lizbet — seus melhores anos, dos 23 aos 38 — tivessem evaporado. Ela não podia resgatar nada, exceto o conhecimento de que havia, tecnicamente, sobrevivido.

Lizbet bebe o que resta no frasco e se vira para Mario.

— Quantos anos você tem? Quarenta...?

— Quarenta e seis anos.

— Já teve o seu coração partido?

Mario suspira.

— Não desse modo. Não por uma mulher, de modo romântico. Mas quando Fiona faleceu...

Fiona Kemp, pensa Lizbet. A chef do Blue Bistro. Ela faleceu devido à fibrose cística no fim da temporada de 2005. A lenda de restaurante de nível mundial de Nantucket.

— ...e quando o Blue Bistro fechou, meu coração se partiu. Pode soar pomposo demais, mas foi o desmanche de uma dinastia. O bistrô era o melhor, não devido à comida ou à localização... era o melhor devido às pessoas. Era como um time de futebol americano vencedor antes do quarterback declarar o fim

O *Hotel Nantucket* 139

do contrato com a agência e se mudar para um time diferente, ou como aqueles dias preciosos no acampamento de verão antes da sua carteira de motorista ou um trabalho preparando sanduíche no Jersey Mike's. Todos nós sabíamos que Fiona tinha uma doença terminal e que estávamos vivendo da graça de Deus. Mesmo assim, quando terminou, ficamos chocados. O sonho morreu com Fiona. Um pedaço de todos nós se foi com Fiona. Então, sim, já tive meu coração partido por esta ilha. Tanto que senti a perda por dezessete anos.

Mario pega a mão de Lizbet e a leva até o corrimão. Eles observam a balsa a vapor deslizar majestosa pela doca; tudo está aceso, a balsa é tão grande quanto um edifício flutuante.

Mario embala o rosto de Lizbet com as mãos.

— Eu vou beijá-la agora, mas acho que ambos devemos ser cuidadosos.

Lizbet solta um riso.

— Eu nunca vou me apaixonar de novo, não se preocupe.

— Ok, então — diz ele ao se aproximar. O primeiro beijo é apenas um leve toque de lábios, quente e leve. Então Mario puxa Lizbet para perto, o suficiente para encaixar seus quadris. Ele a beija de novo, seus lábios se demoram sobre os dela, ainda experimentando, como se estivesse tomando uma decisão. Com o terceiro beijo, os lábios de Mario se abrem, as línguas dos dois se tocam, e um segundo depois estão se beijando como um casal destinado a se apaixonar apesar de suas boas intenções.

Eventualmente, Mario guia Lizbet para sua cama, que é agradável (e surpreendentemente) firme. Ele remove a roupa dela sem pressa. Seus dedos tocam de leve os mamilos dela, de novo e de novo, até ela gemer em sua boca. Ele a beija sob a orelha, com uma leve pressão, então sussurra:

— Você é tão linda para mim, Lizbet.

Ela então percebe não haver comparação entre Mario e JJ na cama. JJ fazia amor como um touro em uma loja de porcelana — com toda força e barulho, nenhuma expertise; ele gostava de fazer com tanto barulho e bagunça quanto possível. Mario a aprecia; a faz arfar. Ela o quer dentro de si e, quando pensa não poder esperar mais — ela é como uma refeição no fogão prestes a queimar —, ele toma o próximo passo. Eles balançam juntos sobre a cama firme. Lizbet aperta suas novas coxas poderosas ao redor dele, e ele urra. A entrega na voz dele é algo que Lizbet reproduzirá em sua cabeça diversas vezes.

Ele rola para o lado dela, sem fôlego. Ela está em transe.

— Por que temos que ter cuidado mesmo? — pergunta Lizbet.

Ele ri.

— Eu estava me fazendo a mesma pergunta. — Ele encara o teto por um segundo, então se levanta com um braço e a beija. — Eu disse isso porque meu contrato é para uma temporada. E, como sei que deve saber, não há garantias de que o hotel tenha sucesso.

Lizbet se afasta como se ele fosse um vinagre ruim em seu nariz.

— O hotel terá sucesso. — Ela percebe não ter ideia de que isso seja verdade. A ocupação, no mês após a inauguração, está em cerca de 40 por cento. Lizbet está ocupada demais com as operações do dia a dia para se preocupar com isso como fizera no início. O hotel estava perdendo dinheiro? Sim. Mas Xavier o fechará apenas após um ano? Ele gastaria todo esse dinheiro apenas para abandonar o projeto? Ele disse que estava tentando impressionar duas mulheres, uma delas é Shelly Carpenter. Quem era a segunda? Lizbet não se questionava sobre isso há um tempo. (Ela espera que não seja Alessandra.) — O hotel estará aberto no ano que vem se eu tiver uma palavra na decisão. O hotel ficará bem.

Mario beija a ponta de seu nariz de um modo quase condescendente para ela e, de repente, Lizbet quer discutir com ele.

— Ok, Arrasa-corações — diz ele. Mario veste a cueca boxer e uma camisa da Cisco Brewers. — Venha para a cozinha comigo, por favor. Vou fazer uma comida para você.

14 • Coisas da Recepção

É o segundo sábado de julho e o hotel tem três checkouts e quatro check-ins. (Alessandra não acredita que o hotel não esteja mais movimentado. Se soubesse que seria assim, teria trabalhado no White Elephant.)

Um dos check-ins é, felizmente, um homem viajando sozinho chamado Dr. Romano; ele tem a boa aparência esculpida de um médico de uma novela. Dr. Romano ficará em um quarto, não uma suíte, e está usando um anel de casamento de titânio preto, mas Alessandra opta por esquecer essas duas tristes circunstâncias e oferece escondido seu telefone para ele. Ele inclina a cabeça para ler seu crachá de cabeça para baixo e diz:

— *Muito* obrigado, Alessandra.

Excelente, pensa ela. Ele enviará uma mensagem assim que chegar ao quarto, está certa disso.

Edie, enquanto isso, está tentando reservar uma escova de cabelo para a mulher do quarto 110 no R.J. Miller. *Pode esquecer, eles estão sem horários*, pensa Alessandra; ela não tinha conseguido encaixar ninguém o verão todo. Mas então ouve Lindsay do salão oferecer um favor por ser a "Querida Edie Robbins" ligando. Quando Edie desliga, Zeke se aproxima da recepção e diz:

— Como fazem as chaves dos quartos, mesmo? É mágica ou algo do tipo?

Edie respira fundo, sem dúvida para explicar que é uma chave magnética, não mágica, mas Alessandra a antecede.

— É coisa da recepção. Você não entenderia.

— Sim, coisa da recepção — diz Edie. Ela sorri com tanta sinceridade que Alessandra se sente desconfortável. Edie está desesperada por uma conexão, mas não, sinto muito, Alessandra não pode deixar isso acontecer.

Um casal entra no hotel, abarrotado de bagagem e um monte de parafernália de bebê — carrinho de bebê, assento infantil de carro e uma bolsa cheia de fraldas.

142   *Elin Hilderbrand*

— Tenho que ir — diz Zeke. — É coisa da portaria.

É imaginação de Alessandra ou Zeke tem estado pela recepção mais do que deveria? Antes que pudesse se parar, ela vira para Edie.

— Acho que ele gosta de você.

Os olhos de Edie se arregalam.

— O quê?

— Ele está sempre perto da recepção, fazendo perguntas — comenta Alessandra. — Já notou?

— Sim, ele perguntou por que você usa seu crachá de cabeça para baixo e perguntou como você fala *checkout* em italiano, e perguntou o lugar mais esquisito em que você já transou — diz Edie. — Ele gosta de *você*.

— Acho que ele faz isso para deixá-la com ciúmes — insiste Alessandra, e ela acredita nisso. Ela é mulher demais para o caminhãozinho de Zeke, e ele sabe disso. — Tenho idade o suficiente para ser avó dele.

Edie gargalha e pega sua bolsa.

— Vou almoçar.

Ela está deixando Alessandra com a tarefa onerosa de fazer o check-in de um casal com bebê. Eles vão precisar de um berço; vão perguntar sobre lavanderia e babá, preferencialmente alguém com seis referências e quatro crianças crescidas, para que possam ter um jantar calmo no Galley Beach ou no Chanticleer. O telefone de Alessandra, que ela mantém escondido no fundo da prateleira abaixo de seu computador, vibra com uma mensagem. Deve ser Dr. Romano. Alessandra está tão feliz que oferece um genuíno sorriso para o casal recém-chegado.

— Vão se hospedar?

A mulher, com um vestido de tricô verde e justo que destaca seus seios de amamentação, assim como sua barriga absurdamente reta, arfa de surpresa.

— Ali *Powell?*

Alessandra congela como um animal na selva ao ser confrontado por um predador — porque qualquer pessoa que use o apelido de infância de Alessandra é um risco existencial. Ela foca o rosto da mulher.

Ah, meu Deus, pensa ela. É Duffy Beecham do ensino médio, a amiga cujo pai ela seduzira, o professor Dr. Andrew Beecham de Stanford.

Até onde Alessandra sabe, Duffy nunca descobriu sobre o caso. A razão pela qual Dr. Beecham — Drew — estava tão ansioso para comprar para Alessandra uma passagem só de ida para Roma era exatamente porque, em dado momento, percebera o poder que Alessandra detinha de destruir sua vida. Quando Alessandra aterrissou em Roma, Duffy estava no segundo ano da Universidade Pepperdine, aproveitando as praias de Malibu, namorando aspirantes

O Hotel Nantucket 143

a executivos de cinema. Sua amizade havia se reduzido a uma mensagem ocasional (quando uma delas estava bêbada ou ouvia a banda Dave Matthews).

De vez em quando, Alessandra procurava Duffy no Facebook e no Instagram (Alessandra tinha perfis simbólicos em ambas as plataformas, mas nunca postava nada). Duffy havia se casado com um executivo do Vale do Silício. (O convite de Alessandra para a cerimônia havia sido entregue na casa de sua mãe, mas Alessandra, que na época morava em Ibiza, disse à sua mãe para recusar; apenas agora ela percebeu que nunca enviou um presente, o que pode ser perdoável, já que morava no exterior.) Alessandra não sabe o nome do marido (mas o descobrirá dentro de instantes!). Duffy fez mestrado em serviço social. Ela sempre praticou boas ações; seu projeto de serviço sênior foi distribuir cobertores para desabrigados em Oakland. Havia também algo que estendia as boas ações de Duffy para sua amizade com Alessandra: Duffy via Alessandra como um projeto, uma garota sem pai e com uma péssima mãe.

Em suas plataformas nas redes sociais, Duffy postava as previsíveis fotos colhendo maçãs com o marido (ambos usando suéteres iguais; era quase risível), esperando na fila do mercado Swan Oyster Depot, a imagem pitoresca da névoa sob a ponte Golden Gate, o banh mi de porco em barracas no jogo do time 49ers com o título *Apenas em São Francisco!* E então, em seguida, ela postava fotos de seu novo apartamento em Nob Hill, onde permitia que seus 537 seguidores opinassem sobre a decoração. Papel de parede ou tinta no lavabo? Piso de madeira recuperada ou uma linda resina na cozinha?

Alessandra não sabia nada sobre o bebê, então devia ter se passado mais de um ano desde que Duffy apareceu na consciência de Alessandra. Se ela estivesse mais atualizada, talvez estaria mais preparada para a visita de Duffy a Nantucket.

— Duffy! — diz Alessandra, tentando controlar todos esses pensamentos confusos. — Não posso acreditar! Você está hospedada aqui?

— Sim! — responde Duffy. — Por três noites. Você está... trabalhando aqui?

— Estou sim! — fala Alessandra, constatando o óbvio com alegria. *Ela não permitirá que esse encontro seja estranho*, pensa ela, *apesar de ser... e é!* Alessandra era uma aluna muito superior no ensino médio, a real pensadora com um ouvido atento para línguas. Era ela quem deveria alcançar o maior sucesso, mas, como a situação dolorosamente ilustra, não é o caso. — Sou a gerente da recepção.

Duffy empurra o carrinho até o balcão da recepção e seu marido corre para alcançá-la após colocar toda a tralha no carrinho de bagagem que Zeke está segurando firme.

— Pensei que estivesse... não sei... em St. Tropez ou algo do tipo, vivendo no iate de um ricaço.

Esse era o plano, pensa Alessandra.

— Eu morei na Europa por muito tempo — fala Alessandra. — Na Itália mais recentemente, mas também na Espanha e em Mônaco.

— Querido? — diz Duffy ao marido. — Esta é Ali Powell, minha melhor amiga do ensino médio.

Zeke está parado perto da entrada com o carrinho, escutando cada palavra, pelo que Alessandra pode ver. Se Zeke contar a Adam que ela costumava ser chamada de Ali, ela nunca mais terá paz.

O marido estende a mão sobre o balcão para oferecer um forte aperto de mão do Vale do Silício com contato visual intencional.

— Jamie Chung — diz ele. — Prazer em conhecê-la, Ali.

Alessandra, pensa ela, mas não suportaria corrigi-lo, pois não quer parecer presunçosa.

— Vou fazer o check-in de vocês — comenta Alessandra. — Preciso da identidade e do cartão de crédito.

Jamie Chung desliza a carteira de motorista da Califórnia e um cartão roxo do Reserve American Express sobre o balcão.

— Então conhece Duffy da escola?

Duffy dá um tapa nele.

— Nós éramos *melhores* amigas! — diz ela. — Éramos *inseparáveis*. Ali praticamente morava na minha casa. Era ela quem segurava meu cabelo sempre que eu ficava bêbada de tequila...

— Ah rá! — fala Jamie. — É por sua causa que minha esposa não pode beber margaritas.

Eu nunca dei *tequila para ela*, pensa Alessandra. *Eu segurava o cabelo!* Mas, de novo, ela se manteve quieta.

— Meus pais *amavam* a Ali, especialmente minha mãe. — Duffy abaixa a voz. — Ela costumava falar em adotá-la. Queria que você tivesse uma família boa e normal.

Alessandra não vai morder a isca, não vai mencionar que tinha uma mãe e uma casa, e não vai se entregar ao velho impulso de se inclinar sobre o balcão e sussurrar de modo teatral para Jamie: *eu tive um caso com o pai de Duffy no último ano da escola.*

Em vez disso, Alessandra diz:

— Vou descontar a primeira noite.

— Ah, meu Deus, obrigada! — celebra Duffy. — Você deve ser o Papai Noel do verão!

O Hotel Nantucket 145

Ho-ho-ho!, pensa Alessandra.

— Eu nunca enviei um presente de casamento para vocês, então...

Duffy franze as sobrancelhas.

— Não enviou?

Alessandra balança a cabeça. É claro que Duffy não reteria nenhuma memória de coisas como presentes de casamento; ela nem deve ter feito uma lista, deve ter pedido para os convidados doarem para o Rosalie House. Mas de acordo com seu anel de diamante, seus brincos de diamantes enormes, e seu relógio da Cartier (provavelmente um presente por parir — ah, como Alessandra odeia esse termo), ela deve ser mais materialista agora do que era no passado.

— Que tal também oferecer um upgrade para uma suíte? — pergunta James. — Se houver uma disponível?

O hotel possui sete suítes disponíveis, mas Alessandra está tão chocada pelo pedido descarado de Jamie — é uma arma de choque nas sensibilidades dela — que diz:

— Parece que todas as suítes estão ocupadas.

— É que com o bebê... — comenta Jamie.

— Este é Cabot! — apresenta Duffy, puxando um pequeno bebê querubim em uma roupa de marinheiro do carrinho.

Cabot Chung, pensa Alessandra. É uma criança linda, na idade mais fotogênica dos bebês — que é o quê? Seis ou sete meses? Alessandra balança o dedo para ele. Falta-lhe tanto instinto maternal que isso parece exagerado, mas ela se entrega enquanto, por dentro, está espumando. Ela oferece a Jamie e a Duffy uma *noite de graça*, mas Jamie ainda pediu mais, então parece que ela não lhes deu nada.

Ela usa o teclado do computador com todo um espetáculo.

— Eu vou fazer a minha mágica e colocá-los na suíte — diz ela. — Vou pedir ao Zeke que leve o berço e coloque protetores no quarto.

— Obrigada! — diz Duffy. — Você é incrível! Podemos levá-la para jantar uma noite enquanto estamos aqui para colocarmos a conversa em dia?

Alessandra olha o telefone; há duas mensagens de um número que ela sabe ser do Dr. Romano.

— Estou com a agenda cheia nas três noites em que estarão aqui — responde. Ela ativa as chaves da suíte 216 e as desliza pelo balcão. — Mas tenho certeza de que teremos tempo para conversar.

— Mal posso esperar para contar aos meus pais que encontrei você — diz Duffy. — Eles não vão acreditar!

— Diga que mandei um abraço — responde Alessandra.

✳

Alessandra não pode evitar revisitar os terríveis meses em que dormira com o pai de Duffy. Alessandra tinha 18 anos, e achava ter idade o suficiente, mas agora, quase a mesma quantidade de anos depois, Alessandra percebe que não era. Ela era uma adolescente e Drew um professor efetivo em seus 40 anos. No entanto, Alessandra não consegue se considerar uma vítima, mesmo pelas lentes de 2022.

Ela sempre amou Drew, tinha uma queda por ele, ela o *idolatrava*, ela o via como algo entre uma celebridade inalcançável e uma figura paterna. Os Beecham tinham uma casa vitoriana na Filbert Street que herdaram dos pais de Mary Lou. Música clássica sempre escapava da tentadora porta entreaberta do escritório de Drew. O canal de rádio nacional sempre tocava na cozinha, onde Mary Lou preparava crepes de café da manhã para as meninas; nos jantares durante a semana, ela cozinhava um linguado e preparava uma salada frisée com pedaços de bacon. Ambos os pais Beecham tinham o costume de ler; eles tinham assinatura dos jornais *The Economist* e *New York Review of Books*; eles assistiam à orquestra. Alice Waters conhecia os Beecham pelo nome, e eles sempre viajavam para Londres ou Granada, onde Drew dava palestras. Não eram milionários, mas eram ricos — com intelecto, ideias e experiências.

Duffy, no entanto, não compartilhava dos interesses dos pais. Ela gostava de Britney Spears e *Buffy, a Caça-vampiros*, e arrumava tanto problema quanto Alessandra, se não mais. Foi ela quem ficou amiga de HB, o homem que as conhecera em Presidio com uma garrafa de Don Julio naquela noite fatídica. Duffy acompanhava HB em cada virada de shot, mas Alessandra jogava os shots sobre os ombros porque não gostava da expressão em HB e não queria perder o controle.

Quando Duffy começou a vomitar, Alessandra segurou seu cabelo, mantendo-o longe do rosto. Eram 22h de uma sexta-feira de março, e elas estavam sentadas no chão úmido do parque Crissy Field. Alessandra queria ir embora, mas Duffy não conseguia dar três passos sem cair e vomitar. Alessandra não teve opção além de ligar para Drew.

Os Beecham estavam no meio de um jantar em casa com amigos; velas iluminavam a sala de jantar, garrafas de um vinho cabernet excelente de Napa estavam vazias sobre a mesa, mas a conversa e as risadas cessaram quando Drew arrastou as garotas pela sala de jantar, pelo corredor, e até a cozinha. Mary Lou levantou-se da mesa, fazendo uma piada sobre adolescentes: *nós todos já passamos por isso um dia, não é, Barry?* Mas, quando viu o estado de Duffy, ela explodiu de raiva dirigida a Alessandra (a má-influência sem pais) até perceber que Alessandra estava sóbria. Por alguma razão, isso serviu para deixá-la ainda mais agressiva e obrigar Drew a "tirar Alessandra da frente dela".

Drew levou Alessandra para casa em seu carro. Ela estava anestesiada pelas palavras de Mary Lou; sentia como se tivesse sido espancada — até aquele momento, ela havia sido como um animal de estimação de Mary Lou. Drew tentou pedir desculpas; agradeceu a Alessandra por ser uma boa amiga.

— Você é uma jovem especial, Ali — disse ele. — Você tem uma selvageria em você... digo isso como elogio. Vai conseguir o que quiser nesta vida. — A rua em frente ao prédio de Alessandra estava escura e quieta. Drew desligou o carro, o que Alessandra achou estranho.

— Não quer voltar para o jantar? — perguntou ela.

Drew inclinou a cabeça sobre o assento.

— Deus, aquelas pessoas são tão *chatas!* — disse ele. — Barry Wilson estava falando sobre anuidades. — Ele se virou para Alessandra. — Quando eu me tornei tão... *adulto?*

— Não está preocupado com Duffy? — questionou Alessandra.

— Ela vai ficar bem — disse Drew. — A tequila é a sua própria punição.

Alessandra estava prestes a tocar na maçaneta da porta quando disse: "Ok, obrigada pela carona", mas algo em Drew estava diferente. Ele estava encarando a porta da frente de sua casa.

— Sua mãe está no trabalho?

Ambos sabiam que a resposta era sim. Alessandra assentiu.

— Você vai ficar bem sozinha?

Alessandra ficava sozinha desde os 7 anos. Ela teve a louca impressão de que ele queria se convidar para entrar. Ela se inclinou, colocou a mão levemente sobre a coxa (na parte de cima) dele, e o beijou. O beijo demorou-se; fora, até então, o beijo mais romântico da vida de Alessandra.

— Isto é uma péssima ideia — disse Drew, mas no próximo segundo ele abriu a porta do carro e os dois entraram na residência.

Por mais que Alessandra queira odiar Jamie por coagi-la a oferecer um upgrade do quarto, era preciso admitir que ele parecia um excelente pai, marido e hóspede. Zeke deixou claro que Jamie ofereceu uma gorjeta de cem dólares por colocar protetores para bebê na suíte, e, cedo na primeira manhã, Jamie desceu ao lobby com o bebê para que Duffy pudesse dormir mais. Alessandra o observa conversar com outros hóspedes; Cabot adormece nos braços do pai enquanto Jamie brinca com Louie no xadrez. (Louie vence.)

Alessandra está em alerta máximo toda vez que o sino do elevador toca, e, no instante em que Duffy desce, ela se esconde na sala de descanso. Ela coloca um dólar no jukebox e escolhe Kiss, Ozzy Osbourne e Metallica, então desconta sua angústia — ela não acredita que Duffy Beecham está aqui, assombrando-a! — na máquina de pinball. Ela joga uma partida, depois outra, e uma terceira (de maior pontuação) — então escuta a voz de Adam cantarolar.

— Alessaaaaaaandra, você está aí?

— Oi? — responde Alessandra, afastando-se da máquina, apesar de já ter colocado a quarta moeda.

— Garota, saia daí! Edie está sobrecarregada.

Alessandra corre para fora, e, é claro, Edie enfrenta uma fila na recepção, a primeira desde a inauguração do hotel.

— Sinto muito — desculpa-se Alessandra.

— Tudo bem — diz Edie. — Eu entendo.

Mas não entende, pensa Alessandra.

*

Duffy para na recepção um tempo depois com Cabot, que está com um pequeno chapéu de praia e uma roupa de banho com estampa de tubarões.

— Vamos levá-lo à piscina familiar — fala Duffy. — Vou deixá-lo dormir por volta das 13h e então venho conversar.

— Como quiser! — diz Alessandra. Ela não quer conversar com Duffy. Não quer conversar sobre o ensino médio ou ouvir sobre Drew e Mary Lou (pelo Facebook de Duffy, Alessandra sabe que os dois engordaram e estão grisalhos) e não quer saber sobre a vida fabulosa de Duffy em São Francisco com seu marido bem-sucedido e seu bebê adorável. Mas o que ela realmente não quer é receber perguntas sobre si mesma. Como foram os anos no exterior? Bem, alguns foram melhores do que outros. Alessandra tivera diversos empregos em hotéis maravilhosos e namorou vários homens, todos ricos, a maioria deles casados, um deles — que Alessandra pensou que se tornaria seu marido — era um criminoso financeiro, nenhum deles apropriado. E como é sua vida em Nantucket? Noite passada, ela foi ao quarto do Dr. Romano; eles pediram serviço de quarto (Alessandra se escondeu no banheiro no momento da entrega) e fizeram sexo (bem medíocre), então Alessandra saiu às 2h, anestesiada emocionalmente.

Quando Duffy aparece ao retornar para seu quarto, ela diz:

— Já vou descer daqui a pouco. Jamie vai ficar no quarto com Cabot para podermos conversar.

— Ótimo! — afirma Alessandra.

Quando Duffy está no elevador, Alessandra solta um grunhido baixo e Edie diz:

— Por que não vai almoçar agora? Pode ficar o tempo que quiser, por mim tudo bem.

Alessandra pisca.

— Por que está sendo tão legal comigo?

— Eu cresci nesta ilha — diz ela. — Checo os carros no estacionamento do Stop and Shop antes de entrar. Há velhas amizades que prefiro evitar.

Ah, meu Deus, pensa Alessandra. Edie *realmente* entende.

Ela pega uma das bicicletas do hotel, vai até o restaurante Something Natural e senta-se a uma mesa de piquenique por duas horas, lendo o novo romance de Elena Ferrante. Ao voltar para o hotel, Edie diz:

— Barra limpa. Eles foram almoçar no Oystercatcher e vão ficar para ver o pôr do sol.

— Obrigada — agradece Alessandra.

✳

Quando Alessandra descobre a agenda de Cabot, ela consegue evitar uma conversa com Duffy no segundo e no terceiro dia. Ela deve uma para Edie porque tira almoços longos, dizendo a Duffy que tem uma consulta médica e uma reunião no Zoom que não pode perder. Ela dispensa o Dr. Romano na segunda noite — precisa dormir —, mas o visita na madrugada da terceira noite, e, após um sexo medíocre, Alessandra se encontra chorando descontroladamente. Dr. Romano — seu nome é Mark — pensa que ela está chorando porque está emocionalmente atraída e ele irá embora pela manhã. Com gentileza, ele limpa suas lágrimas com o polegar. Suas mãos são macias e seus dedos ainda mais; ele é um cirurgião.

— Por favor, não chore — diz ele. — Passamos um ótimo tempo juntos e isso é o que importa, não acha?

Sim, é claro que Alessandra nunca mais o verá — ele tem uma esposa e duas filhas pequenas em Kansas City —, mas esse não é o motivo de suas lágrimas. Ela dá de ombros.

— Há algo que eu possa fazer para você se sentir melhor?

— Apenas me abrace — diz ela, aconchegando-se a ele. — E, se você escrever uma avaliação no TravelTattler e mencionar meu nome, ajudará muito. Apenas diga que fui uma atendente excepcional ou algo do tipo.

Ele faz cócegas nas costelas dela.

— Você *foi* uma atendente excepcional. — Ele pega o controle remoto e liga a televisão. *Clube dos Pilantras* havia começado. — Já viu este filme? É hilário.

Há um homem vivo na Terra que não ache *Clube dos Pilantras* hilário? Se existe, Alessandra ainda não o conheceu.

— Nunca vi — mente ela. — É sobre golfe?

— Ah, espere para ver — diz ele. — Esse é o juiz... — Alessandra fecha os olhos. — Você vai amar.

✳

Quando Alessandra acorda, já está tarde, são quase 3h. O médico está roncando ao seu lado e Alessandra escapa da cama e se veste. Ela precisa ir para casa. A boa notícia é que ela pode sair pela porta da frente em vez de escondida no andar inferior e pela saída de trás, pois tanto Richie quanto Raoul já foram embora. Mas, quando Alessandra entra no lobby, ela vê Raoul saindo. Ela para imediatamente e esconde-se em um canto, mas ele deve sentir algo porque se vira e a vê. Ela foi pega.

— Ei — diz ele. — O que está fazendo aqui a esta hora?

Ela ergue uma sobrancelha.

— O que *você* está fazendo aqui a esta hora?

Ele balança a cabeça.

— Há um problema doméstico na suíte 216. Eu tive que chamar a polícia.

— Suíte 216? Alguém reclamou de um bebê chorando? — pergunta Alessandra

— O bebê estava bem, foram os pais. Eles jantaram no Galley esta noite, depois acho que tomaram alguns drinks no Lola, algo assim, e estavam agitados. Tiveram uma briga aos gritos e a suíte 214 ligou para a recepção. Eu subi primeiro, mas estava pior do que tinha imaginado, então Richie teve que subir também. A esposa estava aos prantos e xingando o marido, e ele a chamava de psicopata. Ela disse que não queria ele no quarto... foi uma loucura. Conseguiram se acalmar um pouco quando a polícia chegou. Está tudo bem agora, eles farão o checkout amanhã de manhã, graças a Deus.

— Tem certeza de que a esposa está bem? — pergunta Alessandra. — Ele não *bateu* nela, não é?

— O marido me puxou para o canto e disse que ela não deveria beber enquanto amamenta, mas, como estão de férias, ela abriu uma exceção. E esbarrou com uma velha amiga que deu gatilho nela.

— Deu gatilho?

— Foi isso que ele disse, sim. E não me peça para explicar. Tenho 42 anos de idade, eu nem sei o que isso significa. — Raoul arruma o cabelo de Alessandra, que ela tem certeza de estar bem-arrumado. Raoul é a única pessoa no planeta Terra que ela permite tocar em seu cabelo. — O que está fazendo aqui mesmo?

— Ah, você me conhece — diz Alessandra. — Não me canso deste lugar.

✳

Mais tarde naquela manhã, Alessandra coloca a conta da família Chung em um envelope e o entrega com um sorriso. *Sinto muito não termos tido a chance de conversar... Eu também, tão ocupada... O bebê... Essa coisa idiota chamada trabalho, tenho apenas um dia de folga a cada duas semanas... Tão divertido, obrigada por nos conseguir a suíte, aqui está meu número, me ligue se estiver em São Francisco, e, ei, me aceite no Facebook!*

— Pode deixar! — diz Alessandra. Ela não vai. — Tchau! — Jamie e Duffy levam o fofo bebê Cabot porta afora. *E isso*, pensa Alessandra, *é tudo*.

✳

Exceto que não é. Alguns dias depois, Alessandra e Edie estão ligando os computadores e se preparando para começar o dia quando Richie, de repente, aparece saindo do escritório de trás, assustando ambas.

— Ahhh! — fala Edie. — Pensei que era um fantasma!

Richie não parece impressionado, o que é estranho, pois ele é geralmente um homem tranquilo e feliz, e sempre tem uma piada sem graça na manga. Mas é evidente que ele esteve aqui a noite toda. Alessandra havia trabalhado no turno noturno em seus primeiros dias em Lake Como; ela entende como é enervante.

Ele balança um pedaço de papel na frente de Alessandra.

— Você ofereceu uma noite na suíte de graça a um hóspede chamado Chung? Sem código nenhum, sem explicação e sem autorização!

— Eu... ofereci — diz Alessandra. Ela estava tão feliz pela partida dos Chung (Duffy estava "engatilhada"... Alessandra ainda não havia processado isso, e o que era aquela rachadura no lar perfeito?) que esquecera por completo que teria de explicar o desconto. A equipe da recepção tem a permissão de descontar uma noite se algo der errado — se um hóspede tiver uma experiência ruim fora do normal ou se não puder fazer o check-in até as 17h —, mas a equipe não tem permissão para fazer o que Alessandra fez e descontar por mero desejo. Todo desconto deve ser autorizado por Lizbet. Ainda assim, Alessandra esperava que Richie deixasse essa passar. Ele nunca dissera uma palavra sobre ela pegar cinco ou dez dólares do caixa a cada poucos dias para pagar o almoço, apesar de ser possível que ele não saiba. — É tão sério assim?

— Era uma suíte com taxa de 645 dólares — informa Richie. — Precisa ser paga. Por você. Você tomou uma decisão unilateral de descontar o quarto.

— Ok? — diz Alessandra. — Devo dizer que Edie deu um upgrade para a família Marsh para *o verão inteiro* sem a permissão de ninguém. Isso é uma receita muito maior do que 645 dólares, e ninguém *a* está fazendo pagar pelo prejuízo.

Tanto Richie quanto Edie permanecem em silêncio.

Richie bufa.

— Certo. Vou deixar essa passar, mas não faça isso de novo. Nenhuma das duas. — Ele desaparece de volta ao escritório de Lizbet.

Alessandra se vira para Edie.

— Eu deveria ter apenas dado uma torradeira de presente.

Edie lança um olhar ferido para Alessandra.

— Sinto muito, Edie — diz Alessandra. Ela para. — É coisa da recepção jogar a colega legal e prestativa aos leões?

— É coisa da *sua* recepção — diz Edie, e Alessandra fica mais aliviada do que pode explicar quando Edie deixa escapar um pequeno sorriso.

15 • Por Trás de Portas Fechadas

Adam arrasta Raoul para a sala de descanso, e Grace os segue, pois parece haver problemas!

— Nós precisamos falar com Lizbet sobre a programação — diz Adam. — Não é justo ela mudar nossas escalas. Você precisa falar com ela. Ela gosta mais de você.

— Não *quero* falar com ela — comenta Raoul. — Porque, acredite ou não, para mim já deu de turno noturno. Foi um mês inteiro. Agora é sua vez.

— Você só quer passar o dia todo com Zeke — diz Adam.

Raoul pisca.

— Ou é *você* que quer e por isso está fazendo tanta questão.

— Eu espero que não esteja me acusando de nada — alerta Adam. — Porque não preciso lembrá-lo de qual de nós dois foi pego aos amassos com o ajudante de garçom em Nikki Beach.

— Isso foi antes de estarmos juntos — diz Raoul. — Eu tenho sido leal a você desde o primeiro encontro. E trabalhar com Zeke não me fará menos leal. Se você pensa assim, então tem algum problema de confiança.

— *Eu* tenho problemas de confiança?

— Você tem uma queda por Zeke, Adam?

Neste momento a porta da sala de descanso se abre com tudo, e Zeke adentra o cômodo.

— Adam, você está no turno noturno hoje? Eu tenho que ir embora.

— Eu já vou — diz Adam. — Só estou conversando com meu *marido* que eu nunca *vejo*.

Zeke olha de Adam para Raoul, e deve pressentir algo, pois se afasta e fecha a porta.

— Não podemos trabalhar juntos? — pergunta Adam. — Zeke pode trabalhar à noite.

— Você sabe por que não podemos trabalhar juntos — diz Raoul. — George disse que recomendaria a qualquer empregador futuro que trabalhássemos separados.

— Bem, estou solitário. Eu fiz planos para jantar com Alessandra três vezes e ela me deu o cano — diz Adam. *Surpresa, surpresa*, pensa Grace. Houve o Sr. Brownlee no 309, o Sr. Yamaguchi na suíte 215 e o Dr. Romano no quarto 107. — Sinto sua falta.

— Também sinto sua falta, amor.

De repente, Adam e Raoul se abraçam e começam a se beijar. Grace está feliz pelo fim da briga e o início da pegação. Ela se aproxima do jukebox e toca *Take My Breath Away*, de Berlin, então ilumina a máquina de pinball.

Os cavalheiros nem parecem notar.

✳

Dá para Kimber Marsh ser mais óbvia?, pensa Grace. Ela desce ao lobby — *de novo* às 1h15 da manhã (coincidentemente após Adam sair e o Blue Bar fechar), *de novo* vestindo seus pijamas curtos, cardigã e chinelos do hotel.

— Richie? — sussurra Kimber, mas Richie não está em seu posto usual na portaria. Richie, pelo que Grace vê, está no escritório de Lizbet com a porta não apenas fechada, mas trancada. Ele está ao celular (proibido no horário de trabalho, a não ser para negócios do hotel), tendo uma conversa tensa. Como Grace pode não pensar que ele esteja falando com a ex-esposa? Com quem mais ele estaria falando à 1h15 da manhã? Então Grace vê o que Richie colocou sobre a mesa à sua frente e ouve o que ele está falando ao telefone.

Ah, Deus, pensa ela. É isso que ele está planejando. Que decepção.

Grace sopra os papéis da mesa para tentar distraí-lo, mas Richie não parece se importar. Então ela tenta atrapalhar a conexão do telefone, mas já é tarde, a conversa havia terminado. Quando Richie desliga, ele se afunda na cadeira e agarra a própria cabeça.

Há uma batida na porta.

— Richie?

O inevitável havia acontecido, pensa Grace. Kimber estava tão confortável no hotel que havia cruzado a fronteira entre funcionários e hóspedes. Ela está *atrás* da recepção — e agora está batendo na porta do escritório. Se não estivesse trancada, Grace suspeita que ela teria entrado marchando e pegado Richie em seu negócio abominável.

Richie pula de pé, e a cadeira de Lizbet bate direto na parede. Richie esconde os papéis no bolso da calça. Ele inspira e expira com um sorriso. Mais uma vez, ele parece o pai charmoso e afável que todos pensam que ele é.

— Kimber! — diz ele ao abrir a porta. — O que houve?

— Não consigo dormir — diz Kimber. Ela parece perceber ter ultrapassado algum tipo de limite invisível, pois logo sai de trás da recepção, exibindo o que parecia ser um pedaço de papel de um caderno. — E também quero mostrar uma coisa.

✳

O que Kimber quer mostrar para Richie à 1h15 da manhã é um artigo que Wanda escrevera intitulado *"O Mistério do Hotel Assombrado"*.

Richie lê em voz alta:

— "O Hotel Nantucket tem sido tombado", deveria ser *atormentado?*, "por dificuldades há quase um século. A investigadora Wanda Marsh descobriu o motivo. Há um *fantasma* que habita o armário do quarto andar do hotel." — Richie interrompe a leitura. — Wanda escreveu isso sozinha?

— Edie a ajudou um pouco.

— "O fantasma é o espírito de Grace Hadley, uma camareira que faleceu no incêndio do verão de 1922 presa no armário do quarto andar." — Richie levanta o olhar. — É verdade?

— Wanda insistiu que fôssemos ao Atheneum para dar uma olhada. Eles têm edições antigas do jornal *Nantucket Standard* em microfilme.

— Seus filhos são incríveis — diz Richie. — Louie é um prodígio do xadrez e Wanda uma detetive em ascensão e uma repórter investigativa. Meus três passam o dia todo jogando Fortnite e assistindo ao YouTube.

— Wanda me disse que pediu ao fantasma para bater na madeira, e ele bateu.

— Bem, isso é emocionante — diz Richie. Sutilmente, ele afasta a camisa do seu corpo. Sua atividade extracurricular no escritório o deixou transpirando.

— O problema é que ela realmente acredita nisso — diz Kimber. — Será que devemos subir e checar o armário do quarto andar?

Richie franze as sobrancelhas.

— Eu não posso deixar meu posto.

— Será só por um minuto.

— Não posso me dar ao luxo de perder este emprego — comenta Richie.

— Estou começando a pensar que não gosta de mim — diz Kimber. — Você praticamente fugiu de mim na outra noite.

— Eu gosto de você — diz Richie, estendendo a mão sobre o balcão para a mão de Kimber. *Ele está sendo condescendente?*, pensa Grace. — Tenho muita coisa acontecendo na minha vida pessoal no momento.

— Você pode me dizer se não se sentir atraído por mim — comenta Kimber. — Eu vou sobreviver.

Richie solta a mão de Kimber — ao que parece, ele *não* está atraído por ela —, mas então ele sai detrás do balcão.

— Eu não sou quem você pensa que sou — diz ele. — Eu sei manter a máscara de Richie bom-moço...

Kimber coloca um dedo sobre seus lábios.

— Eu provavelmente não sou a pessoa que você pensa que sou também — diz ela. — Mas isso não importa. É verão e estamos em uma ilha quarenta quilômetros mar adentro.

Richie encara Kimber. Parece estar deliberando, e Grace, sendo bem franca, está na ponta do seu assento. Enfim, Richie coloca os braços ao redor de Kimber e a puxa para perto. Kimber levanta o rosto, Richie remove os óculos e os coloca sobre o balcão — *atencioso*, pensa Grace; *as coisas estão prestes a esquentar* — e a beija.

Grace celebra em silêncio, apesar de temer que essa relação não dure muito. Mas quem não adora um romance de verão? Ela só espera que não se esqueçam do artigo. Se resolverem o caso do seu assassinato, ela poderá, enfim, ter o seu tão merecido descanso. Tem sido um século exaustivo.

✳

É sexta-feira, um dia que costumava significar apenas uma coisa para Chad: uma festança um pouco mais agitada do que suas saídas habituais durante a semana. Chad não tinha notícias de Bryce ou de Eric há semanas, apesar de ter recebido uma mensagem de Jasper agradecendo por ficar de boa em relação a mim e Winston. **Chad respondeu:** Ei, cara, estou feliz por você. Se quiser lanchar algo depois, me avise. Jasper não havia entrado em contato ainda, mas talvez o faça mais para frente. Chad sente apenas alívio pelo fim do seu grupo de amizades; a solidão acabara sendo um tanto boa.

No entanto, Chad ainda está desesperado à espera de um e-mail de Paddy.

Ao entrar em sua conta do Yahoo! logo pela manhã, ele vê um alerta de que alguém havia hackeado os sistemas da Steamship Authority e da Hy-Line Cruises. Todo o serviço de balsa de ida e volta para Nantucket estava interrompido. Quando ele desce as escadas, sua mãe está vendo as notícias locais na televisão.

— É bom arrumarem isso logo, imediatamente — diz Whitney. — Seu pai chega esta noite.

Chad presta atenção à sua fala.

— Ele chega *esta noite?*

O *Hotel Nantucket* 157

— Sim, besta. Já fechou o negócio; ele está vindo de carro para passar o resto do verão — diz Whitney. — Posso fazer um bolinho inglês para você? Ou... prefere de pêssego? Estão maduros.

— Tenho que ir trabalhar — diz Chad. Sua mãe ainda não processou o fato de que Chad tem um emprego. Whitney Winslow é especialista em ignorar coisas que a deixam desconfortável. É *óbvio* que ela sabe que Chad trabalha todo dia no Hotel Nantucket, mas isso não quer dizer que precisa falar sobre isso. Chad se pergunta se ela contou ao seu pai.

Chad pega um pêssego da dúzia aglomerada no pote de frutas; sua mãe exagerou nas compras mais uma vez, e metade dessas frutas vão estragar. Chad pega mais duas. Dará as duas para Bibi, ela poderá levar para casa e fazer uma papinha de bebê ou sei lá.

Mas, quando Chad chega ao trabalho, Bibi não está lá, nem Octavia e Neves. Porque... não há serviço de balsa.

A Srta. English aceita a oferta de Chad dos dois pêssegos com uma expressão confusa no rosto, então puxa um par de luvas de borracha.

— Somos só eu e você hoje, Tiro no Escuro.

— *Você* vai limpar os quartos? — pergunta Chad.

— Quem mais faria isso? — questiona ela. — As fadas da limpeza?

Chad presume que ele e a Srta. English dividirão os quartos, mas, quando a Srta. English o segue para o quarto 209, o jovem compreende que arrumarão todos os quartos juntos. Eles inspecionam os quartos de check-in antes (estes quartos estão limpos, mas precisam de reposição no frigobar e uma olhada na lista de verificação de cem pontos). Chad está nervoso. E se cometer um erro ou esquecer algo, e ela o despedir? Ele tenta prestar ainda mais atenção, porque todo dia ele não apenas faz o próprio trabalho como também fica de olho em Bibi para garantir que ela não roube nada. O serviço prossegue rápido. A Srta. English cantarola — ela tem uma voz linda — e envia Chad à cozinha do Blue Bar para pegar os itens do frigobar. Lá embaixo, Chad esbarra com Yolanda, a guru supergostosa do centro de bem-estar. Ela está inclinada sobre uma das mesas de preparo, comendo uma tigela de açaí coberta por círculos perfeitos de banana e morangos e conversando com Beatriz, que está diante do fogão.

— Ei, Chad — cumprimenta Yolanda, e Chad quase cai de joelhos. A Yolanda Gostosa sabe o seu nome!

— Ei — diz Chad, o mais casualmente que pode. Ele vai até o armário para buscar o patê de anchova, até a despensa para buscar os biscoitos, então até o refrigerador especial para buscar a cerveja e o vinho. Ele precisa anotar tudo com exatidão antes de remover os itens, por razões óbvias. Ao sair carregando tudo em sua cesta de plástico azul (é difícil parecer sexy ao carregar uma cesta de compras, mas Chad ainda assim tenta), Beatriz está cortando uma baguette que acabou de tirar do forno.

— Fique um pouco — convida ela. — Tenho uma surpresa para você.

Yolanda solta uma risada.

— Não o provoque, Bea.

— Não estou provocando — diz Beatriz. Ela corta dois pedaços do pão quente com manteiga de pote ("Eu mesma bati isto"), cobre o topo com os finos pedaços de rabanete melancia ("Foram colhidos esta manhã na Pumpkin Pond Farm"), e salpica sal marinho no rabanete. Beatriz entrega um pedaço para Chad e outro para Yolanda.

— Obrigado — diz Chad, antes de dar uma mordida. O pão de crosta crocante, a manteiga doce e cremosa e o toque picante do rabanete combinam de tal modo que Chad quase chora.

Yolanda solta gemidos altos e desinibidos que parecem sexuais, e Chad sente um calor em suas calças. Elas o estão provocando, mas Chad não se importa. É a primeira resposta seminormal que tem a qualquer coisa desde maio.

✳

Chad e a Srta. English seguem rapidamente pelos check-ins, mas os quartos de checkout são outra história. Chad e Bibi sempre avaliam os quartos em uma escala de um a dez, com um sendo o quarto que mal parece ter sido ocupado (Bibi sempre se impressiona com as pessoas que se dão ao trabalho de arrumar a cama antes de sair) e dez sendo um desastre apocalíptico. A maioria dos quartos ficam entre quatro e seis, mas no dia em que Chad e a Srta. English trabalham sozinhos, naturalmente, todos os cinco checkouts são dez.

Ao entrarem no quarto 308, Chad quase vomita. O local não apenas está uma bagunça horrorosa, como também fede. Chad se lembra vagamente de um jovem casal bem apessoado com dois bebês gêmeos neste quarto. Há dois berços jogados no canto mais distante, e em um deles há uma fralda suja aberta. Chad se apressa em enrolá-la e jogá-la fora, mas a lixeira está transbordando de fraldas sujas e mamadeiras vazias exalando um odor de leite azedo. O casal deixou comida espalhada pela mesa e pela cômoda — barras de granola, amêndoas jogadas, um pote de salada de atum que, infelizmente, ficou debaixo do sol. Há formigas por *toda* parte. A maioria dos lençóis de cama estão amontoados no chão e o lençol feito sob medida está manchado de algo marrom. Chad encontra metade de uma barra de chocolate derretida sob o travesseiro (o fato de a mancha provavelmente ser chocolate é um alívio). Alguém deve ter tomado banho de box aberto, pois o chão do banheiro está alagado, e duas das densas toalhas turcas estão boiando como ilhas. O pai deve ter feito a barba sobre a pia e não se deu ao trabalho de limpar os resíduos, o que por alguma razão é o que mais enoja Chad.

Ele se vira para a Srta. English, horrorizado. Não pode acreditar na falta de consideração das pessoas. Ele tem um pequeno entendimento de que gêmeos dão muito trabalho, mas os pais não percebem que alguém precisa limpar isto? Um ser humano? Ele sente que deveria se desculpar com a Srta. English pelo estado do quarto, como se fosse sua culpa. Percebe o quanto sente falta de trabalhar com Bibi. Se ela visse isso, xingaria os hóspedes de toda profanidade que conhece (e ela sabe muitas), e ambos se sentiriam melhor.

A Srta. English apenas prepara um novo par de luvas.

— Ok, Tiro no Escuro — diz ela. — Ao trabalho.

＊

Trinta minutos depois, o quarto está brilhando de limpo. Há novos lençóis na cama; os berços foram desmontados e guardados; o tapete aspirado; os restos de comida, junto com as formigas, jogados fora. A poça no banheiro havia sido secada; as toalhas trocadas; a pia, a banheira e o vaso sanitário todos esfregados. O frigobar havia sido esvaziado, limpo e estocado. Os cabides foram contados, os roupões colocados de volta atrás da porta do banheiro, o secador de cabelo checado, os potes de xampu, condicionador e hidratante repostos. *É tão satisfatório*, pensa Chad, *devolver ao quarto a sua glória*. Ele está quase orgulhoso de não ser mais amigo de Bryce e de Eric, porque eles não entenderiam esse sentimento.

Paddy poderia entender. Nos verões, ele gerenciava um negócio como cortador de grama em sua cidade natal Grimesland, Carolina do Norte. Ele mantinha um cortador de grama na parte de trás do seu Ford Ranger e dirigia até a casa de seus clientes — a maioria eram ranchos ou casas saltbox tradicionais que caberiam na sala de estar de Chad —, e aparava a grama, quinze dólares pela frente e pelo quintal. Paddy cuidava de cinco ou seis jardins por dia e colocava todo o dinheiro no banco para ter o que gastar em Bucknell, mesmo assim precisava ser cuidadoso e, às vezes, ele ficava em casa em vez de sair para o Bull Run, apesar de Chad sempre se oferecer para pagar.

Chad fecha os olhos. A melhor parte de trabalhar com Bibi era que ele nunca tinha tempo para pensar em Paddy ou se perguntar se Paddy estava recuperado o suficiente para voltar a cuidar de jardins, examinar a grama e as linhas diagonais, e sentir-se orgulhoso de seu trabalho.

＊

Normalmente, Chad termina o serviço por volta das 17h, mas hoje ele e a Srta. English terminam após as 18h. Lizbet os avisa de que o hotel está a todo vapor e que há algumas pessoas bem infelizes no lobby aguardando seus quartos. Os cinco checkouts combinados resultam em 65 dólares de gorjetas, que a Srta. English pressiona na mão de Chad, apesar dos protestos dele.

— Eu não quero — diz ele. — Pode pegar.

Isso ganha uma risada da Srta. English.

— Não seja ridículo, Tiro no Escuro.

Chad enfia as notas no bolso da frente da bermuda caqui.

— Darei à Bibi amanhã.

— À Bibi? — questiona a Srta. English. — Ela não ganhou isto. Ela teve o dia de folga.

Mas ela precisa, pensa Chad.

— Espero que você e Bibi não estejam envolvidos romanticamente — diz a Srta. English. — Não quero ter que me preocupar com vocês dois sozinhos nos quartos.

Chad sente seu rosto ficar vermelho. A ideia de se aventurar com Bibi em um dos quartos o deixa desconfortável. Ele queria que a Srta. English não tivesse dito isso; agora ele teme que pensará nisso amanhã, e, se ele agir todo estranho perto de Bibi, ela notará.

— Não mesmo — diz ele. — Nada disso.

— Mas você trouxe pêssegos para ela — aponta a Srta. English, e pisca.

✳

Chad não tem o menor interesse em ir para casa encarar seu pai, então atrasa o inevitável com uma volta pela cidade. É uma noite de verão em Nantucket, há casais indo a inaugurações em galerias e uma multidão bem-vestida diante da recepção do Boarding House. Chad vê um grupo de — bem, por falta de termo melhor — *Chads* andando bem no meio da pista, cortando o trânsito sem a menor consideração pelos motoristas, seguindo para (ele tem certeza) beber no Gazebo, onde pedirão drinks com vodca e conversarão besteiras sobre os barcos dos pais, seus tacos de golfe e mulheres.

Chad costumava ser um desses rapazes, mas já não é mais, e está orgulhoso disso. Ele se vira e segue para casa.

Está dirigindo pela Eel Point Road quando algo chama sua atenção. É o Jeep Gladiator cinza metálico que a Srta. English dirige, estacionado na garagem número 133. A casa é enorme, maior até que a residência dos Winslow, e fica perto da água. Chad reduz a velocidade. Tem quase certeza de que seus pais pensaram em comprar a número 133 como uma propriedade de investimento e alugá-la por cinquenta ou sessenta mil por semana até finalmente presentearem Leith ou Chad com a casa.

O *Hotel Nantucket* 161

Ele observa a Srta. English descer do Gladiator.

Ele para e quase a chama. Seu Range Rover está escondido pela cerca viva alta decorativa ao redor da caixa de correios. O que a Srta. English está fazendo na casa número 133?

Um homem com chapéu panamá e terno de linho bege sai da casa e cumprimenta a Srta. English. Ele segura a porta para ela entrar.

Chad leva um tempo para absorver isso. A Srta. English deve estar tendo uma entrevista para limpar a casa 133. Um trabalho à parte.

Chad dirige para longe, sentindo-se maldisposto — e o pior ainda está por vir.

✳

Ao estacionar na garagem de sua casa, Chad vê o Jaguar de seu pai.

Ele encontra Paul Winslow na varanda de trás, sentado em uma cadeira de vime, óculos de sol em sua cabeça careca, olhos fechados, gim-tônica na mesa ao lado. Seu pai está vestindo bermuda, camisa polo e calçados Top-siders, a combinação que ele usa durante todo o verão, exceto quando saem para jantar; nessas ocasiões, Paul opta por calças com estampas de baleias, lagostas ou flamingos. Chad entende — seu pai trabalha em um ambiente de investimento financeiro que parece uma panela de pressão, e essas seis semanas são o tempo que tem para relaxar. Se Paul libera um pouco da pressão usando calças de flamingo, tudo bem. Ele merece aproveitar o dinheiro que ganhou — a piscina, sua praia particular, a vista da baía Nantucket Sound.

Chad não ouve mais ninguém na casa e percebe que o Lexus de sua mãe não está na garagem. Ele dá um passo para trás e os olhos de Paul se abrem.

— Ei, ei, ei, filho! — diz Paul, colocando-se de pé e estendendo a mão como se Chad fosse um cliente. — Estava esperando por você. Onde esteve?

— Ei, pai — responde Chad. Ele se sente como uma anchova aberta com um gancho. Faria de tudo para se livrar disso neste momento. — Onde estão a mãe e Leith?

— Estão no salão — diz Paul —, se preparando para o jantar.

Jantar, pensa Chad. No jardim do Chanticleer, a tradição da família na primeira noite em que Paul chega à ilha. Chad havia esquecido por completo. Não pode acreditar que a rotina da família havia voltado ao normal depois do que acontecera em maio, mas talvez tenha se passado tempo suficiente para sentirem que podem seguir em frente — ou pelo menos seus pais. Leith o odiará para sempre, disso ele tem certeza.

— Eu estava no trabalho, na verdade — diz Chad. — Consegui um emprego no Hotel Nantucket, no serviço de limpeza.

O rosto de seu pai não demonstra surpresa, então a mãe de Chad deve tê-lo preparado. Paul se senta e estende a mão para indicar que Chad deveria se sentar ao seu lado.

— Vamos conversar por um minuto, sim? — O tom de voz de Paul mudou para o modo executivo, e, sem opção à vista, Chad se senta. — Posso oferecer uma cerveja, filho?

— Não, obrigado.

Paul solta uma risada.

— Não me diga que decidiu parar. Se sua mãe e eu achássemos que você precisava de reabilitação, nós o teríamos enviado para a reabilitação.

— Não — diz Chad, apesar de não ter bebido desde a fatídica noite. — Mas não estou a fim agora.

Paul se senta em uma posição de introspecção, inclinando-se para frente na cadeira, cotovelos sobre os joelhos, dedos unidos, cabeça abaixada.

— Então está me dizendo que você conseguiu um emprego.

— Sim — diz Chad. — No Hotel Nantucket, no serviço de limpeza. Eu trabalho para a gerente das camareiras, a Srta. English, que é uma pessoa extremamente agradável. Há na equipe comigo outras três garotas, mulheres, quero dizer. Todas moram em Cape e fazem o trajeto de ida e volta todos os dias, então, já que as balsas não funcionaram hoje, estávamos apenas a Srta. English e eu, por isso cheguei tarde. Normalmente termino às 17h.

Paul assente enquanto seu filho conta a história, um sinal de que está escutando.

— Eu acabei de fechar um negócio de cinco bilhões de dólares. Você tem ideia do porquê me esforço tanto no trabalho, Chadwick?

Chad não tem certeza de como responder. Seu pai não está negociando a paz no Oriente Médio, ou curando o câncer infantil, ou ensinando sobre os romances de Toni Morrison a universitários. Ele está apostando em ideias, tecnologias, recursos naturais. De vez em quando, isso traz algo de bom ao mundo; sua firma compra uma empresa farmacêutica que lança um medicamento importante ou investe em uma empresa pequena que faz algo para melhorar a vida das pessoas. Mas, em sua maioria, pelo que Chad entende, Paul está jogando em um campo exclusivo, o que resulta em muitos ganhos. Muito dinheiro.

— Faz porque você gosta? — diz Chad.

Isso resulta em uma risada condescendente.

— Faço isso para prover para a sua irmã, sua mãe e você. — Paul se levanta de modo teatral. — Eu não cresci com nada disso.

Sim, Chad sabe disso. Seu pai veio de uma família normal, apesar de não tão pobre quanto ele faz os outros acreditarem. Ele cresceu em uma casa de dois andares em Phoenixville, Pensilvânia, que é perto de Main Line, mas propositalmente não está *inserida* nela. Era a mãe de Chad, Whitney, que tinha pedigree: propriedade em St. David, escola particular em Baldwin, pai sócio-gerente da firma Rawle and Henderson — a definição de advogado na Filadélfia. Paul conheceu Whitney no bar Smokey Joe's na Route 30 quando ela estudava na Bryn Mawr e ele tinha uma bolsa de estudos em Haverford. Foi o pai de Whitney quem ajudou Paul a entrar na faculdade de negócios em Wharton e o apresentou aos senhores da empresa Brandywine Group.

— Eu sei — diz Chad.

— Você tem a vida toda para trabalhar — diz Paul. — Pensei que havíamos acordado que você tiraria o verão para aproveitar a vida.

Chad sente uma bola em sua garganta.

— Eu não mereço aproveitar a vida.

— Pensei que havíamos acordado, como uma família, a deixar o que aconteceu para trás.

— Eu não posso simplesmente deixar para trás, pai — diz Chad. Ele busca os olhos de Paul. Seu pai é em essência um homem bom que sabe a diferença entre o certo e o errado. A ordem de deixar "o que aconteceu" em segredo veio da mãe de Chad. Ela tem uma reputação com a qual se preocupar. Já é ruim o suficiente que tantas pessoas em casa saibam; Whitney Winslow não quer que seu círculo social em Nantucket fofoque sobre isso também. — Você teve notícias dos advogados? — Chad engole saliva. — Ou da família de Paddy?

— Sim — diz Paul. Ele exala como se estivesse prestes a levantar um peso de 130 quilos. — A cirurgia não teve sucesso. Patrick perdeu a visão do olho permanentemente.

Paddy O'Connor, melhor amigo de Chad na universidade, talvez seu melhor amigo na vida, está cego do olho esquerdo. Permanentemente. Chad se sente cego também. Ele se agacha sobre os calcanhares.

— Nós oferecemos um acordo generoso de custear todas as contas hospitalares, além de compensação pela visão.

Quanto vale um olho?, pensa Chad. Qual o valor de um campo de visão completo ao encontrar a mulher com quem quer se casar ou ao segurar seu filho recém-nascido pela primeira vez? Ou quando vai ao MOMA ver a *Noite Estrelada* de van Gogh ou quando vai assistir ao pôr do sol? Metade da visão de Paddy se foi. Ele ainda pode enxergar, mas — Chad pesquisou isso logo após o acidente — perderá a noção de profundidade, e terá dificuldade em avaliar distâncias ou seguir objetos em movimento.

— Eu quero contribuir — diz Chad.

— Isso é muito generoso da sua parte, filho, mas...

Chad puxa 65 dólares do bolso e os bate na mesa ao lado do gim-tônica de Paul. Ele tem quase 4.800 dólares economizados de seus pagamentos. Dará tudo o que conseguir neste verão a Paddy. A quantia será ínfima se comparada ao que foi oferecido por Paul, mas Chad deseja que Paddy saiba que ele não ficou apenas rolando na areia de praia, com cerveja na mão, baseado na boca, e deixou seus pais cuidarem de tudo. Ele saiu e conseguiu um emprego, no qual lida com as fraldas sujas das pessoas, barras de doce esquecidas e banheiros pantanosos.

Paul olha o dinheiro.

— Eu gostaria que desse seu aviso prévio no hotel amanhã.

— Não — diz Chad.

— Sua mãe não gosta da imagem que isso passa — diz Paul. — Você trabalhar como um serviçal degradante...

— *Degradante?* — diz Chad. — Eu tenho outra palavra para isso: honesto. É um trabalho honesto, limpar quartos para pessoas que trabalham duro também e que vêm a Nantucket para relaxar e aproveitar as férias. Você não viu esses quartos, pai. São tão bons quanto os desta casa. O hotel é um lugar especial...

— Não foi bem isso que sua mãe escutou.

— Não importa! — urra Chad. Ele percebe agora por que seu pai trabalha tanto. Não tem nada a ver com a piscina, ou com o Range Rover, ou a bandeja cheia de pêssego maduros. É para ter controle sobre as pessoas. — Eu poderia estar trabalhando em uma pousada de beira de estrada de um lugar desconhecido e o serviço ainda seria nobre. A vida das pessoas inclui bagunças, e eu as estou limpando para elas.

— Você deve entregar o aviso amanhã, Chadwick — alerta Paul.

Chad se levanta.

— Ou o quê? Vai me deixar de castigo? Me expulsar de casa? Me deserdar?

— Não seja ridículo.

— *Você* é quem está sendo ridículo — diz Chad. Que tipo de pais não querem que seu filho tome responsabilidade por suas ações? *Seus* pais. E foi por isso que ele cometeu erros tão descuidados e impensados. Sua mãe e seu pai o criaram para acreditar que era invencível. Eles o criaram para acreditar que nada de ruim aconteceria em sua vida. Mas aconteceu.

— Não vou pedir demissão — diz Chad. — Não sou de desistir.

✳

11 de julho de 2022
De: Xavier Darling (xd@darlingent.co.uk)
Para: Funcionários do Hotel Nantucket

Bom dia! Eu acho que todos nós podemos concordar que estamos no auge do verão agora. Mais uma vez, esta semana, as avaliações refletem o trabalho excepcional da gerente da recepção, Alessandra Powell, e o bônus desta semana vai para ela. Espero que os demais se esforcem para seguir o exemplo de excelência em serviço de Alessandra. Obrigado a todos pelos esforços.

XD

✳

Edie está na sala de descanso com Zeke quando o alerta do Venmo chega em seu celular, então opta por ignorar. Ela e Zeke se tornaram amigos e Edie não vai deixar nada interromper seu momento de aproximação. Ela passou todo o seu estranho primeiro ano do ensino médio, e pelo menos metade do, um pouco menos estranho, segundo ano, perseguindo Zeke English tanto presencialmente quanto online, então o fato de os dois estarem sentados diante um do outro no balcão de revestimento Formica, tomando sorvete com suas coxas praticamente se tocando, é nada menos do que um *milagre* para Edie — como um sonho de longa data.

Zeke diz exatamente o que Edie está pensando.

— Não posso acreditar que Alessandra ganhou o bônus *de novo* esta semana. Está começando a parecer armação.

Edie solta um ruído não comprometedor, apesar de, no fundo, ela querer concordar enfaticamente. *Deve* haver algo de errado com Alessandra. Ela é boa na recepção, sem dúvida, mas não vai além como Edie. Se um hóspede pede um travesseiro extra, toalha ou mais patê de anchova defumada, Edie embala tudo direto para o quarto e entrega com um sorriso brilhante (e sincero). Tem aprendido os primeiros nomes de todos que atendem o telefone no Cru para garantir aos hóspedes do hotel algo que, para muitos, é uma reserva impossível. Ela até chegou ao ponto de comprar para um pequeno garoto do quarto 302 um chaveiro de farol do Hub, porque ele estava obcecado pelo farol Brant Point Light. Edie desembolsou o próprio dinheiro (que é bem pouco), não o troco do hotel, que Alessandra usa para comprar o próprio almoço. (O troco não deve ser usado para gastos pessoais, Lizbet lhes havia dito inúmeras vezes, e ainda assim Edie não disse nada a ninguém porque ela odeia fofoca.) E havia as crianças Marsh. Edie ajudou Wanda a escrever o artigo sobre o "fantasma", e, quando Wanda ficou emotiva e perguntou por que ninguém havia resgatado Grace Hadley, Edie lhe deu um abraço e disse que isso acontecera muito tempo atrás, muito antes de haver detectores de fumaça. Edie também encontrou um professor de xadrez para Louie — um pintor de casas chamado Rustam que havia sido campeão de xadrez no Uzbequistão.

Edie gostaria de pedir a Kimber para escrever uma avaliação no Travel-Tattler — Kimber com certeza mencionaria Edie —, mas não consegue se forçar a se autopromover.

Alessandra ganhou o bônus três semanas seguidas. Isso é um incômodo que permanece com Edie durante todas as horas de trabalho. É catártico ouvir que isso também incomoda Zeke.

— Adam e Raoul já contaram como é morar com ela? — pergunta Edie.

Zeke revira os olhos.

— Adam disse que ela quase não dorme em casa.

— O quê? — diz Edie.

— Ela chega às 5h ou 6h, quando Raoul está acordando para se exercitar — diz Zeke. — Ela está farreando, eu acho.

Edie não está surpresa em ouvir isso — Alessandra emite uma sexualidade discreta, porém inegável —, mas ela não vai fazer parte de nenhum *slut-shaming*. Na verdade, Edie está chateada por Alessandra escolher não compartilhar exatamente nada com ela apesar das duas trabalharem juntas o dia todo. Alessandra é sempre civilizada, mas nunca amigável ou calorosa. Por quê?

Sob a fachada polida de Alessandra há algo mais, pensa Edie. Uma boneca quebrada, um espelho em pedaços. Alessandra tem suas cicatrizes. Ou talvez Edie esteja apenas criando desculpas para ela. Graydon costumava dizer a Edie que ela devia parar de dar tanto crédito às pessoas.

Zeke termina o sorvete e se levanta.

— Vou para casa. — Ele dá um sorriso lento e lindo para Edie. — Eu acho que devemos começar a espiar a Alessandra para descobrir como ela está ganhando o dinheiro.

Começar a espiá-la?, pensa Edie. Estão no ensino fundamental por um acaso? A ideia, no entanto, não é de todo ruim. Edie gosta da ideia de começar uma pequena conspiração com Zeke.

— Vou ver o que consigo descobrir — diz Edie, apesar de saber que não encontrará nada. Alessandra é bem fechada.

— Aqui, salve meu telefone — diz Zeke. Ele pega o celular de Edie. — Alguém chamado Graydon pediu um pagamento de quinhentos dólares no Venmo — diz ele, sorrindo para Edie. — Quem é Graydon? Seu agente de apostas?

Edie quer agarrar o celular de suas mãos, mas apenas solta uma risada.

— Algo do tipo. — Ela observa Zeke digitar o número do celular dele no aparelho dela, mas a animação que deveria acompanhar o número de Zeke está ausente. Quando Zeke lhe devolve o celular, Edie vê a cobrança no Venmo, e seu rosto arde de vergonha. Ela não tem direito de julgar Alessandra. — Até amanhã.

— Até — diz Zeke, e a deixa sentada com o que agora era um pote de sopa fria de chocolate.

Quinhentos dólares. Edie checa a data. Exatas três semanas desde a última cobrança de Graydon no Venmo, que veio exatamente três semanas após sua primeira cobrança. A regularidade das extorsões dá um certo conforto a Edie. Graydon não está pedindo com mais frequência ou uma quantia maior. Edie se pergunta se pode pensar nisso como o parcelamento de um carro ou um imposto por estupidez.

Mas não, sinto muito, é um absurdo! Ela já perdeu centenas de dólares do seu dinheiro ganhado a tanto custo e não vai dar para trás desta vez. Graydon está com raiva pelo término e talvez esteja solitário no Arizona, mesmo assim, ele nunca enviaria os vídeos. Seria uma vergonha tanto para ele quanto para ela.

Ela deleta a cobrança no Venmo — mas, então, como se a estivesse observando, uma mensagem de texto dele chega.

É o número de celular e o e-mail de sua mãe.

Edie para de respirar por um segundo. Ela envia o dinheiro.

16 • O Telégrafo de Pedra

Jordan Randolph, editor do jornal *Nantucket Standard*, estava engavetando o artigo de Jill Tananbaum sobre o Hotel Nantucket há mais de um mês, mas não estava inspirado a publicá-lo. Parte do motivo era seu próprio preconceito pelo fato de o hotel pertencer a um renomado bilionário londrino que nunca colocou os pés na ilha — isso parece tão *errado* — e a outra parte é porque Jordan gosta de cobrir notícias *reais* de Nantucket. Há uma escassez de moradia, o que causa aglomerações para trabalhadores sazonais e anuais. Há muito trânsito; no verão, Jordan evita a intersecção perto da escola ao máximo. Há sustentabilidade ambiental, o argumento contra aluguéis de curto prazo, e as questões sobre o aterro. Nantucket é, na opinião de Jordan, popular demais, tão abarrotada de visitantes que moradores não podem aproveitar de verdade. Jordan percebe que isso o faz parecer um velho rabugento e antiquado. O que realmente deseja é que houvesse uma história por trás da renovação do hotel que não tivesse a ver com dinheiro, número de fios ou tinta Farrow and Ball.

E, de repente, a história cai sobre sua mesa.

Edie Robbins chega a seu escritório com um artigo escrito por uma menina de 8 anos, uma hóspede do hotel. A criança, Wanda Marsh, afirma ter entrado em contato com o próprio fantasma que reside no armário do quarto andar do hotel. Jordan lê o artigo e ri — nada mal; talvez devesse contratar essa tal de Wanda Marsh — então Edie entrega um documento de apoio, um artigo publicado pelo próprio *Standard* há cem anos.

— Eu nunca soube disso — admite Jordan. Há, é claro, histórias de fantasmas por toda Nantucket, assim como em qualquer lugar histórico com casas velhas e decadentes. Mas esta chama a atenção de Jordan. A combinação do ângulo do aniversário centenário, da jovem menina, e da própria Edie, uma jovem mulher que Jordan conhece desde seu nascimento. Jordan era amigo do pai de

Edie, Vance Robbins; eles trabalharam no comitê de bolsas de estudo do Rotary Club há anos, e Jordan sofreu por seu falecimento.

Ele entrega o artigo da menininha e o velho artigo a Jill e pergunta se ela pode escrever uma reportagem nova sobre o hotel.

— Descreva a renovação do ponto de vista do fantasma que vive lá há cem anos — diz ele. — As pessoas vão adorar.

E adoram! O artigo de Jill Tananbaum, intitulado *"Hotel Nantucket Assombrado por Hadley"* aparece na edição de quinta-feira, 21 de julho, do jornal *Nantucket Standard* e recebe mais respostas dos leitores do que qualquer artigo já lançado este ano. A visitante de verão, Donna Fenton, que se hospedou no hotel com sua família na década de 1980, *sabia* que havia algo de assustador no local. Sharon Loira estava intrigada não pelo fantasma, mas pelos lençóis Matouk, os chuveiros revestidos de conchas de ostras e a cashmere azul da Nantucket Looms. Sharon (que gosta de saber de tudo) também não tinha ideia de que havia uma piscina para adultos nos fundos. Como ela poderia conseguir um convite? Ela decide reservar um quarto para o fim de agosto para sua irmã, Heather, que já viajou o mundo e é *muito* exigente.

Acontece que Yeong-Ja Park, a escritora do *Associated Press*, está ficando na ilha na casa de seus pais em Shimmo, e após ler o artigo no *Standard* também decide escrever um artigo sobre a assombração do hotel. Ela procurar meia dúzia de pessoas que já ficaram no hotel nas últimas três décadas, três das quais afirmam ter ouvido ou visto coisas que não poderiam explicar. O artigo de Yeong-Ja é escolhido por 47 jornais ao redor do país, desde o *Idaho Statesman* ao *St. Louis Post-Dispatch*, até o *Tampa Bay Times*. Alguns jornais lançam o artigo imediatamente; alguns o guardam para um dia de pouca notícia.

Aqui em Nantucket, a excitação pelo hotel assombrado dura meras 24 horas — porque temos outra fofoca para discutir.

Algo *muito* escandaloso foi visto na Hulbert Avenue. Dizem os rumores que Michael Bick, marido de Heidi Bick e pai de quatro filhos, teve um caso com sua vizinha de porta Lyric Layton, e Lyric está grávida. A história devassa que Sharon Loira poderá contar por todo o verão. Ao que parece, Heidi Bick descobriu a sombra de olho de Lyric na sua gaveta de maquiagem, os stilettos René Caovilla de Lyric em seu closet e um teste de gravidez positivo de Lyric dentro do romance *Good in Bed* de Jennifer Weiner. (Há um simbolismo por trás da escolha do livro? Deve haver!) Heidi convidou os Layton para um jantar na varanda, fingindo normalidade, mas, assim que o primeiro coquetel foi servido, ela confrontou Michael e Lyric. Foi um ataque-surpresa, então eles não tiveram como combinar as histórias. Uau, isso causou uma confusão — em grande parte devido a Ari Layton, que vinha contando mentalmente as vezes em que pegara Michael olhando para sua esposa nos últimos anos. Ari tinha suspeitado haver um flerte entre sua esposa e Michael, mas ficou furioso ao descobrir algo ainda pior. Ari estava tão feliz pela gravidez de Lyric (esperava ganhar uma menininha após os três filhos), mas e se o bebê não fosse seu? Ari se levantou, pulsos prontos.

Tanto Michael quanto Lyric negaram as acusações veementemente. Eles nunca estiveram juntos desse modo, nunca estariam. Lyric estava *chocada* por Heidi a considerar tão pouco. Ela não tinha certeza de como a sombra, os sapatos e o teste de gravidez foram parar na residência dos Bick, e, para constar, se ela *estivesse* tendo um caso com Michael, nunca seria tão estúpida a ponto de deixar essas coisas para trás!

Nesse ponto, devemos admitir, ela tinha razão.

Michael jurou que havia sido uma armação. Provavelmente foi alguém de seu escritório que descobrira os planos dele e de Rafe de começar a própria empresa. Haviam enviado um espião até a casa. O rapaz que veio consertar a internet, talvez?

— Mas como alguém da sua empresa entraria na *nossa* casa? Como ele saberia onde pegar a sombra, os sapatos e o teste de gravidez, que deve ter encontrado na lixeira? — questionou Ari.

Certo, pensamos. Isso faz sentido.

Pelo que dizem, Lyric estava calma, mas empática. Ela faria o teste de paternidade de bom grado assim que fosse possível. Michael, no entanto, manteve-se preso a teorias de conspiração e, de modo geral, agindo como um homem de consciência pesada.

Isso nos deixou curiosos.

✳

Houve também um rebuliço no Deck, um tão disruptivo que o restaurante anunciou um fechamento temporário emergencial no domingo, 17 de julho. O Deck nunca fechou em um domingo de verão em todos os seus quinze anos.

Romeo do Steamship Authority relata ter visto Christina Cross dirigir seu Jeep laranja até a balsa, seus pertences atolados até o teto do veículo. É o trabalho de Romeo regular esse tipo de coisa — motoristas devem ter um espaço para ver no vidro traseiro —, mas, quando Romeo se aproximou do carro, viu Christina aos prantos, então a deixou passar. Ele fazia esse serviço há décadas e sabe reconhecer uma mulher de coração partido ao ver uma.

Christina deixara o Deck. É por isso que fecharam? Sim e não. Christina poderia facilmente ser substituída por Peyton como recepcionista e por Goose como sommelier. Mas Goose, a pessoa de confiança mais próxima de JJ, diz à sua irmã Janice, a higienista dental, que JJ fechara o Deck para poder ter um "dia para si mesmo" — que envolvia várias cervejas Cisco, alguns sanduíches do food truck Yezzi's e uma volta com Goose no farol Great Point para pescar. Ele disse a Goose que Christina havia ido embora, mas o problema não era esse. O problema, segundo JJ, era que ele nunca deveria ter se envolvido com Christina para começo de conversa.

— Eu tinha a melhor mulher que poderia sonhar — disse JJ. — Lizbet era minha amiga, minha confidente, alguém com quem eu poderia passar o resto da minha vida. E eu estraguei tudo.

— Sim, estragou mesmo — concordou Goose.

17 • Agitos de Verão

Os negócios no Hotel Nantucket começaram a esquentar consideravelmente! Grace nota isso com deleite, e, apesar de parecer nada modesto dizer, ela sabe ser tudo graças a ela. Ao final de julho, cada quarto do hotel está reservado. As notícias de que o hotel é assombrado pelo fantasma de Grace Hadley se espalhou e todos querem uma chance de ver o fenômeno paranormal. Estes são os quinze minutos de fama de Grace, e ela não pode se dar ao luxo de estragar tudo. Está muito ocupada durante as horas noturnas fazendo visitas benignas aos quartos. Ela bate nas paredes, pisca as luzes, bagunça as persianas elétricas (isso é tão legal), e brinca com as músicas favoritas dos hóspedes do nada.

Essas brincadeiras alegram os hóspedes, mas Grace começa a se preocupar de que os truques baratos vão diluir sua marca. Ela poderia usar seus poderes para algo melhor? Sim! Por exemplo, a jovem de 17 anos Juliana Plumb quer sair do armário para seus pais. Eles estão hospedados na suíte 314 e acabaram de ter um jantar adorável no Languedoc Bistro. Conforme caminham pelo corredor de volta à suíte, o Sr. Plumb brinca com Juliana sobre o ajudante de garçom fofo que esteve flertando com ela durante o jantar. Juliana parece desconfortável, e Grace sabe bem o porquê.

Ela observa Juliana se demorar em frente ao espelho do banheiro após escovar os dentes. Grace acha incrível como alguém pode expor sua orientação sexual e suas preferências abertamente em 2022. Em 1922, bem... Grace tem a sensação de que o gerente-geral do hotel, Sr. Leroy Noonan, preferia cavalheiros, mas ele nunca poderia dizer isso. Ele estava "mais dentro do armário" do que Grace!

Grace segue Juliana quando a jovem bate na porta do quarto dos pais.
— Entre — diz a Sra. Plumb.

Juliana e Grace entram. Grace flutua próximo a Juliana, provendo o máximo de calor e de apoio que pode conjurar.

— Eu sou gay — expõe Juliana.

Os Plumb parecem... chocados. O Sr. Plumb limpa a garganta; troca olhares com a Sra. Plumb. Grace cutuca o Sr. Plumb até sua filha. O Sr. Plumb entende o recado e abre os braços.

— Juliana — diz ele. — Nós te amamos, querida.

— Obrigada por confiar em nós o suficiente para contar — diz a Sra. Plumb. — Nós a apoiaremos o quanto pudermos.

Meu trabalho aqui está feito, pensa Grace, deixando os Plumb em seu abraço familiar.

Grace descobre que os Elpine do quarto 203 têm enfrentado alguns problemas na cama, e estão de férias para "apimentar as coisas" e "reacender as chamas da paixão" em seu casamento. Mas, apesar das luzes românticas e dos lençóis finos, Grace lê o ambiente e sente que os Elpine estão indo ao encontro do dissabor — e, muito provavelmente, à terapia de casal.

Ela se posiciona de frente para o espelho de corpo inteiro e dentro da linha de visão do Sr. Elpine. *Ele é sensível ao supernatural? Espero que sim, pelo bem da Sra. Elpine.* Grace sopra uma corrente de ar frio em direção ao Sr. Elpine e abre seu roupão. Ele olha sobre os ombros da Sra. Elpine, seus olhos se arregalam. Ao que parece, ser observado por um fantasma bonito, jovem e nu é a cura para o problema crônico do Sr. Elpine. Grace desliza para fora, deixando os Elpine se divertirem.

Kimber vai ao Darya Salon no hotel White Elephant e retorna com o cabelo tingido de laranja flamejante. Richie adora a mudança, Wanda e Louie estão perplexos, e Doug — o cachorro — late tão agudo ao vê-la que Kimber precisa colocar a sua focinheira (Grace não está infeliz por isso). Agora, quase toda noite após o Blue Bar fechar e Adam ir para casa, Kimber se arrasta até o lobby para visitar Richie. Seus encontros estavam muito sérios para ficarem de brincadeira no lobby aberto — e se um hóspede aparecesse ou uma das crianças? — então sempre procuram um local mais privado para ficarem juntos.

Kimber sugere o armário de depósito do quarto andar, mas, graças a Deus, Richie descarta a ideia.

— É assustador — diz ele.

Richie acha que deveriam sair para a piscina adulta e aproveitar uma das poltronas extragrandes. Eles tentam isso, mas, apesar das poltronas serem resistentes, não são *tão* resistentes assim, e Kimber reclama dos mosquitos. Kimber tenta atrair Richie até a sua suíte, mas Richie se preocupa com as crianças. Os dois finalmente consagram seu relacionamento na sala de descanso. Quando Richie toca Marvin Gaye no jukebox, Grace sabe o que está por vir e flutua para fora.

A sala de descanso se torna o ponto regular de seus encontros arriscados. Grace nota que, após Kimber voltar para sua suíte, Richie quase sempre adormece no sofá e depois acorda no susto como se estivesse sendo perseguido (Grace não tem nada a ver com isso; ela suspeita ser obra da consciência dele). Às vezes, ele se senta por longos períodos com a cabeça nas mãos; às vezes, vai ao escritório de Lizbet, abre o cofre e encara as pilhas de dinheiro de Kimber (apesar de Grace estar contente em afirmar que ele não retira nenhuma nota). Ele fica no hotel até os pássaros começarem a cantar, então desliza pela porta lateral como um gatuno.

Kimber diz a Richie que precisa passar uma noite fora da ilha na semana seguinte para uma reunião sobre o divórcio com o advogado, e não quer levar as crianças consigo. Ela pergunta se é possível Richie passar a noite na suíte após o trabalho e nos dias em que Kimber ficará longe das crianças.

"Sim, é claro!" Richie responde quase gritando. Ele adoraria!

Kimber diz a Richie que a melhor maneira de acostumar as crianças à sua presença quando ela estiver fora é passando a noite na suíte regularmente enquanto ela está lá.

— As crianças vão ficar bem — diz Kimber. Ela tem passado tanto tempo sob o sol que sua pele, uma vez pálida, agora possui um leve tom dourado e seu cabelo possui ondas praianas. Ela também, como Grace nota, está brilhando por dentro. — Eles não vão se importar.

— Bem, talvez — diz Richie. — Mas é contra as regras. Os funcionários não podem dormir com hóspedes, Kimber.

— Vamos falar com Lizbet — insiste Kimber.

— Não podemos — diz Richie. — Vou ser demitido.

Kimber solta uma risada.

— Você trabalha sete noites por semana! Praticamente nunca vai para casa! Ela não vai demiti-lo porque nunca, nunca, vai encontrar alguém para substituí-lo. Somos dois adultos em uma relação consentida. Vamos pedir permissão. Lizbet vai entender.

Hum, pensa Grace. Isso é arriscado. Lizbet é conhecida por manusear as regras, mas quebrar uma de forma tão seca, como um galho em seu joelho?

Grace observa Kimber guiar Richie pela mão até a porta do escritório de Lizbet. Os dois entram juntos, Richie um pouco atrás, como um jovem delinquente.

— Bom dia, Lizbet — diz Kimber. — Só para você ficar sabendo, Richie e eu estamos tendo um romance de verão e ele vai passar algumas noites comigo na suíte. Sabemos que é tecnicamente contra as regras.

— Mais do que tecnicamente — diz Lizbet, e Grace pensa que ela está prestes a quebrar o galho, mas então Lizbet olha para Richie e Kimber, e sua expressão se acalma. — Mas a essa altura você já é mais família do que hóspede...

— Ahh! Isso é tão gentil da sua parte. — Kimber brilha. — É exatamente como eu e as crianças nos sentimos.

Richie limpa garganta.

— Eu prometo colocar o trabalho em primeiro lugar, sempre.

— Absolutamente — diz Lizbet. — Então já chega de incomodar o Richie à noite, Kimber, ok? Ele pode ir à suíte quando estiver fora do turno. Richie, por favor, seja discreto.

— É claro — concorda Richie.

Lizbet limpa a garganta.

— Eu não quero ver nada de inapropriado acontecendo, por exemplo, na sala de descanso.

PLAYLIST DE MARIO PARA LIZBET

Love Walks In — Van Halen

Strange Currencies — R.E.M.

Kiss — Prince

Next to You — The Police

OMG — Usher

Girlfriend — Matthew Sweet

Can't Feel My Face — The Weeknd

Dreaming — Blondie

In a Little While — U2

Killing Me Softly — The Fugees

Soulshine — Martin Deschamps

The Guy That Says Goodbye to You Is Out of His Mind — Griffin House

Nothin' on You — B.o.B

Loving Cup — The Rolling Stones and Jack White

Are You Gonna Be My Girl — Jet

Sister Golden Hair — America

Never Been in Love — Cobra Starship

Sleep Alright — Gingersol

Here Comes the Sun — The Beatles
Sexual Healing — Marvin Gaye
Summertime — Kenny Chesney

Lizbet se sente como uma bolha em uma taça de champagne; sua aparência é dourada e efervescente. É como se todas as suas frases motivacionais tivessem se tornado realidade, todas de uma vez.

Primeiro de tudo, o hotel está *prosperando*. O artigo escrito por Wanda Marsh — uma menina de 8 anos; não é possível inventar isso — começou uma reação em cadeia sobre histórias do fantasma de Grace Hadley em jornais impressos *ao redor do país!* O telefone toca sem parar e o site *caiu* por conta do número de acessos. (Lizbet estava animada por esse desenvolvimento, por mais inconveniente que fosse. O Hotel Nantucket *tinha quebrado a internet!*) Ter um hotel agitado era um júbilo; parecia uma celebração. Todo dia quando Lizbet caminha pelo lobby, entra no cômodo mais agitado e interessante da ilha.

Os hóspedes se reúnem no lobby para o café percolado (a riqueza do café é mencionada vez após outra pelos hóspedes no TravelTattler) e os croissants de amêndoas (também). Eles leem o jornal, começam a conversar, admiram a fotografia de James Ogilvy e assistem a Louie jogar xadrez (Louie aparece toda manhã exatamente às 7h, com cabelo penteado, óculos polidos e sua pequena camisa polo abotoada até o topo). As poltronas na piscina são tomadas às 10h; o translado complementar que corre pelas praias da costa sul está lotado. Lizbet mandou afinar o piano e, toda noite antes do começar o seu turno, Adam chega para tocar enquanto os hóspedes aproveitam a hora dos queijos e vinhos; as pessoas fazem pedidos de músicas, cantam juntas e oferecem gorjetas a Adam. Após o jantar, muitos hóspedes esquecem as filas do Chicken Box e do Gaslight, e optam por sentar-se na varanda da frente do hotel. Eles iluminam as mesas ao lado da lareira, compram kits de s'mores na recepção e se esbaldam com a maciez dos marshmellows dos sonhos.

Lizbet gostaria de acreditar que o hotel finalmente havia acertado, mas sabe que a razão para esse renascimento é... o fantasma. Quando a atenção de potenciais hóspedes é presa pela história de Grace Hadley, eles checam o site e veem as camas com dosséis em madeira e corda, com lençóis brancos dos sonhos, exuberantes buquês de lírios e hortênsias holandesas, clássicas banheiras com pés, uma piscina para adultos com uma parede de rosas, um frigobar gratuito e um teto de madeira esculpida no estúdio de ioga, eles logo pensam: *eu gostaria de ficar aqui.*

O influxo de hóspedes inclui um poeta premiado do Novo México, uma família de fazendeiros de Montana, um cultivador de cogumelos de Kennett

Square, Pensilvânia, um neurocirurgião de Nashville, os donos da equipe em expansão do NHL, um renomado produtor de hip-hop, um fenômeno do YouTube e um proeminente editor de uma das Cinco Grandes Editoras da Cidade de Nova York. Esse editor lê o Livro Azul de Lizbet e diz que irá conversar com a empresa. Ela pede o e-mail de Lizbet.

O segredo da mudança é focar toda a sua energia não em lutar contra o velho, mas em construir o novo.

Lizbet está tão ocupada que horas, e até dias, se passam quando ela se esquece de manter-se atenta a Shelly Carpenter. É *agora* que Shelly Carpenter aparecerá; Lizbet tem certeza disso — e Lizbet também tem certeza que, se Shelly passou batida pelo radar nas últimas semanas, ela recebera um serviço excepcional. Edie, Alessandra, Richie, Zeke, Adam e Raoul todos estavam trabalhando duro.

A única coisa melhor do que a vida profissional de Lizbet é sua vida amorosa. Todo dia Lizbet vai ao chalé de Mario durante o almoço. Eles fazem amor e ele cozinha para ela — saladas compostas com camarão grelhado, pedaços cremosos de abacate e um acompanhamento de biscoitos caseiros de cheddar que costumavam servir no Blue Bistro ou, em um dia raro de chuva, sopa de ostras e popovers gigantes direto do pequeno forno engraçado. Às vezes, Lizbet traz uma roupa de banho e os dois nadam em frente à varanda de Mario, depois ela toma banho e trança o cabelo úmido. Quando Mario chega ao trabalho às 16h, ele passa no escritório dela com um expresso duplo — descobrira que o modo de ganhar o coração dela é pelo café — e quase sempre lhe traz um singelo presente: algumas rosas, uma concha de amêijoa perfeita, um picolé de uva. Ele preparou uma playlist para substituir a playlist de término dela. Lizbet fecha a porta do escritório, e os dois roubam alguns minutos para se beijar como adolescentes antes de Lizbet alisar a saia e Mario a sua jaqueta de chef, e os dois voltarem ao trabalho.

Quando Mario volta do bar para casa, envia uma mensagem para Lizbet: Estou em casa Arrasa-corações. Ou: Bons sonhos, Arrasa-corações. Em seu celular, o número dela está salvo como AC. *Arrasa, não arrasada!*, pensa ela. Está curada. Está *tão* curada que, ao ouvir sobre a separação de JJ e Christina, ela sente apenas uma pitada de pena de JJ; ela poderia ter avisado que aquele relacionamento terminaria mal. Até considera ligar para saber se ele está bem, mas decide não ser a melhor opção. Ela está consumida pelo romance com o ídolo de JJ, o homem cuja foto ela observava na parede do escritório de JJ por quinze anos. É uma virada muito louca que acontece apenas em livros e filmes — mas ela a está vivendo. Não pode acreditar no quanto está feliz.

Mas então.

Então chega uma noite quando Mario não envia uma mensagem ao chegar em casa do trabalho. Lizbet acorda às 3h para usar o banheiro, checa seu telefone e não encontra nada. *O quê?*, pensa ela. Não consegue voltar a dormir. O quarto está quente demais; sua mente um redemoinho. Aconteceu alguma coisa? Mario está bem? Lizbet deveria ligar? Ou deveria ir até o seu chalé? De algum modo, sabe que não deveria fazer nada. Ela se pergunta por que Mario nunca pediu para passar a noite no chalé dela. Permanece acordada até os pássaros começarem a cantar, pensando ser por *isso* que Mario dissera que deveriam ser cuidadosos. (O que ele quis dizer, é claro, era que *ela* deveria ser cuidadosa.)

É provável que ele estivesse cansado, pensa ela. *Ou se esquecera de enviar mensagem. Qual o problema?*

No dia seguinte, na segunda-feira, Lizbet vai ao chalé no almoço como sempre e tudo parece bem. O Blue Bar fecha às terças-feiras e Mario pergunta se Lizbet pode tirar o dia, ou mesmo só a tarde, de folga para os dois ficarem juntos.

É exatamente o que ela está desejando, mas o hotel tem dezessete checkouts e dezessete check-ins, e Yolanda requisitou a terça-feira de folga há muito tempo. Lizbet precisa estar por perto para gerenciar Warren, o instrutor físico substituto, porque ele pode ser um pouco avoado.

Na terça-feira à tarde, o Blue Bar tem uma partida de softball contra o Garden Group. Após terminar o trabalho, Lizbet dirige pela longa Milestone Road até o campo Tom Nevers Field para ver as últimas tacadas. É uma partida apertada mesmo os jardineiros sendo jovens e em forma, e jogarem como atletas. Mario está vestindo sua velha camisa do Ramones e seu boné do White Sox, e, quando é a sua vez de bater com as bases lotadas, ele pisca para Lizbet. Ela fica vermelha, sentindo como se tivesse 16 anos e estivesse assistindo a seu namorado, Danny LaMott, jogando contra o time de futebol americano Minnetonka Skippers.

Mario bate com força e Lizbet fica aliviada por ele não ter feito um home run e vencido o jogo, pois percebe que está perigosamente perto de se apaixonar por ele.

Yolanda é a próxima. Enquanto Lizbet está se perguntando por que Yolanda está no time de softball do Blue Bar — e se o hotel poderia ter seu próprio time, e quanto tempo teriam para o trabalho com um time —, Yolanda lança uma bola sobre a cabeça do central e todos nas bases correm. Lizbet está de pé, torcendo com o resto da multidão, quando Yolanda cruza o campo, pula nos braços de Mario e o beija nos lábios. De repente, Lizbet se sente não apenas como uma intrusa, mas também muito ciumenta.

Daquele momento em diante, Lizbet se torna *extremamente consciente* de Mario e Yolanda, que sempre fazia visitas à cozinha do Blue Bar, e Lizbet assumia ser por sua necessidade de lanches frequentes devido aos exercícios. Yolanda sempre passava pela recepção com uma tigela de açaí ou pudim de chia, nenhum dos quais está no cardápio. Na quarta-feira após o jogo, Yolanda emerge do Blue Bar segurando uma pequena pavlova na palma das mãos, como se fosse um filhote de passarinho. Ela mostra a sobremesa para Lizbet e para Edie. É recheada de um creme pastoso de rosas e coberta por pétalas de rosas frescas.

— Não é a coisa mais bela que já viram? Mario fez para mim.

— Ele fez? — diz Lizbet.

Yolanda caminha para longe, alegre, dando uma boa mordida na pavlova; ela pode comer o que quiser e ainda assim manter o corpo esguio e tonificado da ioga, o que é motivo suficiente para invejá-la. Zeke se junta a Lizbet e a Edie em observar Yolanda descer as escadas para o centro de bem-estar.

— Você sabe por que ela passa tanto tempo na cozinha, certo? — pergunta ele.

— Por quê? — dizem Lizbet e Edie juntas.

Lizbet sente a distinta sensação de que a bolha em que vivia está prestes a romper.

Zeke arqueia as sobrancelhas e respira fundo para dizer — o quê? Mas um grande grupo entra no lobby e Zeke, Edie e Lizbet entram no modo de recepção.

Alguns dias depois, Lizbet está no chalé de Mario para almoçar. Está muito quente para cozinhar, então Mario corta um melão maduro e suculento e o serve com burrata e um pouco de prosciutto salgado. Eles aproveitam a água do mar e tomam banho juntos depois. Lizbet está delirando de alegria, pensando: *Yolanda quem? Yolanda o quê?* A pobre Yolanda havia sido tachada de vilã na mente de Lizbet. Ela deixará o problema com Yolanda de *lado*.

Enquanto Mario está se vestindo no quarto, seu celular sobre a bancada da cozinha, bem ao lado de onde Lizbet está enrolando a última fatia de prosciutto ao redor da última fatia em forma de lua crescente de melão, toca com uma mensagem. A tela mostra Yolo. A mensagem pisca com um alerta: Ei, pode me ajudar com uma coisa mais tarde?, seguida de um emoji piscando com a língua de fora.

Lizbet sente a presença do prosciutto dentro dela. Ela precisa segurar a vontade de pegar o aparelho e checar as mensagens — Mario não tem senha, então ela poderia facilmente acessar e, enfim, saber o que está acontecendo em vez de pisar em cascas de ovos —, mas naquele momento Mario a chama.

— Está se arrumando para sair, AC? São dez para as duas.

Lizbet não responde. Mario coloca a cabeça para fora do quarto e diz:

— Está tudo bem?

— Sim — diz Lizbet. — Você recebeu uma mensagem.

Mario trota devagar pelo cômodo. Ele pega o celular, checa a mensagem. Não há mudança em sua expressão; ele apenas joga o aparelho no bolso da sua calça quadriculada e segue para a porta. Ele sempre se despede dela do lado de fora da porta que range, guiando-a até o carro. Lizbet tenta manter seu pânico sob controle. Ei, pode me ajudar com uma coisa mais tarde? *Que tipo de coisa?*, se pergunta Lizbet. Que tipo de ajuda? Quando mais tarde? E quanto ao emoji? É um rosto promíscuo, uma piscada e uma língua de fora. Só pode ser algo promíscuo. E quanto ao "Yolo"? Lizbet já ouviu *alguém* chamar Yolanda assim? Não. Lizbet está tão consumida por esses pensamentos que não fala. Quando Mario aperta a sua mão e pergunta se está tudo bem, ela mente e diz que sim.

✳

Na terça-feira seguinte, Lizbet não pode sair porque o encanador precisa consertar o vazamento na lavanderia, e a água de todo o hotel precisa ser desligada por noventa minutos. Lizbet precisa estar presente para lidar com as inevitáveis reclamações.

Mario vai para a Nobadeer Beach com sua equipe e quando volta para buscar Lizbet para o jantar de encontro daquela noite — eles planejaram ir ao Pearl — não está apenas muito bronzeado, como um pouco bêbado.

Lizbet o provoca sobre isso e ele diz:

— Eu joguei beer die na praia com alguns dos jovens da cozinha. Foi um dia muito bom. E, nossa, a Yolanda sabe mesmo surfar.

— Ah — diz Lizbet. — Yolanda estava lá?

— Ela desliza que nem a Alana Blanchard.

— Eu não sei quem é essa — corta Lizbet.

Mario não percebe seu tom de voz porque entraram no cenário tranquilo do jardim da mesa do chef do Pearl. Na mesa cabem dez pessoas, mas Mario a reservou apenas para os dois, um gesto generoso. Lizbet se sentara nesta mesa antes, com JJ e alguns funcionários do Deck, e estava ansiosa para substituir essas memórias. Mario puxa a sua cadeira. Ele está com *ela*, relembra Lizbet. Não com Yolanda. Ela pede um coquetel cosmopolitan de maracujá.

A mágica da mesa do chef é que os pratos aparecem do nada — rangoons de lagosta, martinis de atum com crème fraîche de wasabi, filé de sessenta segundos coberto por ovos de codorna, e lagosta de sal e pimenta fritada na panela wok. Porque Mario é, neste mundo, o Super Mario, cada curso de prato é acompanhado pelo vinho perfeito. Lizbet bebe um pouco mais do que de costume, mas quem pode culpá-la? Yolanda deixara claro quando o hotel inaugurou que queria as terças-feiras de folga. Isso é mera coincidência? Yolanda tem apenas 29 anos de idade, quase 10 anos mais nova do que Lizbet, quase 20 anos mais nova do que Mario. Ela não é apenas bonita com o corpo perfeito, como também tem uma personalidade luminosa que atrai as pessoas. Por que Mario *não estaria* atraído por Yolanda?

Quando a sobremesa chega — pedaços resplandecentes de morangos frescos servidos com arroz de coco cremoso, o favorito de Lizbet — ela consegue apenas encarar a comida e pensar: *não diga nada*. Mas manteve o assunto enterrado por todo o jantar e o vinho servira apenas para alimentar seus medos.

— Você sabe o que estou pensando? — pergunta Mario. — Deveria adicionar caramelos aos kits de s'mores. Dar uma aprimorada.

Não diga nada, pensa ela.

— Não quero me intrometer. Sei que os serviços do hotel não são da minha conta, mas você precisa admitir. S'mores de caramelo? Isso parece muito bom.

— Mario — diz ela. — Você está saindo com outras pessoas?

Os olhos de Mario pulam da sobremesa para encontrar os dela.

— Por que está me perguntando isso?

Ela não desvia o olhar dele. O relacionamento deles ainda é tão recente que ela fica um pouco atordoada com sua beleza — aqueles olhos pesados, o sorriso maroto —, mas percebe que não o conhece o suficiente para saber se ele esconde algo.

Ela balança a cabeça.

— Deixa para lá. Estou bêbada, eu acho.

— Ok — diz Mario. — Vou pedir a conta. — Ele se vira, e a conta aparece; Lizbet tenta oferecer o seu cartão de crédito, mas ele o devolve sem dizer nada. Ele está chateado? Ela tinha arruinado a noite? Não é possível que as inúmeras visitas de Yolanda à cozinha e sua presença na equipe do Blue Bar no dia de folga sejam coincidências. *Algo* está acontecendo. Ei, dizia a mensagem, indicando uma conversa anterior, um contexto, pode me ajudar com uma coisa mais tarde? A ajuda é sexual, a coisa é o desejo sexual de Yolanda por ele, e o mais tarde é após o serviço no restaurante. O emoji sensual fala por si mesmo. Por que Mario nunca pede para ir ao chalé de Lizbet após o trabalho? *Porque está saindo com a Yolanda também*. Ele almoça a Lizbet e a Yolanda é o lanchinho noturno. *Por que está me perguntando isso?* Essa pergunta não é uma negação firme — nem nenhum tipo de negação. Lizbet quer pressioná-lo, mas não tem certeza se acreditará nele se disser que não está saindo com ninguém e ela não vai suportar se ele disser que sim, está saindo com outras pessoas, porque nunca concordaram explicitamente que seriam exclusivos.

Mario avisara a Lizbet para ser cuidadosa, mas ela se jogou de cabeça no novo relacionamento. Como se o relacionamento anterior não a tivesse machucado o suficiente. Ela é tão idiota. Não tinha aprendido nada. E não tinha mudado.

Lizbet consegue sair do restaurante e entrar na caminhonete de Mario. Quando estão os dois sentados no veículo escuro, ele olha para ela.

— Qual é o problema, Arrasa-corações?

— Não me chame assim — diz ela, apesar de adorar o apelido.

— Você quer ir para minha casa para conversarmos? Ou prefere que eu a deixe em casa?

Lizbet encara as pernas. *Conversarmos*. Isso parece indicar haver algo sobre o que conversar. É claro que há. Tudo o que Lizbet pode ver ao fechar os olhos é Yolanda pulando nos braços de Mario na partida, Yolanda o beijando nos lábios. E a bombástica mensagem: Ei, pode me ajudar com uma coisa mais tarde? Aquele emoji horrível. (É o emoji que mais a incomoda.)

— Para casa, por favor.

A volta segue em silêncio até a Bear Street e Lizbet pode sentir a cabine da caminhonete se encher com a confusão de Mario, mas ele não diz nada e ela se sente grata por isso. Quando estacionam na garagem dela, ela sabe que ainda pode salvar as coisas — convidá-lo para entrar, esperar que ele passe a noite. Mas, em vez disso, ela diz:

— Eu não fui cuidadosa. Me deixei levar demais, muito cedo. E, por causa do que houve com JJ, eu preciso dar um passo para trás. Para minha saúde mental.

Mario cobre a mão dela com a sua.

— Também estou sentindo muitas coisas, Lizbet.

Lizbet balança a cabeça.

— Você não está sentindo o mesmo que eu.

Mario solta uma risada.

— Você não sabe disso. Por que me perguntou se estou saindo com outras pessoas?

Lizbet dá de ombros. Ela não consegue mencionar o nome de Yolanda.

— É só uma sensação.

— Pois está errada.

Talvez sim, talvez não, pensa Lizbet.

— Não quero me machucar de novo, Mario.

— Lizbet, qual é. Que tal um pouco de fé?

Ela olha pelo para-brisa para seu pequeno chalé coberto de telhas, um chalé que ela comprou com outra pessoa. Houve a época em que tivera fé. Não deu certo.

Mario suspira.

— Tudo bem se eu a acompanhar até a porta?

Ela não responde, mas ele a acompanha do mesmo jeito, dando a Lizbet uma última chance de mudar o curso das coisas. Por que ela não consegue tratar esse relacionamento como um leve romance de verão com sexo excelente, vistas do oceano e refeições deliciosas? Foi assim que começou... mas então houve as rosas que ele trouxe para ela em uma jarra de geleia do *Tom e Jerry* e o almoço em que ele chorou contando a Lizbet sobre seu primo Hector que falecera de câncer. Em outro almoço, Lizbet estava tão cansada que pulou o sexo e a refeição, e apenas adormeceu na cama de Mario, acordando uma hora depois com ele beijando suas pálpebras antes de entregar uma sacola de papel marrom com um sanduíche pan bagnat caseiro para ela levar ao hotel. Ela pensa em como ele chamou Christina de "Tina" e como nunca liga o carro sem antes ela colocar o cinto de segurança, como segura seu rosto ao beijá-la, as pontas de seus dedos sempre tocando sua orelha. Tudo isso se acumulou e agora, de repente, Lizbet se encontra perdendo o controle de seu bom senso. *Algo* secreto está acontecendo com Yolanda; talvez algo não exposto ou não procurado, mas há um carinho, um flerte, e Lizbet está ciumenta e desapontada consigo mesma por estar com ciúmes. Ela precisa se desvincular. Agora.

Mario a beija com carinho suficiente para fazê-la mudar de ideia — e ela quase desiste. Como pode desistir? Mas, no final, ela se afasta.

— Boa noite, Mario.

— Boa noite, Arrasa-corações — diz ele.

25 de julho de 2022
De: Xavier Darling (xd@darlingent.co.uk)
Para: Funcionários do Hotel Nantucket

Bom dia! Só queria deixar claro o quão encorajador é que o mundo tenha descoberto o hotel e que as reservas estejam como deveriam: com 100% da capacidade. As avaliações do TravelTattler são testemunho do esforço e da dedicação de todos. Mas esta semana, um membro da equipe foi o mais mencionado, e mais uma vez é Alessandra Powell. Continuem com o excelente trabalho!

XD

Toda vez que Grace vê Alessandra entrar no quarto de um hóspede à noite, ela desvia do caminho. Alessandra está dormindo com os hóspedes — o Sr. Brownlee, o Sr. Yamaguchi, o Dr. Romano — em troca de uma boa avaliação no TravelTattler mencionando seu nome, um plano que até agora lhe rendeu quatro mil dólares de bônus.

No entanto, quando Grace vê Alessandra subir as escadas com um homem chamado Bone Williams, ela sente uma sensação terrível. Está incomodada por isso — a última pessoa que deseja resgatar é a bruxinha da Alessandra —, mas seu pressentimento é muito forte para ignorar.

Quando Bone Williams fizera o check-in, Grace viu luzes vermelhas brilhantes e ouviu um alarme horrendo, mas pensou ser apenas uma masculinidade tóxica. (*Bone, que nome*, pensou ela. *Outro homem fazendo referência ao próprio pênis!*) Ele chegara na primeira balsa do dia, invadira o lobby às 9h30, e perguntara a Edie *por que diabos* não havia motorista e o que deveria fazer com seu *Corvette Stingray* porque não poderia simplesmente *deixá-lo na rua!*

Edie fora o modelo de paciência. Dissera ao Sr. Williams que o hotel tinha apenas doze vagas de estacionamento, reservadas para os hóspedes das suítes. Bone dissera a Edie, com um rosnado maldisfarçado, que havia *tentado* reservar a suíte, *mas estavam todas reservadas!*

— Não pode me penalizar por isso! — Bone Williams era baixo, mas bastante musculoso (ele provavelmente "levantava peso"). Grace dava a ele 35 anos, mais ou menos, o que parecia jovem para seu nível de prepotência. — É bom o meu quarto estar pronto.

— São 9h30 — dissera Edie. — Nosso check-in garantido é às 15h. Mas faremos o melhor para recebê-lo antes disso, Sr. Williams.

— *Três horas da tarde!* — gritara Bone. — Você só pode estar... *brincando!* — dissera ele, grunhindo a última palavra.

— Nós temos um café da manhã continental complementar, que você pode aproveitar na varanda, ou posso enviar até a piscina para adultos — dissera Edie. — Ou, se preferir passear na cidade para o café da manhã, nossa *melhor* recomendação é o Lemon Press na Main Sreet.

— Não vou "passear" em lugar nenhum — dissera Bone. — Eu quero ir para meu quarto, não perambular por uma propriedade como um desabrigado quando paguei uma boa quantia para me hospedar aqui. E preciso de uma vaga segura para meu Stingray.

— Entrarei em contato em breve, assim que seu quarto estiver limpo — dissera Edie. — Infelizmente, os hóspedes do quarto ainda não fizeram o checkout.

— Não me venha com essa — dissera Bone. — Me deixe falar com seu gerente.

Nesta hora, Edie sorrira.

— Certamente. — Ela se virara para Alessandra. — Sr. Williams, esta é Alessandra Powell, nossa gerente da recepção.

— O senhor veio com o Corvette Stingray? Esse não foi o pace car da corrida 500 Milhas de Indianópolis do ano passado?

O comportamento de Bone mudara em um instante.

— Sim, foi. — Ele havia deslizado para perto de Alessandra na recepção e observado sua aparência. O cabelo dela estava trançado com um lenço azul-hortênsia, e ela havia passado um delineador branco e colocado cristais ao redor dos olhos que pareciam encantar cada homem com quem falava, incluindo Bone Williams. — Ei, seu crachá está de cabeça para baixo. — Ele fizera a piada de entortar o pescoço, tentando ler. — Alessandra.

Grace revirara seus olhos fantasmagóricos. Cada homem que fez o check-in com Alessandra neste verão dissera a mesma coisa.

Alessandra escrevera algo em uma nota adesiva e Grace havia lido o papel sobre seus ombros. *Sim*, seguido por seu telefone.

— Tenho certeza de que o casal na suíte 217 veio apenas de bicicletas — dissera Alessandra. — Então me deixe ver se você pode usar a vaga *deles*.

— Ah, cara — dissera Bone. — Isso seria... incrível. — Ele puxara seu cartão de crédito Centurion e a carteira de motorista, que mostrava um endereço na Park Avenue em Nova York.

Grace bufara.

— Receio que Edie esteja certa quanto ao seu check-in — dissera Alessandra. — Mas um Bloody Mary ao lado da piscina é um modo bem agradável de começar suas férias em Nantucket. E posso dar uma passada para ver como o senhor está. — Alessandra havia passado o cartão Centurion e comparado a foto da carteira de motorista com seu rosto, dando uma piscada.

Bone se amaciara como uma estátua de manteiga no sol (Grace aprendeu sobre estátuas de manteiga ao ouvir Lizbet; era coisa de Minnesota).

— Não me importa o quarto. Apenas me diga que jantará comigo amanhã à noite no Topper's. Levo você no Ray, mas não prometo não passar do limite de velocidade.

Alessandra colara a nota adesiva na carteira de motorista de Bone antes de devolvê-la.

— Receio que sair com hóspedes é contra nossas regras. Eu bem que adoraria. Adoro o Topper's e quem *não gostaria* de dar uma volta naquele carro?

Bone lera a nota adesiva e sorrira torto.

— Que pena, então — dissera ele. — Achei que não fazia mal perguntar.

Alessandra reservou a vaga de estacionamento da suíte 217 para o Corvette de Bone Williams, e Grace presume que os dois saíram para jantar no Topper's. Agora Grace observa Bone e Alessandra subirem as escadas — é provável que

Alessandra queira evitar Richie e Adam, que estão trabalhando no lobby. Ao chegarem ao quarto 310, Bone a joga para dentro.

A contragosto, Grace os segue.

Bone Williams está bêbado. (O Topper's fica a quase dezesseis quilômetros de distância, ao longo da Polpis Road, e Grace treme ao pensar nele dirigindo para casa em um carro esporte neste estado; Alessandra, francamente, tem sorte de estar viva.) Bone empurra Alessandra para a cama e coloca a mão sob seu vestido, um Diane von Furstenberg vintage com uma estampa maravilhosa (Alessandra tem um gosto impecável, Grace precisa admitir). Alessandra afasta a mão dele com habilidade e diz:

— Ei, seja bonzinho.

— Você pediu um vinho Barolo de quinhentos dólares no jantar — diz ele. — Está me devendo.

— Você pediu que eu escolhesse o vinho — responde Alessandra. — Me disse para escolher algo extraordinário. E sei que um homem como você sabe que o extraordinário tem um preço. Se tinha um orçamento, deveria ter me dito.

— *Orçamento?* — diz Bone, como se fosse um xingamento. Ele puxa Alessandra pela cama, aproximando-se dela, enquanto ela tenta afastar-se para o outro lado. — Sua vagabunda.

Ele rasga a frente do vestido dela e Grace se encolhe, mas não intervém. Algumas pessoas gostam de sexo agressivo; ela assombrava o hotel há bastante tempo para saber.

Quando Bone abre o zíper das calças, Alessandra diz:

— Não, estou dizendo que não. Eu vou embora, Bone.

— Você não vai a lugar nenhum — diz Bone.

Ele agarra os pulsos dela e os prende sobre a cabeça dela. Apesar das tentativas de Alessandra de se desvencilhar — ela não está gritando, portanto deve estar preocupada em ser descoberta —, Bone a segura com força. É uma situação tão drástica que Grace sabe que luzes, músicas e persianas não o pararão. Ela reúne toda a energia que tem até ser tão perigosa quanto uma bola de neve com núcleo de gelo e atinge Bone Williams no maxilar. Bone cambaleia para trás, dando a Alessandra a chance de sair da cama. Quando ele a agarra pelo calcanhar, ela o chuta no rosto, tirando sangue de seu nariz. Ela corre para a porta e pelo corredor até o armário de depósito do terceiro andar, onde recupera o fôlego e analisa o estrago. Ela tem braceletes de digitais vermelhas ao redor dos pulsos, seu vestido está em frangalhos, e perdeu um sapato. Alessandra remove a roupa e coloca um dos roupões do hotel e um par de chinelos. Lágrimas escorrem de seu rosto, e, quando as limpas, ela encara os próprios dedos como se não soubesse o porquê de estarem molhados.

Ela espreita pela porta do armário. Sabiamente decide não passar pelo quarto 310, em vez disso, esgueira-se pelas escadas do lado oposto do prédio e, de lá, segue na noite.

Você está me devendo uma, mocinha, pensa Grace. Ela se sente exaurida. Está ficando muito velha para isso.

Ainda assim, Grace não resiste à tentação de provocar Bone Williams com as luzes, tocando *I Think We're Alone Now* de Tiffany no volume máximo, levantando e abaixando as persianas, e soprando ar gélido no espaço onde seu coração deveria estar.

18 · Última Sexta-feira do Mês: julho

A primeira foto de Shelly Carpenter no Instagram em julho é de um busto de manequim sentado em um baú antigo sob a luz do sol — e Lizbet se pergunta se está na conta errada. Mas então checa mais uma vez o nome e lê a descrição. *Ahh,* pensa ela. Clica no link da bio assim que Adam (que estava no hotel especialmente para comentar com elas) e Edie entram no escritório. Juntos, eles leem.

Hotel Confidential por Shelly Carpenter
29 de julho de 2022
Sea Castle Bed-and-Breakfast, Hyannis Port, Massachusetts — três chaves 🔑
Olá de novo, amigos!
Há hóspedes de hospedagem domiciliar… e há a minha sinceridade. No entanto, no espírito de avaliar cada tipo de hospedaria, eu queria dividir meus pensamentos sobre o Sea Castle Bed-and-Breakfast na agitada e pitoresca Hyannis Port, Massachusetts, na antiga e histórica Cape Cod.

Sea Castle é uma mansão vitoriana restaurada por seus antigos proprietários com extrema atenção aos detalhes do período em 2015. Possui oito quartos de hóspedes e uma área comum para convivência e jantar no primeiro andar que oferece um café da manhã dos campeões toda manhã das 8h às 9h.

Meu quarto, no segundo andar, tem uma cama king-size com dossel tão acima do chão que um degrau de madeira foi colocado. Havia, em minha humilde opinião, muitas camadas de lençóis para o verão — um edredom, um cobertor de veludo, um duvet e uma coberta brocada pesada. Outros móveis saíram direto da casa de uma avó de conto de fadas — uma penteadeira Eastlake coberta com um crochê um tanto manchado, uma cadeira de balanço e um baú ao pé da cama. Quando abri o baú, encontrei um busto calvo e sem expressão que me assustou tanto que soltei a tampa do baú e machuquei o dedo. O que um busto estava fazendo dentro do baú em meu quarto? Quando perguntei à proprietária, ela me disse que o dono original da casa costumava ser um chapeleiro, e aquele era o manequim do artesão de chapéus.

Isso, meus amigos, é meu maior problema com hospedagem domiciliar: você está dormindo na casa de alguém.

Senti ser grosseiro pedir para removerem a "cabeça e ombros"; no entanto, fiz o pedido.

O banheiro era pequeno, sem superfície para os itens do banheiro, então coloquei os meus atrás do vaso sanitário, uma decisão que resultou no meu hidratante dentro d'água. O banheiro tinha um tapete rosa felpudo e, meus amigos, vocês sabem como me sinto quanto a tapetes e carpetes em qualquer banheiro. O ralo da pia estava nojento, e o chuveiro, apesar de ter uma pressão decente, sofria mudanças drásticas de temperatura (provavelmente devido aos Hubertson, no mesmo andar, dando a descarga).

Apesar de assustada com o horário restrito para o café da manhã, sentei-me em minha cadeira exatamente às 8h. A proprietária trouxe um suco de laranja recém-espremido e uma salada de fruta que incluía mirtilos, framboesas, amoras, pêssegos fatiados e figos frescos. (Ela me ganhou com os figos.) O "prato principal" era uma frittata com cogumelos, ervas e queijo Brie suculento com um acompanhamento de bacon crocante e uma empanada bem douradinha. Também havia uma oferta de muffins de banana pecã e bolinhos de queijo cheddar. O café da manhã foi o mais gostoso que já comi na minha vida inteira — sim, meus amigos, melhor que o croissant com manteiga e geleia de damasco de Shangri-La em Paris, melhor do que o mingau do Raffles em Singapura —, mas minha animação com a comida foi apagada pela necessidade de conversar com a proprietária e os Hubertson sobre qual loja da cidade tinha o melhor penuche fudge e sobre como os passeios de avistamento de baleias eram uma enganação. Ao final da refeição, eu desejava a liberdade e o anonimato de um verdadeiro hotel.

No fim, eu contrabalanceei a mediocridade das acomodações do Sea Castle (o ralo nojento, o conteúdo perturbador do baú) com o extraordinário café da manhã, e cheguei às três estrelas. Os amantes de quilts, vidros coloridos, aparadores de carvalho, ponto-cruz, velas com cheiro de maçã verde, "charme camponês" e uma boa conversa podem ter chegado a quatro chaves, mas precisaremos divergir nesse ponto.

Fiquem bem, amigos. E façam o bem.

— SC

— Não acredito que ela foi a uma *hospedaria domiciliar* — diz Adam. — Ela já fez isso alguma vez? A próxima loucura vai ser avaliar Airbnbs.

— Acho que ela pegou pesado — diz Edie. — Minha mãe quis comprar a Winter Street Inn há alguns anos quando Mitzi Quinn anunciou a venda, mas meu pai a convenceu do contrário. É muito trabalho cuidar desses lugares. Eu gosto de hospedarias domiciliares. Acho que são pitorescas e aconchegantes.

Adam grunhe.

— Morte por ponto-cruz.

Acontece que Lizbet concorda com Adam, mas não compartilhará sua opinião; tem algo maior em sua mente.

— Hyannis Port — diz ela. — Shelly Carpenter está se aproximando.

19. O Cobertor, o Cinto e o Furto

1º de agosto de 2022
De: Xavier Darling (xd@darlingent.co.uk)
Para: Funcionários do Hotel Nantucket

Feliz agosto, equipe! Estou feliz de oferecer o bônus de mil dólares para um membro diferente: Raoul Wasserman-Ramirez. O excelente serviço de Raoul na portaria foi exaltado por uma grande família que recentemente se hospedou conosco. Ele foi além do seu dever de entregar as malas para atender às necessidades e ganhar os sorrisos dos hóspedes. É isso que eu gosto de ouvir!
Vejo todos vocês em algumas semanas!

XD

Agosto é o mês menos favorito da maioria das pessoas que trabalham na indústria de serviços de verão — e Lizbet não é exceção. Julho é apenas um ensaio para a absurda produção teatral de agosto. Isso era verdade no Deck — todas as mesas, todas as noites, estavam reservadas por clientes VIPs. Certa vez, Lizbet precisou dizer não para o pedido de uma mesa para oito pessoas feito por Blake Shelton e Gewn Stefani porque ela simplesmente não podia se desfazer de um dos seus fregueses (mas isso acabou com ela).

No hotel, agosto é tão abarrotado quanto julho — não se pode estar mais lotado do que isso —, mas a clientela é exigente. Uma mulher chamada Diane Brickley insiste que Edie reserve "o quarto que você mantém desocupado para VIPs de última hora". Edie vai até Lizbet e diz:

— Eu preciso da sua ajuda. Alessandra está almoçando.

— Ainda? — diz Lizbet.

Alessandra estava forçando a barra quanto ao almoço — no dia anterior, ela sumiu por noventa minutos, e, quando Lizbet falou com ela sobre isso, Alessandra deu de ombros e disse:

— Pode me demitir.

O que, é claro, Lizbet não poderia fazer. Não em agosto.

Lizbet coloca a cabeça para fora da porta do escritório. Diane Brickley tem, supõe Lizbet, quase 80 anos de idade. Ela parece uma daquelas senhoras que almoçam todo dia ao lado do piano no Field and Oar Club. Está vestindo uma saia vermelho-Nantucket até os calcanhares que provavelmente comprou na loja Murray's Toggery em 1960 — agora um rosa desbotado — um casaco amarelo e uma capa de chuva para o cabelo (a previsão do tempo dizia que haveria tempestades, mas, pelas portas da frente do hotel, Lizbet podia ver o sol dourado). Há uma cesta antiga do Nantucket Lightship pendurada no antebraço de Diane Brickley. Lizbet percebe que Diane Brickley *é* uma das senhoras do Field and Oar, e faz parte do conselho de diretores do Nantucket Lightship Basket Museum. Ela mora na Main Street, número 388.

— Olá, Sra. Brickley, sou a Lizbet Keaton.

Diane acena a mão.

— Pelo menos alguém aqui me conhece. Minha filha veio me visitar com seus quatro filhos adolescentes e não suporto o barulho, o cheiro e a bagunça. Por favor, me coloque no quarto que você reserva para visitantes dignatários.

Hotéis não mantêm quartos vazios para VIPs de última hora; isso é um mito.

— Sinto muito, Sra. Brickley — diz Lizbet. — Estamos lotados. Não temos nenhum quarto disponível.

— Lotado? — questiona a Sra. Brickley. — O White Elephant está lotado, o Beach Club está lotado e o Wauwinet está lotado, mas eu tinha certeza de que teria um quarto disponível aqui. Este lugar não é assombrado?

✳

Os hóspedes estavam postando sobre as "visitas" do fantasma de Grace Hadley em todas as redes sociais. Nada do que Grace faz aparece nas câmeras das pessoas, mas eles recebem likes, seguidores e repostagens de qualquer modo. Derek White, um professor do fundamental da Shaker Heights, relatou ter visto o fantasma refletido na janela escura de seu quarto; jurava que ela estava vestindo "um dos roupões do hotel e um boné do Minnesota Twins". Alguns dias depois, a hóspede Elaine Backler estava aplicando lápis de olho quando a viu "flutuando de roupão e um boné azul-marinho" no espelho atrás dela. (Lizbet tem certeza de que Elaine deve ter ouvido falar do avistamento de Derek e estava corroborando para aumentar a intriga. O detalhe sobre o boné do Twins, no entanto, incomoda Lizbet. Ela perdera seu próprio boné do time de baseball Minnesota Twins azul-marinho durante a primeira semana de trabalho e nunca o encontrou.)

O jornal *Washington Post* entra em contato, depois o *USA Today*, mas tudo o que Lizbet pode dizer a eles é que uma camareira foi assassinada no incêndio do hotel há cem anos. Grace Hadley está agora assombrando o hotel? "Isso é no que acreditam", diz Lizbet com leveza. O telefone toca sem parar; as pessoas começaram a reservar quartos para o próximo verão.

Lizbet quer contar a Mario sobre isso — contar que ele estava errado ao afirmar que o hotel talvez fosse fogo de palha; Lizbet está com lotação média até junho do próximo ano, mas ela está conscientemente evitando qualquer situação na qual tenha que ver Mario. Ela não enviou mensagem nem ligou. Ele ligou para ela uma vez à meia-noite, acordando-a; foi preciso muita força de vontade, mas ela deixou a ligação cair na caixa postal, e ele não deixou mensagem. Ele também enviou Beatriz até a recepção com uma cesta de quitutes — rolinhos de pizza caseiros, os queijos gougères, as rosquinhas — e Lizbet levou o presente direto à sala de descanso para que todos aproveitassem.

Lizbet sente saudades dele a cada segundo do dia.

Sua nova obsessão é monitorar as viagens de Yolanda à cozinha do Blue Bar. Yolanda parece ir geralmente às manhãs e às tardes, e Lizbet sabe que Mario não chega antes das 16h (ou, quando ele queria namorar com Lizbet em seu escritório, às 15h30). Yolanda também visita a cozinha no fim do dia antes do início da abertura do bar, então é quando Lizbet a observa mais de perto. Ela parece arrebatada? Não muito. Está serena como sempre e nunca aparenta estar estranha ou tensa perto de Lizbet. Certo dia, ela para na recepção e olha Lizbet com atenção, e Lizbet pensa: *lá vem. Ela vai dizer: sinto muito, eu não sabia, espero que possa me perdoar, eu nunca quis magoá-la...*

— Você parece uma pessoa que precisa de aulas de ioga. Que tal trinta minutos na pose savasana? — sugere Yolanda.

Lizbet consegue esboçar um sorriso. Apesar de Yolanda estar certa, Lizbet não se imagina praticando ioga com ela de novo, não depois disso tudo.

— Estou bem, obrigada — diz ela. — É a tensão de agosto.

✳

As preocupações de Lizbet seguem uma certa linha mental: *Mario, Mario, Yolanda, Mario, Yolanda.*

Mas então algo chama a sua completa atenção.

São 11h de terça-feira, 4 de agosto, e o lobby está agitado. Louie está brincando com o Sr. Tennant do quarto 201 no xadrez e a partida está perto de terminar, há uma pequena multidão ao redor deles; isso inclui Richie e Kimber Marsh (exasperada), esperando Louie terminar para todos poderem ir ao food truck no 167 Raw para comer hambúrgueres de atum e depois à Cisco Beach. Edie está ao telefone com o Galley, tentando reservar um almoço para o quarto 110, e Alessandra está ligando para o Hy-Line a fim de fazer uma reserva para a família Keenan, que de algum modo falhou em arranjar um transporte para casa.

Lizbet está prestes a ir à estação de café — será sua oitava xícara de café, que é muito, mesmo para ela — quando percebe uma mulher entrar no lobby. Essa mulher está vestida com roupas causais da melhor qualidade: calça jeans linda, uma blusa tão branca quanto papel e sandálias gladiadoras. Está puxando malas verde-escuras da Away, o exato modelo que Lizbet usa para viajar. Seu cabelo escuro vai até seu maxilar, e ela desfila com óculos chiques. Nada disso é particularmente marcante, mas Lizbet tem uma sensação. A mulher para logo na entrada do lobby para olhar ao redor. Ela pega o celular e começa a tirar fotos e fazer anotações. Lizbet se apressa para recebê-la.

— Bem-vinda ao Hotel Nantucket — diz ela. (Adam sempre cantarola a saudação; é um toque engraçado, mas Lizbet não consegue imitá-lo.) — Posso ajudá-la com a mala?

— Obrigada — responde a mulher. Ela segue Lizbet até a recepção, onde retira a carteira de motorista de Washington, DC, e o cartão de crédito da Delta SkyMiles Platinum American Express, ambos com o nome de Claire Underwood.

Claire Underwood. Washington, DC. *House of Cards!*, pensa Lizbet. (Lizbet e JJ assistiram a todas as seis temporadas.) Eis o que Lizbet estava aguardando: um pseudônimo de piada interna. Lizbet tenta agir naturalmente. Deseja avisar a Edie, Alessandra, Raoul, Adam e Zeke que *Shelly Carpenter está na casa!* Eles deveriam ter elaborado uma palavra secreta, como *Amsterdã* ou *monociclo*. Por que Lizbet não pensou nisso? Todos eles sabiam que este dia chegaria. Shelly postou sua avaliação da hospedagem domiciliar em Hyannis Port apenas cinco dias antes. Talvez ela tenha passado pelo Vineyard para checar o Winnetu ou o Charlotte Inn, e agora estava em Nantucket. Tinha chegado propositalmente às 11h, a hora mais frenética do dia porque os hóspedes estão fazendo checkout. Lizbet revê a reserva: três noites no quarto padrão deluxe, já pagas, reservadas em 5 de julho (Lizbet não consegue evitar pensar ser o dia do seu primeiro encontro com Mario). "Claire Underwood" reservou muito antes da agitação sobre o fantasma.

— É um prazer recebê-la, Sra. Underwood. Está visitando Nantucket para uma ocasião especial?

Claire/Talvez Shelly sorri.

— Apenas uma pequena viagem — responde ela. — Estou curiosa sobre o hotel.

Lizbet morde o lábio inferior para evitar mostrar um sorriso descontrolado para Claire/Talvez Shelly.

— Há algumas coisas que deve saber sobre nossa propriedade. Tecnicamente, o check-in é às 15h...

— Eu entendo — diz Claire/Talvez Shelly.

— Mas vou tentar arrumar seu quarto o mais rápido possível. — Lizbet segue dizendo a Claire/Talvez Shelly sobre a piscina para adultos e o centro de bem-estar, então entrega à Claire/Talvez Shelly uma cópia do Livro Azul. — Esta é uma lista de todas as nossas recomendações para compras, restaurantes, praias, galerias, bares e vida noturna. Se tiver algum pedido, por favor, é só avisar. — Lizbet percebe com horror que se esquecera de se apresentar. — Sou Lizbet Keaton, a gerente-geral.

— Para falar a verdade, tenho alguns pedidos — diz Claire/Talvez Shelly, puxando um pedaço de papel de sua bolsa fofa de lã. — Primeiro, seria possível um upgrade de quarto?

Um upgrade de quarto?, pensa Lizbet. O hotel está lotado! Mas ela entende que Claire/Talvez Shelly deve perguntar; é o que viajantes experientes (e famosos blogueiros de hotéis) fazem. Como o hotel conseguirá a quinta chave se Lizbet não atender a esse pedido? A resposta é simples: *não conseguirá*.

Então Lizbet percebe que há um único quarto disponível: a suíte de Xavier, que aguarda sua chegada em 24 de agosto. Richie tinha perguntado a Lizbet por que não alugava o quarto, já que sabem a data de chegada de Xavier, e Lizbet disse que não parecia certo. Xavier tinha pedido a ela para reservá-lo para ele; passou todo o verão pagando o preço por noite. Lizbet está certa de que o dia em que aceitar alguém na suíte de Xavier, Xavier vai aparecer de repente para uma visita-surpresa.

Mas Shelly Carpenter é um caso especial. *Eu comprei o hotel para impressionar duas mulheres.* Se *não* oferecer a Shelly a suíte do proprietário, pensa Lizbet, Xavier ficará furioso.

— Posso oferecer um upgrade para a suíte do proprietário — diz Lizbet, e observa Claire/Talvez Shelly arquear as sobrancelhas.

— Excelente, muito obrigada — responde Claire/Talvez Shelly. — Também tenho estes pedidos. — Ela desliza um pedaço de papel pela mesa.

Quinta-feira, 19h30, assento no bar do Pearl
Sexta-feira, 19h, assento no bar do Nautilus

Sábado, 20h, um Jeep Wrangler de quatro portas e teto rígido. Por favor, também reserve a entrega de um prato da charcutaria do Petrichor

Sexta à tarde, aula de stand-up paddle

Sexta-feira, 17h, tour na cervejaria Cisco Brewers

Sexta-feira a domingo, aula de ioga antes de 10h

— Vou cuidar disso tudo imediatamente — diz Lizbet. Está aliviada por o Deck não estar na lista de Claire/Talvez Shelly. — Possui alguma outra bagagem? Pedirei a Zeke, nosso carregador, para levá-las imediatamente para você.

— Não — responde Claire/Talvez Shelly. — Apenas esta aqui.

— Bem, então, dê-me alguns minutos para a camareira preparar o seu quarto, então a levo até lá eu mesma. Nós temos um café Jamaica Blue Mountain gratuito no percolador.

— Fantástico! — diz Claire/Talvez Shelly. — Senti falta de café esta manhã. E amo café percolado. É um ótimo detalhe. — Uma rodada de celebração explode da mesa de xadrez: Louie tinha vencido o Sr. Tennant. Lizbet vê isso como um bom presságio. O hotel conquistará Claire/Talvez Shelly. Eles conquistarão a quinta chave.

✳

O que não é um bom presságio é o silêncio congelante do outro lado do telefone quando Lizbet liga para Magda a fim de preparar a suíte do proprietário, 317, para um hóspede fazendo check-in.

— A suíte do Xavier — contrapõe Magda.

— Sim, do Sr. Darling — diz Lizbet. — Mas já que ele não está aqui...

— Sou veemente contra alocar alguém na suíte de Xavier — diz Magda. — Ele está pagando para mantê-la vazia.

— Shelly Carpenter está aqui — sussurra Lizbet. — Ela pediu um upgrade. Magda limpa a garganta.

— Tem certeza de que é ela? Sem sombra de dúvidas?

— Ninguém nunca tem *certeza*. Mas há mais de um indicador.

— Certo. Espere quinze minutos para a gente estocar o frigobar, tirar a poeira e afofar os travesseiros para a Sra. Carpenter.

— Você precisa fazer mais do que isso — diz Lizbet. — Precisa repassar toda a lista. E se houver teias de aranha? E se a janela estiver emperrada? Se o sistema de som estiver com estática? E garanta que as canetas estejam funcionando e o ralo drenando devidamente.

— Talvez você queira subir e fazer o serviço por mim? — questiona Magda, e Lizbet pressiona os lábios. Lizbet suspeita que, apesar de ser a chefe, Magda vê as coisas de outro modo.

— De modo algum, Magda — diz Lizbet. — Muito obrigada.

✳

Ela avisou à equipe de modo discreto sobre a mulher posando de Claire Underwood, hospedada na suíte 317, que pode muito bem ser Shelly Carpenter. Lizbet também avisou à equipe para não exagerar. A última coisa que querem é que Claire/Talvez Shelly pense que seu disfarce está arruinado e descubra que está recebendo tratamento especial. Caso isso aconteça, ela não escreverá nenhuma avaliação.

Pelo que parece, Claire/Talvez Shelly está tendo uma estadia excelente. Ela bebe o café percolado de manhã, toma interesse pelas partidas de xadrez de Louie, celebra sua aula de ioga com Yolanda, anda nas bicicletas gratuitas pela cidade até a loja e almoça no Beet; aproveita a piscina para adultos, sai em passeios e participa de aulas, e retorna para seus jantares solitários vestida com estilo (a combinação favorita de Lizbet é calça jeans branca, um body preto sem mangas e sapatos com estampa de leopardo).

No fim da tarde de sábado, Claire/Talvez Shelly para na recepção e diz:

— Onde vocês encontraram as cobertas de cashmere azul? Eu gostaria de levar uma para casa.

— Na Nantucket Looms — diz Lizbet. Ela checa as horas. — Já estão fechados por hoje, mas abrem amanhã às 10h.

— Droga — reclama Claire/Talvez Shelly. — Meu voo sai às 10h.

— Deixe-me ver o que posso fazer — diz Lizbet. Ela vai até o segundo andar ao depósito das camareiras, onde guardam meia dúzia de cobertas azuis extras. Lizbet embala uma com um lenço azul-hortênsia. Ela está sendo óbvia, pegando pesado? Será que Claire/Talvez Shelly vê a real intenção da coberta: um suborno?

Lizbet aceita o risco e presenteia Claire/Talvez Shelly com a coberta na manhã seguinte durante seu checkout. Claire/Talvez Shelly parece genuinamente tocada pelo gesto: que gentileza, obrigada, a estadia dela no hotel foi uma delícia.

— Sou uma cliente bem complicada — diz Claire/Talvez Shelly. — Mas nunca estive tão apaixonada por um hotel como estou por este.

Isso!, pensa Lizbet. *Isso, isso, isso, isso, isso, isso!*

Após Claire/Talvez Shelly sair pela porta, puxando sua mala Away consigo, Lizbet quer cumprimentar toda a equipe com um "toca aqui!", mas exerce o autocontrole. Eles podem celebrar na última sexta-feira do mês quando o Hotel Nantucket se tornar a primeira propriedade a receber cinco chaves. Por enquanto, Lizbet se manterá... cautelosamente otimista.

198   *Elin Hilderbrand*

Na manhã seguinte, Edie bate na porta do escritório de Lizbet. Claire Underwood está ao telefone e pediu para falar apenas com Lizbet. Algo está errado.

✳

No escritório das camareiras, Magda designa Octavia e Neves para os checkouts do primeiro andar, mas, em vez de enviar Chad e Bibi para o segundo andar, ela fecha a porta.

— Vocês dois foram responsáveis pelo checkout da suíte 317 ontem, não foram? — questiona Magda.

— Sim, fomos — responde Chad. Ele está, francamente, impressionado que Magda designara ele e Bibi, em vez de Octavia e Neves, para a suíte do proprietário, mas considerou isso um voto de confiança. Estavam fazendo um bom trabalho, mas ontem apenas Chad fez um bom trabalho. Bibi estava de péssimo humor, e, quando Chad perguntou qual era o problema, ela disse que o "pai do bebê", um rapaz chamado Johnny Quarter, deixara o estado sem avisá-la, e com ele se fora sua pensão de quinhentos dólares por mês. Ela conseguiu que uma tia denunciasse Johnny Quarter para o departamento de relações domésticas, que emitia mandatos.

— Mas fazer isso não me gera nenhum dinheiro — disse Bibi.

Ela passa a maior parte do tempo na suíte 317 trabalhando como uma pessoa debaixo d'água. A suíte do proprietário é maior e mais elegante do que as demais suítes do hotel. O mural do céu noturno de Nantucket estava pintado com extremo detalhe; a biblioteca tinha corrimões em latão e uma escada deslizante para alcançar as prateleiras superiores. Havia um vestiário separado e o segundo quarto era um elegante escritório completo com uma mesa feita sob medida; nas paredes, havia pinturas do hotel no início do século XX. Havia carpetes persas em creme e azul, em vez dos tapetes Annie Selke em tom arco-íris pelo hotel, e o banheiro incluía uma sauna a vapor. Era bem exagerado.

— Por que disponibilizaram este quarto? — perguntou Bibi. — O proprietário não está.

— Acho que pensaram que Shelly Carpenter pudesse aparecer — ofereceu Chad.

— Não tenho ideia de quem seja — disse Bibi.

— Ela tem um Instagram e um blog chamado *Hotel Confidential* — disse ele. — Você não segue?

— Por que eu seguiria algo chamado *Hotel Confidential?* — perguntou Bibi, e Chad pensou: *por que você trabalha em um hotel?* Mas ele precisava admitir, nunca tinha ouvido falar do blog *Hotel Confidential*. Chad pesquisou e caiu na reação em cadeia de olhar todas as postagens passadas de Shelly e clicar na sua bio para ler as avaliações. Shelly Carpenter estivera em *todo lugar*, no acampamento de safari Angama Mara no Quênia e nos resorts Malliouhana em Anguilla e Las Ventanas al Paraiso em Cabo — mas também avaliava lugares modestos, como pousadas na Route 66 e bangalôs de praia na Koh Samui, Tailândia. O modo como ela descrevera esses lugares era tão detalhado e preciso que Chad sentiu que já havia estado lá também. Era emocionante pensar que ela estivera no hotel deles (talvez; ninguém tinha certeza). Ele pensou o que ela escreveria sobre o local.

— Bem, é uma sensação. Ela é famosa na internet, e Lizbet ofereceu a ela a suíte como um upgrade.

— Famosa na internet? — disse Bibi, ao fazer uma pausa. — Por que você não vai arrumar o banheiro, Tiro no Escuro? Eu terminarei a cama.

— A hóspede ligou para dizer que esqueceu um cinto suede da Gucci. Eu mesma procurei pela suíte e não encontrei — diz a Srta. English, dando a ambos um olhar mortal. — Algum de vocês o viu?

— Eu não vi um cinto da Gucci — diz Bibi. — Ou qualquer cinto. Já checou na lavanderia?

— Sim, Barbara — responde a Srta. English, e tanto Chad quanto Bibi enrijecem. A Srta. English já usara o nome real de Bibi antes? Não. Eles estão encrencados, pensa Chad. Bibi está encrencada. Bibi pegou o cinto Gucci, é claro — assim como afanou o cachecol Fendi da Sra. Daley. Em dado ponto, quando Chad estava limpando o banheiro da suíte do proprietário, ele notou a porta abrir e fechar atrás dele. Ouviu o aspirador de pó ser ligado e quase colocou a cabeça para fora para checar Bibi. O motivo de *não* ter checado Bibi, deve admitir a si mesmo agora, era que não gostaria de descobrir se ela, de fato, usava o aspirador ou apenas o som como cobertura. Ela estava chateada por causa de dinheiro, da perda de quinhentos dólares por mês, a expectativa de pagar um investigador particular para rastrear o pai da bebê. A hóspede no quarto, Claire/Talvez Shelly, havia deixado uma gorjeta de sessenta dólares, e como sempre Chad disse que Bibi poderia ficar com tudo, o que ela fez com sua atitude habitual prepotente apesar de metade pertencer a ele por direito.

Mas, ao que parece, não havia sido o suficiente. Ela tinha furtado o cinto Gucci de Claire/Talvez Shelly.

— Como era o cinto? — pergunta Chad.

— Suede preto com a fivela de dois Gs em ouro-rosé — responde a Srta. English.

Bibi provavelmente já colocou no eBay ou na Craiglist, pensa Chad. *Conseguirá seiscentas pratas porque aquele cinto custa quase oitocentas.* Chad sabe disso, pois sua mãe tem um cinto da Gucci e é um hábito escandaloso dela fingir reclamar sobre o quanto custou seu guarda-roupa.

— Este é o segundo incidente que tenho com vocês dois no qual algo desapareceu.

Bibi encara a Srta. English, olhos como duas pedras de mármore frias e claras.

— Aposto que não perguntou a Octavia e a Neves sobre isso, não é?

— Não foram elas que limparam o quarto — explicita a Srta. English.

— Mas têm a chave-mestra! — exclama Bibi. — Estou dizendo a você, elas estão tentando armar para cima de mim.

Esse é o mesmo argumento ultrajante que Bibi usara da última vez; parece uma criança apontando o dedo no parquinho. Mas seu rosto brilha com tanta indignação e raiva que Chad se diverte com a possibilidade por um segundo. Octavia e Neves parecem garotas legais, mas e se estiverem *mesmo* armando para Bibi ser demitida?

Porque ele teme que será exatamente assim que isso terminará.

— Se o cinto não aparecer até amanhã — diz Chad, pontuando essas palavras para Bibi entender a mensagem —, podemos substituí-lo?

— Já pesquisei na internet — responde a Srta. English. — Este modelo em particular, com fivela ouro-rosé, já foi descontinuado. — O olhar dela se alterna entre Chad e Bibi. — Não preciso lembrá-los de que esta é uma hóspede VIP, nem preciso lembrá-los de que se e quando um hóspede esquecer por acidente algum item, não significa que pertence a vocês. Vai direto para o Achados e Perdidos.

Chad assente enquanto Bibi faz uma carranca. Ele não acredita que ela não está mais preocupada. Se perder o emprego, ela estará acabada.

— Fui bem clara quanto a isso não acontecer mais — continua a Srta. English.

— Talvez o fantasma tenha pegado — comenta Bibi. — Já pensou *nisso*?

— Se o cinto não aparecer até amanhã, sofrerão as consequências — diz a Srta. English. — Escutou, Barbara?

Enquanto Chad e Bibi seguem para o segundo andar com o carrinho de limpeza, Bibi diz:

— Por que acha que ela diz apenas o *meu* nome?

— Traga de volta amanhã, Bibi — diz Chad. — Podemos esconder na lavanderia.

— Você acha que peguei também? Sério, Tiro no Escuro? — Ela parece tão machucada que Chad, mais uma vez, se pergunta se talvez esteja errado. Talvez

Bibi não tenha pegado. Talvez tenha sido Octavia e Neves. Ou talvez Claire/Talvez Shelly tenha guardado em um bolso lateral da bagagem e o descobrirá no voo da semana que vem para Dubai ou Cartagena, e ligará para o hotel a fim de se desculpar. Ou talvez a pessoa se aproveitando dos itens de luxo seja... a Srta. English.

Ah!, pensa ele. *Não, é a Bibi.*

✳

Quando Chad chega em casa do trabalho, encontra a garagem de sua casa abarrotada de carros e, estacionada na vaga habitual de Chad, está uma van da empresa Nantucket Catering Company. Ele tenta se lembrar da data e percebe ser segunda-feira, 8 de agosto. Seus pais estão tendo a festa anual de coquetéis de 8/08 apesar do que aconteceu? A resposta obviamente é sim, mas o fato de nem Paul nem Whitney terem mencionado para Chad (ou mencionaram?) significa que sua presença pode não ser esperada, o que é um alívio. E também facilita o que Chad tem que fazer.

Ele entra na casa e ouve conversas, risadas e trechos de Christopher Cross (sua mãe deve estar tendo um momento de rock no iate) subindo do deque de trás. Chad leva um segundo para ver quem está presente — os pais de Bryce de Greenwich, os pais de Jasper de Fisher Island, Holden Miller, o parceiro de negócios de Paul Winslow no Brandywine Group, e Leith e sua amiga Divinity, que estão usando vestidos da LoveShackFancy combinando. Chad, mais uma vez, busca em seu cérebro, mas não tem lembranças de ouvir sobre a festa. Ele está ofendido que seus pais estejam festejando. Entende que eles querem seguir em frente como se nada tivesse acontecido, mas uma *festa? É sério?*

Chad corre escada acima. Talvez conte aos seus pais que perdeu a festa em protesto ou que não se sentia merecedor de celebrar o dia 8 de agosto, considerando o que havia feito. Ele segue para o quarto dos pais, a suíte master, que é um universo por si só. Há um quarto de fato, depois a sala de repouso de sua mãe, o escritório de seu pai no andar de cima, um banheiro de mármore esculpido completo com banheira de hidromassagem para dois, e closets para ambos. Chad entra no closet de sua mãe — não colocou o pé aqui desde que tinha 8 anos, quando se mudaram — e tenta descobrir onde Whitney guarda os cintos. As roupas penduradas tomam três paredes do cômodo, e a quarta parede é um espaço para sapatos que vai até o teto. Há... 64 pares de sapatos *aqui*, em *Nantucket*, onde a mulher pode passar o verão de tênis, chinelos e sandálias.

Ele tenta não pensar em Paddy.

No centro do closet, há uma forma de estrutura central com gavetas e prateleiras, onde Whitney mantém itens dobrados — suéteres leves, pashminas, camisetas, roupas de ioga. Há também um armário estreito e alto ao lado da porta. Chad evita as duas primeiras gavetas, presumindo serem roupas íntimas de sua mãe, e abre a terceira. São meias. A quarta gaveta possui bolsas clutch; há cerca de meia dúzia. Chad se põe de joelhos e abre a quinta gaveta, que contém — bingo! — cintos. Estão enrolados como cobras e Chad os puxa um por um: Hermès, Tiffany, Louis Vuitton e — sim, ele não pode acreditar na sua sorte, não pode acreditar — um cinto preto de suede da Gucci com a fivela de dois Gs em ouro-rosé. Nem pensa uma segunda vez, ele apenas o pega.

Ao sair, ele olha para a festa de seus pais pela janela emoldurada. O sol está se pondo, fazendo com que *todos* os convidados animados e bem-vestidos parecessem ter sido mergulhados em ouro-rosé. Chad pensa em como seria fácil para ele vestir uma bermuda xadrez madras, um sapato Oxford rosa e deslizar pela multidão, cumprimentando todos, fazendo contato visual, e dizendo: *sim, senhor, que prazer em vê-lo, senhor, estou animado para trabalhar com meu pai em setembro. Mal posso esperar para entrar no mundo do investimento.*

Chad sabe que pode pedir demissão amanhã e se livrar da cleptomania de Bibi e de suas reclamações; nunca teria que esfregar um vaso sanitário de novo, nem dobrar uma toalha ou ver outro fio de cabelo enrolado no sabonete. Ele poderia jogar golfe o dia inteiro, depois beber um Mount Gay e água tônica, e comer pequenos bolinhos de caranguejo com pessoas que apenas conversam sobre Wimbledon e suas carteiras de ações. Porém, ele não pode fingir que 22 de maio nunca aconteceu. Precisa pagar sua penitência. É isso que o trabalho no hotel lhe oferece — uma reparação. Talvez Paddy nunca descubra sobre o emprego de Chad, ou se descobrir talvez nem se importe. Ainda assim, Chad continuará de qualquer forma. Ele *gosta* de viver com um propósito.

Ele enrola o cinto de sua mãe ao redor dos dedos, como um soco-inglês, e segue pelo corredor para se esconder em seu quarto.

✳

Na manhã seguinte, Chad sai para o trabalho uma hora mais cedo. Ninguém percebe; seus pais e Leith ainda estão dormindo. (Eles dançaram ao som de Bob Seger e de Madonna até quase meia-noite, e quando sua mãe inevitavelmente bateu na porta do quarto dele e falou: "Desça e dê um oi, por favor, Chaddy, as pessoas estão *perguntando* por você." Ele disse que desceria em um minuto, ciente de que sua mãe esqueceria — e ela esqueceu.)

Chad chega ao hotel às 7h e usa a entrada de serviço, o cinto dentro da velha mochila L. L. Bean de Leith que ele encontrara dentro do hall de entrada da casa. Ele espera até Joseph, responsável pela lavanderia, sair para seu habitual minuto do cigarro, então esconde o cinto em uma das grandes cestas de rodinhas cheias de lençóis sujos.

Nem todos os super-heróis usam capas, pensa ele. Sempre quis dizer isso sobre ele mesmo, mas é claro que nunca teve uma razão. Até agora.

Ao começar seu turno 55 minutos depois, a Srta. English anuncia que o cinto da Gucci havia sido localizado na lavanderia.

— Foi *encontrado?* — diz Bibi.

— Você parece surpresa, Barbara — comenta a Srta. English.

— Nem um pouco surpresa — responde Bibi. *É uma mentirosa e uma ladra*, pensa Chad. Mas ele reconhece sua audácia e espera que ela consiga um bom preço pelo cinto de Claire/Talvez Shelly. — Eu sabia que iria aparecer.

Lizbet finalmente entra em contato com Heidi Bick, que sugere um jantar no Blue Bar.

— Eu como em literalmente qualquer outro lugar. Só preciso sair deste prédio — comenta Lizbet.

— Mas não no Deck? — pergunta Heidi.

— No Deck também não, sinto muito. — Lizbet *poderia* voltar ao Deck agora que Christina se fora. Em um momento de fraqueza, Lizbet enviou uma mensagem para JJ perguntando como ele estava e ele respondeu: Sinto sua falta. Lizbet tinha ficado encarando essa mensagem por um longo tempo, mas não sentiu raiva, nem tristeza, nem falta dele.

Ela sentia falta do Mario.

Lizbet e Heidi se encontram no Bar Yoshi no ancoradouro Old South Wharf. Sentam-se em banquetas altas ao lado das janelas com vista para o porto. O restaurante tem uma vibe espaçosa e chique com muitas madeiras claras, um armário suspenso com porta de vidro, expondo as garrafas de licores, e excelentes candelabros de cesta de lã trançada. Lizbet ama este lugar; ela planeja se entupir de sushi.

Ela se sente bem. Está saindo, enfim, com sua amiga.

Lizbet pede um saquê, e Heidi um coquetel de tequila, o que é incomum para ela — uma devota do vinho rosé.

— Está tudo bem? — pergunta Lizbet.

Os olhos de Heidi se arregalam.

— Você quer dizer que não ouviu os rumores?

— Eu não tenho *de quem* ouvir rumores — admite Lizbet. — Estou sempre no trabalho. E nunca me encontro com ninguém das antigas.

— Bem, *eu* ouvi que você estava namorando Mario Subiaco — diz Heidi. — Alguém viu vocês dois no Pearl.

Os drinks chegam e Lizbet faz um brinde, tocando o copo de saquê na taça de Heidi.

— Estou feliz que estejamos aqui.

As duas brindam e bebem. Heidi bebe quase metade do seu coquetel em um gole.

— As coisas não deram certo com o Mario — comenta Lizbet.

— Foi um casinho bom, não foi? — diz Heidi. — Ele é tão *gostoso*. E é uma lenda.

Lizbet não quer conversar sobre o quão gostoso ou legendário Mario é.

— Então me conte sobre os rumores. Estou pronta.

Mas acontece que Lizbet não estava preparada.

— Lembra quando eu disse que Michael passou a primavera toda aqui sozinho trabalhando em um projeto? Ele e seu colega do escritório, Rafe, querem sair do trabalho e abrir a própria empresa.

Lizbet definitivamente se lembra de Michael estar aqui sozinho. Ah, como lembra.

— Então, quando cheguei em junho, descobri uma sombra de olho na minha gaveta de maquiagem que não era minha.

— Ah — diz Lizbet, já detestando aonde essa história vai dar.

— Então achei um par de stilettos René Caovilla no meu armário. Número 37.

O quê?, pensa Lizbet. Há apenas uma mulher corajosa o suficiente para usar stilettos René Caovilla aqui em Nantucket: Lyric Layton, a melhor amiga de Heidi. Na sua vida antes de marido, filhos e ioga, Lyric era uma modelo de sapatos em Nova York.

— Lyric?

— E então descobri um teste de gravidez positivo escondido entre as páginas do livro na mesa de cabeceira.

— Não acredito — diz Lizbet.

— Tenho certeza de que escutou que Lyric está grávida de quatro meses.

Lizbet *não* havia escutado. O hotel é realmente uma fortaleza.

— Então você acha que aconteceu algo entre Michael e... Lyric? — Isso é um escândalo de primeira. Não é *surpresa* Heidi estar bebendo tequila! Junto com sua curiosidade, Lizbet sente alívio pela amante não ser Alessandra.

— Foi o que *pensei*, sim. Era isso que alguém queria que parecesse.

— Então *não foi* a Lyric?

— Lyric jura que não. Ela disse que, se ela e Michael estivessem tendo um caso, seria impossível ela deixar aquelas coisas para eu encontrar.

Verdade, pensa Lizbet. *Impossível.*

Heidi toma mais um gole saudável de seu coquetel.

— Nós temos uma chave etiquetada para a casa dos Layton no gancho no hall de entrada. Michael acha que alguém da sua empresa descobriu sobre a saída dele e do Rafe, e tentaram sabotá-lo.

Lizbet pisca.

— Michael acha que o homem que consertou nosso Wi-Fi era na verdade um espião que viu a chave, porque, sabe, o roteador fica no *hall de entrada*, e esse homem teria entrado na casa dos Layton enquanto estavam fora e implantado essas coisas na nossa casa.

— Michael acha que foi o rapaz da TV a cabo?

— O rapaz da internet.

— Nossa — diz Lizbet, levando o saquê até seus lábios; está em guarda novamente. Não é possível um homem saber implantar uma sombra de olho, sapatos e um teste de gravidez. — Bem, acho que está aliviada por nada ter nada a ver com Lyric.

— Sim, com certeza — concorda Heidi. — Apesar de ter afetado muito nossa amizade. Ela está com raiva por eu ter suspeitado dela. — Heidi se inclina para frente. — Mas você precisa concordar que essa história que o Michael inventou sobre o rapaz da internet é difícil de engolir.

Lizbet concorda. *Muito difícil de engolir*, pensa ela. *Difícil como um punhado de parafusos de aço.*

Heidi suspira.

— Mas Michael está envolvido com o mundo do petróleo e você sabe como essa área é *cruel*.

O tipo de crueldade que implantaria um teste de gravidez de outra pessoa dentro do livro na mesa de cabeceira da Heidi?, pensa Lizbet. *Ou que implantaria um tipo diferente de sombra de olho, um tipo diferente de sapato?*

Não, pensa Lizbet. Não foi o rapaz da internet e não foi Lyric. Poderia ter sido alguma mulher com quem Michael dormira, uma mulher que conhecera na balsa e decidira deixá-la morar lá porque era o auge de uma primavera fria em Nantucket e ele estava sempre pronto para um pouco de ação com uma bela mulher, e porque Michael essencialmente lidava com apostas, e porque essa outra mulher era astuta e sem moral. Alessandra viu a chave para a casa dos Layton e talvez tenha reunido informações sobre a amizade próxima com os vizinhos ao ouvir uma conversa, e *ela* entrou na casa dos Layton para que, quando ela saísse da residência, Heidi pensasse que Michael estava dormindo com Lyric.

— Eu vou pedir um ramen — diz Heidi. — E você?

— Ainda nem olhei. Eu quero sushi. — Mas Lizbet não consegue pensar no sushi. Não tem certeza do que fazer. Ela deveria contar a Heidi sobre o que Alessandra dissera a respeito de conhecer um "amigo" na Hy-Line em abril e que estivera hospedada com ele na Hulbert Avenue? Deveria descrever sua perseguição à Alessandra de bicicleta e como fora pega por Alessandra *bem na frente da casa da Heidi?* Deveria mencionar como Alessandra é uma mentirosa casual que surgiu com referências suspeitas (todas europeias, como se ela fosse o Talentoso Ripley)? Deveria contar a Heidi como Alessandra é tão bela que conseguiu encantar os hóspedes homens do hotel?

É um verdadeiro dilema, um pronto para uma coluna de conselhos. *Se eu suspeito que o marido de minha amiga a está traindo com alguém que eu conheço, eu devo contar? Ou a deixo acreditar que não era uma amante, mas sim um plano elaborado de vingança dos nefastos colegas de trabalho do seu marido?*

O caso, raciocina Lizbet, terminou. Heidi e Michael estão se acostumando de novo com sua rotina de verão na praia, jogando tênis, levando os filhos para o acampamento e saindo para jantar. Quem é Lizbet para destruir suas vidas com uma suspeita? Ela não tem evidências concretas de que era Alessandra.

Mas uma coisa é certa: Lizbet começará a observar Alessandra mais de perto.

— O rolinho de atum apimentado parece bom — comenta Lizbet. — E vamos pedir um pouco de sashimi.

8 de agosto de 2022
De: Xavier Darling (xd@darlingent.co.uk)
Para: Funcionários do Hotel Nantucket.

Bom dia a todos…

Esta semana no TravelTattler, eu notei uma avaliação encantadora sobre nosso hotel que expressamente mencionava Ezekiel English. Nosso hóspede elogiou o conhecimento profundo de Ezekiel sobre a ilha, incluindo a recomendação do Stubby's para satisfazer seu caso noturno de "larica". Excelente trabalho, Ezekiel!

XD

Edie e Zeke estão, mais uma vez, tomando sorvete juntos na sala de descanso quando Raoul coloca a cabeça para dentro e diz:

— Parabéns, Zeke. Você ganhou o bônus esta semana.

— Ganhei? — pergunta Zeke, e Edie pensa: *ele ganhou?*

Ambos checam os celulares, e, é claro, há uma mensagem de Xavier.

Zeke solta uma risada.

— Aqueles hóspedes estavam de porre; tinham acabado de voltar do Chicken Box e o cara estava morrendo de fome. Acho que pensaram que iriam comer frango no Chicken Box...

Edie oferece um sorriso sem graça para Zeke, que não parece perceber.

— Mas já que todos nós sabemos que não há um pedaço de frango no Chicken Box, eu os enviei ao Stubby's. E ele escreveu sobre isso. Há!

Há, pensa Edie. Sua queda pelo Zeke tinha apenas crescido de modo excruciante com o passar de cada dia, mas isso não a impedia de sentir o amargor por ele ter ganhado o dinheiro ao recomendar o Stubby's, que é em essência a versão de drive-through do McDonald's de Nantucket.

— Por que você estava trabalhando no turno noturno na portaria? — pergunta ela. — Onde estava o Adam?

— Foi a noite em que ele e Raoul foram ao White Heron para ver a peça — diz Zeke. — Eu cobri o turno do Adam.

*Ele merece o dinheir*o, pensa Edie. Trabalhou o dobro para que Adam e Raoul pudessem ter um encontro. Ela se sente ressentida por não poder nem ao menos sentir rancor.

Zeke joga seu pote de sorvete quase cheio na lixeira.

— Eu vou passar no Indian Summer e ver uma prancha de longboard nova — diz ele, dando um aperto no ombro de Edie. — Seu garoto está *animado!*

Normalmente Edie estaria brilhando de emoção pelo meio abraço e pelo uso do termo *seu garoto*, mas, quando Zeke vai embora, Edie se sente desolada.

Então algo em seu celular chama a atenção.

8 de agosto de 2022

Abigall Rashishe — Escola Cornell de Administração Hoteleira, Página de Ex-alunos do Facebook

Aviso a todos os meus companheiros hoteleiros, e especialmente àqueles que compartilham minha obsessão por Shelly Carpenter (presumo serem todos): há uma mulher fugitiva que está imitando Shelly Carpenter. Ela aparece sozinha e apresenta identidades falsas de vários pseudônimos óbvios. Quando ela fez o check-in no Woodstock Inn (onde eu fui recentemente promovida a gerente da recepção!), sua identidade dizia Diana Spencer. Ela pediu um upgrade de quarto, apresentou uma lista escrita de pedidos e encenou uma tentativa de tirar fotos discretamente e digitar notas no seu celular. Eu não me envergonho em admitir que fui enganada. Eu me virei para conseguir um upgrade de quarto para "Diana Spencer" e até a presentei com um roupão após ela perguntar de onde vinham. Fiquei desolada quando "Diana Spencer" ligou no dia seguinte para dizer que tinha esquecido uma bolsa tote em ráfia da Prada. Nós não encontramos a bolsa — nossa equipe de limpeza não a tinha visto —, mas, ainda assim, oferecemos substituí-la, o que nos custou mais de mil dólares. (É claro que a substituímos — estávamos lidando com Shelly Carpenter até onde sabíamos!)

ENTÃO alguns dias depois, eu ouvi de um colega de classe, Chayci Peck (21 anos), que é concierge no Round Pond em Kennebunkport, Maine. Chayci viu uma mulher aparecer com uma identidade que dizia Miranda Priestly e que performou as mesmas táticas para o upgrade de quarto, lista de pedidos e perguntas sobre itens do hotel a fim de conseguir presentes. Um dia após "Miranda Priestly" fazer o checkout, ela ligou para o Round Pond afirmando ter esquecido uma pulseira Tiffany-T de ouro, e, quando a equipe de limpeza não a encontrou, eles a substituíram, sem custos.

Essa mulher NÃO É SHELLY CARPENTER! Ela é uma impostora! Estou postando isso para que outros hotéis não caiam na sua armadilha. Shelly Carpenter se tornou um fenômeno tão distinto que agora tem uma impostora.

Este dia poderia piorar?, pensa Edie, também jogando seu sorvete fora e indo bater no escritório de Lizbet.

Lizbet lê a postagem do Facebook e grunhe.

— Estão de *brincadeira* comigo?

Quando Chad ouve as notícias, mal pode esperar para contar a Bibi: Claire/Talvez Shelly, a mulher que ficou na suíte do proprietário, era uma impostora e *o cinto da Gucci perdido foi um golpe*.

— Então *agora* você acredita que eu não roubei? — aponta Bibi.

— Sinto muito — diz Chad. — Eu só não sabia... e sei que você gosta de coisas bonitas...

— Não sou uma ladra, Tiro no Escuro — comenta Bibi. — Tenho uma *filha*. Preciso ser um *exemplo*.

— Pensei que talvez você tivesse feito isso porque precisava de dinheiro.

— Eu preciso de dinheiro — diz Bibi. Ela o encara com seriedade. — Se era um golpe, então de onde veio o cinto que a Srta. English encontrou na lavanderia?

Chad ficou tentado a dizer: *deve pertencer a outra pessoa*, mas em vez disso lançou a verdade.

— É o cinto da minha mãe. Eu o peguei e joguei na lavanderia porque não queria que você tivesse problemas.

Chad não tem certeza de qual tipo de resposta espera — talvez um obrigado, talvez "Que gentileza" —, mas Bibi apenas solta uma risada alta.

— E quem é o ladrãozinho agora? — comenta ela.

20 · Lá Vem Problema

Edie envia dez currículos para outros hotéis, incluindo o Little Nell em Aspen (a mãe de Edie, Love, trabalhou lá nos anos 1990) e o Breakers em Palm Beach. Edie está decidida a trabalhar em outro lugar no inverno porque quer voltar ao Hotel Nantucket no próximo verão. Lizbet contou-lhe que já estão cheios em algumas semanas de junho e de julho. Zeke disse que voltará no ano que vem também — ele vai passar o inverno surfando na Costa Rica — e Adam e Raoul também voltarão.

A única pessoa que não está comprometida a voltar é Alessandra. *Talvez ela coloque o rabo entre as pernas e fuja para a Itália,* pensa Edie — apesar de precisar admitir que Alessandra está mais amigável recentemente. Adam disse a Zeke que Alessandra está ficando em casa toda noite, jantando em seu quarto com a porta fechada.

— Acho que algo aconteceu com ela — disse Adam. — Mas ela não quer nos contar.

Edie está sozinha na recepção em uma gloriosa manhã quente e ensolarada. Alessandra está almoçando e os demais estão na praia, na piscina ou andando de bicicleta em Sconset em busca de sorvete, ou escondendo-se do sol no Whaling Museum. Edie tem um momento para olhar o celular apenas para checar se todas as suas dez cartas de intenção e todos os seus currículos foram enviados pelo seu e-mail — e é quando ela vê a notificação de Graydon no Venmo com um pedido de mil dólares.

Edie bufa uma risada curta e indignada. A audácia dele. Não, sério, que audácia! Edie não tem certeza do porquê — talvez porque ela agora tem um plano para o futuro, talvez porque trabalhar na recepção a tornara mais confiante, talvez porque vê Lizbet como um modelo —, mas, naquele momento, ela decide que já *basta*. Não será mais ameaçada! Ela deleta a notificação do Venmo e envia uma mensagem para Graydon: Acabou. Me deixe em paz.

Três pontinhos surgem na tela imediatamente, e Edie sente um calor e um formigamento ao imaginar Graydon digitando.

A resposta dele: Me pague ou vou enviar os vídeos para todos os seus possíveis empregadores.

Edie arfa baixinho e olha ao redor do lobby. Está calmo e sereno; Jack Johnson está cantando sobre virar tudo de cabeça para baixo. Edie ouve o bater da água da piscina familiar e o barulho de um ciclomotor dando partida na Easton Street. O corpo dela começa a tremer. *Como* Graydon sabe sobre o envio dos currículos?

Bem, ele deve ter acesso aos seus e-mails e talvez a suas mensagens também, talvez a toda a sua nuvem. Em algum momento ela dera a senha para ele? Não, mas não seria difícil adivinhar: Nantucketgirl127 (seu aniversário).

Ela está tentada a ligar para ele, mas isso terminará de duas maneiras: com ela gritando ou chorando e implorando. Ele *sabe* sobre as parcelas do empréstimo estudantil dela. Ele *sabe* que o futuro financeiro de Edie e Love é incerto. Love, na verdade, perguntou a Lizbet se ela precisava de mais uma pessoa na recepção (Love fez isso com a desculpa de "oferecer ajuda", mas precisa do dinheiro), e Lizbet a contratou, então agora a mãe de Edie trabalhará no turno noturno uma vez por semana para dar uma folga a Richie. Graydon também sabe que a vergonha de Edie pelo que fez, pelo que *concordou* em fazer, é profunda e dolorosa, e que ela fará de tudo para esconder o fato.

Com a vista embaçada de lágrimas, Edie analisa o lobby. Ninguém precisa dela; os telefones estão silenciosos. Zeke está estacionado à porta em caso de emergência.

Edie corre até a sala de descanso, e assim que a porta de fecha atrás dela, suas lágrimas correm.

— Edie? Você está bem? — pergunta uma voz.

Alessandra está sentada no balcão com... algum tipo de artesanato diante dela. Tanto isso quanto a preocupação inesperada na voz de Alessandra impedem Edie de desabar.

— Estou bem — diz Edie, limpando rapidamente os olhos. Ela se aproxima de Alessandra como se ela fosse uma cobra venenosa e observa o projeto diante dela. É uma estrutura de 25 centímetros, com o interior coberto por algum adesivo. Alessandra está pressionando as peças quebradas de cerâmica e de vidro colorido. Ela tem apenas metade do quadrado completo, mas, de onde Edie está, parece um pouco com...

— Estou fazendo um mosaico — afirma Alessandra.

— Não sabia que você era habilidosa — diz Edie, e isso faz Alessandra rir.

— Na verdade, não sou — comenta Alessandra. — Eu só queria tentar um pouco. É mais difícil do que parece. É preciso organizar as peças e esperar que, ao terminar, esteja como esperava.

— É o rosto de uma mulher — aponta Edie. — Parece você. É você?

Alessandra dá de ombros.

— Eu sempre pensei no mosaico como uma grande metáfora da minha vida. Todas essas peças pontiagudas e incongruentes... — Ela levanta um pequeno pedaço de vidro verde-jade leitoso. — São como coisas que acontecem conosco. Mas, se colocar de um certo jeito e se afastar, faz sentido.

Edie pensa sobre sua própria vida: cresceu como uma filha amada por dois pais incríveis em uma ilha onde se sentia segura, nutrida e motivada, onde encontrou tal sucesso acadêmico que foi aceita em uma universidade da Ivy League. Cornell era seu sonho. Edie amava a escola de hotelaria, suas aulas, seus professores, as palestras de convidados da Cidade de Nova York, de Zurique, de Singapura, e a beleza natural que rodeava o campus. Não havia lugar mais bonito do que Cascadilla Gorge no outono.

Porém, em janeiro do seu segundo ano, Edie retornou da sua aula de gerenciamento de serviços e encontrou Love e o reitor dos estudantes sentados juntos no banco em frente ao dormitório. Quando viram Edie se aproximar, ambos se levantaram, e Edie quase se virou e correu. Sabia que sua mãe odiava dirigir até o continente, especialmente no inverno — era o pai de Edie que sempre a buscava e trazia de volta; ele a havia deixado algumas semanas antes. Love nunca faria a viagem de sete horas de Hyannis até Ithaca se não fosse uma emergência. Havia também uma expressão desconhecida no rosto de Love: uma mistura de angústia e pavor. Edie derrubou a mochila no caminho e correu para os braços de sua mãe, ciente antes mesmo de Love colocar em palavras que seu pai havia falecido.

Edie ficou dez dias afastada da escola, e quando voltou havia conquistado o misterioso e questionável status de celebridade de alguém que sofrera uma perda terrível. Alunos que Edie conhecia apenas de vista, incluindo Graydon Spires, o mais popular e bem-sucedido aluno no departamento de hotelaria, ofereceram seus sentimentos. Todos conversavam sobre a postura de Graydon, seu charme, sua lábia, sua sagacidade social. A melhor amiga de Edie, Charisse, comentou certa vez: "É quase assustador o modo como ele *sempre diz a coisa certa.*" E não apenas dizia a coisa certa, Edie aprendeu, ao conhecê-lo melhor, que ele também tocava na ferida certa. Ele não era muito conversador, não abria a boca apenas para cobrir o silêncio, não era de conversa fiada. Ele escutava e respondia de modo genuíno e inteligente. Quando ele focou Edie — chamando-a para um lanche noturno de hambúrgueres e café no Jack's ("Presumo que não esteja dormindo muito estes dias") — ela se apaixonou.

Eles se tornaram íntimos rápido. ("Muito rápido", disse Charisse, ofendida pelo abandono repentino de Edie — dias após o encontro no Jack's, Edie estava *sempre* com Graydon.) Ao final do segundo ano, ambos receberam propostas de trabalhar no verão no Castle Hill em Newport, Rhode Island. Eles trabalharam na recepção do hotel e descobriram ser *dinâmicos* juntos. A atmosfera no lobby foi eletrizante durante todo verão; o ar craquelava com a mera energia sexual e romântica subliminar entre Edie e Graydon. Eles tentavam superar um ao outro no serviço ao cliente, de um modo bem-intencionado, e os hóspedes (e a gerência) aproveitaram. Agendavam as quartas-feiras de folga juntos, quando faziam tudo que era de Newport: almoçavam no Annie's, passeavam pela Thames Street, faziam a Cliff Walk, navegavam no Sunfish do hotel, andavam de bicicleta ao redor de Fort Adams. Edie não acreditava como Graydon havia aparecido justo quando ela mais precisava. Ela imaginava a vida que teriam após a formatura — trabalhariam juntos em hotéis no Alasca, na Austrália e nos Açores. Subiriam a escada corporativa em uma grande rede de hotéis ou começariam na *própria* rede de hotelaria. Se casariam e teriam filhos.

Quando voltaram de Ithaca para o último ano, Edie foi escolhida para ser a diretora estudantil no Statler Hotel — uma grande função. Quando Edie contou a Graydon, esperava que ele a agarrasse e a girasse como se fosse o fim de um filme de guerra: pensou que ele tiraria uma selfie com ela e a postaria no Instagram dele com a legenda *#girlboss.* Mas, logo em seguida, ela pôde ver... o ciúme e o ressentimento dele.

Foi logo após isso que Graydon começou a fazer pedidos na cama, coisas com as quais Edie se sentia muito desconfortável — e eventualmente chocada —, mas ela consentia porque sentia que deveria *se desculpar* por seu sucesso. Graydon gravava tudo o que faziam, dizia que assim era mais "gostoso", e Edie, que apenas queria agradá-lo, fazia o que ele queria e recitava suas falas.

Agora de pé diante de Alessandra e de seu mosaico meio acabado, Edie recebe uma mensagem de Graydon. É uma caixa de Pocky, um biscoito comprido coberto de chocolate do Japão — o que acomete Edie com uma onda de náusea. Ela corre para o banheiro individual e não consegue decidir se chora ou se vomita. Faz um híbrido estranho do dois, desesperadamente desejando que Alessandra tenha ido embora quando sair. *Por favor*, pensa Edie, *pegue seu mosaico e vá embora.* O mosaico da vida de Edie teria um contorno fofo — pedaços de vidro rosa e cerâmica branca pintada à mão — mas o meio seria um pedaço deformado de asfalto, preto e nojento.

Quando Edie sai do banheiro, Alessandra entrega-lhe um pote de sorvete de baunilha com M&M, o doce favorito de Edie. Ela não sabia que Alessandra sabia seu doce favorito.

— Sente-se — instrui Alessandra. — Me diga o que está acontecendo. Eu quero ajudar.

Por dois meses, Edie e Alessandra trabalharam juntas, lado a lado, e Alessandra não fora nada além de uma nação hostil, o Eixo dos Aliados de Edie. A frieza intransponível de Alessandra havia causado horas de ansiedade em Edie e, ela não tem receio de dizer, um pouco de coração partido. Não é justo que Alessandra seja legal *agora*, quando Edie está finalmente imune a sua atitude fria.

Mas Edie quer contar com alguém, e quem mais ela tem? Já não fala com Charisse (graças a Graydon), não pode contar a sua mãe, não poderia abrir-se com Lizbet, e não pode contar a Zeke.

Edie pega a colher apenas para ter o que fazer com as mãos.

— Meu ex-namorado está me chantageando com vídeos que deixei ele fazer de nós dois quando estávamos juntos — explica Edie. — Ele enviou uma notificação no Venmo de mil dólares e me disse que, se eu não pagar, ele enviará os vídeos para meus futuros empregadores. Antes disso, ele ameaçou enviá-los à minha mãe.

Alessandra aquiesce levemente.

— Ah.

Ela não parece chocada nem perplexa, mas não viu os vídeos. Ela não escutou as coisas que Edie dissera à câmera; não assistiu aos atos. *Ninguém pode ver aquilo*, pensa Edie. *Ninguém!* Ela precisa pagar a ele mil dólares, mesmo que isso equivalha a quarenta horas de trabalho.

— Eu preciso pagar.

— Você *não* precisa pagar. Sabe que postar pornografia de vingança é *crime*, não sabe? Um delito grave de quarto grau? Você pode chamar a polícia. — Bufa Alessandra.

Edie pensa sobre chamar a Polícia de Nantucket e falar com o delegado Kapenash. Não é possível. *E é por isso que mulheres não fogem de seus abusadores*, pensa ela. É humilhante — e a possibilidade de culpabilização da vítima é muito real.

— Não posso chamar a polícia — sussurra Edie. — Ele é do Arizona.

— Phoenix?

— Marana.

As sobrancelhas de Alessandra se arqueiam.

— Ele trabalha no Dove Mountain? Eu conheço a propriedade. Tenho certeza de que o gerente-geral lá acharia o comportamento dele problemático.

O *Hotel Nantucket* 215

— Eu não quero... não vou envolver o gerente dele.

— Ele está ameaçando postar os vídeos sem o seu consentimento, não está?

Edie concorda.

— E ele a está *chantageando*. Quanto dinheiro você já enviou?

Edie abaixa a cabeça.

— Edie?

— Mil e quinhentos dólares — diz ela.

— O quê? — Alessandra se coloca de pé. — Vamos recuperar esse dinheiro. Só me dê o telefone dele e eu vou cuidar disso.

— Não posso.

— Edie — diz Alessandra. — Eu vou assustá-lo de verdade. Vou fingir ser outra pessoa. Sei que não dei motivos para confiar em mim, mas com certeza você acredita que posso ser uma vadia convincente ao telefone e que posso conseguir que esse... qual o nome dele?

— Graydon Spires.

— Posso conseguir que Graydon Spires faça exatamente o que eu disser. Você acredita nisso, não é?

Edie considera sua fala. Alessandra pode ser uma vadia? Sim. Ela pode convencer homens a fazer o que ela quiser? Também sim. Edie dá o número de telefone para Alessandra, então fecha os olhos com força. Ela ouve pedaços da conversa:

Sr. Spires, aqui é Alessandra Powell do Departamento de Polícia de Pima County... Relatos de ameaças contra... delito grave de quarto grau antes mesmo de se considerar as chantagens... entendo que você trabalha no Dove... Podemos ir buscá-lo... pelo Venmo a quantia de 1.500 dólares de volta à vítima... fraude na internet, roubo de identidade... acusação de...

Há uma pausa. Edie pode ouvir a voz de Graydon no outro lado da linha. Ele tem as palavras certas para Alessandra agora? Ele está tocando no ponto emocional certo — arrependido, mas charmoso? Tudo não passava de brincadeira... ele nunca sonharia em postar...

— Eu não quero ouvir suas mentiras, Sr. Spires. Envie à Srta. Robbins pelo Venmo o que lhe é devido imediatamente e deixe-a em paz, senão vamos lançar uma medida de restrição digital. Se voltar a ameaçá-la com os vídeos mais uma vez, vamos prendê-lo imediatamente. Estamos entendidos? — diz Alessandra. O cristal sob o olho de Alessandra parece piscar para Edie. — Estamos. Entendidos? — Ela faz uma pausa. — Bem, espero que sim. Não vou mencionar minhas distinções, Sr. Spires, mas criei a reputação de lavar o chão com homenzinhos como você.

Ela termina a ligação e diz a Edie:

— Se ele não enviar pelo Venmo o que deve imediatamente, eu vou voar para o Arizona e prender as bolas dele com um alicate de pressão até que ele devolva. Mas você terá seu dinheiro de volta.

Edie olha para Alessandra.

— Obrigada.

Alessandra sorri, não o sorriso frio e falso a que Edie está acostumada, mas um sorriso caloroso e genuíno que ilumina seu rosto e a faz parecer uma pessoa completamente diferente.

— De nada, Edie.

O celular de Edie toca. Um pagamento no Venmo havia acabado de chegar, enviado por Graydon Spires, no valor de 1.500 dólares.

✳

Richie e Kimber estão tendo o romance de verão sobre o qual as pessoas escrevem músicas — músicas como *Summertime* de Cole Porter, *A Summer Song* de Chad e Jeremy e *Summer* de Calvin Harris — e Grace não tem certeza de como se sente sobre isso. Por um lado, ela pode ver que não acabará bem — não estão sendo honestos um com o outro! — mas, por outro lado, ambos parecem tão... *felizes*, e como isso pode ser ruim? Agora que os dois estão — Grace dirá, apesar dos dois não terem dito — *se apaixonado*, a insônia de Kimber havia desaparecido e ela deixa o Richie trabalhar na recepção de noite sem intercorrências. Ela vai para cama após colocar as crianças para dormir e não se mexe até Richie se juntar a ela às 2h. Então aproveitam uma diversão de adultos. Kimber e Richie dormem entrelaçados (sempre de pijamas por causa das crianças) até as 7h, que é quando Louie desce ao lobby para jogar xadrez e Wanda pergunta aos hóspedes se ouviram falar do "Mistério do Hotel Assombrado". (Wanda é a pequena assistente de relações públicas de Grace.) Kimber desce com eles, depois volta para a suíte com dois copos de café — um adoçado para ela, e um com uma dose de leite para Richie. As crianças comem o café da manhã complementar no lobby — ambas adoram os croissants cheios de marzipã que Beatriz faz — e Richie e Kimber pulam o café da manhã para um pouco mais de tempo sozinhos. Depois tomam banho e seguem com seu dia. Kimber parece ter abandonado a escrita das suas memórias por enquanto; não acessava seu computador há quase duas semanas.

Richie e Kimber deixam Louie em sua aula de xadrez com Rustam e Wanda no Atheneum para que ela possa ler em silêncio por uma hora e checar o próximo mistério de Nancy Drew (ela está no volume 26, *The Clue of the Leaning Chimney*). Então retornam ao hotel, colocam a coleira em Doug e desaparecem pela porta lateral para uma caminhada. As tardes são de aventura, as quais Kimber seleciona do Livro Azul de Lizbet e pelas quais Grace consegue viver vicariamente por meio das fotos no celular de Kimber. Grace vê as fotos de sanduíches grandes o suficiente para duas pessoas que comeram no Something Natural (peru, queijo suíço e tomate com brotos e mostarda no famoso pão com ervas) e assiste aos vídeos que Kimber filmou durante o passeio até o farol Great Point. A grande extensão de areia dourada sob o sol do entardecer é tão *atrativa* que Grace almeja poder deixar o hotel, por pelo menos uma tarde. Não visitava o Great Point desde o falecimento de seu irmão; George costumava levá-la em seu barco de pesca. Há fotos de Richie pescando na praia com uma vara que Grace sabe ser emprestada de Raoul, e algumas fotos das crianças brincando na água com focas. (Kimber não sabe que focas significam a presença de tubarões? *Richie* não sabe? Que tipo de homem da natureza ele é?)

Em outro dia, eles passeiam com as bicicletas do hotel até o Madaket e almoçam no Millie's (há uma foto de um taco de vieira grelhada com salada de repolho roxo), e durante o fim de semana seguiram para Sconset para uma caminhada no litoral. (Grace se lembra da costa antes mesmo de qualquer casa ter sido construída. Ela costumava pagar um tostão para ir de *trem* até Sconset!) Há uma linda foto de Richie e Wanda de mãos dadas enquanto Richie caminha com Doug, e uma engraçada de Louie parecendo segurar o farol Sankaty Head Lighthouse na palma de suas mãos.

Os fins de tarde são sempre amargos porque Richie precisa estar no trabalho às 18h. Ele toma um banho e se troca na suíte, dá um beijo demorado e profundo em Kimber, então desce para a recepção. Grace nota que ele ainda faz ligações no meio da noite no escritório fechado de Lizbet. Ela acha isso decepcionante e sopra um vento frio na gola da camisa de Richie, mas isso não o impede.

Então ocorre um acontecimento feliz para Richie e Kimber. A mãe de Edie, Love Robbins, está disposta a trabalhar uma noite por semana, dando a noite de folga a Richie!

Devido às crianças, há apenas um lugar onde Richie e Kimber podem sair para jantar sozinhos e, felizmente, é o único lugar aonde ambos querem ir: o Blue Bar.

— É só colocar na conta do quarto! — diz Kimber, e Grace nota um alívio cruzar o rosto de Richie.

✳

Grace bisbilhota os dois pombinhos em seu encontro. Eles pedem um coquetel chamado Lá Vem Problema e começam saboreando deliciosos petiscos, molhos, temperos e lanchinhos crocantes; após o segundo Lá Vem Problema, Kimber pede o decadente sanduíche de caviar. Eventualmente, Beatriz, a concierge do chantili, surge com doses de chantili de chocolate com menta, e Kimber e Richie alimentam um ao outro com as minúsculas colheres, então começam a se beijar. Grace pode sentir a bartender, uma verdadeira pavio curto chamada Petey, pensando: *vão para o quarto!* Exatamente às 21h, Petey toca em um interruptor sob o bar e um dos painéis no teto marrom se abre, dando espaço para o globo de discoteca. *White Wedding* de Billy Idol começa a tocar, Richie pega a mão de Kimber e a guia para a pequena pista de dança em frente à parede de moedas. Os dois dançam ao som de *Burning Down the House*, de *Hit Me with Your Best Shot* e de *You May Be Right* enquanto bolas cobre de luz giram ao redor deles. Kimber joga a cabeça para trás e abre os braços ao ser girada por Richie em movimentos que ele chama de "cortador de grama" e "carrinho de compras". Kimber está rindo; Richie está animado. Então *Faithfully* de Journey começa a tocar e os dois pressionam juntos seus corpos suados e dançam em um círculo pequeno (*deveriam ter algumas aulas de dança no futuro*, pensa Grace), e ao fim da música Richie guia Kimber até o bar, onde ela assina a conta, deixando uma grande gorjeta para Petey.

Kimber vira o que sobrava do seu coquetel Lá Vem Problema e, no espírito da melhor década do século XX, grita:

— Me leve para cama ou me perca para sempre!

❋

São 17h30 da tarde, alguns dias depois; Richie está no banheiro, se barbeando antes do trabalho. Kimber está sentada na cama, ainda de biquíni, com areia da praia; sua pele bronzeada pelo sol, seu cabelo recém-pintado de rosa-flamingo, que é até lisonjeiro. Kimber observa Richie remover o creme de barbear com passadas certeiras no queixo um pouco levantado, então lança:

— Eu amo você.

A cabeça de Richie se move um pouco — por sorte, ele não se cortou — e seus olhos encontram os dela no espelho. *Oh-oh*, pensa Grace. É muito cedo? Kimber está sempre forçando a barra. Porém, Richie abaixa o barbeador e, com metade do rosto cheio de creme de barbear, beija Kimber.

— Também amo você — diz ele. — Talvez mais do que já amei na minha vida toda.

Dobrou bem a aposta, Richie!, pensa Grace.

Naquela noite, bem tarde, quando Richie vai para a cama, Kimber diz:

— Sabe o que eu acho que deveríamos fazer amanhã? Ver a sua casa. As crianças têm pedido para ver onde você mora quando não está aqui. — Ela passa as unhas levemente pelo peito de Richie. — Eu tenho que admitir que estou curiosa também.

Richie se empertiga.

— Minha casa é bem pequena. Um lixo, na verdade. Não quero que as crianças vejam, porque não quero que sintam pena de mim.

Kimber nega com um balançar de mão.

— Elas não vão ligar... são crianças. Podemos só passar e dar uma olhada quando estivermos indo para Fortieth Pole amanhã. Você disse que fica na Cliff Road? É no caminho.

— Não é uma boa ideia — diz Richie. — A proprietária, Sra. Felix, não permite visitantes.

— Não vamos colocar um pé dentro, e vamos apenas ficar por dois minutinhos — diz Kimber. — As crianças querem ver...

— Kimber, não. — A voz de Richie é grossa. Kimber espera por um instante, então se senta na cama.

— Eu só acho estranho estarmos apaixonados e eu nunca ter visto onde você mora. É... suspeito. E, depois do que passei com Graig, preciso perguntar... há algo acontecendo entre você e a Sra. Felix? Ou houve?

— Não! — responde Richie.

— Então acho que não entendo por que...

— Porque eu não tenho onde morar — diz Richie. — Não há Sra. Felix. Eu a inventei. Menti para você porque não queria que me achasse patético e menti para Lizbet para conseguir o emprego, do qual preciso desesperadamente.

— O quê? — questiona Kimber. — Onde estava morando antes então? Antes de se mudar para cá?

— Na sala de descanso — comenta Richie. — E no meu carro.

— Seu *carro?* — diz Kimber. A expressão em seu rosto é puro horror e Grace não pode culpá-la. Quem mora em um carro? Um desabrigado? *É o fim,* pensa Grace. *É o fim do lindo romance.*

— Preciso economizar dinheiro — explica Richie. — Estou com tantas dívidas, Kimber. O divórcio acabou comigo financeiramente. E pensei que, se você soubesse que eu não tinha onde morar, pensaria que estou apenas a usando para viver na suíte.

Os olhos de Kimber se fecham por um momento, então ela os abre com pressa.

— Convidei você para passar a noite na suíte e você disse não. Praticamente tive que implorar.

— Nunca quis que você pensasse que eu tinha outros motivos — diz Richie. — É por isso que eu estava tão relutante em começar este relacionamento. Não era você... você é linda, divertida, espontânea e uma mãe excelente, trazendo seus filhos para passar o verão aqui em vez de mandá-los para um acampamento ou mantê-los presos na cidade. Era que eu estava desabrigado... minha ex-esposa ficou com a casa em Connecticut e eu vendi o apartamento quando vim para cá. Você merece muito mais do que eu, Kimber.

Isso não deve ser mentira, pensa Grace.

— Eu não quero mais — diz Kimber. — Não preciso de marido rico. Tive um desses e ele me trocou pela babá! Preciso de um homem que me ame e não me abandone.

— Não vou abandoná-la — promete Richie. — Seria preciso alguém me afastar de você com uma arma.

Isso também não deve ser mentira, pensa Grace. *Nem improvável.*

15 de agosto de 2022
De: Xavier Darling (xd@darlingent.co.uk)
Para: Funcionários do Hotel Nantucket

Bom dia, equipe...

Estou contente por dividir a fortuna novamente esta semana e presentear o bônus de mil dólares para Adam Wasserman-Ramirez. Um hóspede do hotel não poupou (piscadinha-piscadinha) elogios a Adam por seu talento no piano durante a hora de queijos e vinhos. Ele ouviu os desejos do hóspede com uma performance de "Let It Go" que, segundo o hóspede, "deu arrepios".

Bom trabalho, Adam! Espero que não nos deixe pela Broadway!

XD

Adam merece o bônus, pensa Lizbet. Ele toca o piano para os hóspedes após o fim do seu turno, por puro prazer. Mas o negócio é: cada membro da sua equipe merece o bônus. Toda semana. Ela espera que Xavier veja isso quando vier visitar.

O celular dela alerta a chegada de uma mensagem e ela tem a mesma resposta condicionada ao som há semanas: *Mario?*

Mas a mensagem não é de Mario. É de JJ. *Vou tirar folga amanhã à noite. Podemos conversar?*

Lizbet inspira, expira, então toma um gole do café.

Tudo bem, **responde ela**. *Encontro você às 20h naquele local.*

Lizbet e JJ têm um local habitual no restaurante Proprietors na Indian Street. Nas noites de sábado fora de temporada, a bartender, Leigh Tenaz, reservava dois bancos para eles no fim do bar. Lizbet não tinha colocado os pés no Proprietors há meses, e, apesar de estar receosa com a reunião com JJ (é uma reunião, não um encontro, diz ela a si mesma), ela se sente alegre ao caminhar pela calçada de tijolos até a casa branca de madeira, construída em 1800, e abrir a porta vermelha no tom de batom.

Olá, velho amigo, pensa ela. O interior do restaurante é um dos seus favoritos. Há piso de madeira renovado, tijolos aparentes, luzes pendentes da Edison, e um longo balcão de carvalho branco com uma frente de estanho esculpido. Nas paredes há conjuntos incompletos de porcelanas e uma coleção de antigos brasões de porta; sobre as mesas há jarras de pedraria repletas de flores selvagens de Nantucket e guardanapos em sacos de farinha com listras verde-sálvia. Lizbet quase deixou o Proprietors de fora do Livro Azul porque não quer que o bar se torne um aglomerado de turistas pedindo coquetéis Cape Codders. No fim, ela o colocou na seção de jantar fino, chamando-o de "eclético", um espaço para pessoas que desejam uma "experiência de jantar atenciosa e os coquetéis mais criativos na ilha".

Lizbet tinha chegado antes de JJ de propósito. Ela quer acenar para Leigh, abraçá-la do outro lado do bar e fazer o seu pedido costumeiro — um coquetel chamado Celert Man, feito com mezcal jovem (Lizbet também, de modo bem intencional, se manteve longe da tequila por meses) e xarope de salsão com uma borda de pimenta branca. É um coquetel saboroso, seu preferido em vez dos doces (sinto muito, Arrasa-corações). Lizbet aprecia o primeiro gole gelado. Como ela sentira falta deste lugar.

— Está esperando por alguém? — pergunta Leigh.

Lizbet dá de ombros.

— Talvez.

Leigh arqueia uma sobrancelha — e no próximo segundo ela abre um sorriso.

— Veja só o que o vento trouxe! Como nos velhos tempos. Posso preparar o seu de costume, chef?

— Por favor — diz JJ.

Lizbet se levanta para cumprimentá-lo com um abraço como se ele fosse um velho amigo da escola. JJ aproveita a oportunidade para apertar Lizbet com força e ela inala o seu cheiro — fresco após o banho, sabonete da Ivory, pós-barba de Wintergreen, um resquício de cigarro que fumara no caminho.

Quando Lizbet se afasta, JJ diz:

— Você está linda, Libby. Não acho que a vi vestida assim antes.

— Não viu.

Lizbet está usando um vestido de verão de algodão plissado vermelho — curto, para mostrar suas pernas — e suas sapatilhas nude.

Eles se sentam nos bancos, os mesmos onde se sentaram centenas de vezes antes. Quando a bebida de JJ chega, eles brindam. Lizbet inadvertidamente voltou à sua antiga vida. Isto é uma *reunião*, ela se lembra. Não um encontro. Ela sabe que Leigh não é apenas persistente, mas discreta; qualquer pessoa estaria mandando mensagens em caixa alta para a ilha toda: LIZBET E JJ REUNIDOS NO PROPS BAR!!!!

Lizbet não tem certeza do que dizer à pessoa que conhece melhor do que ninguém. Ela deveria perguntar sobre Christina? (Não.) Ela deveria entrar na história sobre a impostora de Shelly Carpenter? (Não, ele não entenderia.) Ele parece *nervoso*. A mão dele está tremendo enquanto segura o cardápio.

Para acalmá-lo (ela não acredita que está caindo no velho hábito de se preocupar com o conforto dele), ela pergunta sobre o restaurante.

— Pior verão de todos — diz ele.

— Dizemos isso todo agosto.

— Estou falando sério, Libby. Está tudo uma droga. O lugar não tem alma. Estou cozinhando tecnicamente bem e a equipe sabe o que está fazendo, mas não há amor nem mágica.

Ora, pensa Lizbet.

— Minhas avaliações do TravelTattler estão horríveis. Todos falam que o jantar está "decepcionante". É como se estivéssemos sendo punidos pela grandeza do passado. Sabe como isso é frustrante? As pessoas ouvem "Ah, o Deck é o melhor" e chegam com expectativas irreais. Somos humanos cuidando de um restaurante. Problemas acontecem.

— Certamente acontecem.

— Eu preciso que você volte, Libby.

Lizbet solta um riso meio grito, e Leigh olha em sua direção. Lizbet a chama.

— Vamos pedir já.

Não há conflito ou confusão quanto ao cardápio porque Lizbet e JJ sempre pedem a mesma coisa. Eles começam com uma porção de tomates verdes fritos com queijo pimiento e mel com pimenta preta, e uma porção de sopa de osso. Depois Lizbet pede uma truta com frango frito e JJ um acém com osso coreano com pasta de kimchi.

— Gostaria de mais um coquetel? —pergunta Leigh a Lizbet.

— Vou ficar só com um — diz Lizbet. — Eu tenho que acordar cedo amanhã. — O seu dia começa cedo todos os dias agora e ela não se pode dar ao luxo de sair aos tropeços daqui como costumava.

Quando Leigh vai embora, Lizbet diz:

— Não vou voltar, JJ. Você arruinou tudo.

Ele gira em sua direção, então seus joelhos beijam a perna dela. JJ coloca a mão na parte de trás do banco dela, inclina-se, e fala com leveza. Lizbet não entende o que ele diz, mas compreende a intenção: *eu fui um idiota, uma besta, um bosta. Eu me odeio pelo que fiz, daria tudo para voltar às coisas como eram antes. Fui tão infeliz com Christina, ela é rasa, maldosa, insegura e tem tanta inveja de você. Ela quase arruinou o restaurante, a equipe a odiava, ela deixou uns jovens menores de idade entrarem e vendeu as taças de vinhos para eles — até um cego veria que as identidades eram falsas. Eu daria tudo para você voltar, se não voltar, eu não sei o que vou fazer.*

— Você vai fazer o que todos nós fazemos, JJ — diz ela. — Vai seguir em frente.

— Vou vender o restaurante para o Goose. Vou desistir.

— Você nunca faria isso.

— Observe.

— Parece que está querendo me ameaçar — comenta Lizbet. — Mas não me importo se quiser vender o Deck. Por que me importaria? É seu.

— Está me dizendo que não se importa com o Deck?

Lizbet pega o que resta de seu Celery Man e termina o coquetel.

— Me importo muito. Aquele restaurante era minha... nossa... casa. A equipe era nossa família. Mas não fui eu quem o colocou em chamas, JJ. Foi você, não eu.

Leigh chega com alguns aperitivos.

— Aqui está, pessoal, uma porção de tomates verdes fritos e uma de sopa. Aceitam mais alguma coisa?

Fones de ouvido, pensa Lizbet. *Um Diazepam. Uma saída graciosa.*

Ela coloca um tomate no prato para JJ, como sempre fizera. Ele espalha a deliciosa sopa em um pedaço generoso de pão dourado torrado para ela.

— *Bon appétit* — dizem juntos.

Lizbet não consegue mastigar a primeira mordida do tomate em sua boca rápido o suficiente. Esta é Nantucket afinal. Ela está em um inferno emocional, mas pelo menos os arredores são charmosos, o serviço é impecável e a comida é insanamente deliciosa.

Entre os aperitivos e a entrada, Lizbet vai ao banheiro, onde as paredes são revestidas com páginas de uma edição antiga de *June Platt's Party Cookbook*, com cardápios para cada dia do calendário. *Dia 24 de março: sopa de ervilhas, caranguejo ao molho, bishop's pudding.* O papel de parede melhora o humor de Lizbet — imagine, cada dia uma festa! — e, quando ela volta para a mesa, decide contar a JJ sobre o drama entre Heidi Bick e Lyric Layton. Ele se interessa pela história — meu Deus, ele não pode acreditar; não, não tinha ouvido falar de nada disso, mas, parando para pensar, não viu os Bick o verão inteiro e havia visto os Layton apenas uma vez.

— Sim, naquela noite em que eu estava lá — diz Lizbet. — Eu vi Lyric na mesa três. Ela estava chorando.

JJ limpa a garganta.

— Por falar naquela noite, o que há entre você e o Mario?

Lizbet adoraria dizer que as coisas entre ela e Mario estão pegando fogo, mas apenas dá de ombros.

— Eu terminei.

JJ brinca com a alça do vestido de Lizbet, e ela cai na armadilha das memórias de JJ fechando o zíper de seus vestidos, colocando-os no cabide e fechando os olhos, fechando os colares dela. Ele podia olhar para cada roupa e dizer aonde foram na última vez em que ela as usou, o que comeram, sobre o que conversaram e quem viram. A memória dele é seu superpoder, e isso sempre deixa Lizbet com a sensação de que ele prestava atenção. Ele a tinha *amado*, era essa a questão. Ela sabia que ele a amava. Então como diabos Christina se aproximou dele?

— O que houve? — pergunta JJ.

— Não estava pronta.

Ela acena para Leigh e aponta para seu copo. (Ela é como uma mulher na dor do parto: *eu aceito a epidural!!)* Mas esse pensamento a leva exatamente para onde ela não deseja ir: sua breve gravidez, a alegria inusitada, a intimidade que sentiu com JJ quando eles (três!) estavam aninhados na cama. Ela reconhece que mudou quando sofreu o aborto. Tinha parado de fazer sexo com JJ; o manteve a uma distância segura, o afastou. Sentiu-se tão confusa — estava em luto por algo que nem sabia que desejava.

Os coquetéis chegaram, entregando uma dormência gelada. Após um gole, ela diz:

— Não me permiti confiar em alguém de novo.

JJ segura o rosto dela em suas mãos grandes e quentes, a puxa para si como se fosse beijá-la, e começa a falar. Sua voz quase um cântico, exprimindo palavras quase como um sussurro incompreensível: *eu cometi um erro enorme, estraguei tudo, não vai acontecer de novo, juro por Deus, Libby, eu amo você e apenas você; sempre amei e sempre amarei. Nós dois amamos uma história de amor arrependido, não é? E eu quero criar a melhor de todas, farei de tudo se você, por favor, por favor, se casar comigo. Seja minha esposa, vamos tentar ter filhos de novo ou vamos adotar, ou ambos, a vida é uma louca aventura, é uma longa viagem de carro. Não quero nenhuma outra mulher no banco do passageiro ou na minha cama além de você, Lizbet Keaton. Por favor. Por favor, me escute. Eu te amo.*

As palavras *viagem de carro* lembraram a Lizbet de como, quando estavam dirigindo pelo estado de Nova York para visitar os pais de JJ ou a meio país em direção a Minnetonka para ver os pais dela e JJ estava ao volante, ele abaixava o rádio para Lizbet conseguir dormir (ela, enquanto isso, sempre deixava o rádio nas alturas enquanto dirigia). Ela ouve as palavras *na minha cama* e pensa em como JJ gostava de deixar a cama desarrumada — os travesseiros jogados, o cobertor embolado em uma espiral —, mas Lizbet não suportava, então, por quinze anos, JJ arrumou a cama com perfeição, cobertas alisadas, travesseiros no lugar certo.

Ele a amou. Aonde ela vai encontrar alguém que a ame assim de novo?

Ela inspira o ar da rendição, pronta para dizer: *Ok, está bem. Eu desisto, você venceu, eu vou voltar.* Mas, então, sobre o ombro de JJ, ela vê a porta da frente do restaurante abrir e uma mulher entrar. Lizbet pisca. É Yolanda. Lizbet não suportará se Mario entrar após Yolanda. Mas a pessoa que entra em seguida é outra mulher. É Beatriz.

Hum, pensa Lizbet.

Elas estão na recepção, conversando com Orla, a proprietária do Proprietors. Estão todas rindo. Beatriz coloca um braço ao redor de Yolanda e beija a sua bochecha. Orla puxa dois cardápios da recepção e guia Yolanda e Beatriz escada acima para o salão de jantar do segundo andar, e quando sobem Yolanda e Beatriz estão de mãos dadas.

Mãos dadas? E então ficha cai.

Você sabe por que Yolanda está sempre na cozinha, não é?, disse Zeke.

E por que ela está sempre com a equipe do Blue Bar às terças-feiras e por que ela pediu as terças-feiras de folga antes e por que Mario é abertamente carinhoso com Yolanda? Então lhe ocorre que a ajuda que Yolanda pedira a Mario era uma surpresa da equipe da cozinha no aniversário de Beatriz: todos juntaram dinheiro e compraram uma passagem de avião para trazer a mãe de Beatriz da Cidade do México para Nantucket.

— Está tudo bem? — pergunta JJ, seguindo o olhar de Lizbet sobre seus ombros.

O motivo de Yolanda sempre estar na cozinha não é Mario; é Beatriz.

— Embale minha truta para viagem — diz ela. — Preciso ir.

✳

Ela se apressa pela calçada de tijolos da India Street até a Water Street, movendo-se o mais rápido que pode de sapatilha, pensando: *é terça-feira, o dia de folga dele, deve ter saído para algum lugar ou está recebendo outra mulher; ele é o Mario Subiaco, pelo amor de Deus.* Mas Lizbet segue em frente. Ela vira à esquerda no caminho de conchas brancas atrás do Old North Wharf e vê a caminhonete prata de Mario.

Ele está em casa.

Isso quase a leva de volta ao Proprietors, de volta ao JJ e à segurança. (É insano que ela considere JJ seguro após o que ele fizera com ela; *familiar* talvez seja uma palavra melhor.) Mas a frase motivacional que Lizbet enfiou em seus espaços vazios como uma garotinha desesperada para preencher o sutiã lhe diz para seguir em frente.

Não em lutar contra o velho.
Mas em construir o novo.

Ela caminha a passos firmes pela longa doca sem cambalear ou pestanejar, e ao chegar à porta ela respira fundo e reconhece que este poderia ser um momento muito estranho.

Mas, ainda assim, ela bate na porta.

Há passos no interior, então uma pausa, antes de Mario abrir a porta. Ele está vestindo bermuda de academia, uma camiseta cinza e seu boné do White Sox virado para trás. Ele é tão lindo que Lizbet busca o apoio da parede revestida do chalé. Ela olha sobre os ombros dele. Há uma cerveja na mesa, uma caixa de pizza aberta e um prato.

Ele parece surpreso em vê-la? Não muito. Ele se recosta no batente da porta e lança seu lento sorriso torto.

— Oi, Arrasa-corações — cumprimenta ele.

— Oi — sussurra ela.

21 • O Telégrafo de Pedra

Quando chega meados de agosto, certa melancolia se estabelece, do tipo que as pessoas sentem em uma tarde de domingo. O verão, que parecia eterno em junho, chegará ao fim em algumas semanas.

Alguns de nós já se preparam para o adeus. Uma de nossas autoras locais chora sobre a camiseta do seu filho ao abraçá-lo na balsa; ele está indo para a Universidade da Carolina do Sul (uma universidade popular entre os jovens da escola de ensino médio de Nantucket desde que Link Dooley a frequentara). Mais tarde naquela noite, a autora local é vista no Blue Bar com seu grupo de amigos, bebendo um Arrasa-corações.

— Por que as escolas voltam tão cedo hoje em dia? — questiona ela. — Quando éramos crianças, o primeiro dia de aula era na terça-feira após o Dia do Trabalhador.

Sim, alguns de nós se lembram de nossos pais nos empurrando para a loja Murray's Toggery no sábado do Dia do Trabalhador a fim de comprar novos sapatos para a escola. Depois seguíamos para o barbeiro Joe ou para o salão da Claire, que nos davam novos cortes de cabelo e varriam do chão os cachos clareados pelo sol. Sharon Loira tem amáveis lembranças de seus pais, que sempre optavam pela última balsa para fora da ilha no próprio Dia do Trabalhador — o pai de Sharon, então, dirigia pelas longas horas da noite até Connecticut. Sharon e sua irmã, Heather, começavam a escola pela manhã, quase sempre ainda com areia em suas orelhas.

— Estávamos exaustas, mas nunca reclamávamos — comenta Sharon. — Porque queríamos aproveitar cada segundo do verão.

Quase todos os residentes de Nantucket concordam com esse sentimento, e ficamos chocados quando alguém tenta pular a estação. Jill Tananbaum vê a postagem no Instagram sobre o latte de torta de abóbora no seu feed em 18 de agosto — e imediatamente deixa de seguir a conta.

228 | *Elin Hilderbrand*

✻

Há um rumor por aí sobre Lizbet Keaton e JJ O'Malley terem sido vistos comendo juntos no bar do Proprietors. De acordo com as fontes, os dois estiveram bem próximos e pareciam estar no meio de uma *conversa bem intensa*. Estariam retomando o relacionamento? Alguns de nós esperavam que sim — Lizbet precisava voltar ao Deck o mais rápido possível; a qualidade da experiência havia decaído significativamente —, mas um ou dois dias depois essa esperança foi destruída quando ouvimos que Lizbet e Mario Subiaco tinham reatado o namoro. Tracy Toland e Karl Grabowski, dois dos nossos visitantes de verão favoritos (e recém--casados!), estiveram jantando na varanda do Straight Wharf e, sob o luar, viram Lizbet e Mario aos beijos na varanda da frente do pequeno chalé solitário no porto.

A reunião de Lizbet e do chef Subiaco é confirmada no terceiro sábado de agosto quando ambos participam, juntos, do nosso evento de caridade favorito da estação: o Summer Groove, que arrecada dinheiro para o Nantucket Boys and Girls Club. Lizbet traja um vestido de seda lilás, e seu cabelo loiro está trançado em uma coroa; Mario está com um blazer azul-escuro e uma gravata lilás combinando. Os dois ficam de mãos dadas a noite toda; deslizam para o bar de crus, onde Mario inspeciona as amêijoas-mercenárias com limão, o molho de frutos do mar e as ostras com molho mignonette antes de oferecê-los a Lizbet. Ambos aceitam hors d'oeuvres em bandejas de prata apesar das opções nesta festa não serem tão ambrosiais quanto as que estivemos comendo o verão todo no Blue Bar. (A caixa de quitutes nos deixou mal-acostumados.) Acontece que Lizbet e o chef Subiaco tinham doado um dos itens do leilão para o evento — três noites no Hotel Nantucket para o próximo verão mais uma "degustação do chef" para dois (com coquetéis!) no Blue Bar.

Há *numerosos* licitantes competindo entre si, todos aparentemente ansiosos, e o item é vendido por *35 mil dólares*. As pessoas na tenda ficam loucas!

É, no entanto, um pouco estranho quando o próximo item é anunciado: um jantar para dez pessoas no Deck, incluindo a marcante taça de vinho para a fonte de vinho rosé. Nos últimos anos, esse item obteve os maiores lances, mas esta noite, apenas uma mão se mostrou — pertencente a Janice, a higienista dental cujo irmão, Goose, é o sommelier do Deck. O lance de Janice foi de certo modo acidental (ela tinha tomado muito vinho), mesmo assim, ela ganha o pacote por 250 dólares, o que é menos do que o *valor real do pacote*.

Discretamente, nós olhamos ao redor da tenda, à procura de JJ, e ficamos aliviados em descobrir que ele não estava presente.

✻

O Summer Groove não é apenas o melhor evento de caridade do verão, é também o último. Quando acordamos na manhã seguinte, nossos espíritos estão abatidos. Tudo o que nos resta é esperar pelos "últimos". Os últimos incríveis dias de praia, o último omelete de lagosta, o último almoço com vinho Whispering Angel no Galley, o último passeio na ponte do relógio de sol em Sconset, a última chance de surfar em Miacomet, a última longa tarde bebendo Gripah na Cisco Brewers, a última abobrinha e milho na Bartlett's Farm (tomates seguem fortes em setembro e — eca! — estamos vendo abóboras?). Podemos nos apertar em mais um passeio de barco pelo porto para observar praticantes de kitesurf, ler mais um romance maravilhoso do Atheneum e comer mais um sanduíche de peixe no Oystercatcher enquanto o sol se põe sobre a água e o guitarrista Sean Lee canta sobre como é difícil viver apenas com um sorriso.

Mas então o Romeo do Steamship Authority relata que um *homem muito rico* está enviando um Bentley pela balsa com um motorista, e não apenas isso, mas esse mesmo homem está vindo de Londres em seu avião G5.

— Ele chegará aqui na quarta-feira — diz Romeo.

Quem pode ser?, pensamos. E quando percebemos: é Xavier Darling.

22 • Cedro e Sal

22 de agosto de 2022
De: Xavier Darling (xd@darlingent.co.uk)
Para: Funcionários do Hotel Nantucket

Saudações a todos, bom dia...
    Apesar de estar ocupado preparando minha travessia, eu não me esqueci do bônus semanal. Estou feliz em anunciar Edith Robbins como nossa vencedora. Uma carta emocionada descreveu os vários modos com que Edith ajudou na estadia estendida da família. Excelente trabalho, Edith!
    Eu chegarei às 14h de quarta-feira.
    Por favor, preparem os lacaios e os músicos! (brincadeira, é claro.)
XD

Lizbet sabia há meses que Xavier chegaria dia 24 de agosto, mas a data parecia um futuro extremamente distante. Então, conforme o dia se aproximava, Lizbet foi consumida por outras coisas. No entanto, o tempo fez o que sempre faz: passou.

Xavier chegará amanhã.

Lizbet espera até o intervalo entre as aulas de ginástica para entrar no estúdio de ioga, tomado por uma escuridão agradável. Ela coloca um dos tapetes grossos no meio da sala e considera ligar um pouco de música gamelão, mas decide que o som da água borbulhando sobre pedras de rios na fonte é agradável o suficiente. Ela se coloca na posição savasana e tenta não pensar.

Meia hora depois, assim que seus olhos se abrem naturalmente — essa sala deve ter algum poder sobrenatural porque ela, de fato, dormiu — há uma leve batida na porta, que se abre.

— Arrasa-corações?

É Mario. Lizbet adora o som da voz dele. Ela se deita novamente.

— Ei. — Ela quase lhe diz para trancar a porta ao entrar, assim poderiam batizar o estúdio de ioga... mas, sério, o que ela está pensando?

Mario para sobre ela, estendendo um expresso.

— Edie disse que você estava aqui e eu quase não acreditei. O que houve?

— Precisava dar um reset. — Lizbet se levanta e o beija. — E consegui!

— Bem, então somos dois — diz ele, entregando a ela o café.

— Está nervoso quanto ao Xavier?

— Ele também é meu chefe — comenta Mario. — Você notou como me virei e revirei a noite toda ontem?

— É mesmo? — Desde que reataram, Mario havia passado todas as noites no chalé de Lizbet. Ela vai para a cama em uma hora razoável, acorda quando Mario chega, depois volta a cair no sono. — Por que está tão nervoso?

— Não tenho certeza.

— O bar é incrível, Mario — diz Lizbet. — Está lotado toda noite e tem avaliações absurdamente altas em todos os aplicativos de avaliação de restaurantes. Será tão icônico quanto o Blue Bistro, se não mais.

Mario sorri, mas ela sabe que ele não acredita.

— Estou falando sério — diz ela.

— Eu sei. Mas homens como o Xavier...

— Sou eu quem deveria estar nervosa — diz Lizbet. — Eu tenho um hotel inteiro para apresentar: 12 suítes, 36 quartos, o lobby, as piscinas, a academia e a sauna, este estúdio. Mas estou orgulhosa do que construímos. — Ela coloca os braços ao redor do pescoço de Mario e pressiona seu corpo inteiro contra o dele. — Sei que está nervoso porque perdeu seu restaurante nesta ilha antes, mas Xavier vai nos amar. Não temos nada com o que nos preocupar.

✳

Naquela tarde, durante a troca de turnos, Lizbet anuncia uma reunião na sala de descanso. Ela pede a Love para ficar de olho na recepção para que Richie possa comparecer à reunião com Edie, Alessandra, Adam, Raoul, Zeke, Magda e Yolanda. Lizbet relembra a reunião de equipe que fizera no dia de inauguração, quando o hotel estava aprendendo a engatinhar. Ela quase não conhecia essas pessoas e elas mal conheciam umas às outras.

Richie havia perdido treze quilos, estava bronzeado e sorria de modo muito mais genuíno do que na noite em que Lizbet o entrevistou. Ele está apaixonado por Kimber Marsh, sua hóspede de longa data; isso é coisa de comédia romântica! (No entanto, Lizbet não vai mencionar esse romance para Xavier, no caso de ele desaprovar.) Edie tem sido consistentemente cuidadosa e generosa, o contraste perfeito de Alessandra, com sua beleza desafiadora e sua confiança ofuscante. Mesmo Alessandra tendo amaciado um pouco nos últimos dias, tanto que Lizbet notara Edie e Alessandra *rindo* juntas. (Lizbet demorou para compreender. Foi genuíno? Sim, parecia que sim.) Zeke havia amadurecido belamente na função de porteiro; se sua mãe pudesse vê-lo agora, ela estaria orgulhosa. Yolanda é tão serena quanto uma lagoa escondida em um bosque encantado, e Lizbet está feliz por não ter contado suas suspeitas para Mario, porque, uma vez aberta essa porta, seria impossível fechá-la: Lizbet se sentiria envergonhada, assim como Yolanda, Mario *e* Beatriz.

Magda se senta com a postura perfeita na beira do sofá, as pernas cruzadas nos tornozelos. Ela continua impossível de ler, uma esfinge. Alguma vez já abaixara a guarda? Nunca. Ela é a profissional perfeita. Lizbet não havia se preocupado, nem por um segundo, com a equipe de limpeza. Não houve uma reclamação sequer quanto à limpeza dos quartos. Houve dois itens desaparecidos, mas Magda resolvera, ela mesma, esses incidentes com os hóspedes e a equipe. A equipe de limpeza é a base de qualquer hotel — se um hotel não é limpo, pode esquecer — o que torna Magda a pessoa mais importante entre os funcionários, talvez até mais importante do que a própria Lizbet.

Lizbet se lembra de pensar que não queria saber os segredos de seus funcionários. Mas agora que o verão está chegando ao fim, ela decide que gostaria muito de saber os segredos de Magda.

— O Sr. Darling chegará amanhã — começa Lizbet. — Eu quero que todos vocês façam seus serviços com precisão, como vêm fazendo. O Sr. Darling vai se apresentar a todos vocês ao longo da sua estadia. Queremos ter certeza de que ele está confortável e de que suas necessidades são atendidas, como qualquer outro hóspede. Alguma pergunta?

— Quanto tempo ele vai ficar? — pergunta Adam.

— Quatro noites — responde Lizbet. — Ele planeja ir embora no domingo.

Alessandra levanta uma mão.

— O Sr. Darling tem algum reserva de jantar? Se ele quiser ir ao Cru ou ao Nautilus...

— Então ele deveria ter feito as reservas há trinta dias — comenta Edie. — Mas Alessandra tem um infiltrado no Nautilus e eu uma boa relação com o pessoal de reservas do Cru. Então é só avisar.

— Excelente pergunta — diz Lizbet. Xavier não disse nada sobre seus planos durante a visita. É a primeira vez dele em Nantucket. Ele deveria ler o Livro Azul, ou Lizbet poderia preparar alguns itinerários para ele. Ela se pergunta se o motorista (que ficará hospedado no Beach Club porque seu hotel está cheio!)

O *Hotel Nantucket* ❧ 233

sabe como dirigir um Jeep pela praia. — Eu vou descobrir se o Sr. Darling tem algum plano quando conversar com ele pessoalmente. Se não houver mais perguntas, vou terminar a reunião. Por favor, pessoal, vão para casa e tenham uma boa noite de sono. Vejo todos vocês amanhã bem cedinho.

❊

Xavier está chegando!, pensa Grace. *Xavier está chegando!* Ela sente uma repentina onda de energia. Um desejo de assombrar o hotel — Mary Perkowski do quarto 205 veio da distante Broadview Heights, Ohio, esperando ver o sobrenatural —, mas Grace precisa reservar sua energia para poder aproveitar as festividades de amanhã.

Grace não é a única que está animada com a chegada de Xavier. Zeke chegou ao hotel com um novo corte de cabelo; Alessandra trocou seus cristais de olho claros por outros em tom de azul-safira. A atenção de Edie ao serviço ao cliente se tornou tão intensa, como a luz do sol através de uma lupa, que Lizbet a lembra gentilmente de que alguns hóspedes preferem descobrir as coisas por si mesmos.

Richie surpreende Kimber enquanto ela está no notebook e a vê comprando itens escolares da Staples para serem entregues em seu apartamento em Nova York.

— Já precisa pensar na volta às aulas?

Kimber fecha o notebook rapidamente.

— Não dá para evitar. Os professores da PS Six gostam que as crianças estejam preparadas logo no primeiro dia, com lápis apontados. E você já conheceu a minha filha, Wanda? Ela está me incomodando sobre essas compras há semanas.

Richie se joga no assento da janela e olha para a Easton Street enquanto um casal passeia em uma bicicleta de dois lugares.

— Preciso me preparar mentalmente. Tudo isso vai acabar. Vou ficar no hotel até o Dia de Colombo, prometi isso a Lizbet, mas não será a mesma coisa sem você e as crianças aqui. Nos restam apenas alguns dias.

Kimber se senta entre as pernas de Richie e reclina sua cabeça sobre o peito dele. Doug, o cachorro, deita-se no chão aos seus pés. Ele levanta a cabeça quando Grace flutua sobre ele e começa a choramingar. Não está acostumado com ela.

— Por que você não vem para Nova York após o Dia de Colombo? — pergunta Kimber. — More com a gente.

— Não posso fazer isso.

— Por que não? Há empregos suficientes na cidade. Meu divórcio estará finalizado, ou quase.

— Você queria um romance de *verão* — comenta Richie.

— Bem, talvez agora eu queira um romance de *verdade* — diz Kimber. Ela puxa os braços de Richie ao seu redor. — Não quero que isto acabe.

Grace suspira. Que doçura! Ela gostaria de ver Kimber e Richie terminarem juntos após irem embora. Quer acreditar que o hotel é mais do que apenas cedro e sal. É um lugar que pode criar ao menos um final feliz.

✳

Na manhã do dia 24, Chad chega cedo ao trabalho como pedido pela Srta. English. Ele deduz ser devido à chegada do Sr. Darling. O hotel deve estar ainda mais imaculado do que o seu habitual imaculado.

Quando chega ao escritório da limpeza, ele vê uma mulher desconhecida de uniforme — bermuda bege e camisa polo em azul-hortênsia — passando a lista de cem pontos com a Srta. English. Essa mulher tem um cabelo ruivo vivo que parece nascer da sua cabeça como um algodão-doce. Seu rosto é cheio, enrugado e gentil. Ela deve ser o reforço para a visita do Sr. Darling.

— Chadwick — diz Srta. English. — Conheça Doris Mulvaney, sua nova parceira de limpeza.

— Minha...

— Você mostrará tudo para Doris hoje. Eu disse a ela que você é um dos melhores na limpeza!

Um dos melhores funcionários entre quatro não é bem um elogio, mesmo assim Chad sente uma onda de orgulho. Ele oferece a mão para Doris.

— Prazer em conhecê-la, Sra. Mulvaney.

Ela ri e seus olhos azuis brilham.

— Pode me chamar de Doris, por favor, rapaz. — Ela tem um sotaque irlandês, o que Chad acha maneiro.

Chad olha para a Srta. English.

— Onde está Bibi?

— Você e Doris vão começar pelos checkouts do terceiro andar. Precisamos limpar todo o terceiro andar antes da chegada do Sr. Darling.

— Sem problemas, mas...

— Obrigada, Chadwick. Se você der uma passada aqui ao fim do dia, podemos conversar. Mas não agora... temos muito trabalho para fazer.

Chad e Doris pegam o elevador de serviço para o terceiro andar.

— Quantos anos você tem, rapaz? — pergunta Doris.

— Vinte e dois anos — responde ele, seco. *Bibi foi demitida*, pensa ele. *A Srta. English a demitiu*. Mas ela não roubou o cinto da Gucci! Aquilo foi uma armadilha da falsa Shelly Carpenter! Bibi provavelmente também não pegou o cachecol da Fendi da Sra. Daley. Ela deve tê-lo esquecido em Ventuno.

— Na universidade? — pergunta Doris.

— Eu me formei em maio — diz ele. — Na Universidade Bucknel na Pensilvânia.

— E agora está trabalhando aqui?

— Sim — responde Chad. Ele quer ser educado, mas também não quer encorajar uma conversa. — Meus pais têm uma casa aqui e este é meu emprego de verão.

Ele se pergunta se talvez algo mais esteja acontecendo. Talvez a filha de Bibi, Smoky, tenha sido diagnosticada com algum terrível câncer ou talvez tenha tido algum problema doméstico com o pai da bebê, Johnny Quarter. Talvez Bibi e Smoky tenham entrado no carro à procura de Johnny Quarter ou talvez Octavia e Neves tenham sido ruins com Bibi na balsa e isso a fez pedir demissão.

— Meu filho é encanador no hotel — diz Doris. — E, quando ouvi que estavam com falta de pessoal no departamento de limpeza, eu me ofereci para ajudar. Eu limpei quartos no resort Balsams em Colebrook, New Hampshire, por vários anos e no Ballyseede Castle na Irlanda quando tinha a sua idade. — Ela dá um tapinha no braço dele. — Então sei o que estou fazendo.

— Quando você ouviu que estávamos com falta de funcionários? — pergunta Chad.

Doris dá de ombros.

— Na última semana, eu acho.

Na última semana? Bibi veio para o trabalho todos os dias. Ontem mesmo ela disse a Chad que triplicariam os arranjos florais em cada suíte devido à chegada de Xavier Darling. Haveria buquês na sala de estar e em ambos os quartos. Chad e Bibi reclamaram disso juntos — o triplo de hastes de lírios para podar, o triplo de poeira de hortênsias! —, mas não havia indício de que Bibi não estaria aqui para remover as flores de bocas-de-leão murchas. Quando se separaram no dia anterior, Bibi jogou a mochila sobre o ombro e, como sempre, disse:

— Até mais, Tiro no Escuro.

Ele quer enviar uma mensagem e perguntar a ela o que aconteceu. Ela está bem? Mas Chad não tem o telefone de Bibi. Houve momentos em que queria pedir, mas ele sempre se deteve porque... por quê? Era óbvio que pensava em Bibi quando não estava no trabalho — nunca de modo sexual, apenas amigável. Havia vídeos do TikTok que ele queria enviar para ela e notícias sobre o avistamento de barbatanas na costa sul (Bibi era uma fã devota de Shark Week), coisas sobre as quais podiam conversar durante o trabalho. Mas ele nunca quis parecer estranho ou ansioso, e certamente não queria passar a ideia errada. Agora, no entanto, ele não tinha como a contatar.

✳

Chad sabe que Xavier Darling deve chegar entre as 14h e as 15h, mas naquela hora Chad e Doris estão limpando o quarto 111 ao lado da piscina do hotel, então ele não pode vê-lo pela janela. Doris é uma faxineira ágil e eficiente e não se importa em lidar com os banheiros.

— O sanitário é minha especialidade única — diz ela.

Chad é deixado então para lidar com a especialidade única de Bibi, a cama. Semanas haviam se passado, talvez meses, desde que Chad havia arrumado a cama, ainda assim, ele segue o procedimento, quase de modo robótico. Sua mente está em outro lugar — em Bibi, é claro, mas também na chegada de Xavier Darling. Chad espera sentir uma mudança no hotel — um crepitar no ar, um estrondo nos andares, o soar de alarmes ou um alerta em seu telefone.

Do lado de fora da janela, Chad ouve apenas a risada de crianças e o barulho de água na piscina familiar. Às 15h45, ele e Doris seguem para o quarto 108, com vista para a Easton Street, mas a rua está quieta.

Às 17h, Chad e Doris terminam o último quarto do dia e Chad empurra o carrinho de limpeza para o depósito e o reabastece para o dia seguinte. Uma soma de 120 dólares havia sido deixada em gorjeta, e ele e Doris dividem o dinheiro. Ele tenta não aparentar estar apressado, apesar de estar um pouco.

— Prazer conhecê-la, vejo a senhora amanhã! — diz ele, com uma falsa voz alegre, antes de sair apressado para o escritório da limpeza.

Mas a Srta. English não está lá. Chad não pode acreditar. São 17h15, seu horário habitual de saída, e ela tinha dito que ele deveria vir ao terminar o dia.

Ele aguarda alguns minutos, olhando o celular inutilmente — ninguém mais lhe envia um Snapchat ou mensagem — e, quando finalmente se vira para sair, ele quase colide com uma mulher entrando no escritório.

— Ah — diz a mulher. — Tiro no Escuro. Esqueci você completamente.

Chad pisca. A mulher é a Srta. English, mas, em vez do visual habitual de trabalho da Srta. English — sua camisa azul-hortênsia, o cardigã combinando que geralmente usa porque acha os quartos do hotel frios, e seu cabelo preso em um coque comedido —, esta Srta. English está vestindo uma camisa de mangas de seda rosa-choque e um par de calças brancas justas. Seu cabelo está reunido sobre sua cabeça e coberto por um lenço florido claro, e lindos cachos balançam ao lado de seu rosto. Esta Srta. English também está usando óculos de gatinho enfeitado com brilho e um par de stilettos com plataforma em vez dos mocassins que Zeke gosta de chamar de "sapatos de tia".

Chad, de algum modo, encontra sua voz.

— Você está linda.

— Obrigada — responde ela, observando-o por um momento. — Eu tenho planos esta noite, como deve saber, mas o jantar é só às 20h, então por que eu e você não tomamos uma bebida antes, que tal?

De novo, Chad fica sem palavras. Beber com a Srta. English?

— Ok? — diz ele.

Ele se sente ruborizado. Pelo fato de a Srta. English estar tão diferente e se assemelhar a uma mulher mais velha e gostosa, Chad sente como se ela o estivesse chamando para um encontro.

— Vamos nos sentar no bar do Brant Point Grill — diz a Srta. English. — Já é passada a hora de termos uma conversa.

✳

Na manhã de 24 de agosto, Alessandra recebe um e-mail de Xavier Darling endereçado apenas a ela.

Estou ansioso para conhecê-la ainda hoje, Alessandra, diz a mensagem. Nossa estrela da recepção! XD

Eccezionale!, pensa Alessandra. Ela ainda tem dinheiro no banco, apesar de não ser tanto quanto gostaria — seu aluguel é caro, o veículo nada prático que comprara precisa de uma transmissão nova por volta de 4 mil, e ela ainda tem 17 mil em dívidas no cartão de crédito da sua vida passada. Ela quer uma situação mais permanente. É loucura pensar que talvez ela e Xavier Darling...

Nenhum dos homens com quem Alessandra tinha dormido aqui no hotel era rico ou extravagante o suficiente para o seu gosto — exceto David Yamaguchi, que, infelizmente, tinha uma linda esposa em casa a quem ele era bastante "devoto". O babaca Bone Williams havia, mesmo que por um segundo, assustado Alessandra, levando-a a um período de reflexão. O que ela estava *fazendo*? Sempre aspirava a ser diferente e melhor do que sua mãe; no entanto, Alessandra admite a si mesma que apesar das armadilhas glamorosas de sua vida — viver na Europa antes e agora em Nantucket, o champagne, os jantares caros, os itens luxuosos — ela era exatamente a mesma coisa, a única diferença era que não tinha uma filha para expor. Alessandra nunca ansiou por um marido, filhos ou mesmo uma casa no subúrbio e férias na Disney (horrível). Mas uma certa estabilidade seria bom. Xavier Darling vale setenta bilhões de dólares. Possui residências em Londres, Gstaad e St. Barth's, além de apartamentos em Nova York e Singapura. Ele não é alto ou forte como Alessandra prefere seus homens (suspiro — Michael Bick), mas possui uma boa postura, um sorriso gentil e um denso cabelo grisalho. Alessandra se recorda de ler que Xavier Darling tinha investido trinta milhões no hotel; fora isso que a fizera escolher Nantucket em vez de Vineyard e Newport. Naquela época, ela estava pensando apenas na clientela abastada, apesar de que talvez, em seu subconsciente, estivesse pensando no próprio Xavier.

Ele é um pouco mais velho do que seus alvos costumeiros... mas talvez seja isso o que ela precisa. Alguém mais velho.

*

Às 14h15, Lizbet sai voando do escritório dos fundos. Ela está usando um de seus vestidos fofos, Alessandra nota com aprovação, um vestido Cartolina reto de linho branco com barra aberta, mas ela tinha optado por duas tranças, o que a fazia parecer prestes a cantar iodelei.

— Xavier acabou de aterrissar! — diz Lizbet. — Ele estará aqui em vinte minutos! — Ela faz zero esforço de manter a calma, mas não é isso que atraía as pessoas à Lizbet, seu coração exposto? Pelo menos Edie está calma. Desde que Alessandra assustara o predador de Edie (o único elogio desse verão do qual Alessandra está orgulhosa), Edie tinha focado seu calor e sua luz em Alessandra — "Você é uma guerreira! Como posso agradecê-la?" — e Alessandra se deleita com isso. Alessandra adorou tanto arrasar com aquele Graydon idiota que até considerou treinar para trabalhar em algum tipo de unidade especial de vítimas, mas é claro que ela nunca passaria na verificação de antecedentes.

*

Lizbet posa na entrada do hotel como uma anfitriã de um programa de televisão, Zeke e Raoul atrás dela. Louie está jogando xadrez no lobby com uma adolescente hospedada no quarto 210 (essa garota tinha acabado de assistir *O Gambito da Rainha* na Netflix e jurava que podia vencer Louie, mesmo após perder três partidas seguidas bem rápido). Há um novo café passado, e Sheryl Crow está cantando que tudo o que deseja é ter um pouco de diversão antes de morrer.

— Ele chegou! — grita Lizbet ao se virar.

Alessandra sente o seu coração acelerar um pouco. Ela olha de relance para Edie, que está ao telefone com o salão R. J. Miller, tentando agendar uma pedicure para a Sra. Baskin do quarto 304. Alessandra toca nas costas de Edie e avisa sobre a chegada de Xavier ao local.

— Estou na espera. Não posso desligar, ela quer a pedicure para amanhã — sussurra Edie.

Alessandra acha Edie muito mais profissional do que ela; se estivesse em seu lugar, teria desligado imediatamente.

Alessandra tem inveja por Edie ter algo com o que se ocupar. Alessandra apenas sorri para a porta, então checa o computador por nenhuma razão. Xavier não tem uma reserva como os demais hóspedes, e Lizbet preparou as chaves de seu quarto horas atrás.

Então Alessandra ouve vozes — de Zeke e de Lizbet. Ambos soam como atores de teatro — e, um instante depois, o homem em pessoa pisa no lobby.

Bem, pensa Alessandra. Ele é mais alto do que Alessandra esperava — que bom — e exala uma confiança natural aos mais ricos. Ele está vestido com um terno creme e uma camiseta coral com o colarinho aberto, um cinto com fivela prata escovada (nada muito chamativo, mas bonito), e mocassins de couro com topo de lã que Alessandra imediatamente identifica como Fratelli Rossetti. A aparência de Xavier Darling saiu direto de Capri. Alessandra sente uma pontada dos verões de seu passado recente. Sente falta da água turquesa, de mergulhar do iate de Giacomo, de almoços longos com lagostins grelhados e pão crocante com azeite de oliva recém-fabricado e pedaços salgados e densos de queijo Parmigiano. Xavier exibe um bronzeado, então ela supõe que ele aproveitou bem o verão no leme de seu barco ou em uma cabana privada na praia em Il Riccio.

— Isso não é nada além de magnífico, Elizabeth — diz ele, levantando os braços para as vigas antigas, observando o candelabro de barco de baleeiro, a fotografia de James Ogilvy, a elegância praiana do lobby. — Que espaço convidativo.

Beatriz do serviço da cozinha aparece com um coquetel vermelho-escuro — é o Arrasa-corações; Alessandra tinha ouvido falar muito da bebida — e uma pequena cesta de queijos gougère da caixa de quitutes do Blue Bar. Os queijos gougère são dourados e têm uma incrível fragrância, frescos do forno, mas sem dúvida resfriados à temperatura perfeita para que Xavier não queime a língua. Quando Alessandra e Xavier estiverem juntos, a vida dela será abençoada com recepções requintadas como esta.

Xavier aceita o coquetel e levanta o copo para a recepção.

— A vocês! — diz ele, e bebe.

Lizbet o guia para apresentar Edie, que acabou de desligar o telefone; ela sai de trás da recepção, encara Xavier e faz uma reverência. Alessandra sente vergonha pelo gesto, mas Xavier joga a cabeça para trás e gargalha. Ele e Edie apertam as mãos e, enquanto Lizbet se gaba para Xavier ("Edie foi uma aluna Statler Fellow na Cornell!"), Alessandra sai de trás da recepção e aguarda a uma distância respeitosa de Edie até que seja sua vez de ser apresentada. Xavier se interessa mais por Edie quando ela menciona ter crescido na ilha, e Edie puxa Zeke para a conversa porque Zeke também cresceu em Nantucket, então Lizbet diz a Xavier que Zeke é um surfista talentoso e também neto de Magda English, chefe do serviço de limpeza, e *isso* chama a atenção de Xavier. Ele conhece Magda há mais de trinta anos, segundo ele. Alessandra está começando a se sentir desconfortável, literalmente como uma dama de companhia; no entanto, Raoul está em uma posição semelhante à de Alessandra atrás de Xavier e sua expressão irradia um interesse bem-intencionado na conversa, que não tem nada a ver com ele. Alessandra inspira bem e se lembra de que ficará de prontidão pelo tempo necessário, e quando a atenção se focar nela dará o seu grande show.

O telefone do hotel toca, e, apesar de Alessandra ser a mais próxima, ela não faz movimento nenhum para atendê-lo. Ainda não conheceu Xavier! Ela espera que Edie ouça o telefone e note que *ela* deveria atender, mas Edie ainda está focada na conversa e Alessandra recebe um olhar pontual de Lizbet (ela não gosta de escutar o telefone tocar mais de duas vezes). Alessandra volta à parte de trás da recepção para atender o telefone.

É a secretária de um Sr. Ianucci, que fará o check-in naquela tarde. A secretária está confirmando a reserva do quarto com vista para a piscina por duas noites.

Sim, sim, confirmado, o Sr. Ianucci não recebeu o e-mail? Alessandra sabe que ele recebeu, mas provavelmente estava muito ocupado para abri-lo.

— Estamos aguardando para receber o Sr. Ianucci esta tarde — diz Alessandra, sua voz talvez esteja um tom mais alto do que precisa para que Xavier possa ouvir suas habilidades incríveis ao telefone e perceba que, pelo menos, *alguém* está trabalhando enquanto todos conversam.

Alessandra desliga assim que Lizbet diz:

— Deixe-me mostrar a sala de descanso.

Edie retorna à recepção, e Zeke e Raoul voltam para a entrada.

— É um prazer conhecer todos vocês! — diz Xavier.

Exceto que não conheceu Alessandra ainda, e ele até enviou um e-mail diretamente para ela. Alessandra espera pelo momento, então, em um ato raro de desespero, segue Xavier e Lizbet até a sala de descanso.

Xavier está de pé diante da máquina de pinball.

— Abracadabra! Eu joguei isso durante meu verão nos Estados Unidos na década de 1970. Morei com meus tios em Casper, Wyoming, de todos os lugares possíveis. Meu tio era dono de um rancho na região, e o bar local tinha esse jogo. — Ele pressiona os botões de ambos os lados e os bastões se mexem. Xavier se vira para Lizbet. — Você não teria uma moeda, teria?

Alessandra limpa a garganta.

— Eu tenho, senhor.

Tanto Xavier quanto Lizbet se viram. Alessandra pensa que Lizbet deve estar aborrecida por ela tê-los seguidos até a sala de descanso, porém, Lizbet apenas sorri e em sua nova voz de líder de torcida diz:

— Xavier, esta é Alessandra Powell, nossa gerente da recepção!

Alessandra faz contato visual e aperta a mão de Xavier, então puxa a moeda de trás da sua própria orelha como uma mágica, mas apenas Lizbet aparenta estar impressionada. Alessandra tinha jogado bastante pinball este verão. Era uma chance de reviver sua adolescência — havia uma máquina do Abracadabra na pizzaria em Haight-Ashbury que ela costumava frequentar com Duffy. (Alessandra não pode pensar em Duffy neste momento, apesar de haver um pedido de amizade apodrecendo em seu Facebook.)

— Aqui está, Sr. Darling. É um prazer conhecê-lo.

Xavier aceita a moeda e Alessandra espera que ele diga algo sobre sua performance marcante na recepção este verão, em seguida ela mencionará sua experiência de trabalho anterior na Europa. Eles, com certeza, terão uma excelente conversa sobre a Itália, Ibiza ou St. Tropez, no entanto Xavier apenas diz:

— Muito obrigado.

Em seguida, ele se vira para a máquina de pinball, insere a moeda, puxa a alavanca de acionamento e deixa a bola prateada voar. A máquina retorna à vida, com todos os seus sinos tocando e suas luzes brilhando. Está claro que Lizbet ficará assistindo a Xavier jogar, mas Alessandra sente que abusará de sua sorte se decidir ficar também. Ela retorna para a recepção.

Xavier e Lizbet emergem e seguem para a entrada de trás que leva às piscinas. Após isso, Alessandra supõe que seguirão para o centro de bem-estar, depois ao Blue Bar, e então para a suíte do proprietário.

Ela vê Zeke empurrando o carrinho com a bagagem de Xavier — uma capa para ternos, uma mala e uma bolsa para viagens curtas — e ela quase se oferece para levar, mas quão estranho (e óbvio) seria *isso*? Ela terá que pensar em outra razão para visitar a suíte de Xavier. Precisa de uma conversa a sós com ele. *Será preciso apenas isso*, pensa Alessandra. Ela abaixará o rosto e o encarará. Tocará seu pulso entre a manga da camiseta e seu relógio. Sempre bastou apenas isso.

Quando Lizbet retorna à recepção, ela está vermelha e sem fôlego como se tivesse terminado uma corrida de obstáculos.

— Ele está bem acomodado — diz ela. — Adorou tudo. Ele elogiou tanto e notou cada detalhe. Não tenho certeza do porquê de estar tão preocupada. Este lugar é perfeito.

Alessandra resiste à vontade de revirar os olhos.

— Sinto como se tivesse acabado de conhecer a realeza. Ele é tão... elegante — comenta Edie.

Elegante *é a palavra certa*, pensa Alessandra. Ela deveria estar buscando elegância — modos, nascimento, experiência, generosidade — o tempo todo, mas estivera distraída com aparências e charmes superficiais, e é por isso que não havia encontrado a situação correta. Agora que Alessandra havia conheci-do Xavier Darling em pessoa, ela podia ver o futuro dos dois juntos com mais clareza. Seria o jato particular e o Bentley com motorista, é claro, mas também ilhas privativas, cabanas de caça no interior da Escócia, tardes calmas em casa na Belgravia, com Xavier fumando o cachimbo e checando o mercado de ações, Alessandra encolhida em um sofá ao lado da lareira, lendo uma edição de couro de Dante. Ela deixará os cristais de olho e o delineador branco para trás; come-çará a usar o cabelo em um clássico coque cignon. Ela o chamará de X. Ele pas-sará de encantado para inebriado para profundamente apaixonado, até estar de fato a amando. Ele estará cativado pela inteligência de Alessandra, sua facilida-de com línguas, sua experiência com negócios. Insistirá que ela o acompanhe até Davos, onde ela chamará a atenção de outros magnatas, e essa sensação de competição forçará Xavier a pedi-la em casamento. Ou se ele tiver medo de ca-samento, que é a suspeita de Alessandra, ele a tranquilizará ao adicioná-la ao testamento — e ao comprar um diamante extraordinário que prove seu compro-metimento sem a necessidade de uma cerimônia na igreja.

Tudo o que ela precisa fazer é ir ao seu quarto.

— Eu me esqueci de entregar uma cópia do Livro Azul! — Lizbet se lembra em choque.

Bem, se isso não é o equivalente ao céu se abrir e chover moedas de ouro? Alessandra agarra uma cópia do Livro Azul.

— Vou levar para ele agora mesmo — diz ela. — Tenho que deixar os in-gressos para o cinema drive-in na suíte 315 de qualquer jeito.

Alessandra acena o envelope que contém, de fato, quatro ingressos para o cinema drive-in da família Hearn da suíte 315. Alessandra estivera segurando os ingressos o dia todo caso precisasse.

✳

Uma sensação desconhecida toma Alessandra quando ela se aproxima da porta da suíte do proprietário. Ela sente um *frio na barriga.*

Sempre fora ela a perseguida, nunca o contrário.

Após bater na porta, ela logo arruma o cabelo e mantém o rosto com um sorriso aberto e inocente. Xavier Darling abre a porta. Ele havia removido a ja-queta, mas não (ainda bem) os sapatos, e está segurando uma taça de vinho rosé. (Alessandra sabe que estocaram seu frigobar com Domaines Ott a pedido dele.)

Ele lança uma expressão de reconhecê-la vagamente, como se a tivesse visto em algum lugar antes, mas onde...

— Sr. Darling, sinto muito incomodá-lo. Me chamo Alessandra Powell, sou a gerente da recepção. — *Você me enviou um e-mail pessoal dizendo que queria muito me conhecer?* Então ela percebe, com um terror nada insignificante, que Xavier deve ter enviado o e-mail para todos. Ou, ainda pior, sua secretária enviou por ele!

— Sim? — diz ele, sério, talvez até um pouco impaciente.

Alessandra limpa a garganta. Estava ali a menos de dez segundos e já estava estragando tudo.

— Eu queria entregar pessoalmente o Livro Azul, senhor. São nossas recomendações da ilha: museus, praias, restaurantes e muito mais. Eu digo *nossas*, mas é obra da Lizbet. Ela o escreveu e nossos hóspedes o *adoraram*. É um dos nossos diferenciais dos demais hotéis de luxo da ilha. — Alessandra tenta irradiar virtude: *vê como elevo outras mulheres e lhes dou crédito?*

— Ela chegou a mencionar, sim. Obrigado. — Xavier estende a mão para o livro, e Alessandra o segura com força por instinto. *Venha para mim!*, pensa ela.

— Se desejar posso fazer reservas para o jantar ou para um passeio. Qualquer coisa, é só me avisar, por favor. Estou a seu dispor. — Com relutância, ela lhe permite pegar o livro de suas mãos. Xavier percorre as páginas.

— Eu vou dar olhada quando tiver tempo.

— Estou à sua disposição se precisar de jantar...

— Já reservei tudo há uma semana. — Xavier dá um passo para dentro e segura a porta. Ele parece estar prestes a fechá-la na cara dela. — Obrigado, Alexandra.

Acabou, pensa ela. Ele não mostrou o menor interesse. Não houve flerte, nem piscada, nem sorriso; seus olhos não se demoraram. Ele não estava intrigado, nem atraído. Ele nem ao menos acertou o *nome* dela.

Quando Alessandra retorna à recepção, sua mente está o caos. Edie está ao telefone, então não há perguntas imediatas sobre como foi, apesar de Alessandra estar tentada a dividir com Edie porque precisa de uma amiga. Mas o que ela diria? *Eu estive tentando encontrar um homem decente o verão todo, alguém que tornasse minha vida mais fácil.* Edie ficaria *chocada!* Edie é idealista, não apenas quanto ao amor, mas também quanto às mulheres encontrarem o próprio espaço no mundo. Que tipo de dinossauro procura um homem para sustentá-la? *Não posso conhecer um cara normal e levar uma vida normal de classe média, não fui programada desse modo. Preciso de alguém com o calibre de Xavier e há um número limitado de homens héteros bilionários sem esposas, Edie.*

Assim que estava pronta para admitir a derrota — ela será uma recepcionista de hotel para sempre; sua beleza perecerá como as pinturas dos Grandes Mestres deixadas diretamente sob a luz do sol. Ela morrerá sozinha com seus sonhos destruídos —, ela se lembra de que ainda tem uma salvação. Alessandra entra na sala de descanso e pega o seu celular. Ela sente uma pontada de culpa, pois está no mesmo balcão no qual ela e Edie lutaram contra o *mesmo tipo de ameaça* que Alessandra estava prestes a iniciar.

Mas, sinto muito, ela está desesperada.

Ela encontra uma foto de si mesma na casa dos Bick na Hulbert Avenue e as envia em mensagens de texto separadas para Michael Bick.

Preciso de mais cinquenta mil, ela digita. *Caso contrário, estas fotos irão para a sua esposa.*

Ela gostaria de alegar estar com cólicas menstruais e ir para casa, mas resta apenas uma hora em seu turno e ela depende da carona de Raoul devido ao problema na transmissão do seu Jeep, então Alessandra decide mostrar um pouco de bravura e terminar o dia. Sente ser a decisão certa e, talvez, esteja sendo recompensada quando um cavalheiro bem-apessoado e de ombros largos puxando uma bolsa com rodinhas e carregando uma pasta executiva entra no lobby. Ele olha de Edie para Alessandra, e, apesar de Alessandra ter parado de tratar a recepção como um concurso de beleza ou de popularidade, ela sorri para o cavalheiro; ele retribui o sorriso e caminha até ela.

Bom garoto, pensa Alessandra. Em segundos, ele vai estar comendo na mão dela.

— Boa tarde, bem-vindo ao Hotel Nantucket — diz ela. — Check-in?

Dane-se, Xavier Darling, pensa ela. *Perdeu.*

O cavalheiro puxa uma carteira de motorista — Robert Ianucci de Holliston, Massachusetts — e um cartão American Express.

— Bob Ianucci — responde ele. — Serão duas noites. — Ele pisca para ela. — O seu crachá está de cabeça para baixo.

— Ah, você notou! Eu sou a Alessandra, a gerente da recepção. É um prazer conhecê-lo.

Bob Ianucci — italiano; ela gosta disso — não está usando uma aliança no dedo. Alessandra faz o check-in dele, pensando: *cartão gold, não platinum, um quarto, mas não uma suíte. E Holliston é um subúrbio de Boston — um belo subúrbio, mas ainda um subúrbio.* Não vale a pena correr atrás de Bob Ianucci, mas Alessandra precisa de uma dose extra de autoestima — ah, como precisa

— então, ao deslizar o cartão do quarto para Bob Ianucci, ela adiciona uma nota amarela com o seu telefone e diz:

— Se precisar de reservas para o jantar, é só me avisar. Esse é o meu número pessoal. Estou aqui para *qualquer coisa* que precisar.

Bob Ianucci remove a nota amarela do envelope do cartão do quarto e a observa com uma expressão chocada.

— Está *oferecendo* serviços sexuais? — questiona Bob.

Os olhos de Alessandra percorrem Bob Ianucci e percebem coisas que deixara passar na presa: seu estilo corporativo tedioso — calças de terno cinza, camisa branca, gravata listrada azul-marinho, relógio da Seiko —, seu corte de cabelo simples e militar, sua barba bem-feita, seu maxilar definido e seu olhar direto, e ela pensa: *ah, meu Deus*. Não pode acreditar que não percebeu os sinais na sua frente. Esse homem é um policial. Ou pior, um detetive.

— O quê? Não! — Ela solta uma risada.

— Ah, que pena — diz Bob Ianucci, soltando uma risada.

A coisa toda termina como uma piada e Bob Ianucci leva sua mala até o elevador. Quando as portas se fecham, Alessandra se vira para Edie.

— Estou me sentindo como o emoji vomitando, sinto muito.

— Vá para casa, mulher. Eu cuido das coisas aqui — diz Edie.

Alessandra quer abraçar Edie, sente-se tão grata, mas ela "não quer deixar Edie doente também", então apenas recolhe sua bolsa e sai pelas portas para um brilhante, novo e confuso mundo.

23 • Vivendo no Limite

O Brant Point Grill é um restaurante no White Elephant Hotel and Resort, o *rival* do Hotel Nantucket, então parece uma escolha estranha para bebidas, mas a Srta. English o escolheu e quem é Chad para discutir? O espaçoso bar é majoritariamente em madeira escura com grandes espelhos, e a clientela é mais madura e mais sofisticada do que os lugares que Chad frequenta (ou frequentava, na sua vida passada). Há um grupo de jazz tocando no canto — piano, bateria e baixo. Além do bar, Chad pode ver o elegante salão de jantar, onde uma enorme janela oferece vista das lonas azuis do porto de Nantucket, pontilhado com barcos.

Chad já esteve no restaurante antes com seus pais, no brunch da Páscoa de certo ano quando Paul e Whitney pensaram que seria "legal" visitar a ilha fora de temporada, mas Chad se lembra de que ele e Leith odiaram toda a experiência. Estava tão frio que precisaram usar casacos de inverno em 9 de abril e tudo no centro da cidade estava fechado, incluindo o Juice Bar e o clube de iate, o que os levou até o Brant Point Grill.

A Srta. English guia Chad para dois assentos no bar diante do espelho, o que significa que Chad é confrontado pelo seu próprio reflexo sentado ao lado de sua agora elegante chefe no bar.

— O que você quer beber, Tiro no Escuro? — pergunta a Srta. English. — É por minha conta.

— Eu posso pagar — diz Chad.

A Srta. English solta uma risada. Ela gesticula para o bartender, que se apressa em anotar os pedidos.

— O de sempre, puro, para mim, Brian.

— Appleton Estate 21 anos, Magda, pode deixar — responde Brian, piscando.

Os dois se conhecem, pensa Chad. A Srta. English frequenta este bar, o restaurante do rival do hotel. Ele supõe que seja melhor do que beber no Blue Bar, onde a Srta. English ainda está, de certo modo, no trabalho e onde todo mundo a conhece. Outro ponto positivo do Brant Point Grill, ele percebe, é que os dois são anônimos, cercados pelos hóspedes de outro hotel.

— Eu vou querer um... — Chad hesita em pedir o de sempre, uma vodca com soda, porque é a típica bebida de Chads. No brunch há muitos anos, seus pais pediram Bloody Mary e acompanhamentos extravagantes, um com espetinho de cauda de lagosta e o outro com um cheeseburger, mas Chad não quer aumentar a conta da Srta. English com uma bebida cara. — Uma cerveja — diz ele. — Whale's Tale, se tiver o chope.

— Temos sim — responde Brian.

Ele se afasta para preparar as bebidas.

Apesar de Chad estar morrendo de vontade de lançar à Srta. English a pergunta que não sai da sua cabeça, ele sabe que deve esperar até as bebidas chegarem e brindarem um com o outro.

— Obrigado pelo convite — diz Chad.

— Obrigada por aceitar, Tiro no Escuro. Já era tempo.

É mesmo?, pensa Chad. Não há como considerar quanto tempo a Srta. English estivera esperando para chamá-lo, pois a urgência de saber o que aconteceu com Bibi é esmagadora.

— Então, o que...

— Barbara entregou o aviso prévio na semana passada — anuncia Srta. English. — Ela foi aceita em Dartmouth, a Universidade de Massachusetts, com uma bolsa, e disse que vai estudar justiça criminal.

— O quê? Ela vai para a *universidade?*

— Sim, incrível, não é? Ela me enviou a carta de aceite por e-mail... Receio que porque ela achava que eu não acreditaria nela. Seu primeiro dia de aula foi hoje.

Bibi não foi demitida. Ela não saiu sem rumo à procura de Johnny Quarter. Não estava sendo maltratada por Octavia e Neves (essa era uma teoria louca). Ela iria à universidade com uma bolsa escolar! Chad agora estava envergonhado por descobrir lágrimas em seus olhos — estava tão orgulhoso dela!

— Por que ela não me contou? — pergunta Chad.

Misturado às suas emoções está uma pitada de traição. Bibi foi embora naquele dia como se fosse um dia qualquer. *Até mais, Tiro no Escuro.*

— Ela queria que eu contasse — diz a Srta. English. — Estava preocupada com uma despedida, eu acho. Algumas pessoas são assim. — A Srta. English cutuca Chad com seu cotovelo. — E vocês dois se tornaram muito próximos neste verão!

— Não era o que está pensando — comenta Chad, depois toma um gole generoso da sua cerveja. É a sua primeira bebida alcoólica desde 22 de maio, o que lhe causa uma tontura imediata. — Éramos amigos.

— Eram mais do que *amigos* — diz a Srta. English. — Você escondeu o cinto na lavanderia para protegê-la.

Não, não escondi, é o que Chad quer dizer, mas não pode mentir, então apenas dá de ombros.

— Suponho que pertença à sua mãe — comenta a Srta. English. — Ela deu falta da peça?

Ah! Não. A última coisa com a qual Chad se preocupava era Whitney procurando pelo cinto.

— Pensei que Bibi tivesse pegado o cinto e não queria que ela tivesse problemas.

— Todos os meus faxineiros são pessoas extremamente honestas — comenta Srta. English. — Com currículos impecáveis. Eu garanto.

— E eu? — pergunta Chad, terminando a cerveja. Ele deve ter bebido mais rápido do que deveria. Sem ele nem mesmo pedir, outra chega em seguida. — Você fez alguma pesquisa sobre mim?

— Não. Você... Eu o contratei por desespero. — Ela solta uma risada, e Chad sorri. — Tive uma intuição quanto a você, mas era um tiro no escuro. É por isso que o chamo de Tiro no Escuro.

Sim, Chad entende. Jovens universitários de famílias abastadas não limpam quartos de hotel, exceto que neste verão, um limpou, e fez muito bem, ele acha.

— Obrigado por apostar em mim. Este verão me ajudou muito.

— Ajudou você? — indaga a Srta. English.

Chad encara o copo de cerveja, então toma um belo gole.

— Lembra a minha entrevista, quando eu disse que havia cometido um erro?

— Sim, Tiro no Escuro, eu me lembro. Admito que me perguntei o significado dessa afirmação periodicamente neste verão. Você se esforça tanto, é consciente, respeitoso, proativo, responsável e, como notei na sua relação com a Barbara, gentil e generoso. Não posso imaginar nada contrário a isso.

— Ah, mas eu era — diz Chad. — Eu era o exato oposto.

A Srta. English toca seu ombro levemente.

— Não precisa compartilhar. A não ser que queria. Nesse caso, vou escutá-lo com total interesse.

Chad pensa sobre a proposição. Ele fez tudo certo neste verão, mas não tomou o passo mais importante para seguir em frente: não falou sobre o que aconteceu com ninguém. Compartilhar, a palavra que a Srta. English usou, o fez sentir que ela é parte do peso que ele estivera carregando.

— Houve um acidente na primavera. Em 22 de maio — começa Chad.

✳

Na manhã de 22 de maio, Chad acordou recém-formado da Universidade Bucknell, com notas na média devido ao seu status social, esperando pelo delicioso verão livre de responsabilidades em Nantucket com seus pais e sua irmã, Leith, antes de começar a trabalhar na empresa do pai, a Brandywine Company, em setembro. Os pais de Chad estavam vindo de carro até Deerfield Academy para buscar Leith, que tinha acabado de terminar o segundo ano. Paul e Whitney Winslow estavam em uma viagem de uma noite porque gostavam de incluir uma estadia romântica no Mayflower Inn. (Chad não quer se delongar nisso, obviamente — são os seus *pais*.) Tudo com o que ele se preocupava era em ficar na casa em Radnor sozinho para poder dar uma pequena festa de formatura.

Antes da saída de seus pais, sua mãe deu um beijo em sua bochecha.

— Comporte-se, Chaddy. Lembre-se de levar Lulu para passear a cada duas horas. Ela não consegue mais chegar à porta sozinha, então você vai precisar carregá-la — disse sua mãe.

— Pode deixar — respondeu Chad.

Lulu era a dachshund de 15 anos que Chad amava como uma irmã. Ele cuidaria bem da cadelinha, mas, para falar a verdade, mal esperava para seus pais saírem.

Ele tinha convidado todos que conhecia para a festa, incluindo um monte de rapazes de Bucknell, alguns dos quais viraram a noite na estrada para chegar à casa em Winslow. Chad queria que o evento fosse melhor do que as festas que dera no ensino médio, então comprou carne para a churrasqueira, e um monte de garotas que ele convidou apareceram com salada de batatas e guacamole. Tindley Akers, que Chad conhecia desde o jardim de infância, trouxe brownies de maconha. Chad experimentou um como aperitivo — e isso o levou às alturas! Após o jantar, Chad acendeu uma fogueira no braseiro enquanto algumas pessoas brincavam na piscina. As coisas ficaram mais agitadas depois disso. Honestamente, Chad não conseguia se lembrar de todos os detalhes. Ele se agachou para o funil de cerveja Full Send várias vezes; virou doses de Jägermeister e cheirou cocaína da penteadeira na sala empoeirada do andar de baixo (isso se tornou uma piada... "Me encontre na sala empoeirada", apesar de Chad se sentir um pouco culpado ao ver as toalhas com delicados bordados e sabonetes chiques de sua mãe).

Pensar em sua mãe fez Chad se lembrar da cadelinha. Ele deveria levá-la para passear a cada duas horas, e quanto tempo fazia? Ele encontrou Lulu na cama na varanda telada. Chad prontamente a levou para fora, deixou ela fazer xixi, então a colocou de volta na cama Orvis xadrez. Ela parecia tão idosa e desamparada que Chad quase desejou mandar todos para casa enquanto ele e Lulu se aconchegavam na sala de vídeo para assistir a *Family Guy* — esse era o rolê dos dois. Chad tinha certeza de que Lulu entendia o programa porque sempre estava bem atenta —, mas ele estava doido? Era uma festa! Seus amigos estavam aqui!

Ainda assim, ele não podia deixar Lulu sozinha em sua tristeza de cadelinha idosa, então saiu em busca de petiscos, o que demandava uma visita ao porão — onde a atenção de Chad foi desviada pela adega de seus pais. (Eles pronunciavam como "adêga", o que deixava Chad e Leith com vergonha.) Ele pegou uma garrafa de champagne da prateleira e, no andar de cima, pegou uma faca de cozinha de 25 centímetros. Na última semana de aula de Chad, seu professor de cultura francesa tinha demonstrado à turma como abrir uma garrafa de champagne com uma faca.

Chad correu para a varanda externa, mas a festa estava tão fora de controle que não havia como chamar a atenção de todos. Todo mundo estava ao redor ou dentro da piscina — nadando, bebendo, fumando, namorando, dançando. A caixa de som externa estava estourando tocando *What You Know 'Bout Love* de Pop Smoke.

Chad passou o fio da faca pela garganta da garrafa de champagne, assim como o professor Legris tinha demonstrado, então acertou-a com a lâmina, e — *chuá* — o topo da garrafa foi cortado, de modo certeiro. Bolhas correram pelos dedos de Chad. Ele degustou de um segundo maravilhoso de satisfação — o corte tinha funcionado! Esse era um truque para festas que ele poderia usar pelo resto da vida! — antes de ver seu colega de quarto e melhor amigo, Paddy, agachado, segurando o rosto.

De algum modo, sem nem ao menos saber, Chad soube.

Ele correu para Paddy.

— Você está bem, cara?

Havia sangue escapando por entre os dedos de Paddy sobre o seu olho esquerdo. A rolha e o topo da garrafa, com seu vidro grosso, tinham atingido o rosto de Paddy.

— Liguem para a emergência! — gritou Chad, mas ninguém o ouviu e o celular de Chad estava ao lado do estéreo, controlando a música. Ele agarrou a pessoa mais próxima — Tindley, ao que parece — e ligou para a emergência do celular dela.

Paddy não emitia nenhum som e estava branco como papel. Tindley teve a consciência de trazer uma toalha úmida para o olho de Paddy. Chad segurou o braço de Paddy, o que não estava com a mão em seu rosto, e desejou como nunca que a rolha tivesse acertado qualquer pessoa, *menos* Paddy. Paddy Farrell não era apenas o melhor amigo de Chad; era genuinamente uma pessoa boa e inteligente. Ele havia recebido uma bolsa de estudos em Bucknell. Seu pai era um caminhoneiro de longa data e sua mãe trabalhava como secretária em um escritório de advocacia. Eles moravam em uma pequena cidade de quatrocentas pessoas chamada Grimesland, na Carolina do Norte.

— Sinto muito, cara — disse Chad, se perguntando por que diabos ele havia cortado a garrafa de champagne quando havia *pessoas* ao redor? O quão irresponsável era? Ele não tinha notado Paddy sentado na varanda — esse era o problema. Paddy devia estar sozinho no escuro, o que fez Chad se sentir ainda pior. Paddy não conhecia ninguém na festa além dos três rapazes de Bucknell, e era uma pessoa quieta por natureza. Paddy havia dirigido de Grimesland por insistência de Chad. *Você precisa vir, cara! Haverá tantas minas!*

Quando a ambulância chegou, algumas pessoas se dispersaram, pensando se tratar da polícia. Chad agarrou o seu celular, mas deixou a música tocando, e entrou na parte de trás da ambulância com Paddy, que insistia não precisar ir ao hospital e que não *poderia* ir porque seus pais não tinham esse tipo de seguro de saúde.

— Eu vou pagar, cara. É minha culpa — disse Chad.

A paramédica, uma linda mulher chamada Kristy, conseguiu afastar a mão de Paddy do seu olho.

— Você vai precisar de cirurgia — ela disse, enfática.

— Não posso — respondeu Paddy — pagar

— Eu vou pagar — disse Chad, mais uma vez, e pensou em como isso significava que seus pais, que estavam, naquele exato momento, provavelmente olhando nos olhos um do outro e dividindo um mousse de chocolate, pagariam pela cirurgia. Descobririam sobre a festa a não ser que Chad retirasse todos de lá imediatamente. Ele ponderou o quão ruim seria se não fosse ao hospital com Paddy e ficasse em casa para controlar a situação.

Péssimo, pensou ele. E, pela primeira vez em muito tempo, talvez pela primeira vez na sua vida, ele rezou.

Ao chegarem ao hospital, Paddy foi levado às pressas para dentro. Chad escutou alguém mencionar um oftalmologista. Sua cabeça estava zumbindo devido à cocaína, mas também devido ao álcool e à maconha, beirando a paranoia.

Uma enfermeira deu-lhe um formulário, mas ele sabia responder apenas a algumas perguntas. Precisava ligar para os pais de Paddy — ou os seus —, mas esperava primeiro ouvir as palavras do médico. Ele esperava que tudo acabasse apenas com alguns pontos e um olho roxo.

— Não importa quanto custe, eu vou pagar, só garanta que ele receba o melhor cuidado — disse ele, ao devolver o formulário à enfermeira.

Eles estavam no Bryn Mawr Hospital, onde Chad nascera. Nem ele nem ninguém da sua família tivera razão para retornar nos últimos 22 anos. Eram tão sortudos, tanto que Chad quase desabou em lágrimas, mas em vez disso ele cambaleou até a fonte e tentou beber toda a água.

Seu celular tocou. Era Raj, o que não era inesperado. Depois de Paddy, Raj era o rapaz mais legal que Chad conhecia. Raj era de Potomac, Maryland, e era superinteligente e motivado. Seus pais eram médicos. Provavelmente ele estava ligando para saber como Paddy estava, mas Chad não podia falar com ele agora. Não queria falar com ninguém até saber que Paddy ficaria bem.

Ele rejeitou a ligação. Raj ligou de novo imediatamente, e, quando Chad rejeitou mais uma vez, Raj enviou uma mensagem.

Atenda, cara. É urgente.

Não posso falar agora, **Chad escreveu de volta.** Estou na sala de espera.

Raj mandou um emoji de fogo, que Chad ignorou. Então Raj ligou mais uma vez e Chad sussurrou ao celular.

— O quê?

— Alguém colocou fogo na sua casa — disse Raj.

Chad desligou. Raj estava bêbado, chapado, alto, e pensou estar sendo engraçado, que ótimo. Um homem em uniforme hospitalar entrou na sala de espera.

— Chadwick Winslow?

Chad levantou a mão como uma criança do fundamental.

— Dr. Harding, prazer em conhecê-lo. Você veio com o Patrick? — perguntou o médico ao se aproximar.

Chad assentiu.

— Ele está na cirurgia. A córnea parece ter sido dilacerada. Vamos tentar salvar o olho, mas há uma boa chance de Patrick sofrer perda parcial ou total da visão.

Chad quase vomitou, mas não, não poderia passar mal aqui na sala de espera. Então respirou pelo nariz.

— Eu quero arcar com os custos.

O celular de Chad tocou mais uma vez; era Raj de novo. Dr. Harding tocou no ombro de Chad e disse:

— Vamos mantê-lo aqui esta noite. Por que não volta para casa e descansa? Uma das nossas enfermeiras já contatou a família de Patrick.

Não, pensou Chad. Ele havia encontrado com o Sr. e a Sra. Farrell poucas vezes. Não eram chiques ou sofisticados como os pais de Chad, mas eram pessoas gentis e decentes. Paddy tinha um irmão mais velho, Griffin, que atuava na Marinha dos Estados Unidos, estacionado em Honolulu. Eles se viam no FaceTime uma vez por semana.

O médico desapareceu de novo pelo corredor e, quando Chad puxou o celular para chamar um Uber, viu outra mensagem de Raj.

Sua casa pegou fogo. Os bombeiros controlaram, mas o deque e a varanda telada estão queimados. Você precisa vir para casa agora. Seus vizinhos estão aqui. E, cara, odeio dizer isto por mensagem, mas sua cadelinha morreu.

Lulu!, pensou Chad, e por um segundo ele não conseguiu respirar.

O celular de Chad tocou de novo. Na tela estava escrito PAI.

✳

— Eu queimei parte da minha casa — diz Chad à Srta. English. — Essa foi a menor das coisas terríveis que fiz. Matei minha cadelinha, que eu tanto amava, que minha família inteira amava, e minha irmã não fala mais comigo. Ela me *odeia*. — Ele sente um nó na garganta. — Tudo em que consigo pensar é no pelo de Lulu pegando fogo ou ela tossindo com a fumaça. — Ele para. Era tão *terrível* e era tudo culpa dele! Ele empurra a cerveja para longe. Pensou que ficaria bem ao beber de novo, mas agora seu estômago estava se revirando como naquela noite no hospital. — E meu melhor amigo, um cara que eu amava como um irmão e que sempre quis proteger, um cara que era parecido com Bibi por não vir de uma família como a minha, perdeu a visão no olho esquerdo. Para sempre. E não somos mais amigos. Eu nunca mais consegui falar com ele desde que voltou para casa.

Chad ficou no hospital até os seus pais e os de Paddy chegarem. Paddy passou por uma cirurgia e foi liberado dois dias depois. Quando a enfermeira o trouxe em uma cadeira de rodas e com o olho coberto, Chad começou a pedir desculpas, insistindo ter sido um acidente, ele não tinha *visto* Paddy sentado ali, mas podia sentir sua voz ricocheteando na nova blindagem que envolvia Paddy — o que Chad esperava ser devido aos analgésicos, mas acabou sendo pura raiva. *Você é fútil, imprudente e ignorante ao próprio privilégio. Não checou para ver se tinha alguém sentado perto de você ao cortar a garrafa com uma faca de cozinha, porque não se* importava, *qualquer um sentado à sua linha direta de fogo ficaria* no seu caminho, acabando com a sua diversão, *e nós dois sabemos que nada nem ninguém é mais importante para Chad Winslow do que a diversão.*

Sua própria existência é repleta de prazer frívolo e insignificante, e isso vai continuar sendo verdade porque ninguém vai responsabilizá-lo. Você nunca vai criar caráter e nunca irá para o céu ou para o inferno porque você não tem alma.

Paddy estava, pelo menos, parcialmente certo: ninguém responsabilizava Chad. Seus pais gerenciaram a crise ao máximo, pedindo favores ao *Philadelphia Inquirer* para que o incidente não saísse nos jornais e ligando pessoalmente para os pais de cada jovem que participou da festa, prometendo favores em troca do silêncio dos filhos ou ameaçando processos porque alguém — Chad ainda não sabe quem — jogou uma embalagem de líquido inflamável no braseiro. A embalagem explodiu e os fragmentos em chamas cortaram a porta de tela na varanda, incendiando de imediato o tapete de sisal e as cortinas... e a caminha de cachorro. Chad ouviu sua mãe mentindo para pessoas ao telefone, dizendo que tinham "eutanasiado" Lulu. *Ela era tão velha e frágil, pobrezinha.* Paddy não contou a ninguém, apenas retornou para Grimesland, que era longe, muito longe dos canais de fofoca de Main Line.

— Eu não tive problemas — diz Chad. — Meus pais ficaram com raiva, é claro, e desapontados. Mas, em grande parte, estavam preocupados com a forma como o incidente refletiria *neles*. Pensaram que todos diriam que são pais ruins, então fizeram o que puderam para varrer tudo para debaixo do tapete. Compraram um novo Range Rover para mim como presente de formatura, que foi entregue no dia em que Paddy saiu do hospital, então parecia que eu tinha feito todas essas coisas terríveis e tinha sido *recompensado*. — Chad balança a cabeça e seus olhos começam a se encher de lágrimas quentes ao pensar: *mas que p...*

A Srta. English coloca uma mão conciliadora em seu ombro.

— Mas você corrigiu o percurso por si só — diz ela. — Você veio até mim e eu o coloquei para trabalhar em um lugar onde não varremos *nada* para debaixo do tapete.

Chad limpa os olhos com o dorso da mão.

— Você me disse que acredita que até as piores bagunças podiam ser limpas.

— E foi isso o que você fez. Tenho certeza de que seus pais estão orgulhosos de você.

— Mas não estão — diz Chad. — Nenhum deles me parabenizou por conseguir este emprego. Meu pai até me disse para pedir demissão!

— E você não pediu — diz Srta. English. — Porque tem caráter, Tiro no Escuro.

— Não quero trabalhar na empresa do meu pai — diz Chad. — Quero ficar no hotel até o fim da estação.

A Srta. English estala a língua.

— Você precisa seguir em frente com a sua vida.

— Mas eu não quero...

Eles foram interrompidos por um cavalheiro de cabelos grisalhos em uma camisa rosada que colocou uma mão nas costas da Srta. English.

— Olá, Magda — diz ele.

A Srta. English se levanta do banco e oferece a sua mão para o cavalheiro. Ele beija as costas da mão dela como nos filmes. *Quem é esse cara?*, pensa Chad. O homem está olhando para a Srta. English como se ela fosse uma modelo da Victoria Secrets, e Chad se sente desconfortável — como se ele estivesse interrompendo os dois, e não o contrário — e se sente protetor. Ele se coloca de pé.

— Olá. Eu trabalho com a Srta. English — diz Chad.

O cavalheiro se vira para Chad, então olha para a Srta. English.

— Este é o seu tiro no escuro?

A Srta. English ri.

— De fato, é. Xavier, quero apresentar Chadwick Winslow. Chadwick, este é Xavier Darling.

PLAYLIST "EU TE AMO" DE MARIO PARA LIZBET

XO — Beyoncé

Let My Love Open the Door — Pete Townshend

Whatever It Is — Zac Brown Band

Never Tear Us Apart — INXS

Come to Me — Goo Goo Dolls

Everlong — Foo Fighters

Head Over Feet — Alanis Morissette

Never Let You Go — Third Eye Blind

Wonderful Tonight — Eric Clapton

Swing Life Away — Rise Against

Something — The Beatles

You're My Home — Billy Joel

I Believe — Stevie Wonder

Better Together — Luke Combs

You and Me — Lifehouse

All I Want Is You — U2

In My Feelings — Drake

Lay Me Down — Dirty Heads

Sunshine — World Party

Crazy Love — Van Morrison

Stand by My Woman — Lenny Kravitz

É tarde da noite do dia 24, tão tarde que já é o dia 25, quando Mario desliza por entre os lençóis da cama de Lizbet e começa o ritual de desfazer as tranças no cabelo dela. Ele gosta de como os fios parecem torcidos e longos, então ela o satisfaz. Lizbet não está completamente acordada, mas o desejo dela se agita ao sentir as mãos dele em seu cabelo, a frente dele pressionada em suas costas. Devido ao limiar entre acordada e adormecida, os instintos animais dela emergem e ela perde toda a inibição. O amor deles é uma tempestade — e, naquela noite, ela escuta o pingar da chuva no telhado do seu chalé, os galhos batendo contra a janela, então um forte estalar seguido do rosnar de um trovão. Os corpos de Lizbet e Mario se movem sobre a cama sob uma escuridão brevemente iluminada pelos clarões do relâmpago. *Que cinemático*, pensa ela; como ficam lindos naqueles poucos segundos em que seus corpos foram cobertos pelo prateado da descarga elétrica no ar.

Depois, os dois permaneceram deitados sobre o lençol, o edredom esquecido no chão, e Lizbet se pergunta se já foi tão feliz assim. Ela tem focado toda a sua energia em não lutar contra o velho, mas em construir o novo, como a mensagem ao pé de sua cama a mandava fazer há quase um ano. Ela deseja que em 30 de setembro ela pudesse de alguma forma ter sabido que um dia estaria deitada na cama com a lenda *Mario Subiaco* após ter impressionado o novo proprietário do Hotel Nantucket, onde ela era gerente-geral. Ela teria acreditado?

Mario solta o ar pela boca.

— Eu te amo — confessa ele.

A chuva havia parado, o vendo havia se acalmado, os relâmpagos e os trovões silenciados.

— O quê? — pergunta Lizbet, apesar de tê-lo ouvido perfeitamente.

Mario a encara.

— Eu te amo. Estou apaixonado por você. — Ele começa a rir. — Sinceramente, não posso acreditar. Eu tenho... o quê? Quarenta e seis anos, quase 47, e em todos esses anos, só disse a apenas três mulheres que as amava. Uma foi Allie Taylor no sétimo ano, e sim, era amor de verdade, do tipo mais puro, esquisito e não correspondido. A outra foi minha mãe, é claro. E a terceira foi Fiona. Eu amava Fee, mas era diferente porque, apesar de ter sido capaz de parar o trânsito por ela, não estávamos envolvidos romanticamente.

Lizbet sente o coração explodindo como uma estrela em seu peito. Ela percebe que é hora de ela lhe responder, mas quer escutar mais.

— Como você pode ter certeza do que sente por mim? Explique — diz ela.

— De trás para frente? — diz Mario. — Quando você terminou comigo há algumas semanas, eu pensei: *ok, ela não está pronta, sem problemas*. As coisas ficaram sérias bem rápido e eu sabia que você havia acabado de sair de um relacionamento, então disse a mim mesmo que entendia. Mas fiquei muito machucado, o que era novo para mim, ou novo desde o sétimo ano quando Allie Taylor foi ao Baile de Dia dos Namorados com Will Chandler em vez de comigo.

— Ele sorri.

Lizbet toca o rosto dele. Ele a ama.

— E antes disso? Eu não diria que foi amor à primeira vista, mas, quando eu a vi no estacionamento no primeiro dia naquele salto alto sexy, dizendo a JJ para deixá-la em paz mesmo depois do homem se colocar de joelhos, eu pensei: *o pobre homem estragou tudo, mas eu não vou.*

— Pare — diz Lizbet, apesar de estar sorrindo.

— E antes *disso...* — continua Mario.

— Não houve "antes disso" — diz Lizbet. — Esse foi o dia em que nos conhecemos.

— Antes disso, Xavier me contou que havia contratado uma leoa chamada Elizabeth Keaton para gerenciar o hotel. Ele disse que você cuidava do Deck com seu namorado, mas que tinham se separado e você estava procurando um novo começo.

— *Leoa?*

— Palavras dele. Ninguém esquece uma descrição como essa. Eu fiquei tão intrigado que comecei a pesquisar. Vi um artigo sobre você e JJ no *Coastal Living*, depois olhei o site do Deck e acabei tendo uma queda por você.

— Mentira!

— Verdade — diz Mario. — Você me lembrou de Allie Taylor.

Lizbet o encara.

— Estou falando sério. Ela tinha um cabelo loiro como o seu, olhos azuis-claros, era doce, mas forte, algo que nunca encontrei em nenhuma outra mulher até conhecer você. Eu sempre disse que encontraria Allie Taylor um dia e me casaria com ela.

Lizbet começa a sentir um pouco de inveja de Allie Taylor.

— Mas, quando olhei no Facebook, vi que ela estava casada e com quatro filhos em uma escola privada em Manhattan, então percebi que eu estava feliz por ela. Foi o fim da magia. Mas quando olho para você... — Agora, Mario acaricia com um dedo o ombro de Lizbet, descendo pelo braço. — Sinto como se eu tivesse 12 anos de novo, que o mundo brilha, novo, colorido e cheio de emoção. É como eu sei que amo você.

— Eu também te amo — responde Lizbet.

— Há um motivo para estar contando isso hoje à noite — começa Mario. — Mesmo tendo amado você pela maior parte do verão.

— Qual o motivo?

— Xavier está louco pelo bar, os números estão bons, e você disse que ele estava feliz com o hotel.

— Ele adorou.

— Então, enfim, pareceu real — diz Mario. — Pareceu *sustentável*, como se eu pudesse criar raízes aqui. Posso ficar aqui e cuidar do meu bar, e você pode gerenciar o hotel, e fora da estação podemos ir para onde quisermos... para onde o vento levar. Ainda tenho uma residência em Los Angeles. É um bangalô com uma pequena piscina atrás e um abacateiro.

— Um abacateiro? — pergunta Lizbet. Ela beija Mario e puxa o edredom para a cama. Tudo o que ela quer fazer é dormir e sonhar com piscinas e estrelas de cinema, um abacateiro e móveis artesanais no bangalô de Mario. Amanhã, ela ainda vai precisar agradar a Xavier, ainda terá que garantir que tudo está mais do que perfeito para ele; uma experiência de hotelaria não é composta apenas por uma tarde ou mesmo uma noite. Lizbet fecha os olhos, a respiração de Mario se aprofunda, mas Lizbet não adormece. Ela está em sua bolha de felicidade, isolada e segura, mas não há um pequenino rasgo ameaçando estourá-la?

Bem, pensa ela.

A última sexta-feira do mês é daqui a dois dias — o que significa uma nova postagem do *Hotel Confidential*. Shelly Carpenter se hospedou no hotel deles ou não. Se ela se hospedou e der menos do que cinco chaves, ou se não se hospedou e não os avaliou... o que vai acontecer?

24 • Arrasa-corações

Xavier Darling está jantando fora, então Grace passa a noite fazendo algumas pequenas assombrações. Ela é capaz de alegrar Mary Perkowski de Ohio com os piscares de luzes, depois toca a música favorita de Mary, *Thunder Road*, espontaneamente no sistema de som, e balança os lençóis do dossel da cama como o vestido da música. Em seguida, vai para a suíte 114, onde Grace bisbilhota as crianças Marsh, que irão embora pela manhã. Hoje foi a última aula de xadrez de Louie com Rustam, e Wanda devolveu os livros de Nancy Drew para a biblioteca. (Ela leu até o volume 45, *The Spider Sapphire Mystery*.) Kimber não é exatamente uma pessoa organizada quando se trata de arrumar as malas; ela esteve enfiando as coisas nas malas de modo indiscriminado, um processo que foi interrompido por momentos de ela sentada na cama com o rosto entre as mãos ou escrevendo sua "biografia" em seu notebook com lágrimas escorrendo pelo rosto.

Grace tinha ficado apegada a Kimber — e Wanda e Louie, até mesmo Doug. Não pode imaginar o hotel sem eles, mas a própria natureza de um hotel é ser impermanente. Olá, depois adeus; as coisas são assim. Se as pessoas ficassem para sempre, seria um lar.

Grace se aproxima de Wanda, a única pessoa sensitiva ao sobrenatural dos últimos cem anos que desejou entendê-la. Grace beija sua bochecha, deixando um frio no local.

Os olhos de Wanda se abrem um pouco.

— Grace?

Estou aqui, doce criança, pensa Grace. Então Doug rosna — ele é *tão* rabugento com ela, apesar de Grace gostar do fato de ele proteger Wanda —, então Grace deixa o quarto.

Boa noite.

Ela flutua dois andares acima e cruza o corredor até a suíte do proprietário, um lugar que ela evitara deliberadamente todo o verão — e, é claro, isso a agita na hora. Apesar do fato de ser claro, branco e ter um toque moderno e praiano agora, Grace pode imaginar o seu eu de 19 anos agachada no chão, tentando atrair o maldito gato, Mittens, da parte de baixo da cama. Ela está pensando que a mulher que jogaria uma vela prata em seu próprio animal de estimação é uma mulher com um coração de titica. Grace ouve a porta se abrir. Em sua mente, é Jackson Benedict, vindo seduzir Grace, beijá-la e pressionar a mão dela em sua virilha, e ela saberá, neste instante, que está arruinada. Mas ela ainda não saberá que está condenada.

Não é Jackson Benedict que entra na suíte — é óbvio. Jack estava morto há décadas, mas Xavier Darling está com ninguém menos do que Magda English.

Veja só!, pensa Grace.

Isso é como uma reprise — o dono do hotel com a funcionária da limpeza. Exceto que Magda não é uma simples "funcionária da limpeza"; ela é, no linguajar moderno, uma "mulher forte e independente". Ninguém engana Magda ou lhe diz o que fazer, nem mesmo um homem com tanto dinheiro como Xavier Darling.

Xavier liga as luzes na sala de estar; usando os reguladores de luminosidade, ele lança um brilho romântico e doce. Ele abre as cortinas com blecaute da janela panorâmica para verem a Easton Street até o porto de Nantucket, e o farol vermelho do Brant Point Light.

— Champagne? — pergunta Xavier. Há uma garrafa de Pol Roger descansando no gelo sobre a mesa de café da cor de noz queimada.

— Você sabe que nunca recuso um champagne, Xavier — diz Magda.

Xavier abre a garrafa com floreio. Serve duas taças, então ele e Magda se acomodam juntos no sofá e brindam.

— Ao hotel — oferece Magda.

Os dois bebem.

— Eu comprei para você — confessa Xavier.

Isso arranca uma risada de Magda.

— Estou falando sério — diz Xavier. — Quando trabalhou nos meus cruzeiros, eu sabia onde encontrá-la.

— Você sempre foi tão discreto — começa Magda. — Aterrissando o seu helicóptero na proa ou chegando de lancha. Nunca vou esquecer de você chegando nas docas naquele diabo quando eu estava atracada em Ischia. — Ela acaricia o rosto dele. — Você costumava ser tão arrojado.

Xavier suspira.

— Ainda sou bem arrojado, não? Assim que você me disse que se aposentaria e se mudaria para Nantucket, eu pesquisei e encontrei o hotel. Eu queria deixá-lo grandioso para você. — Ele toma um pequeno gole de champagne. — Qualquer mulher ficaria lisonjeada.

— Qualquer outra mulher pensaria que você estava tentando controlá-la.

— Ninguém consegue controlar você. De todas as mulheres que já conheci na minha vida, você é a que mais me assombrou.

Há-há-há!, pensa Grace. *Mas que escolha de palavras.*

— Você é tão independente. Tão... esquiva.

Magda coloca um dedo sobre os lábios de Xavier. Ele pega a mão dela e a puxa para um beijo. As taças de champagne são deixadas de lado. Magda e Xavier se aproximam com tanta vontade que o joelho de Xavier bate na mesa; sua taça desaba, derramando champagne sobre a superfície e pigando no tapete persa, mas nem Xavier nem Magda, com seu olho atento para limpeza, parecem notar.

Mais abaixo, na recepção, o telefone toca... mas Richie não está em seu posto. Não, ele está no escritório de Lizbet olhando o seu celular. *De novo?,* pensa Grace. Deve ser uma resposta à saída de Kimber e das crianças. Ela sente tanto tristeza quanto decepção. As ações de Richie foram tão sãs enquanto ele seguia o caminho do romance — essas chamadas tinham acabado completamente.

Richie não atende o telefone do hotel ao primeiro toque, nem atende quando as mesmas pessoas ligam de novo. (Richie pode ver ao checar o telefone sobre a mesa de Lizbet que são os Sparacino da suíte 316.) Quando os Sparacino ligam pela terceira vez, Richie abruptamente finaliza a chamada no seu celular e atende o telefone.

— Boa noite, recepção — diz ele, tão calmo quanto um DJ noturno.

A Sra. Sparacino bufa.

— Há um casal fazendo muito... *barulho* na suíte 317. Meu marido tentou bater na parede, mas eles não parecem entender. Você poderia ligar para eles, por favor? E pedir que façam menos barulho?

Richie garante à Sra. Sparacino que ele irá... mas então se lembra de que o hóspede da suíte 317 é Xavier Darling.

Grace aguarda pelo que espera ser tempo suficiente para a paixão acabar antes de retornar à suíte 317. Por sorte, Magda e Xavier estão debaixo dos cobertores, aconchegados entre os travesseiros, aproveitando o resplendor.

— Vejo que você ama seu trabalho aqui — comenta Xavier.

— Decerto, amo — diz Magda. — Eu amava trabalhar nos cruzeiros e amo ainda mais em terra firme.

— Mas Magda, você tem tanto dinheiro. Já viu os últimos relatórios? Já passamos da marca dos vinte milhões. — Ele faz cócegas nela sob os cobertores e ela ri como uma garota antes de afastar-se. — Você já passou por muita coisa desde a noite em que nos conhecemos.

— Eu ganhei quase 250 mil dólares naquela noite — diz Magda. — Apostei meu dinheiro suado, fiz as apostas e joguei os dados.

— Mas você investiu com o meu pessoal...

— Sim, você me ajudou a ganhar uma fortuna. Mas é possível que eu nunca tenha me sentido dona do dinheiro por esse motivo, não me leve a mal, é bom saber que está ali.

— Eu queria que você aproveitasse.

Magda se senta ereta e checa o seu cabelo; algumas mechas saíram do coque, e ela as coloca de volta.

— Nós somos bem parecidos. Você tem bilhões e não vai parar de trabalhar até morrer.

— Vou me aposentar imediatamente se você aceitar se casar comigo.

Magda arregala os olhos.

— Que tipo de bobagem é essa?

— Estou apaixonado por você desde o primeiro segundo em que a vi no cruzeiro. Sei que você quer ficar perto de Zeke e de William, mas já faz quase um ano. Tenho certeza de que eles querem a sua felicidade. Case-se comigo, Magda. Venha para Londres.

Ebaaaaa!, pensa Grace. Ela está girando pelo quarto como um furacão. Xavier ama Magda! Ele a está pedindo em casamento — e diferente de Jack, que prometia a Grace toda vez que visitava o armário de estoque que se divorciaria de Dahlia e se casaria com ela, Xavier está falando a verdade. Provavelmente já tem até o anel separado.

Xavier estende a mão para a mesinha de cabeceira, abre a pequena gaveta curvada, e puxa uma caixinha da Harry Winston.

Ele se senta na cama, as cobertas (ainda bem) sobre seu colo, e apresenta a caixinha para Magda.

— O que você aprontou, Xavier?

— Fui com tudo. Abra.

Magda abre a caixinha e revela um anel de noivado de estrela de cinema. É um diamante rosa-claro oval — Grace não sabe diferenciar quilates de quilos, mas é *grande* — cercado por pavês de diamante e ouro-rosé.

— Ora — diz Magda.

— Prove.

Magda fecha a caixa de uma vez.

— Ah, Xavier, eu não posso provar isso. Não vou me casar com você. Acho você um homem maravilhoso e sou muito grata por tudo que fez por mim. — Ela encara o exato local em que Grace está flutuando; Grace mantém o olhar, mesmo sabendo que tudo o que Magda vê é o céu noturno estrelado de Nantucket pintando no teto. — Eu o considero um amigo querido. Você me faz rir; adoro sua companhia e um pouco de intimidade, porque na minha idade estou feliz de ainda poder ter intimidade. Mas não amo você. Amo este hotel, este emprego e poder ficar de olho em Zeke e em William. Estive olhando algumas propriedades em Eel Point Road, casas com vista para o oceano, piscina e jardim. Ainda não encontrei a certa, mas meu plano, Xavier, é ficar aqui. Estou feliz aqui.

— Você está me rejeitando?

Magda pressiona a palma da mão na bochecha dele.

— Sim. Estou rejeitando, meu querido homem, sinto muito.

Grace deixa a suíte e retorna ao armário do quarto andar. Se ao menos ela tivesse tido a coragem e a confiança de dizer essas palavras cem anos atrás — *Estou o rejeitando, Sr. Benedict, sinto muito* — ela teria vivido uma vida completa. Mas essas palavras não estavam disponíveis a Grace em 1922. Ela se sente orgulhosa agora, não apenas por Magda, mas por todas as mulheres. Houve progresso neste século.

Grace solta uma risada. Suspeita que Wanda recusará homens a torto e a direito.

Lizbet tinha planejado que Yolanda levasse Xavier até o farol Great Point na quinta-feira. Na opinião de Lizbet, o Great Point é a melhor destinação em Nantucket, e o clássico Bronco de Yolanda é o veículo mais bacana na ilha. Lizbet pediu a Beatriz que preparasse um piquenique de rolinhos de lagosta frios, gaspacho de tomate amarelo, salada de milho e alguns ovos de piquenique de igreja do Mario em uma cesta com algumas garrafas de Domaines Ott, o vinho rosé favorito de Xavier. Lizbet se pergunta se Xavier a convidará, já que ele mal conhece Yolanda. Ela adoraria dizer sim, estivera desejando deitar-se sobre a areia todo o verão, mas é claro ela precisa ficar no hotel e garantir que tudo ocorra bem. Talvez ele convide Edie — os dois pareceram se dar bem — ou sua velha amiga Magda. (Lizbet não pode abrir mão de Magda hoje, nem nenhum outro dia, mas será preciso se Xavier requisitá-la.) A única pessoa que Lizbet *não* quer ver nesse passeio com Xavier é Alessandra. O modo como ela se jogou nele na sala de descanso foi vergonhoso.

Lizbet chega cedo ao trabalho, mas aparentemente não cedo o suficiente, porque ao entrar no seu escritório há uma nota de Xavier sobre a mesa. Ele já tinha saído.

— O quê? — grita Lizbet.

A nota simplesmente diz: *precisei sair da ilha de última hora. Sinto muito. XD*

Ela dispara para a recepção, mas não há ninguém ali. São 7h. Richie está passando sua última manhã com Kimber e as crianças antes da família seguir para a balsa. Edie e Alessandra só chegam em quinze minutos, assim como Adam e Zeke. A única pessoa no lobby é Louie. O menino está no seu local habitual diante do xadrez na janela da frente, jogando sozinho. Mesmo a esta hora da manhã, ele está vestido com sua camisa polo e seu cabelo loiro está penteado e dividido.

Lizbet se aproxima. Louie esteve no lobby todo dia desde o dia 6 de junho — um recorde de 81 dias — e Lizbet não tinha encontrado tempo para jogar com ele nenhuma vez. Sentia-se mal por isso, mas não podia pensar muito nisso agora.

— Louie? Você viu um cavalheiro mais velho e com cabelo grisalho aqui no lobby mais cedo?

Louie pisca por trás das lentes grossas dos óculos.

— Você quer dizer o Sr. Darling?

— Sim — diz Lizbet. — Você o viu?

Louie move um peão.

— Eu o venci com dezesseis movimentos. — O menino dá de ombros. — Ele não foi tão ruim.

— Você jogou xadrez com ele? Esta manhã?

— Faz um tempinho — diz Louie. — Então o motorista dele chegou, e o Sr. Darling pediu ao motorista para tirar uma foto nossa porque, segundo ele, eu vou ser famoso um dia. Depois ele foi embora.

Ele foi embora.

Lizbet liga para Xavier em seu escritório.

— Xavier? — pergunta ela. — Está tudo bem? — Ela teme que algo tenha dado errado e Xavier seja muito cavalheiro para dizer. A cama estava desconfortável? Ele ficou frustrado com as persianas automáticas? Tinha recebido uma visita do fantasma? (Lizbet e Xavier nunca discutiram o fantasma; ela estava muito envergonhada para comentar, apesar de ter certeza de que ele vira menções do fantasma nas avaliações no TravelTattler.)

— Está tudo bem. — A voz de Xavier soava estática e distante. Havia atendido no viva-voz do carro ou ele já estava no ar. — Precisei voltar para casa para cuidar de uns assuntos de negócios. Receio que não pudesse ser adiado, mas Deus sabe como eu tentei.

Um assunto de negócios? Ele não tem pessoas cuidando disso? Esteve em Nantucket por menos de 24 horas!

— Sinto muito ouvir isso, Xavier. — Se ele não tivesse de fato embarcado em seu avião, Lizbet poderia tentar persuadi-lo a voltar. — Eu tinha planejado um passeio na praia para você até o Great Point. Nós preparamos um piquenique.

— Desculpe perder a oportunidade — diz Xavier. — Eu adoraria ir na próxima vez, mas não tenho certeza de que haverá uma próxima.

Lizbet quase deixa o telefone cair. O que ele quer *dizer* com não tem certeza de que haverá uma próxima vez?

— Houve algo de errado? Aconteceu alguma... coisa? — Ela se pergunta se talvez Richie o tivesse irritado (impossível; Richie é profissional) ou talvez ele tenha descoberto sobre Doug, o cachorro (ele não teria *dito* algo?).

— Não é nada em relação a você ou ao hotel, não se preocupe. — Xavier pigarreia. — Você fez um trabalho excepcional em tudo. Estou orgulhoso de você, Lizbet.

Lizbet fica chocada. Ele acertou seu nome. Ela contaria isso como uma vitória, mas algo no tom de voz dele soava... decisivo.

Quando ela enfim abre a boca para falar — para dizer: *obrigada por me oferecer essa oportunidade, vou esperá-lo no ano que vem quando realmente soubermos o que estamos fazendo, quando a maioria dos funcionários voltará* — ela ouve um bique do outro lado da linha. Xavier havia desligado.

✳

Foi Edie quem atendeu a família Marsh em 6 de junho, e, porque Alessandra estava almoçando, é Edie quem fará o checkout deles.

Edie relembra o momento em que Kimber, Wanda e Louie entraram no hotel pela primeira vez — Kimber com seu cabelo de pavão, Wanda e Louie com seus pequenos óculos — e então a surpresa do Doug! Se a família tivesse feito o check-in hoje em vez de no primeiro dia, quando Edie estava tão desesperada para ganhar o bônus de mil dólares, ela teria sido tão complacente? Ela teria aceitado a reserva por *onze semanas sem um cartão de crédito?* Teria oferecido o *upgrade* para a suíte e *permitido um cachorro?* É inútil pensar nisso agora. Edie pode dizer — e todos os funcionários concordariam — que estão felizes por receberem a família Marsh no verão. O hotel estará incompleto sem eles.

Ela apresenta a conta final para Kimber.

— Sua última noite conosco e o último serviço de quarto também. Vamos sentir muito a sua falta.

Kimber acena a mão na frente do rosto.

— Pare, ou você vai me fazer chorar.

— Eu quero agradecê-la — diz Edie —, por me mencionar na avaliação do TravelTattler.

— Do que está falando? Eu não escrevi a avaliação no TravelTattler.

— Não escreveu? — questiona Edie. — Eu pensei que...

Kimber olha para Wanda, e Edie arfa.

— Foi a *Wanda* quem escreveu?

Kimber sorri.

— Não, fui eu. Você é uma figura, Edie Robbins.

Richie desce pelo corredor com o carrinho de bagagens.

— Zeke está levando o cachorro pela saída lateral. — Ele olha para Edie. — E minhas coisas também estão empacotadas.

— Ótimo — diz Edie. — Minha mãe disse que você pode se mudar a qualquer hora.

Uma das mudanças devido à saída da família Marsh é que Richie morará com Edie e Love até o fim da temporada hoteleira. Kimber confessou a Edie que Richie estivera morando *em seu carro* antes de se mudar para a suíte 114. Quando Edie contou a sua mãe, Love ofereceu o quarto extra a um preço razoável.

Lizbet emerge do escritório quando Kimber escaneia a lista de cobranças.

— Parece tudo certo.

Ela paga a conta em dinheiro e adiciona algumas centenas de dólares a mais.

— Para dividir entre os funcionários — diz ela. Seus olhos brilham com lágrimas. — Me afastar neste verão com as crianças foi a melhor decisão que já tomei na vida. Obrigada. — Ela pega a mão de Richie. — Se acabarmos nos casando, todos vocês estão convidados.

— Volte para nos visitar — convida Lizbet.

Ela dá um abraço em Kimber e então, como se planejado, Edie traz dois presentes dos fundos: os volumes 46 até 48 dos mistérios de Nancy Drew para Wanda e o tabuleiro de xadrez do lobby para Louie. Edie dá um abraço apertado em cada criança; Louie se contorce e Wanda começa a choramingar, dizendo:

— Não quero ir embora. E quanto a Grace? Ela ficará sozinha sem mim.

Kimber puxa Wanda até a porta.

— Vamos tirar uma foto com Adam e Zeke, querida. — Ela lança um sorriso fatigado para Lizbet e Edie. — Será um longo caminho até em casa.

— Vão com cuidado! — diz Edie. Ela acena enquanto a família Marsh desce pelos degraus do lobby até o sol, então se vira para Lizbet. — Esta é a pior parte do trabalho.

— De longe a pior — concorda Lizbet, passando um dedo sob os olhos. — Você sabe que eu queria matar você quando me disse que tinha alugado o quarto sem pedir o cartão de crédito. E depois ainda deu um upgrade para uma suíte por onze semanas. E ainda tinha um pit bull. Mas foi a decisão certa no final, por muitas razões.

— Porque Wanda escreveu o artigo sobre o fantasma — comenta Edie. — O que aumentou as reservas.

— Mais do que dobrou.

— E Louie entretinha as pessoas com o xadrez — continua Edie. — Muitas pessoas mencionaram isso nas avaliações do TravelTattler.

— E Richie estava feliz e com um lugar onde ficar — diz Lizbet. — Se ele não tivesse conhecido Kimber, talvez tivesse pedido demissão, e eu estaria em apuros. Ele joga pelo time. Eu não precisei me preocupar com as contas; ele cuidou de toda parte financeira para que eu pudesse focar os hóspedes e os funcionários.

— Tudo funcionou como deveria — comenta Edie.

— Mas você não poderia ter previsto todas essas circunstâncias. Tomou a decisão baseada no seu entendimento de hospitalidade... dizendo sim em vez de não. — Lizbet se aproxima. — No próximo ano, eu quero que seja nossa gerente de recepção.

Edie se anima.

— Quer? E quanto a Alessandra?

Lizbet balança a cabeça.

— Duvido que ela voltará no próximo ano. Mas se voltar... ela terá que lidar com isso.

O hotel parece vazio após a saída da família Marsh, e Edie precisa se lembrar de que ainda há um hotel cheio. Ela liga para Magda a fim de avisar que a suíte 114 já fizera o checkout e está pronta para uma limpeza profunda. Felizmente, a equipe separou uma noite sem reservas. Ninguém fará o check-in naquela suíte até sábado.

Então, de repente, o Sr. Ianucci do quarto 307 chega recém-saído da piscina familiar, apenas com o traje de banho e a toalha azul-hortênsia sobre os ombros, como uma capa. Ele levanta os óculos de sol.

— Odeio incomodá-la — diz ele.

Edie discordaria nesse ponto. O Sr. Ianucci parece adorar ser um hóspede complicado. Edie foi quem fez a reserva com a secretária dele após o lançamento da história do fantasma. A secretária implorou por duas noites quando

Lizbet tinha instruído um mínimo de três noites devido à alta demanda. Está bem, Edie aceitou a estadia de duas noites. Ontem, ele pediu uma reserva no bar do American Seasons a menos de uma hora antes do jantar. Quem faz isso? Mas Edie conseguiu contornar. Esta manhã, ele apareceu no lobby, vestindo as calças do pijama e uma camisa Hanes, digitou em seu notebook, bebeu café e comeu dois dos croissants de amêndoas de Beatriz, ignorando o aviso encorajando os hóspedes a pegarem apenas um. Então perguntou a Edie se ela poderia agendar uma aula de surfe *para mais tarde naquela manhã*. Edie sorriu e disse: "Vou tentar", mas o que ela queria dizer era: *um pouco de antecedência seria bom*. No entanto, Zeke ainda era amigo da turma da escola de surfe, então ele agendou uma aula particular com Liam, o melhor instrutor. Certo, ótimo, o Sr. Ianucci ficou tão feliz — não feliz o suficiente para oferecer uma gorjeta para Edie ou para Zeke, mas não faziam o serviço por isso. Depois o Sr. Ianucci ligou para a recepção dizendo que a temperatura da água na costa sul era meros 22 graus.

— É um pouco frio para mim. Vou ficar na piscina.

Edie ligou para cancelar a aula de surfe, pedindo desculpas, mas com medo de que o próximo favor de última hora fosse rejeitado.

— Como posso ajudá-lo, Sr. Ianucci? — perguntou Edie agora.

— A boa moça da cozinha trouxe uma limonada e biscoitos.

Os olhos de Edie se arregalam. Limonada e biscoitos? Já são 15h?

— Mas as crianças na piscina roubaram os biscoitos antes que eu pudesse aproveitar minha parte. Será que posso pegar mais biscoitos?

Edie terá que pedir outro favor especial, dessa vez a Beatriz.

— Sem problemas. Vou pedir outra bandeja para a cozinha agora mesmo.

O Sr. Ianucci agradece com as mãos em reza, mas de fato diz "Obrigado"? Não diz, ele apenas volta pela porta da piscina.

Edie liga para a cozinha a fim de pedir mais biscoitos, e ao desligar Lizbet sai do escritório.

— Vou para casa mais cedo, Edie. Essa coisa toda com o Xavier... e a saída dos Marsh... Estou um caco. Preciso recarregar para amanhã.

Amanhã é a última sexta-feira do mês, o que significa uma nova postagem do *Hotel Confidential*.

— Sem problemas. Eu cuido de tudo aqui — confirma Edie.

As sobrancelhas de Lizbet franzem.

— Onde está Alessandra?

— No almoço — diz Edie brevemente, como se Alessandra não tivesse saído há mais de duas horas.

Alguns minutos depois, Beatriz aparece com outra bandeja de biscoitos. Ela balança a cabeça para Edie, fingindo desdém — pedir mais biscoitos é *no bueno* porque Beatriz está se preparando para o serviço noturno no Blue Bar.

— Você vai deixar um hóspede em particular *muito* feliz.

— É bom ser Shelly Carpenter — brinca Beatriz, arrancando uma risada de Edie, mas, ao pisar no pátio da piscina familiar e ver o Sr. Ianucci sob o guarda-sol com seu notebook, ela pensa: *o Sr. Ianucci é, na verdade, Shelly Carpenter?* Ele *de fato* pediu muitos favores especiais, começando com a estadia por duas noites, o que significa que ele fará o checkout às 11h do dia seguinte, convenientemente uma hora antes da postagem.

— Aqui está, Sr. Ianucci — diz Edie, oferecendo os biscoitos a ele.

Ela está com tanta fome que poderia comer a bandeja inteira sozinha. Os biscoitos recém-assados são cobertos por gotas de chocolate ao leite, chocolate branco e caramelo. São crocantes por fora e macios por dentro.

— Que serviço excelente! — celebra o Sr. Ianucci, pegando dois para si. *De novo, não é bem um "obrigado",* pensa Edie. Ela quer olhar o que quer que o Sr. Ianucci esteja escrevendo no notebook. Seria Shelly Carpenter, na verdade, Bob Ianucci? Um homem?

Ah, Edie espera que não. Isso seria uma grande decepção.

Edie entre de novo no lobby e vê uma mulher correndo até a recepção como uma bala loira. Ela olha para Edie, então para a estação de computador vazia de Alessandra.

— Onde ela está? — urra a mulher.

— Perdão? — pergunta Edie. — Onde está quem?

Apesar de Edie temer saber.

— A pequena Jolene! — diz a mulher.

Jolene?, pensa Edie, então ela relaxa um pouco. Pensou que a mulher estava procurando por Alessandra.

— Ela! — fala a loira, mostrando o celular. Ela começa a percorrer várias fotos: Alessandra na cozinha de alguém, Alessandra na balança em um banheiro, Alessandra deitada sobre uma bela cama king-size que Edie suspeita *não* ser a cama dela na casa de Adam e Raoul. — Ela enviou estas fotos para meu marido e disse que as enviaria para mim se ele não pagasse cinquenta mil dólares.

Apesar do estômago vazio, Edie sente estar prestes a vomitar.

— Ela o está ameaçando! — urra a mulher. — Onde ela está?

— Almoçando — sussurra Edie.

O que isso quer dizer? É preciso um ladrão para pegar um ladrão. Alessandra é uma chantagista assim como Graydon! É uma hipócrita! Ela teve um caso com o marido desta mulher e tirou fotos de si mesma na residência deles (não são fotos nuas, graças a Deus).

Já são 15h15 da tarde. Alessandra saiu para o almoço há duas horas e meia. É claro que Alessandra fugiria logo antes de enfrentar as consequências.

— Deixa eu ligar para celular dela. Qual é o seu nome? — pergunta Edie.

— Heidi Bick. Ela sabe quem eu sou.

Edie digita o número de Alessandra; seus olhos ardem com as lágrimas. Ela e Alessandra tinham se tornado *amigas*. Tinham se *conectado*. Não apenas porque Alessandra enfrentou Graydon e recuperou o dinheiro de Edie, mas porque Alessandra era inteligente e engraçada, e ela era a única pessoa que entendia os detalhes do dia a dia de Edie. Graydon dissera a Edie que ela dava crédito demais aos outros, algo do qual Edie agora se orgulhava. Mas, desta vez, ela estava equivocada. Tão equivocada.

A ligação cai na caixa postal. Edie olha frustrada para Heidi Bick.

— Ela não está atendendo.

— Ela *dormiu* com o meu *marido* — diz Heidi. — Ela *morou* na minha *casa*.

Edie fecha os olhos. E pensa em como, por natureza, insetos e répteis muito coloridos ou demasiadamente marcados são os mais venenosos. Alessandra tinha todas essas características — seu cabelo que chamava a atenção, os cristais nos olhos, o crachá de cabeça para baixo. Ela atraía pessoas vulneráveis, os prendia e os explorava.

— E *então!* — urrou Heidi. — A pièce de résistance! Ela roubou minha vizinha Lyric e implantou as coisas dela na minha casa para eu pensar que Michael estava tendo um caso com Lyric!

Meu Deus, pensa Edie.

Heidi semicerra os olhos.

— Foi tão inteligente que, se eu não estivesse horrorizada, estaria impressionada. — Ela recua. — Mas estou horrorizada. Ela é um ser humano desprezível. — Heidi mostra o celular. — Isso é ameaça. Cinquenta mil? É extorsão. Eu vou processar.

A porta da piscina familiar se abre e o Sr. Ianucci entra.

— Processar? — indaga ele. — Parece que as coisas estão esquentando por aqui.

Edie saca um sorriso falso como uma arma do coldre.

— Posso ajudá-lo, Sr. Ianucci?

— Parece que perdi meu cartão do quarto. Pode providenciar outro?

Por favor, pensa Edie. *Você quer dizer, pode*, por favor, *providenciar outro?*

— Com prazer! — diz ela com uma falsa voz alegre. O Sr. Ianucci não vai saber que é falso, mas Alessandra saberia porque é coisa da recepção. Edie não quer ficar com raiva de Alessandra; espera que as acusações não sejam verdadeiras. Ela invadiu a casa dos vizinhos e implantou os pertences da vizinha!

Edie se volta para o balcão a fim de preparar ao Sr. Ianucci uma nova chave do quarto 307 e vê um envelope pardo com *Edie* escrito na frente com a letra de Alessandra.

De repente, Edie sente que está vivendo um mistério de Nancy Drew. De onde veio *isto?* É óbvio que esteve ali desde que Alessandra saiu para almoçar e Edie não tinha notado, apesar de Alessandra saber que Edie notaria eventualmente.

Isso significa que Alessandra não voltaria do almoço... *nunca mais?* Edie se choca com o pensamento. Ela se pergunta como pode se sentir irritada e deprimida ao mesmo tempo.

Edie entrega ao Sr. Ianucci sua chave do quarto, e, apenas quando ele se afastou sem seus chinelos (mais uma vez, sem agradecer), foi que Edie se voltou para Heidi Bick.

— Alessandra já terminou o turno dela.

— Você a está acobertando.

— Não a estou acobertando, acredite em mim — diz Edie. — Eu acho o que ela fez horrível... assustador. — Ela tenta encontrar uma palavra forte e inteligente. — Abominável. Vou garantir que ela entre em contato para se desculpar.

— Não quero que ela me ligue! — comenta Heidi. — Eu não vim até aqui para um grande momento dramático, como no *Real Housewives.* Enviei uma mensagem para ela avisando que eu sabia o que tinha feito e que ligaria para a polícia. — Heidi guarda o celular em sua bolsa. — Então decidi que enviar mensagem é covardia, por isso vim até aqui. E a cada passo que dava, mais irritada eu ficava. — Heidi respira fundo e olha implorando para Edie. — Olhe, eu sei que metade dessa bagunça toda é culpa do meu marido. Eu só quero que ela deixe minha família em paz.

— Eu entendo. Vou dar o seu recado a ela.

Heidi Bick estende a mão sobre o balcão e agarra o pulso de Edie.

— Obrigada. Lizbet tem sorte em tê-la.

— Eu não sabia que a senhora conhecia Lizbet.

A situação se complica.

— Somos amigas — comenta Heidi. — Eu considerei ligar para ela antes e fazer aquela pequena Jolene ser *despedida*, mas Lizbet já tem muito com que se preocupar e é difícil encontrar ajuda, então decidi lutar minhas próprias batalhas.

O espírito de Edie se agita com "é difícil encontrar ajuda" porque, por mais irritada que esteja, Edie não deseja que Alessandra seja despedida. O que fariam se Alessandra não voltasse? A solução mais rápida é colocar a mãe de Edie, Love, na recepção — e, sinto muito, mas essa não é uma opção. (E, ainda assim, como Edie poderia expressar sua oposição a essa opção a Lizbet ou a sua mãe?)

— Eu entendo.

Heidi se afasta para a porta.

— Diga a ela para arruinar a vida de *outra* pessoa!

✳

No instante em que Heidi Bick desaparece, Edie abre o envelope. Dentro há uma nota — *Edie, sinto muito. Isto pertence a você* — e uma pilha de notas de cem dólares. Edie conta as notas: quatro mil dólares.

Os bônus de Alessandra.

✳

Assim que o turno de Edie termina e Richie aparece — ele quer falar sobre como a casa de Edie e Love é confortável e o quão grato blá-blá-blá, mas Edie o interrompe; ela não tem tempo para isso —, ela pula em uma das bicicletas do hotel e segue para a Hooper Farm Road, onde Adam, Raoul e Alessandra moram. Edie ensaia o que dirá em sua cabeça. Primeiro, vai dar voz a sua raiva: *como você pôde, sua hipócrita, eu acreditei em você!* Assim que se livrar disso, ela perdoará Alessandra. Mas, quando Edie para no estacionamento, ela encontra Raoul e Alessandra colocando as bolsas de lona da Louis Vuitton de Alessandra no porta-malas do carro de Raoul, e Edie se esquece da raiva.

— Espere! — grita ela, freando para parar.

Raoul e Alessandra se viram, mas nenhum deles diz uma palavra. Por fim, Raoul checa o seu relógio.

— Preciso ir para o trabalho. Já estou atrasado e todos nós sabemos que vou escutar o sermão de Adam. — Ele olha para Alessandra. — Vou levá-la para a balsa?

— Eu conversei com a Sra. Bick — diz Edie. — Está tudo bem, você não precisa ir embora. Ela não vai dizer nada a Lizbet, ela só quer que você... pare.

A expressão de Raoul permanece impassiva e Edie se pergunta se está criando um grande momento dramático, à la *Real Housewives*, mas mesmo que esteja Raoul não dirá a ninguém. Ele é um túmulo.

Alessandra assente para Raoul.

— Vá para o trabalho. Vou ficar e conversar com Edie.

— A balsa... — diz Raoul.

— Vou mudar o horário — afirma Alessandra.

✳

Alessandra deixa as bolsas de lona na varanda da frente e guia Edie para dentro, o que é por si só uma sorte tremenda. Quem não deseja ver o interior da residência do seu colega de trabalho, especialmente na Hooper Farm Road, número 23? De acordo com a mãe de Edie, essa casa já foi moradia de uma infinidade de figuras de Nantucket ao longo dos anos. Por vários verões, funcionários do Blue Bistro moraram aqui, e depois disso um grupo de pilotos da Cape Air, e depois disso uma jovem que trabalhou em uma equipe especialista em paisagismo — uma das quais estava namorando o baixista do Dropkick Murphys.

Mas, se Edie estava esperando buracos nas paredes feitos por um namorado ciumento ou chamuscados de uma festa de fondue que deu errado, ela está desapontada. A sala de estar é dominada pelo equipamento de academia de Raoul, a cozinha tem um piso de linóleo descascando e há um corredor curto e mal-iluminado que deve levar aos quartos. Alessandra leva Edie para a porta dos fundos até um jardim escondido, onde a mesa da cozinha está sobre um gramado recém-aparado (provavelmente por Raoul). Há luzes brancas idílicas espalhadas pelos muitos galhos de uma grande árvore.

Alessandra puxa um assento até a mesa e Edie se senta ao seu lado, pensando: *eu vou ter que implorar para que ela fique, e o quão errado é isso?*

— É verdade — começa Alessandra. — Em minha defesa, e sinceramente, Edie, não há defesa para o que eu fiz, Michael me disse que ele e a esposa estavam passando um tempo separados, então pensei que era sinal verde. — Ela balança a cabeça. — Soube quase na hora que ele estava mentindo, mas é um pecado dele, não meu. E depois, quando a esposa estava para chegar no verão, eu tive que... barganhar poder, e ganhei dinheiro com isso.

Edie pisca.

— E então você implantou as coisas da vizinha?

Alessandra suspira.

— Sim. Nesse ponto, era como um jogo. Peguei a sombra de olho dela, os sapatos... talvez só isso já bastasse. Eu sabia que Michael nunca perceberia que sua esposa usava Bobbi Brown e que a vizinha usava Chanel, ou que sua esposa usava tamanho 39 e a vizinha 37. Mas, quando descobri o teste de gravidez positivo no lixo do banheiro, eu joguei lenha na fogueira.

— *Ah!*

Alessandra toca o braço de Edie.

— É por isso que eu não queria que fôssemos amigas. Sou uma pessoa terrível. Sou arruinada e podre por dentro.

Agora faz sentido. Edie *não* deveria ser amiga de Alessandra. Não deveria admirá-la *nem um pouco*. Mas mesmo agora, neste momento baixo, Alessandra exalta um estilo sem esforço algum. Seu cabelo está de novo em um rabo de cavalo, sua maquiagem daquela manhã tinha apagado, seus cristais de olhos tinham caído, mas mesmo assim ela parece chique em um par de jeans desbotado, uma velha camiseta de Dave Matthews (a Shoreline Amphitheater, do ano 2000, antes mesmo de Edie nascer), e a pulseira dourada que Edie sabe bem que nunca perderá, o bracelete do amor da Cartier. Um dia, alguém se importou o suficiente para presentear Alessandra com ele.

— Então comecei a dormir com clientes no hotel em troca de avaliações com meu nome. — Alessandra se inclina para frente e bate as palmas das mãos na mesa. — Foi assim que ganhei os quatro mil dólares. Eu me prostituí para isso. Estava tentando ganhar dinheiro e só parei porque...

— Porque percebeu que outras pessoas deveriam ter a chance de ganhar? Alessandra zomba.

— Não! Eu parei por causa daquele imbecil do Corvette Stingray no 310... lembra dele?

— Urgh — diz Edie. — Sim.

— Ele me levou para jantar no Topper's — começa Alessandra. — Só falou sobre si mesmo, mas tanto faz, eu não estava ali pela conversa. Então, quando voltamos ao hotel, ele me jogou na cama, rasgou meu vestido e me prendeu. Ele teria me estuprado se eu não o tivesse jogado para longe.

— Meu Deus — diz Edie. — Não posso acreditar que ele a atacou. Aquele homem era puro músculo.

— Por pior que tenha sido a experiência, foi uma advertência. Eu parei de focar nos homens e apenas foquei em fazer o meu trabalho. — Ela faz uma pausa. — Mas, quando Xavier apareceu, eu pensei: *ele é rico e solteiro, por que não ir atrás dele?*

— Eca. Ele tem, tipo, 70 anos.

— Não importava, ele não estava interessado em mim. Então enviei para Michael as fotos que estava guardando para uma emergência. — Ela encara Edie. — Não vou culpar você se nunca mais quiser falar comigo. Sei que você já esteve do outro lado, e mesmo assim eu fiz o que fiz.

— Sim — sussurra Edie.

— Não tive pais como os seus quando era pequena — confessa Alessandra. — Pais que guiavam por exemplo e me mostravam como fazer as coisas corretamente. Não cresci em uma comunidade carinhosa onde todos me chamavam de "Querida Alessandra" e me apoiavam. Quero dizer, isso não é desculpa, sei o que é certo e errado, e escolhi o errado repetidamente. Heidi Bick *deveria* me processar, ela *deveria* querer me ver despedida...

— Ela não vai fazer nada disso — diz Edie. — Contanto que você fique longe deles.

— Eu vou — concorda Alessandra. Ela lança um sorriso fraco para Edie. — Às vezes eu queria que os homens não fossem tão previsíveis.

É essa afirmação, mais do que qualquer outra, que ilustra a diferença de idade entre as duas, pensa Edie. Homens são previsíveis para Alessandra, mas, para Edie, ainda são um mistério.

— Quero que você fique — revela Edie. — Estou com raiva pelo que você fez, mas não imagino terminar a temporada sem você. Com quem eu reclamaria sobre o Sr. Ianucci?

— Ianucci — diz Alessandra. — Estou dizendo, aquele cara é um policial.

Edie sorri.

— Eu acho que ele é Shelly Carpenter.

— A postagem sai amanhã.

— Mais uma razão para você ficar. Você *precisa* ficar.

— Ok — concede Alessandra. Seus olhos lagrimejam. — Obrigada por... eu não sei, aparecer aqui, agir tão incisiva, mas descolada. — Os cantos da sua boca se levantam. — Eu a criei bem.

Edie puxa o envelope pardo de sua mochila.

— Vou devolver o dinheiro para você, aliás.

— Não! Eu trapaceei. É seu.

— Você é uma excelente recepcionista. É seu.

— Não vou aceitar de volta, Edie. Eu não mereço.

Edie puxa o dinheiro e brinca com as notas.

— Que tal dividirmos então?

Alessandra solta um suspiro.

— Está bem.

Está bem. Edie conta dois mil dólares e desliza as notas para sua amiga. Ela pensa em seu pequeno clube de espionagem com Zeke e se pergunta se ela tem alguma obrigação de contar a ele sobre isso.

Ela decide que não. É coisa da recepção.

25 · A Última Sexta-feira do Mês: Agosto

izbet e Edie estão no escritório de Lizbet às 11h58 — e às 11h59 Lizbet clica no ícone do Instagram. Assim que seu celular indica 12h, ela entra na página do *Hotel Confidential* e a atualiza, mas tudo o que vê é a avaliação do Sea Castle Bed-and-Breakfast em Hyannis Port.

—Vamos lá, Shelly — diz Lizbet. Então se vira para Edie. — Ela já atrasou antes?

— Atualize de novo.

Lizbet respira fundo, então clica no botão de atualizar.

Na sua tela está uma foto de Zeke e Adam, enquadrada entre as grandes portas da frente, ambos acenando e sorrindo; Lizbet vê o pote de flores nos degraus, uma cadeira de balanço larga e uma mesa com braseiro na varanda da frente. Ela pisca. Isto é real? Este é o hotel deles? Estes são os porteiros? Porque parece um truque da imaginação de Lizbet. Uma manifestação.

Edie, que está segurando o próprio celular, grita — e Lizbet lê a descrição da foto.

Ela se joga da cadeira e agarra Edie, as duas dançam pelo escritório. Os olhos de Lizbet embaçam com as lágrimas. Ela não pode acreditar, e ainda assim sabia, ela *sabia* que conseguiriam. Em seu coração, ela sabia. Costumava pensar que encontrar JJ e administrar o Deck era seu sonho de verdade, mas não, é isto. É *isto* que ela nasceu para fazer.

— Conseguimos! — grita Edie. — Nós! Conseguimos!

Adam e Zeke entram correndo; Adam está ao telefone com Raoul, que acabou de ver a avaliação em casa. Alessandra entra e Lizbet lhe dá um abraço, porque, não importa como veja, eles não teriam conseguido as cinco chaves sem ela. Lizbet envia uma mensagem para Mario: CINCO ESTRELAS!!!!

— Alguém já leu a avaliação na íntegra? — pergunta Adam.

— Não! — diz Edie. — Vamos ler ao mesmo tempo. Um, dois, três...

— Espere, não estou pronto — diz Adam. Ele desliza a tela. — Ok, pronto! Eles clicam no link.

Hotel Confidential por Shelly Carpenter
26 de agosto de 2022.
O Hotel Nantucket, Nantucket, Massachusetts
— CINCO CHAVES 🔑

Olá, amigos

Venho avaliando experiências hoteleiras há quase quinze anos e nunca estive tentada a usar a palavra *melhor*. Não é um adjetivo apropriado para um hotel. Como se pode comparar o Slam em Bangkok ao Auberge du Soleil em Napa, ou ao Dulini River Lodge na África do Sul? A resposta é: impossível. Apesar de serem todos impressionantes, são espécies diferentes.

No entanto, após a recente visita ao Hotel Nantucket, encontrei-me com dificuldade em evitar a palavra *melhor*. Pela primeira vez, atribuí cinco chaves a uma propriedade, e não há dúvidas na minha mente de que esta quinta chave é merecida.

O Hotel Nantucket, originalmente construído em 1910, sobreviveu a um incêndio, enfrentou dificuldades financeiras e o gosto duvidoso dos donos. Caiu aos pedaços e ficou esquecido no mercado por mais de dez anos até que foi adquirido pelo bilionário londrino Xavier Darling.

Como sabem, amigos, a qualidade mais importante em qualquer hotel é a sensação de pertencimento. Diferente dos três hotéis de luxo em Nantucket — o White Elephant, o Nantucket Beach Club and Hotel e o Wauwinet — o Hotel Nantucket não está localizado à beira d'água. Ele clama para si uma quadra inteira na Easton Street, a uma distância confortável a pé das ruas de pedra do centro de Nantucket. O lobby é grande, arejado e mistura elementos históricos (as vigas de carvalho originais do prédio, um autêntico barco baleeiro que serve de candelabro) com itens modernos (cadeiras confortáveis, bancos otomanos, mesas repletas de livros e de jogos). Diferente dos demais lobbys que visitei, o lobby do Hotel Nantucket é um lugar que atrai as pessoas. O café da manhã continental simples, mas extraordinário, é servido aqui todas as manhãs entre 7h e 10h30 (não perca o café percolado ou os croissants de amêndoas), e enquanto estive hospedada um jovem prodígio do xadrez jogava com qualquer hóspede corajoso o suficiente para desafiá-lo. Com frequência, a multidão se aglomerava.

Uma magnanimidade me foi concedida durante toda a minha estadia desde o check-in: eu ganhei um upgrade para uma das suítes mais requintadas do hotel pelo preço do quarto-padrão com vista para a rua. A área de convívio da suíte incluía uma biblioteca na parede repleta de livros — uma mistura dos best-sellers atuais (com uma prateleira inteira dedicada a "leituras de praia") e clássicos. Havia um assento na janela largo e longo o suficiente para acomodar de fato um adulto humano reclinado (muitas vezes, acho que esses assentos na janela são apenas para decoração). Havia também um frigobar gratuito na área de convívio.

Isso mesmo, amigos, eu disse gratuito.

O frigobar estava estocado com cervejas locais, vinhos e refrigerantes, patê de anchova defumada e guacamole do peixeiro local 167 Raw, e pacotes de biscoitos e batatas (biscoitos sem glúten disponíveis a pedido).

O quarto principal possuía a maior cama na qual já dormi (é um tamanho imperador feito sob medida). A cama era coberta por linhos Matouk (minha marca preferida, como sabem) e decorada com mantas de cashmere de um tecelão local da Nantucket Looms. O teto do quarto era uma pintura do céu noturno de Nantucket feita à mão por Tamela Cornejo, um toque particularmente apropriado já que Nantucket é o local de nascimento da notável astrônoma Maria Mitchell.

O banheiro era o ideal platônico: espaçoso, luxuoso e bem-provido. O chuveiro era revestido de conchas de ostras, a iluminação sobre a pia fez minha pele parecer luminosa como a de Anne Hathaway em *O Diário da Princesa* (estou envelhecendo?), e havia um toalete separado, o que eu prefiro.

O hotel possui um centro de bem-estar (o qual, não vou mentir, amigos, eu não visitei na minha inspeção inicial, apesar de outros hóspedes falarem tão bem da academia, da sauna e do estúdio de ioga) e duas gloriosas piscinas, uma das quais era uma festa para famílias, e a outra um refúgio sereno apenas para adultos.

Amigos, estou oficialmente no limite de caracteres — mas me recuso a parar, porque o melhor ainda está por vir.

O restaurante do hotel, o Blue Bar, é uma obra de arte do chef Mario Subiaco (não tenho espaço para listar os elogios, procurem no Google). O Blue Bar oferecia uma experiência diferente de qualquer outra em Nantucket; era como adentrar uma festa de elite badalada para a qual você não acredita ter sido convidado. Os coquetéis eram feitos do melhor licor, os aperitivos eram adoráveis (enroladinhos de salsicha), um pouco retrô (ovos cozidos como em um piquenique de igreja) e um pouco irresistíveis (sanduíches luxuosos de caviar). Todas as refeições terminam com uma visita da concierge de chantili. (Chantili vegano disponível a pedido.) Uma bola de discoteca de cobre desce às 21h e a música muda para os hits da década de 1980.

A melhor parte do hotel Nantucket não era o convívio do lobby, ou a exagerada cama, ou a atmosfera festiva do Blue Bar.

O melhor do Hotel Nantucket são os funcionários. Posso ter levado quinze anos para perceber, mas antes tarde do que nunca: hotelaria não se trata dos quartos. Não se trata das amenidades. Se trata das pessoas — e as pessoas que trabalham no Hotel Nantucket garantiram a quinta chave ao hotel.

As recepcionistas, os porteiros, o auditor noturno, a equipe da limpeza e a gerente-geral, Lizbet Keaton, foram muito atenciosos. Eles foram abertos a escutar, foram amigáveis, foram prestativos e muito conhecedores. E, acima de tudo, foram gentis.

Alguns de vocês devem estar se perguntando se vou comentar sobre a questão que todos querem saber: o Hotel Nantucket é, como relatado pela *Associated Press*, pelo *Washington Post* e o pelo *USA Today*, assombrado pelo fantasma de Grace Hadley — a camareira que foi assassinada no incêndio de 1922? Eu não acredito em fantasmas, ou não acreditava antes da minha estadia no Hotel Nantucket. Durante minha estadia, escutei relatos de luzes piscantes, música estourando de repente, e persianas elétricas enlouquecidas. Nenhuma dessas histórias me convenceu. No entanto, eu senti uma presença observadora, até acolhedora, durante minha estadia. Acredito piamente que Grace Hadley exerce uma presença protetora — e sim, até amável — à maioria dos hóspedes do hotel (incluindo esta que lhes fala). (Mas, como com qualquer mulher forte, não quero que ela tenha uma má impressão de mim.)

Eu tenho certeza de que alguns de vocês já previram o que direi em seguida: esta será minha última postagem do *Hotel Confidential*. Alguns podem achar que estou parando porque finalmente encontrei a perfeição, meu Shangri-La, e há certa verdade nessas palavras. Qualquer propriedade que visitasse após essa experiência transformadora seria, sem dúvidas, uma decepção. Mas o maior e mais importante motivo da minha aposentadoria deste ofício único é porque quero passar mais tempo em casa e cuidar das crianças. (Surpresa! Eu tenho dois filhos — e um cachorro!)

Eu gostaria de agradecer, amigos, por me acompanharem nesta jornada pelo mundo. Apesar de avaliar hotéis ser uma tarefa solitária (viajar pelo mundo sozinha e disfarçada, incapaz de compartilhar minha real identidade ou vida em detalhes com alguém que conhecia), eu sempre senti que vocês, meus queridos leitores, estavam comigo. Mas ainda não será o fim de Shelly Carpenter! Eu vou começar um blog sobre a jornada de encontrar o amor após o fim de um casamento. Vou chamá-lo de *A Segunda História*.

Fiquem bem, amigos. E façam o bem.

— SC

Lizbet desaba em lágrimas ao ler os adjetivos que Shelly usou para descrever os funcionários. *Atenciosos. Amigáveis. Prestativos. Conhecedores. Gentis.*

Edie funga e Zeke puxa um lenço para ela da caixa sobre a mesa de Lizbet. (*Atenciosos*, pensa Lizbet. *E gentis.*)

Então ela lê a seção sobre o fantasma, Grace Hadley, e enquanto parte de Lizbet pensa: *era o que faltava, mais hóspedes aparecendo em busca de uma experiência de assombração,* ela percebe que as palavras de Shelly são verdade. Grace Hadley esteve cuidando de todos eles.

Em seguida, Lizbet lê a notícia chocante sobre a aposentadoria de Shelly.

— O queeeê? — diz Edie. — Shelly Carpenter ficará em casa com seus dois filhos e o cachorro?

— E o *cachorro?* — comenta Zeke.

— Muitas pessoas têm dois filhos e um cachorro — diz Adam. — O mundo todo tem dois filhos e um cachorro.

Então Lizbet lê sobre Shelly Carpenter começar um novo blog.

— "Sobre encontrar o amor após o fim do casamento" — lê Adam sobre os ombros de Lizbet. E solta uma risada. — É a *Kimber.* Kimber é Shelly Carpenter!

Naquele segundo, a porta do escritório de Lizbet se abre e Richie entra.

— Nós ganhamos cinco chaves, Richie, você viu? — diz Edie, então ela arfa. — Você *sabia?* Sabia que Kimber era Shelly Carpenter?

— Eu descobri na noite antes de ela ir embora. Kimber não queria me contar antes da avaliação ter terminado. Ela é profissional — comenta Richie. Naquele segundo, soa um som de buzina e Richie puxa o celular do bolso. — Oi, amor — diz ele. — Sim, eles descobriram. Estamos todos no escritório da Lizbet.

— Ele faz uma pausa. — Ahh, ok, eu falo. Amo você. — Richie desliga e abre um sorriso triste. — Ela disse que já sente falta de todos.

28 de agosto de 2022
De: Xavier Darling (xd@darlingent.co.uk)
Para: Funcionários do Hotel Nantucket

Foi um prazer e um privilégio conhecer todos vocês pessoalmente nesta última semana. Sinto muito não poder ter ficado mais tempo.

É preciso parabenizar a todos pela quinta chave de Shelly Carpenter do *Hotel Confidential*. Ouçam, ouçam! Shelly é uma crítica de hotéis e resorts formidável que viaja o globo, e não era segredo que meu objetivo era conquistar a quinta chave, mas no fim, foram vocês, funcionários, que mais impressionaram a Sra. Carpenter. Vou incluir o bônus de mil dólares para todos esta semana.

Infelizmente, devo anunciar também uma triste notícia: vou colocar o Hotel Nantucket à venda a partir de amanhã. Já recebi uma oferta pelo local de um amigo e colega que deseja usar o espaço como segundo escritório. Isso quer dizer que, a não ser que outro comprador apareça com uma oferta competitiva, o Hotel Nantucket não mais operará como um hotel.

Eu agradeço o seu tempo, sua energia, sua experiência e sua dedicação neste verão. Cada um de vocês poderá contar comigo para uma carta de recomendação para suas empreitadas futuras.

Desejo-lhes tudo de bom,
XD

Um e-mail de Xavier chega na caixa de entrada de Lizbet às 15h no domingo, e Lizbet quase o ignora porque está exausta das emoções da última semana. Ela quer pedir uma pizza do Pi, preparar um banho, cair na cama e assistir a *Ted Lasso* até Mario terminar o trabalho. Mas é Xavier, então ela não pode esperar até a próxima manhã.

Vendendo o hotel. Usar o espaço como um segundo escritório?

Ela sente como se estivesse lendo o próprio obituário.

Edie entreabre a porta e diz:

— Lizbet? Você viu?

— Eu... eu... — Lizbet não encontra palavras. Pelos últimos dois dias, ela esteve *nas nuvens*. Todos na ilha a procuraram, ligando, mandando mensagens de texto ou mensagens pelo Facebook ou pelo Instagram, para parabenizá-la e o restante da equipe pela quinta chave recebida de Shelly Carpenter. JJ enviou um buquê (as primeiras flores dele em um ano que ela não mandou de volta). Os pais de Lizbet ligaram de Minnetonka. Ela ouviu inúmeras notícias da mídia, incluindo *New York Times*, *Travel and Leisure*, *CBS Sunday Morning*, *Afar* e o podcast *Armchair Explorer*, em busca de entrevistas, artigos, quadros. Porém, o mais significativo foi Lizbet receber notícias de sua antiga colega de quarto Elyse Perryvale, a responsável pela vinda de Lizbet para Nantucket. Elyse escreveu que sua família tinha, infelizmente, vendido a casa na ilha, mas que gostaria de reservas quartos no Hotel Nantucket por duas semanas no próximo verão.

Lizbet queria falar com Xavier sobre aumentar um pouco os preços, porque o telefone tocava sem parar há dois dias. A essa altura, o hotel estaria completamente reservado com uma lista de espera para o próximo verão até o Dia do Trabalhador, em 4 de setembro. *Não ouse vender o hotel quando uma temporada inteira está reservada!*, pensa Lizbet. Xavier não deu uma olhada nas finanças? Os negócios estão excelentes, e agora que tinham a quinta chave e toda a atenção da mídia, eles deveriam estar a todo o vapor. Lizbet sonha em renovar o quarto andar e adicionar mais quartos, e talvez também estender a temporada até o Natal. Ela adoraria criar uma plataforma para observar o pôr do sol na varanda, talvez contratar Adam como pianista em tempo integral no lobby, criando uma pequena competição para o bar de piano do Club Car. O Instagram do hotel podia aproveitar uma repaginada. Ela poderia oferecer um trampo para Edie ser a gerente de mídias sociais. Há tantas coisas... eles estavam apenas começando!

— Ele vai vender — diz Edie. — Já tem um comprador.

Lizbet pisca para Edie.

— Ele deve estar rabugento por causa de alguma coisa. Isso não é verdade. Não vai vender.

— Não vai?

— Me deixe conversar com ele — diz Lizbet.

Assim que Lizbet digita o número de Xavier, ela se pergunta se algo aconteceu enquanto ele esteve aqui. Ele saiu tão cedo, tão de repente, sem dizer adeus. Talvez tenha sido por conta dos negócios... mas o instinto de Lizbet lhe diz se tratar de outra coisa.

A chamada vai direto para a caixa postal. *São* de fato 11h de domingo em Londres, mas Xavier enviou o e-mail há dez minutos. Por certo, ele está acordado. Ela liga novamente do seu telefone. Caixa postal.

Ela envia uma mensagem para ele, algo que nunca fizera antes. Sempre pareceu casual demais, íntimo demais, mas esta era uma emergência.

Xavier, podemos conversar esta noite sobre o e-mail? Não sei se vou conseguir dormir se não conversarmos.

Ela encara o telefone, tentando invocar uma resposta. Três pontos surgem do lado do chat de Xavier. O que ele dirá? Ela precisa *conversar* com ele, perguntar o que *aconteceu*. Qualquer experiência negativa que ele pudesse ter tido enquanto hospedado no hotel não poderia ser descartada com a avaliação de cinco chaves de Shelly Carpenter?

Os pontos desaparecem, mas nenhuma mensagem chega. Lizbet checa o e-mail: nada. Ele não quer conversar com ela; é isso que a enche de um pânico fervente, liberto e lacrimejante.

Ela corre para a cozinha do Blue Bar, apesar do bar estar começando a encher de clientes e de Mario ter começado a servir. Ela vê um vislumbre dele, lindo como sempre em sua jaqueta branca de chef, sua calça quadriculada e seu boné do White Sox na bancada inspecionando os pratos. Ela espera que ele a mande embora — ela nunca o interrompeu no trabalho antes —, mas, em vez disso, ele se afasta da bancada e diz:

— Beatriz, me cubra, por favor. Preciso de um minuto.

Ele pega Lizbet pela mão e os dois entram na silenciosa cozinha de serviço, onde a grande quantidade de massa está crescendo. Os croissants de Beatriz para o dia seguinte.

— Você ficou sabendo? — pergunta Lizbet.

— Ele fez o que eu temia que faria — diz Mario. — Decidiu vender.

— Mas *por quê?* — questiona Lizbet. — Ele não vê como está incrível?

— Ele conseguiu o que queria. A quinta chave. Caras como Xavier não entram nessa pelo dinheiro ou pelo bem maior, para restaurar uma construção histórica, para melhorar a economia local ou para criar empregos, eles entram nessa para poder se gabar. Ele provavelmente apostou com alguém que conheceu em Annabel que poderia comprar um hotel e ganhar a quinta chave. E conseguiu, agora o hotel não tem mais serventia para ele.

Lizbet quer ficar com raiva, mas está muito cansada, então o que a toma é luto. Ela chora sobre a jaqueta de chef imaculada de Mario, e ele a segura com força, acariciando suas costas.

— Vai ficar tudo bem. Nós vamos para a Califórnia. Você pode trabalhar em um hotel lá. Eu conheço o gerente-geral do Shutters, você vai gostar, fica na praia de Santa Mônica.

— Não quero trabalhar no hotel de outra pessoa — diz Lizbet. Ela parece uma criança? Provavelmente sim, mas ela não consegue se imaginar trabalhando em Los Angeles. Também não consegue imaginar encontrar outra posição aqui na ilha. Ela fez uma mudança monumental — com sucesso! —, mas não pode virar as costas e fazer de novo.

— Vamos dar um jeito juntos, ok? — diz Mario. Ele a afasta do seu corpo para olhar em seus olhos. — Você não está mais sozinha. Estou aqui e também perdi o emprego.

— Precisamos fazer o Xavier mudar de ideia.

Mario suspira.

— Ele não é do tipo que muda de ideia, Lizbet.

De repente, Zeke entra correndo na cozinha, e sua presença assusta tanto que Lizbet pensa se tratar de Xavier ao telefone. *Ele ligou de volta, vai querer conversar!*

— Lizbet, precisamos de você no lobby. Está acontecendo uma coisa.

*

Está acontecendo uma coisa: quando Lizbet volta ao lobby, ela vê Richie com três cavalheiros em ternos, um dos quais o está algemando!

— Espera! — grita Lizbet. Sua cabeça parece que vai explodir de seus ombros. — O que está acontecendo?

— O Sr. Decameron está preso por fraude bancária — diz um dos cavalheiros que não está algemando Richie. Ele levanta um distintivo. — Agente Ianucci, FBI.

Lizbet pisca. Sr. Ianucci, antes hospedado no quarto 307.

— Richie? — pergunta ela.

Richie abaixa a cabeça.

— Sinto muito, Lizbet.

26 • O Telégrafo de Pedra

No domingo à noite, Eddie Veloz adentra o escritório de sua imobiliária na Main Street para escrever o anúncio do Hotel Nantucket. Ele recebeu uma ligação de Xavier Darling mais cedo naquela tarde. Xavier queria vender e pronto. Já tinha recebido a oferta de um colega em Londres que deseja converter o hotel em um prédio de escritórios, mas esse colega limitou a oferta a dezesseis milhões.

— Anuncie por 25 milhões — disse Xavier a Eddie. — Mas, entre nós dois, aceito 20 milhões.

— Você investiu 30 milhões — comenta Eddie. — Trinta e dois milhões se contar o que pagou por ele.

— Preciso contar como uma perda esse ano — disse Xavier. — Mas não uma perda *tão* grande.

Eddie lança o anúncio no site às 19h. Xavier informou a Lizbet e aos demais funcionários do hotel sobre sua intenção de vender às 17h.

Pobre Lizbet, pensa Eddie. Ela colocou seu coração e sua alma no lugar, e o transformou em uma história genuína de sucesso de uma fênix que renasceu das cinzas. Ela tem um toque tão especial que Eddie decide oferecer a ela um emprego como representante de vendas na Bayberry Properties e custear suas aulas.

Então Eddie passa no Ventuno para um coquetel comemorativo. Ele diz ao bartender, Johnny B., que está anunciando o Hotel Nantucket por 25 milhões de dólares. Aqueles de nós que ouvem esse boato percebem a alegria escondida na voz de Eddie. Ele ganhará uma *bela* de uma comissão, especialmente se trouxer um comprador.

Uma das pessoas sentadas no bar do Ventuno que ouve a voz de Eddie é Charlene, a enfermeira do asilo Our Island Home. Charlene está afogando as mágoas porque seu residente favorito, Mint Benedict, havia contraído pneumonia e os médicos dizem que ele não vai aguentar até o fim da semana.

Na manhã seguinte, quando Charlene vai visitar Mint no Nantucket Cottage Hospital, Mint pede que ela recolha tudo de seu cofre no Nantucket Bank.

— Há algumas joias de minha mãe que quero que tenha — diz Mint, sua voz rouca e grave. — E alguns papéis que desejo que veja... cartas e o diário de meu pai.

Charlene acaricia a cabeça de Mint, que está ardendo em febre apesar dos antibióticos intravenosos.

— Vou trazer tudo aqui e podemos ver juntos, que tal?

Ela considera contar a Mint o que escutou sobre o Hotel Nantucket ser vendido *novamente*, mas não tem certeza se isso o fará se sentir melhor (ele estava certo, o local parece mesmo ser assombrado) ou se isso o levará ao limite. Ela decide manter a notícia para si mesma.

✳

Jordan Randolph no jornal *Nantucket Standard* nota o novo anúncio de venda imediatamente. Ele liga para Lizbet a fim de descobrir o que está acontecendo, mas Lizbet está indisponível para comentários.

Em seguida, Jordan ouve sobre a ação do FBI no hotel e imediatamente entra em contato com o Departamento de Polícia de Nantucket para ver o que o xerife Ed Kapenash sabe sobre o acontecimento.

— Fraude financeira — diz Ed. Ele é um sujeito rude em seus dias bons, mas esta noite ele soa particularmente exausto. Jordan enfatiza: é o fim de um longo verão quente e todos nesta ilha precisam de uma soneca de três dias. — O auditor noturno do hotel estava vendendo os números dos cartões de crédito, os endereços e as informações das carteiras de motorista das pessoas. Ele estava gerenciando um negócio vigoroso com roubo de identidades.

— Uau.

— Ao que parece o FBI o estava observando há algum tempo. Ele desviou um pouco de dinheiro em uma seguradora em Connecticut, desviava o dinheiro da pensão dos filhos da conta da folha de pagamento. A empresa não processou porque ele trabalhava lá há tanto tempo e a ex-esposa ferrou com ele no divórcio. Então ele entrou em contato com um desses vendedores de tênis e o cara foi pego por evasão fiscal, e acho que Decameron sabia sobre isso e estava aceitando dinheiro para manter a boca fechada.

— E Lizbet ofereceu o emprego mesmo assim? — questiona Jordan.

— Tenho certeza de que ela estava desesperada por ajuda — diz o xerife. — Ela contratou um cara com boa apresentação, mas que a coisa acabou subindo à cabeça dele. — O xerife faz uma pausa. — Me sinto como ele em alguns dias.

— É — diz Jordan. — Eu também.

Assim, a conversa termina com uma risada.

Sharon Loira não pode acreditar na sua sorte. O Hotel Nantucket é o centro de toda a fofoca ao mesmo tempo em que sua irmã, Heather, chega para uma estadia de uma semana. Sharon busca Heather (que é morena) no aeroporto, a leva ao hotel e a acompanha sob o disfarce de "ajudá-la a se acomodar", mas o que Sharon realmente quer descobrir, de fato, é o que está acontecendo. Ela passa pela Querida Edie Robbins nos degraus de entrada. Edie acena e diz que está indo almoçar, mas que Alessandra fará o check-in de Heather com prazer.

Bingo!, pensa Sharon. Alessandra é uma das pessoas que Sharon quer ver, porque *Alessandra* é supostamente a mulher que dormiu com Michael Bick e depois fez todos acreditarem se tratar de Lyric Layton. Sharon está esperando uma vilã de um filme do James Bond, e, apesar de não estar desapontada com a aparência de Alessandra — ela é linda, com o cabelo loiro-acobreado ondulado e maquiagem estilosa (ela está usando um delineador branco, e Sharon se pergunta se ela mesma combinaria com isso ou se é velha demais, e quanto aos cristais de olho?) —, Alessandra não é a vadia malvada que Sharon esperava. Ela é acolhedora e genuína, assim como incrivelmente prestativa e organizada. Ela imprime uma lista com todas as reservas de jantar para Heather e Sharon, e de algum modo conseguiu para as duas uma reserva de chá no dia seguinte no Miacomet Golf Club (o que é basicamente impossível, porque todos sabem da existência de uma lista ultrassecreta de clientes preferidos mesmo sendo um campo aberto ao público).

Bom trabalho, Alessandra!, pensa Sharon.

— Por acaso, a Lizbet está? — pergunta Sharon.

— Me deixe ver se ela está disponível — responde Alessandra.

Um segundo depois, Lizbet emerge do escritório ao fundo aparentando estar ainda mais fabulosa em um vestido de linho preto, com aberturas na cintura, e um cinto fofo.

— O preto é porque está de luto? — pergunta Sharon. — Ouvi dizer que o hotel será vendido.

— Estou otimista de que quem quer que compre manterá o hotel como está, então teremos nossos empregos na próxima temporada.

— Humm — diz Sharon. — Não quero ser estraga-prazeres, mas ouvi dizer que já há um comprador que quer transformá-lo em um escritório.

Lizbet aperta os lábios.

— Sharon — repreende ela —, você sabe bem que não deve espalhar rumores.

— Eu tenho uma fonte confiável.

— Bem, então, suponho que eu deva me mudar para LA — diz Lizbet.

Sharon fica temporariamente sem palavras. Ninguém na ilha quer que Lizbet se mude.

— O que aconteceu com o seu auditor noturno? — pergunta Sharon. — Ouvi dizer que o FBI o prendeu.

Lizbet sorri sem expor nenhum dente. Sharon não é ignorante, ela sabe bem que está passando dos limites com a pergunta.

— Richie é um homem muito gentil — diz Lizbet. — No entanto, Love Robbins será a auditora noturna até fecharmos.

Sharon estende a mão.

— Todos nós estamos lhe desejando o melhor, querida.

E é verdade, todos nós estamos. É uma das poucas coisas com a qual todos concordamos. Após testemunhar o improvável desabrochar do Hotel Nantucket durante o verão, nós queremos ver o seu sucesso.

Mas precisamos admitir, as coisas não parecem nada bem.

27 • Tiro no Escuro

Às 20h de segunda-feira, há uma batida na porta da frente. Chad está acordado em seu quarto jogando Madden NFL, apesar de que deveria estar fazendo as malas. Seu trabalho no Brandywine Group começa na terça-feira após o Dia do Trabalhador.

Após sair para beber com a Srta. English na quarta-feira anterior, Chad marchou para sua casa e convidou sua mãe, seu pai e Leith para a sala de estar formal. Eles atenderam a seu pedido, talvez apenas por ser inusitado; eles *nunca* usaram a sala de estar formal.

Chad queria dizer algumas coisas.

— Antes de mais nada, eu quero pedir desculpas. É culpa minha a perda de visão de Paddy, a morte de Lulu e todos os danos à nossa casa.

— Chaddy — diz sua mãe. — Pensei que tínhamos concordado em seguir em frente.

Chad ignora essa resposta previsível.

— Eu consegui um emprego no Hotel Nantucket porque queria um verão de trabalho honesto. Não queria ensinar golfe para crianças, queria fazer algo difícil... desagradável até. — Chad faz uma pausa. — Eu não aceitei o emprego para fazer vocês se orgulharem de mim, fiz isso por mim mesmo. Mesmo assim, eu estou surpreso que vocês não vejam minha decisão como digna de louvor.

— Você está usando um belo vocabulário de vestibular, irmão — diz Leith.

— Vocês pareciam envergonhados por eu estar limpando quartos — diz Chad aos pais. — Nunca comentavam sobre meu emprego, nunca conversavam sobre isso, nunca perguntaram como foi meu dia.

— Não é o que sua mãe e eu queríamos para você — diz Paul Winslow. — Queríamos que você pudesse recarregar as baterias antes de se juntar a mim na firma.

— Sobre isso — começa Chad. — Não vou me juntar a você na firma.

A mãe de Chad solta um grito como se tivesse acabado de ver um rato debaixo do seu sofá Edra premiado.

— Isto está ficando bom — comenta Leith.

— Eu gosto de trabalhar no hotel — diz Chad. — Quero continuar no segmento de hotelaria, talvez volte para a universidade e comece o programa de gerenciamento.

Paul mantém a calma porque manter a calma faz parte do seu trabalho.

— Nossos assistentes administrativos ganham cerca de duzentos mil dólares por ano — diz ele. — Que é mais do que o dobro do que você ganhará sendo gerente no Holiday Inn.

— Não me importo com dinheiro — pontua Chad.

— Fácil para você falar. Sempre teve dinheiro. Você não sabe nada sobre pobreza ou mesmo sobre a classe média, Chadwick. Você nunca teve que pagar por nada na sua vida.

— Eu sei que dinheiro não traz felicidade — diz Chad. — Quero dizer, olhe só para vocês três. — Com isso, Chad dispara pelas escadas até seu quarto, sob efeito de sua própria integridade. Ele ficaria em Nantucket no Dia de Colombo e entraria em algum programa de gerenciamento de hotéis. Ele trabalharia no Hotel Nantucket no próximo ano mesmo se precisasse ser na equipe de limpeza de novo, apesar de ele esperar conseguir um emprego na recepção. Ele se perguntou o que a Srta. English pensaria disso.

Mas agora, apenas cinco dias depois, tudo tinha mudado. A primeira coisa que Chad ouviu foi sobre Richie Decameron, o auditor noturno, ser preso por vender as informações de cartões de crédito dos clientes. Isso até que era um tipo de notícia boa no que dizia respeito a Chad (mas ele não admitiria isso para ninguém) porque a posição de auditor noturno era uma que Chad poderia conseguir no próximo ano. Então Chad descobriu que Xavier Darling estava anunciando o hotel. Ele iria *vender* o hotel — e o local poderia não mais ser um hotel no ano seguinte.

Então Chad estava, mais uma vez, considerando um futuro na empresa do pai. Ele está jogando videogame porque é um modo de evitar os preparativos de uma vida que ele não quer viver.

Quando ouve a batida na porta, ele pula para ficar de pé. Teme ser um de seus (antigos) amigos, tentando convencê-lo a sair mais uma vez antes do fim do verão. Afinal, quem mais bateria na porta?

Chad olha pela janela e vê o Jeep Gladiator cinza metalizado que a Srta. English dirige.

Uau!, pensa Chad. Ele corre escada abaixo, abre a porta da frente, e claro, lá está a Srta. English de pé em sua varanda.

Ela sorri para o jovem.

— Olá, Tiro no Escuro.

— Srta. English! — diz ele. A Srta. English está *aqui*, na Eel Point Road? Chad relembra de vê-la rua abaixo na residência 133 no meio do verão. Ele nunca tinha mencionado porque não queria que ela soubesse que ele sabia que ela limpava outras casas. Um pensamento assustador o acometeu: a Srta. English está aqui esta noite para ver se ela pode fazer a limpeza para a família *dele*. Agora que o hotel fechará, ela deve precisar de um emprego.

Chad fica mortificado pelo que a Srta. English já vira: a longa garagem de conchas brancas cercada por cercas vivas bem aparadas, os arbustos de hortênsias decorando a varanda da frente e, atrás dele, uma desnecessária residência de frente ao mar.

— Seu pai está em casa? — pergunta a Srta. English.

— Meu pai?

— Sim — diz a Srta. English. Sua roupa está entre o que ela normalmente usa no trabalho e o que ela vestiu para o encontro na outra noite. Ela está vestindo calças brancas e uma túnica azul-marinho com estampas de hibiscos brancos. Seu cabelo pende em cachos sobre seus ombros, e ela usa brincos de pérolas. — Ele está me esperando.

— Ele *está?* — diz Chad, e naquele segundo Paul Winslow aparece dos fundos da casa.

— Magda, olá! — cumprimenta ele, e Chad quase atravessa o chão de surpresa. Seu pai *conhece* a Srta. English? Chad passa por um momento de vertigem ao pensar que talvez este verão todo tenha sido uma armadilha. Paul Winslow o teria usado como um fantoche este tempo todo? Seu pai queria que ele trabalhasse no hotel para ensinar a ele uma lição que ele pensava ter aprendido sozinho?

— Eu saí hoje e comprei uma garrafa de Appleton Estate de 21 anos — diz Paul. — Apenas para entregá-la a você. Posso lhe servir um copo?

— Eu adoraria, Paul, obrigada — diz Magda.

Paul toca no ombro de Chad.

— Leve Magda ao meu escritório, por favor, filho. Volto em um segundo com as bebidas.

Paul segue para a cozinha e Chad encara a Srta. English por um segundo. Esse é mais um daqueles momentos, como quando ela disse a ele o que acontecera com Bibi, no qual nada é o que parece? Talvez Paul esteja *mesmo* entrevistando Magda — não para um emprego como faxineira, mas para um no Brandywine Group. Se a Srta. English trabalhar lá, isso tornará a posição de Chad na empresa mais palatável?

Não, pensa Chad. *Não mesmo.*

— O escritório, Tiro no Escuro — diz ela.

— Ah, sim.

Chad leva a Srta. English até o escritório. Ela se senta em uma das poltronas de suede caramelo e cruza as pernas. Ela puxa o celular e um bloco de notas da bolsa.

— Ok — diz Chad. — Vejo você amanhã de manhã.

— Não quer ficar? — pergunta a Srta. English.

— Ficar? — questiona Chad. — Se não for incômodo, poderia me dizer o que está acontecendo? Por que você está aqui?

A Srta. English solta uma risada.

— Ah, Tiro no Escuro, você deveria ver a sua cara, é impagável. — Ela se inclina para frente e sussurra: — Seu pai e eu estamos formando uma parceria. Nós vamos comprar o hotel.

28 · O Telégrafo de Pedra

Quando vemos Eddie Veloz novamente, ele está sentado a uma grande mesa da entrada do Cru, onde tinha pedido uma garrafa de Dom Pérignon, que é servida por dois atendentes e acompanhada de três velas estrelinhas.

Bem, não é surpresa. Não levou três dias para ele garantir uma oferta de vinte milhões de dólares para o Hotel Nantucket. O comprador é conhecido apenas como Poupança do Tiro no Escuro, mas como Eddie não consegue manter a boca fechada (algo pelo qual sua irmã, Barbie, sempre o repreende), alguém entre nós descobriu que a propriedade foi comprada por duas entidades em partes iguais. Uma é Paul Winslow, diretor do Brandywine Group e dono de uma casa na Eel Point Road, e a outra é Magda English, a chefe da equipe de limpeza do Hotel Nantucket.

— Eu sabia que Magda estava escondendo algo — disse Nancy Twine na Summer Street Church. — Eu costumava me questionar sobre o tanto que ela doa aos domingos e agora descubro que ela poderia ter doado dez vezes mais. Ela tem milhões!

Sim, o patrimônio líquido de Magda English está em torno de 24 milhões de dólares. A história (não confirmada) é que ela ganhou a atenção de Xavier English trinta anos antes quando ela estava trabalhando em um dos cruzeiros dele. Ele a levou para jantar e tomar vinho em Monte Carlo, e os dois terminaram em um casino onde ela apostou quinhentos dólares (dinheiro próprio, algo que ela insiste em apontar) e rolou o dado por quase duas horas, apostando tudo a cada rodada e saindo com 215 mil dólares. Ela investiu o dinheiro no banco de Xavier, e garantiu um crescimento contínuo. Então, em 2012, Xavier fez uma proposta irrecusável para Magda: ele estava investindo em uma empresa que desenvolvia um novo tipo de software de segurança pessoal. Após ler a proposta da empresa, Magda disse a Xavier que ela queria entrar no negócio. A empresa abriu o capital em julho de 2021, e a pequena fortuna de Magda se tornou uma grande fortuna.

No mês seguinte, sua cunhada, Charlotte English, morreu de repente ao dormir e Magda se mudou para Nantucket a fim de estar com seu irmão, William, e seu sobrinho, Zeke. Ela esteve procurando uma propriedade com Eddie Veloz, incluindo residências em Eel Point Road, mas não tinha encontrado nada que lhe agradasse. Ela aceitou o emprego como chefe da limpeza no hotel porque manter-se ocupada a deixava feliz.

— Pelo menos foi isso que eu entendi das nossas conversas — disse Brian, o bartender do Brant Point Grill. Brian era quem jogava as coisas no ventilador no que dizia respeito a Magda e Xavier. — Eles definitivamente tinham um caso — disse ele. — Ela me disse que ele era um "velho amigo", mas eu senti uma vibe de "velho amigo com benefícios".

Isso torna a decisão de Magda em comprar o hotel ainda mais intrigante. Ao que parece, quando Eddie contou a ela que Xavier já tinha uma oferta privada de 16 milhões, Magda disse: "Eu vou cobrir o blefe do Xavier. O amigo dele que quer transformar o hotel em um escritório deve estar apenas testando as águas — quem compra um escritório-satélite a 48 quilômetros da terra? —, mas meu parceiro e eu vamos dar o benefício da dúvida a Xavier e oferecer 18 milhões."

— Ele fecha por vinte milhões.

— Fechado — disse Magda.

Quanto ao parceiro de Magda, Paul Winslow, ouviram ele dizer: "Tenho certeza de que vou ser acusado de comprar o hotel para meu filho, mas na verdade, eu recebi uma oferta de negócio de Magda English. O Hotel Nantucket é uma peça da história de Nantucket, mas também será uma das acomodações mais graciosas nesta ilha por gerações. Quem não gostaria de fazer parte disso, se tiver escolha? Quanto ao meu filho, Chad, eu espero que o negócio o faça perceber o tipo de oportunidade positiva que minha firma pode criar. Eu espero que, no fim, ele decida vir trabalhar comigo. Mas, se decidir ficar no hotel, eu respeito a decisão dele. O importante é que o Hotel Nantucket está de volta à ativa.

✳

Charlene do asilo Our Island Home sente uma exuberância nos funcionários do hotel no momento em que pisa no lobby. O ar é rico com o cheiro de um bom café e pães frescos; Aretha Franklin está pedindo um pouco de respeito; o local está agitado com conversas e risadas. Charlene se sente um pouco estraga-prazeres; ela veio ao hotel com uma missão séria. Ela se aproxima da recepção onde a Querida Edie Robbins está trabalhando — Charlene conhece Edie desde os dias em que seu pai, Vance, costumava carregá-la até o Stop and Shop, apesar de agora Edie estar crescida, esbanjando chiqueza em sua blusa de seda azul-hortênsia.

— Bom dia, Edie. Você deve estar ocupada, mas teria um minuto? — diz Charlene.

— É claro, Charlene! — concorda Edie. Ela se vira para a colega, uma mulher com um lindo cabelo loiro acobreado, e diz: — Eu já volto.

Edie guia Charlene por portas fechadas à sala de descanso dos funcionários. Charlene ouviu rumores sobre este cômodo, e não ficou desapontada. Há um balcão de bar laminado com bancos em couro laranja chamativos e pés de aço cromado, um jukebox, uma máquina de pinball e um sofá curvilíneo da metade do século, onde Edie se senta com ela.

— Tenho apenas alguns minutos — fala Edie.

— Sim! — diz Charlene. — Você deve estar se perguntando o que estou fazendo aqui. — Ela puxa uma sacola de plástico da bolsa, e da sacola ela remove um velho diário de capa de couro com as iniciais JFB em ouro. — Sinto informar que Mint Benedict faleceu ontem.

Edie pisca.

— Sinto muito, não sei quem é. Ele era um dos residentes? Já era de idade?

— Tinha 94 anos — diz Charlene. — Ele era o filho único de Jackson e Dahlia Benedict.

Edie sorri educadamente.

— Ainda não entendo...

— Eles foram donos do hotel de 1910 a 1922 — explica Charlene. — Então houve o incêndio e a morte da camareira.

— Nosso fantasma — comenta Edie.

— Seu fantasma. — Charlene entrega o diário a Edie. — Este é o diário de Jackson Benedict daquele ano. Mint o guardou em seu cofre. A mãe dele, Dahlia, morreu devido ao alcoolismo quando Mint tinha apenas 10 anos e Jackson faleceu de câncer em 1943. Também há fotografias e alguns pequenos itens do hotel... um sino de mão, algumas chaves, algumas porcelanas do salão de festas. Mint está doando tudo para a Associação Histórica de Nantucket. Mas ele quer que vocês aqui no hotel fiquem com o diário de Jackson. Ele deixou claro que gostaria que alguém de fato o *lesse*.

— Eu vou ler — diz Edie. — Mas não posso agora. Tenho que voltar ao trabalho.

— Apenas me prometa que você vai...

— Sim, é claro! — confirma Edie. — Estou animada para ler. — Ela abre a capa do diário e vê que a primeira página está datada no dia 22 de agosto de 1922. — É a história do hotel.

— Tenho que admitir, eu mesma o li — confessa Charlene. — E revela alguns dos segredos do hotel. São literalmente esqueletos no armário.

※

— Você deveria ser a primeira a ler — diz Edie para Lizbet, deslizando o diário de Jackson Benedict pela mesa de Lizbet.

— Charlene o deu para você — aponta Lizbet.

— Não tenho certeza de que posso ler hoje à noite — diz Edie. — Vou jantar com Zeke.

— O quê? — pergunta Lizbet. — Este hotel é responsável por mais um romance?

Edie dá de ombros.

— Nós só estamos indo comemorar a compra do hotel. — Ela abaixa a voz. — Zeke não tinha ideia de que a tia dele tinha tanto dinheiro. Ele e o pai estão chocados.

— Abençoada seja, Magda — diz Lizbet. — Ou eu estaria trabalhando como concierge no Peninsula em Beverly Hills.

Alessandra entra no escritório.

— Concierge do Peninsula em Beverly Hills? — pergunta ela. — Esse é o emprego para o qual estou me candidatando.

— Eu sei — confirma Lizbet. — Eles me ligaram hoje pedindo referências.

— E? — questiona Alessandra.

— Prevejo que no próximo verão você estará de volta à Costa Oeste.

— Onde é meu lar — diz Alessandra.

Sim, pensa Edie. Ela sentirá falta de Alessandra, mas está animada para começar como gerente de recepção.

— Espero que os homens de LA estejam prontos para você — brinca Edie.

— Não estão — dizem Alessandra e Lizbet ao mesmo tempo.

— Se tiver um minuto, sente-se — convida Lizbet. — Edie vai ler para nós.

22 de agosto de 1922
Aqui, para meus descendentes, caso eu seja sortudo o suficiente para ter algum, e para os historiadores e detetives, está a verdadeira e honesta história dos eventos de 19 e 20 de agosto de 1922. Não sou um escritor talentoso nem, até este ponto da minha vida, fui particularmente introspectivo, mas sinto que devo escrever estas palavras, nem que seja para exorcizá-las da minha mente manchada de fuligem.

Minha esposa, Dahlia, e eu organizamos um jantar dançante no salão de festas do meu hotel no último sábado. A noite começou com sopa de tartaruga, seguida de bife Wellington e caudas de lagosta, e todos aproveitaram os coquetéis de gim e champagne. Dahlia ficou bastante bêbada, como de costume. Ela flertou sem vergonha com Chase Yorkbridge e pediu que ele a acompanhasse até a nossa suíte para me deixar com ciúmes — mas eu não estava nem um pouco com ciúmes, apenas aliviado. Eu deixei a festa logo após Dahlia e segui para o armário do sótão para a fim de ver Grace.

Grace Hadley, minha amante. Eu a amava. Ainda a amo.

Edie levanta o olhar das páginas.

— É por isso que Mint Benedict queria que lêssemos. Grace Hadley era a amante de Jackson Benedict.

Alessandra dá de ombros.

— Sempre achei isso.

— Você não achava isso — comenta Lizbet.

— Uma camareira morando no armário de depósito do quarto andar? — diz Alessandra. — O que você achava que ela estava fazendo lá em cima?

Lizbet acena uma mão.

— Continue, Edie.

Quando bati na porta, Grace a abriu com o cuidado de sempre. Ela temia que uma noite encontraria Dahlia apontando um revólver para sua testa.

Grace conhecia Dahlia melhor do que eu, ao que parece.

Quando voltei do quarto de Grace, Dahlia estava roncando e nem se mexeu. Eu descobri, como toda noite em que eu passava com Grace, que eu tinha me livrado de algo.

Acordei no meio da noite rodeado por uma nuvem de fumaça escura. A poltrona de chintz ao lado da janela estava em chamas, e o incêndio se alastrava para as cortinas. Eu chamei por Dahlia. Verifiquei seu closet, mas não a encontrei. Fui ao corredor e encontrei pessoas gritando. Leroy Noonan, o gerente-geral do hotel, estava decidido a me tirar de lá o mais rápido possível.

Eu conseguia pensar apenas em Grace. "Tenho que ter certeza de que ela está bem", eu disse. Noonan, naturalmente, pensou que eu estivesse me referindo à Dahlia. Ele disse: "Ela está na rua, Sr. Benedict. Vamos sair agora, por favor, senhor." Ele me apressou para descer as escadas, mas eu briguei com ele, dizendo: "Preciso ir ao quarto andar."

"O quarto andar está em chamas, senhor, você não pode ir lá." Noonan é um homem grande, com 1,90 de altura e quase 130 quilos; ele poderia muito bem ter me jogado sobre seus ombros e me carregado para fora do prédio. E era isso que ele teria de fazer, eu decidi, porque eu estava determinado a resgatar Grace. Lutei contra a correnteza de hóspedes em seus pijamas até a base da escadaria dos fundos. Mas toda a

estrutura da escada estava consumida pelo inferno. Não havia como subir.

Quando cheguei à rua, encontrei Dahlia perfeitamente calma no meio do pandemônio. Ela estava vestida com seu roupão de seda fechado perfeitamente sobre seu pijama. Estava com seus chinelos, seu cabelo enrolado; usava batom e estava fumando, e... segurava o nosso gato, Mittens. Registrei algo dentro de mim naquele momento, algo em que não suportava pensar. Eu procurei por Grace na multidão. Onde ela estava? Ela tinha escapado? Eu não a encontrei. Disse a mim mesmo que ela estaria, naturalmente, se escondendo porque não tinha uma boa razão para estar à noite no hotel. Eu me aproximei do bombeiro, que me garantiu que o incêndio estava sob controle e que todos tinham saído em segurança.

— Todos? — perguntei. — Até mesmo as pessoas do quarto andar?

— Não havia ninguém no quarto andar — disse ele. — Nós checamos.

Ele tinha checado o quarto andar. Grace tinha escapado e agora, eu suspeitava, estava se escondendo nas sombras em algum lugar.

Eu voltei para Dahlia.

— A garota não saiu. Eu a tranquei pelo lado de fora — disse ela.

Agarrei o braço de Dahlia.

— O que você fez? — questionei. Eu vi o âmbar laranja de seu cigarro como um olho brilhante do mal. — Você causou o incêndio, Dahlia?

O gato se remexeu, fugindo dos braços de Dahlia, e pulou para o chão apesar da pata ruim.

— Eu não diria isso muito alto. O seguro, Jack. Se não houver dinheiro do seguro, você estará arruinado. — Ela colocou um dedo sobre meus lábios. — Acidentes acontecem.

Eu queria me rebelar contra ela, mas levou apenas um instante para perceber que ela estava certa. Ela tinha causado o incêndio e trancado a porta de Grace, mas fui eu quem colocou Grace no sótão, a mantive do mesmo modo que Dahlia mantinha o maldito gato. Se Grace tivesse me desafiado, eu não teria escolha a não ser demiti-la e garantir que ela não encontrasse emprego na ilha. Eu sou responsável pela morte da minha querida amante, Grace Hadley.

— Jackson Floyd Benedict

Quando Edie para a leitura, um silêncio acomete o escritório de Lizbet. Por fim, Alessandra abre a boca.

— Que estraga-prazeres.

— Não é de se surpreender que Grace assombre o hotel — diz Lizbet. — Eu também assombraria se fosse ela.

Edie passa para a próxima página e a encontra em branco.

— Este é o único registro no diário dele — comenta ela. Suas sobrancelhas se levantam. — Era só isso que ele queria que soubéssemos.

29 • Mosaico

Grace estava sobre — *literalmente* sobre — os ombros de Edie, lendo as palavras de Jack, e eram mais purificadoras e libertadoras do que ela poderia ter imaginado. Dahlia foi a responsável pelo incêndio, Dahlia trancou a porta para que ela não pudesse fugir, mas Jack estava certo — no fim, a presença de Grace naquele quarto era culpa dele, e o ciúme infernal de Dahlia também.

Era uma confissão escrita, como nos filmes.

Lizbet coloca o diário no cofre em seu escritório. *Amanhã*, anuncia, *ela mostrará o diário a Jordan Randolph do* Nantucket Standard. Grace pode apenas esperar que ele escreva um artigo como continuação do que foi publicado há um século: "Crime Solucionado Cem Anos Depois! Grace Hadley Assassinada por Donos do Hotel!"

Grace se sente mais leve. Não há raiva a consumindo, nem indignação a prendendo ao hotel, nem o peso da angústia. Ela está livre para seu descanso final. Ela vai levar o roupão consigo — mas deixa o boné do Minnesota Twins de Lizbet sobre o balcão revestido na sala de descanso.

Deixa-a imaginar.

Grace encontra a saída da janela aberta e quando ascende para o ar fresco da tarde — com um toque de sal no ar — ela vê Lizbet e Mario reclinados sobre o corrimão, beijando às escondidas. Grace testa sua nova flutuabilidade, subindo acima deles e olhando para baixo. É uma perspectiva completamente nova. Ela pode ver todo o hotel. Edie e Alessandra estão na recepção. Alessandra ao telefone; Edie recebendo alguns hóspedes. Zeke empurra o carrinho de bagagem e pisca para Edie. Raoul está do lado de fora, na portaria, lidando com um hóspede e seu pássaro exótico, uma arara-azul. (Era segredo aberto que, apesar de animais serem proibidos no hotel, exceções seriam feitas?) No estúdio de ioga, Grace observa Yolanda dar uma aula para mulheres na perimenopausa na posição da borboleta. No Blue Bar, Petey Casstevens está preparando sucos frescos e reabastecendo os acompanhamentos. Beatriz está recheando queijos gougère quentinhos e aerados, recém-assados, com molho béchamel. Octavia e Neves estão limpando o quarto 108, e claro, Neves encontra uma cueca boxer enrolada no cabo de telefone, o que arranca uma careta de Neves e uma risada de Octavia. Chad e a nova camareira, Doris, estão empurrando o carrinho de limpeza pelo corredor do segundo andar. Eles param diante da janela escotilha de latão porque é o dia de poli-la. Chad espirra a solução em um pano e começa a esfregar, e Grace pensa: *isso mesmo, Tiro no Escuro, mostre a ela como se faz!* Doris não é uma camareira tão boa quanto pensa.

— Então, o Sr. Darling colocou o hotel à venda porque a Magda rejeitou o pedido de casamento? — pergunta Doris.

— Sim. Mas isso precisa ficar só entre nós dois — diz Chad.

E eu, pensa Grace.

Neste exato momento, Magda está no escritório das camareiras ao telefone com seus contadores. A mãe de Edie, Love, e Adam estão entrando pela escadaria da frente; é hora de mudar o turno.

— Bem-vindo ao Hotel Na-antucket! — cantarola Adam ao entrar pelas portas.

Grace flutua um pouco mais e descobre que pode dar uma olhada em outras pessoas que conhece. Bibi Evans está sentada em sua aula de justiça criminal na UMass Dartmouth. Seu cabelo está preso em um rabo de cavalo fofo com um elástico que parece... um cachecol preto e dourado da Fendi. (Grace arfa. Ou é o cachecol roubado da mala da Sra. Daley ou uma réplica que Bibi comprou de um vendedor de rua em Newbury Street. Grace decide acreditar no último.)

Grace sobe mais um pouco, e a Cidade de Nova York entra em sua vista. Que agitação! Mas, mesmo com todo o alvoroço, Grace facilmente chega ao Upper East Side. Ela vê Louie em um apartamento clássico do pré-guerra na Park Avenue. Ele está tendo aulas de xadrez com um grão-mestre. Grace encontra Wanda caminhando com Doug ao redor da Reservoir no Central Park. Doug ainda é sensitivo a perturbações paranormais; ele para e levanta a cabeça gigante para o céu. Grace quase pode ler sua mente: *você de novo? Aqui?* Kimber está caminhando um pouco atrás de Wanda, falando ao telefone, e Grace se preocupa que Kimber esteja de volta ao seu estilo laissez-faire de maternidade, mas então Grace percebe que Kimber está tentando garantir um advogado para Richie.

Apoiando o seu homem! Grace gosta disso.

Todas essas pessoas, as pessoas *dela*, brilham e reluzem sozinhas (*especialmente Wanda*, pensa Grace), mas à distância, elas também se tornam parte de algo maior. É um mosaico — talvez não tão grande e célebre como os que Alessandra viu em Ravenna, mas ainda assim uma obra de arte.

Grace está prestes a subir mais — e direto aos céus — quando ela nota um espaço em branco no mosaico, um buraco, uma ausência. É o espaço *dela*, percebe, e agora que ela subiu até ali, ela o vê um vazio fulgente. Como o hotel continuará sem *ela*? Ela sente um forte puxão para baixo; é uma força que ela não pode ignorar.

É o amor.

Grace não pode ir embora ainda! Magda e o Sr. Winslow estão comprando o hotel e Lizbet tem uma lista de aprimoramentos, incluindo redecorar o quarto andar! Que tal incorporar o armário de depósito de Grace em um desses quartos? Eles podem chamar de Suíte Grace Hadley.

Grace flutua para baixo até estar planando sobre a ilha de Nantucket, até estar diretamente sobre o hotel, até estar de volta à sua segurança.

Em seu lar.

Ah, está bem, pensa Grace, tirando o boné do Twins do balcão na sala de descanso e o colocando sobre seus cachos. *Eu fico.*

Mais um ano não faz mal.

O Livro Azul

Eu já pedi, por diversas vezes, recomendações de passeios ao visitar Nantucket. Como Lizbet Keaton diz neste romance: "O mundo precisa de um guia de Nantucket escrito por um residente." O que se segue não é um *guia* — porque *não* é tão abrangente —, mas um *guia de recomendações*. É completamente pessoal, enviesado e orgânico (não sou patrocinada por nenhuma entidade mencionada, nem recebo tratamento especial — em alguns restaurantes até eu não consigo uma reserva no meio de agosto!). Mas eu sinto que este Livro Azul será útil para melhorar qualquer estadia na ilha, especialmente se você for um leitor de Elin Hilderbrand!

Duas excelentes fontes para começar a planejar a sua viagem:

Nantucket Chamber of Commerce (Câmara de Comércio de Nantucket), **508-228-1700**. Site: nantucketchamber.org; Instagram: @ackchamber.

Town of Nantucket Culture and Tourism (conhecida na cidade como "Nantucket Visitor Services" — Centro de Serviços ao Turista), **508-228-0925**. O Centro de Serviços mantém uma lista de hotéis disponíveis (e, sim, houve noites nos últimos verões que a ilha ficou completamente lotada!). Eles têm várias informações práticas e úteis para sua visita! Site: Nantucket-ma.gov.

Chegar Aqui (e Voltar para Casa) É a Parte Mais Difícil

"Quanto custa o transporte até a ponte?"

Não há ponte! A Ilha de Nantucket fica a quase cinquenta quilômetros oceano adentro e, portanto, o único meio de acesso é por meio de navio ou de avião. Existem voos diretos de Nova York (JFK), Newark, Washington, D.C., e de algumas outras cidades no verão via JetBlue, United, American Airlines e Delta. A Cape Air possui um voo de nove lugares em um Cessna de Boston e JFK durante todo o ano. (Aviso: essas aeronaves Cessnas não são boas para quem tem medo de avião, como já avisa a cena em *Golden Girl!*)

Nós também temos balsas, conhecidas na ilha como "o barco rápido" e "o barco lento". O barco lento é operado pela **Steamship Authority** e é o único meio para transporte de veículos. Se você deseja vir de carro para Nantucket, é preciso fazer reserva (e essas vagas acabam com *muita* antecedência, começando no início de janeiro!).

Meu modo de viagem preferido para ir e vir da ilha é a balsa rápida. De abril a dezembro, tanto a Steamship Authority quanto a **Hy-Line Cruises** operam balsas durante o dia. A viagem leva uma hora, e a de ida e volta custa cerca de oitenta dólares.

O clima quase sempre afeta a travessia. Se o vento estiver por volta de quarenta quilômetros por hora ou mais forte, as balsas podem ser canceladas (cada viagem fica sob decisão do capitão). Se há névoa (o que acontece com certa frequência entre junho e julho), aviões não podem decolar. (Fato curioso: a pista de decolagem Tom Nevers Field foi usada pelo exército norte-americano na Segunda Guerra Mundial para praticar decolagens e aterrissagens sob névoa.)

Uma vez em Nantucket, você pode alugar um Jeep (**Nantucket Windmill Auto Rental**, **Nantucket Island Rent a Car**) ou uma bicicleta (**Young's Bicycle Shop**, **Nantucket Bike Shop**, **Cooks Cycles** e a **Easy Riders Bicycle Rentals**, que pode entregar a bicicleta na sua hospedagem!). A ilha também tem Uber, Lyft e serviço de táxi. Minha empresa de táxi favorita é a **Roger's Taxi**, 508-228-5779. A **Cranberry Transportation** oferece um verdadeiro "serviço de carro" e passeios privados pela ilha.

Onde Devo Me Hospedar?

Você acabou de ler um livro chamando *O Hotel Nantucket*, então vou começar recomendando a inspiração para a personagem principal do livro, que é o **The Nantucket Hotel and Resort**, localizado na Easton Street, número 77. Apesar do hotel no livro ser uma criação da minha imaginação, o Nantucket Hotel possui algumas similaridades: possui quartos e suítes, uma piscina familiar e uma para adultos, um fabuloso centro de bem-estar, um estúdio de ioga, bar e restaurante. Os funcionários são profissionais e amigáveis, e, como o hotel no livro, o verdadeiro está localizado no limite da cidade, a uma simples caminhada de shoppings, restaurantes, museus e galerias, mas também das praias Children's Beach e Jetties Beach, e do farol Brant Point Light. Site: Thenantuckethotel.com; Instagram: @thenantucket.

A única acomodação localizada diretamente *na* praia é o **Cliffside Beach Club**, que foi a inspiração para o meu primeiro romance, *The Beach Club*. O lobby do Cliffside é um dos espaços mais espetaculares da ilha. O hotel conta com 23 quartos (de onde você pode pisar *diretamente* na areia), uma piscina e um centro de bem-estar, um pequeno café privado e uma praia privativa em Nantucket Sount. (A água é calma e boa para nadar.) Cliffside é uma ostentação — se você puder entrar! Site: Cliffsidebeach.com; Instagram: @cliffsidebeachclub.

O **Greydon House** (não confunda com o Graydon, o ex-namorado esquisito de Edie) costumava ser uma residência particular e uma clínica odontológica, mas foi luxuosamente remodelado em um hotel boutique aconchegante com um restaurante inacreditável, o **Via Mare**. Eu me hospedei no Greydon House duas vezes para uma "folga em casa" e descobri que os destaques são os deliciosos cafés da manhã, os revestimentos dos chuveiros e a localização ideal na cidade. Site: Greydonhouse.com; Instagram: @greydonhouse.

Quando você *realmente* quiser fugir de tudo, olhe o **Wauwinet Inn**. Fica a quatorze quilômetros da cidade (isso é bem longe para os padrões de Nantucket), mas o caminho de carro o leva pela linda e sinuosa Polpis Road, onde você passará por fazendas, lagos e pelo Nantucket Shipwreck and Lifesaving Museum. O Wauwinet está localizado no porto com entrada para o farol Great Point. O hotel tem um deque expansivo com cadeiras Adirondack com vista para o porto. Possui uma biblioteca, um charmoso bar e um restaurante chique, o Topper's (onde Bone Williams leva Alessandra neste livro e onde Benji e Celeste tiveram uma refeição bastante emotiva em *The Perfect Couple*). Site: Wauwinet.com; Instagram: @thewauwinet.

Já Tenho Onde Ficar e um Modo de Transporte. O Que Faço Agora?

Você está em uma ilha, então vamos começar pela praia! Nantucket tem uma costa de oitenta quilômetros e a maioria das praias são abertas ao público. Algumas têm acesso para veículos, mas você vai precisar de um carro com tração nas quatro rodas com adesivo de autorização. Para praias como a **Fortieth Pole** e a **Smith's Point**, você precisa de uma autorização da cidade, disponível por cem dólares (você pode obter uma dessas na delegacia — e, olha, talvez veja o xerife Kapenash!). A autorização para acessar a **Great Point** pode ser comprada na entrada e custa 160 dólares (você também pode obter o passe diário por 60 dólares). A maioria dos veículos de aluguel em Nantucket já vem com autorização. *Antes de dirigir pela praia*, é preciso remover um pouco a pressão dos pneus para quinze libras (você pode baixar mais para Great Point — há duas estações de pressurização logo depois da guarita para encher de novo ao voltar para a civilização).

Eis o que eu penso sobre dirigir em praias: amo. Esse amor intensificou quando eu tive filhos. Em vez de carregar todas as coisas de uma vaga qualquer que consegui encontrar (*se* encontrei vaga — porque quando se tem crianças

306 ⚬ *Elin Hilderbrand*

é um desafio sair de casa na hora certa), eu apenas estaciono na praia e pego todas as coisas delas da parte de trás do carro. Houve anos em que as crianças dormiram no carro (eu tinha Jeeps; são veículos robustos). Houve anos em que meus filhos escalaram o carro dos meus amigos (ainda melhor). Por ser possível dirigir até a beira, Fortieth Pole é particularmente boa para um fim de tarde com churrasco e crianças — a água é calma e quente, e você pode ter uma vista magnífica do pôr do sol. A Smith's Point é de longe a minha praia favorita porque é possível acessar tanto as ondas do oceano quanto as águas calmas da beira. Há também um tobogã de água natural (descrito no meu romance *The Perfect Couple*). O Smith's Point é aberto apenas durante algumas semanas no verão, dependendo da reprodução de uma espécie ameaçada de extinção de batuíra-melodiosa.

Como Lizbet disse neste romance, **Great Point** é o melhor destino de Nantucket. O farol Great Point Light fica no topo de uma longa extensão de areia, bem perto da água ao norte. Great Point faz parte de uma reserva natural (por isso o valor alto a se pagar pela autorização do veículo) gerenciada pela Trustees of Reservations. É uma paisagem selvagem com ventania e o oceano à direita e o porto à esquerda ao sair. Quase sempre há focas. Algumas vezes, até tubarões — está avisado! É *de fato* "distante" (leva quase 45 minutos para chegar da cidade), mas é uma experiência inesquecível em Nantucket. Há uma guarita um pouco antes do Wauwinet Inn, onde pode comprar sua autorização. Ao voltar para casa, você pode parar no pequeno e superfofo bar do Wauwinet para umas bebidas. (**Topper's**, o restaurante, é requintado, mas caro até para os padrões de Nantucket.)

Algumas pessoas pensam que dirigir na praia é uma abominação. Eu respeito isso — e Nantucket também. A maioria das praias não permitem veículos. Aqui estão algumas das minhas praias favoritas onde você *não* pode entrar com seu veículo. As praias da costa norte rodeiam a baía Nantucket Sound e possuem águas calmas, sem grandes ondas. As praias da costa sul são praias de frente para o oceano e normalmente cheias de ondas. Às vezes, há ocorrentes de retorno. Por favor, tenha cuidado!

Costa Norte

Jetties Beach é uma praia que fica a uma distância curta a pé da cidade e conta com a atração do **Sand Bar**, sobre o qual vou comentar na seção de restaurantes. A **Steps Beach** tem, muito provavelmente, os arredores mais bonitos de qualquer praia do mundo. Você desce 43 degraus pelas dunas de areia cobertas por rosas rugosas, que no auge do verão florescem em tons de rosa e branco. **Dionis Beach** é onde Richie foi encontrado dormindo em seu carro neste romance.

Neste livro, eu digo que Dionis tem chuveiros públicos — isso é ficção. *Não* possui chuveiros. Conta, porém, com banheiros.

Costa Sul

Surfside Beach foi a minha escolha de praia nos meus primeiros três verões. De fato, eu não acho que fui a nenhuma outra. É *enorme*. Há bastante *espaço*. E também conta com o **Surfside Beach Shack**. Não é exagero dizer que, se pudesse, eu almoçaria no Surfside Shack todo dia no verão, e meus filhos também. A comida é *deliciosa*. Eu peço o "krabby patty" (empada de caranguejo, camarão e vieira) com abacate, bacon, alface, tomate e o delicioso molho da casa. Minha filha pede açaí. Os meninos pedem o sanduíche de frango grelhado ou hambúrgueres. O local entra na minha categoria de "não pode perder" se você estiver hospedado em Nantucket por mais de um dia no verão. No entanto, há quase sempre uma fila — você foi avisado!

Nobadeer Beach: Centro de festas. Você tem 25 anos ou menos? É o seu lugar. Há uma seção para caminhadas e uma para veículos. Ambas são repletas de jovens lindos aproveitando a vida ao máximo. Se estiver caminhando, por favor, não estacione na pista — você receberá uma multa.

Cisco: Você gosta de surfar ou de ver os surfistas? Aqui é o seu lugar. A praia é muito mais estreita do que a Surfside e a Nobadeer, e o estacionamento é quase sempre um problema.

Nenhuma dessas mencionadas é minha favorita. Eu pensei bastante e decidi não nomear a minha praia favorita da costa sul, porque a que eu amo não é popular e nem muito cheia, exceto talvez pelos moradores locais e pelos residentes de verão. Porém, por me sentir culpada por segurar a informação, vou dizer apenas que, se quiser evitar o pesadelo de uma praia lotada, dirija pelo Miacomet Golf Course, mas antes de chegar à casa de festas vire à direita em uma estrada de terra que passa por uma grande antena. A estrada é o que eu chamo em meus livros de "a estrada sem nome", e a praia é a que eu chamo de **Antenna Beach**. Há um chalé à esquerda da entrada dessa praia que foi minha inspiração para o chalé de Mallory em *28 Summers*.

O Que Há para Fazer Se Eu Não Gostar de Praia?

Sim, eu sei que há pessoas que não gostam de praia. (Fico apenas agradecida que gostem de praias em livros!)

Gosta de fazer compras?

Se a respostar for sim, está com sorte! Diferente da ilha Martha's Vineyard, que tem sete cidades, Nantucket tem apenas uma cidade, chamada de "cidade". (Os residentes falam: "Estou indo para a cidade" ou "Eu vi a Elin na cidade.") O distrito central de negócios de Nantucket é composto de quatro quadras, cheio de excelentes lojas, e tudo é adjacente às docas das balsas. É, portanto, possível sair da balsa, fazer compras, comer algo e voltar de balsa — apesar de não ser o suficiente para você aproveitar a ilha, você não ficará desapontado. A cidade é boa assim.

Há muitas lojas para eu mencionar aqui, então vou citar apenas as minhas favoritas.

As livrarias **Mitchell's Book Corner** e **Nantucket Bookworks**: Hum... por que eu comecei por essas? Bem, porque eu acredito que as livrarias independentes são os pilares da civilização. Nantucket tem sorte de ter não apenas uma, mas duas livrarias, e elas são propriedades da mesma pessoa, minha querida amiga Wendy Hudson. A boa notícia de Wendy ser dona de ambas é que, em vez de as livrarias serem competidoras, elas se complementam. Mitchell's fica localizada na Main Street, número 54, e conta com dois andares de livros, incluindo uma seção incrível de livros sobre Nantucket. De meados de junho até meados de setembro, eu faço uma sessão de autógrafos do lado de fora da Mitchell's toda quarta-feira às 11h por uma hora. A Mitchell's tem sessões de autógrafo o ano todo, incluindo sessões frequentes com meus colegas residentes Nancy Thayer e Nathaniel Philbrick. Site: Nantucketbookpartners.com; Instagram: @nantucketbooks.

A Nantucket Bookworks pode ser encontrada na Broad Street, número 25. É uma loja pequena e aconchegante, e conta com uma seção infantil invejável, uma grande seleção de brinquedos, jogos, presentes e chocolate!

A maior celebridade nessas livrarias é o diretor de eventos e marketing, Tim Ehrenberg, que tem uma conta no Instagram dedicada a livros, @timtalksbooks, na qual ele oferece recomendações incríveis. Se Tim me disser para ler, eu leio.

Flowers on Chestnut: Se há uma loja, além das livrarias, que você não pode perder, é a Flowers on Chestnut. A maioria dos visitantes não precisam de uma floricultura, mas você deveria passar na Flowers, de qualquer forma, pela sua estética. Há uma exposição floral suntuosa no meio do primeiro andar e um charmoso jardim lateral. Encha seu Instagram — tire fotos. Flowers on Chestnut também tem uma seleção divina de velas, presentes, antiguidades, cartões, papéis de presente, guardanapos para coquetéis e decorações. Site: Flowersonchestnut.com; Instagram: @flowersonchestnut.

Jessica Hicks Jewelry: Eu comprei meu primeiro par de brincos na Jessica Hicks em 2008 e agora, quase quinze anos depois, já tenho mais de cem pares, incluindo um anel de polegar prata mencionado no *The Perfect Couple*. A loja está escondida entre a Main e a Union Street — é uma visita obrigatória para qualquer leitor de Elin Hilderbrand. Suas peças possuem preços bem variados, há algo para todos os bolsos. Site: Jessicahicks.com; Instagram: @jessicahicksjewelry.

Hub of Nantucket: Como o nome sugere (apenas o chame de "o Hub"), é uma banquinha que também vende livros, revistas, doces, lembranças, presentes, café e smoothies, localizada bem no meio da cidade, na confluência da Main Street com a Federal. Site: Thehubofnantucket.com; Instagram: @thehubofnantucket.

Nantucket Looms: Ah, como eu amo a Looms. A coberta de cashmere azul-hortênsia em *O Hotel Nantucket* é ficcional, apesar de a Nantucket Looms ter uma seleção impressionante de tecidos, assim como móveis e arte. Eles também vendem dois tipos de sabonete de flores silvestres, a minha habitual escolha de presente. Site: Nantucketlooms.com; Instagram: @nantucketlooms.

Blue Beetle: Meu lugar favorito para cashmere — ponchos, cobertores e suéteres, especialmente os suéteres Nantucket. Talvez minha compra favorita em 2021 tenha sido o suéter cinza-urze com listras arco-íris e ACK na frente. (ACK é o nome do aeroporto de Nantucket.) Eles também têm suéteres com a ilha na frente. (Eu tenho um de cada uma das quatro cores!). Site: Bluebeetlenantucket.com; Instagram: @bluebeetlenantucket.

Erica Wilson: Erica Wilson é uma pioneira no mundo da costura. Essa loja fica na Main Street e é particularmente dedicada à arte, mas a outra metade é focada em moda feminina. Eu quase sempre encontro algo maravilhoso aqui, e ainda possui a linha de joias da **Heidi Weddendorf** (Instagram: @heidiweddendorf). Site: Ericawilson.com; Instagram: @ericawilsonnantucket.

Milly and Grace: Talvez minha boutique de moda feminina favorita na ilha, essa loja, nomeada em homenagem às avós de Emily Ott, também tem artigos domésticos. Aqui é onde encontro toalhas redondas da Beach People e onde comprei minha primeira garrafa S'Well. Site: Millyandgrace.com; Instagram: @shopmillyandgrace.

Hepburn: Outra loja ideal se estiver em busca de moda feminina. Muitos vestidos que me veem usando no Instagram vieram da Hepburn, e é onde comprei meu primeiro par de sandálias Mystique! Site: Hepburnnantucket.com; Instagram: @hepburnnantucket.

The Lovely: Propriedade de longa data da residente de Nantucket, Julie Biondi, essa boutique de moda feminina, localizada próxima ao **Lobster Trap** na Washington Street, não deve ser esquecida. Você sem sombra de dúvida voltará para casa cheia de sacolas! Site: Thelovelynantucket.com; Instagram: @thelovelynantucket.

28 Centre Pointe: Localizada na Centre Street, número 28, essa boutique está repleta de itens únicos de cozinha, casa e mesa, assim como moda.

A proprietária Margaret Anne Nolen estreou sua própria linha, chamada Cartolina — e, para os que prestam bastante atenção, Lizbet está usando um vestido Cartolina quando Xavier chega! Site: 28centrepointe.com; Instagram: @28centrepointe.

Current Vintage: *Sopa do Dia: champagne.* Se esse for o seu lema, a Current Vintage foi feita para você. Essa loja oferece uma mistura divertida entre velho e novo — Lily Pulitzer vintage ao lado de camisetas com slogans fofos, ao lado de uma ótima seleção de vinhos, champagne, queijos e itens de casa. Site: Currentvintage.com; Instagram: @currentvintagenantucket.

Murray's Toggery: A Murray's é a origem dos shoppings de Nantucket. É o começo de tudo. É a casa — veja bem — da infame malha vermelha que começa em tom de tijolo e clareia cada vez mais a cada lavagem, até chegar a um ponto: um tom pálido de rosa único e inconfundível. A família Murray investiu não apenas nessa cor (e na linha de roupa Nantucket Reds), mas também, em um sentido, no fenômeno social que é tão prevalente em Nantucket: quanto mais velha e mais amada é uma peça de roupa (ou um Jeep Wrangler ou uma cesta trançada), mais autêntica é. Vestir um par novo de shorts no tom Nantucket Reds para jantar é considerado deselegante. Lave-os umas trinta vezes antes, então os use a cada oportunidade — quando estiver surfando em Smith's Point, quando estiver colhendo tomates na Bartlett's Farm, quando estiver dançando na primeira fileira do Chicken Box. Derrube seu gim-tônica neles. Manche-os com as gotas do mar na balsa. É para isso que foram feitos. Você pode comprar calças, saias, macacões infantis e outros estilos no tom de Nantucket Reds, mas eles *podem apenas ser comprados de modo apropriado* na Murray's Toggery. (Observação: a Murray's também tem outras roupas. Eu sofri em desespero várias vezes antes de um baile de escola na Murray's com meus dois filhos enquanto eles experimentavam calças, camisas, gravatas e ternos.) É um negócio de família que tem um toque mágico. Não perca. Site: Nantucketreds.com; Instagram: @ackreds.

Barnaby's Toy and Art Shack: Está procurando um lugar divertido para levar os pequenos? O mundo Barnaby Bear expandiu quando a autora de livro infantis e ilustradora Wendy Rouillard abriu a Barnaby's Toy and Art Shack. Barnaby's é uma experiência completa — uma loja de brinquedos com curadoria que oferece aulas de arte, como confecção de bijuterias, construção de casa de fadas e arte de lascas de madeira, assim como um estúdio de arte à disposição onde as crianças podem criar a qualquer hora do dia. Se você tiver filhos, a Barnaby's é uma parada obrigatória. Também está disponível para festas e eventos privados (uma vez, quando eu entrei, um rapaz estava ensinando mágica para as crianças!). Eles também vendem uma grande variedade de luzes Nantucket em cor neon. (Eu tenho uma!) Site: barnabynantucket.com; Instagram: @barnabybearbooks.

Force Five e **Indian Summer:** Se você tem filhos um pouco mais velhos, digamos entre 10 e 17 anos, talvez eles queiram passar na loja de surfe e roupas Force Five. A Force Five tem a vantagem da atração de uma sala de doces escondida atrás da loja. A Indian Summer na área comercial é menor, mas tem tudo para concretizar seus sonhos de se tornar a próxima Alana Branchard. Instagram: @force5nantucket e @indiansummersurf.

Stephanie's: Stephanie Correia é a mais experiente comerciante de Nantucket. Sua loja epônima na Main Street oferece moda feminina, calçados, mochilas e bolsas, e muitos presentes bacanas. Você não pode perder!

Remy: Venha comprar o suéter de cashmere de tubarão, fique pelos originais brilhantes, caprichosos e divertidos. Localizada na Old South Wharf, um local charmoso para caminhar.

Está à procura de arte e fotografia?

A cidade está repleta de galerias. As duas de que mais gosto são a **Coe and Co** na Main Street — a arte fotográfica de Nathan Coe é chique e sedutora — e a **Samuel Owen Gallery** — onde comprei meu "slushee wave" fotografado por **Jonathan Nimerfroh** (Instagram: @jdphotography). Sites: Coeandcogallery.com e samuelowen.com; Instagram: @coeandcogallery e @samuelowen.

Se quiser levar um quadro de Nantucket para casa, você pode checar os registros de surfe de **Lauren Marttila** (site: laurenmarttilaphotography.com; Instagram: @laurenmarttilaphotography). Eu tenho alguns espalhados pela casa. Outro artista da ilha cujo trabalho eu coleciono e sobre o qual escrevo é o pintor de paisagens **Illya Kagan**. (Site: Illyakagan.com; Instagram: @illyakagan.

Aprecia história?

Talvez a organização sem fins lucrativos mais robusta de Nantucket seja a **Nantucket Historical Association**. O local mais popular da NHA é o **Whaling Museum** na Broad Street, mas a NHA também opera a **Hadwen House** no começo da Main Street (em frente à famosa **Three Bricks**); o **Old Mill**; a **Oldest House**; e talvez a minha favorita de todas as propriedades da NHA: a **Greater Light**. Construída como um celeiro de gado em 1790, a Greater Light foi comprada e repaginada como um oásis de artistas pelas irmãs solteiras Quaker: Gertrude e Hannah Monaghan. A Greater Light e seus jardins exuberantes foram restaurados com carinho à sua antiga glória pela NHA. Para receber atualizações sobre as datas e horários de visitação, visite NHA.org; Instagram: @ackhistory.

African Meeting House, Five Corners: Entre a York e a Pleasant, esse chalé enxaimel foi construído e ocupado por residentes negros de Nantucket em 1800. Agora se trata de um museu, oferecendo programas culturais e exibições interpretativas. Há uma trilha chamada Black Heritage Trail em Nantucket que leva a locais como o cemitério na Vestal Street; o Nantucket Atheneum, onde Frederick Douglass fez seu primeiro discurso público para uma audiência mestiça em 1841; e a casa da abolicionista Anna Gardner. (Eu menciono Anna Gardner e sua aprendiz, Eunice Ross, em meu romance *Golden Girl*!)

A **Nantucket Preservation Trust** opera passeios de caminhada pelo centro de Nantucket durante os meses de verão. Olhe em www.nantucket-preservation.org.

Uma ótima maneira de ver toda Nantucket de uma vez é visitar a **First Congregational Church** e subir na torre. (Qualquer um que tenha lido meu romance *O Grande Dia* sabe que é o local onde Jenna e Margot abriram seus corações.) A torre tem vista panorâmica da ilha; é o equivalente ao Empire State Building em Nantucket.

Cinéfilo?

Eis que há apenas um cinema oficial em Nantucket, mas é uma maravilha. O **Dreamland Theater** passou por uma renovação profunda em 2012 e agora, na minha humilde opinião, é um dos cinemas mais impressionantes (e com eficiência energética) dos Estados Unidos. Aberto 364 dias por ano! Eu atuei como presidente do evento de caridade Dream Believer em 2020, que foi o ano em que o Dreamland Drive-In inaugurou, devido à COVID. O cinema drive-in opera apenas durante a temporada de verão. Site: Nantucketdreamland.org; Instagram: @nantucketdreamland.

O que é Sconset, afinal?

Sconset é o apelido de Siasconset (ninguém chama de Siasconset), uma vila no lado leste da ilha. Sconset tem uma vibe própria (e os residentes, decerto, vão se arrepiar com o meu uso da palavra *vibe*). Sconset é subestimada; é da velha guarda e odeia pretensão. A vida em Sconset é lenta; adesivos de veículos anunciam VINTE NÃO TEM REQUINTE EM SCONSET. (Isso se refere ao limite de velocidade.) Em Sconset é provável que você veja crianças em triciclos pedalando pela rua e pessoas com chapéus de palha podando rosas; você verá cercas de estacas e Jeep Wagoneers de 1988 com um adesivo de praia listrado nas cores do arco-íris sobre o para-choque. É fácil ser um turista em Sconset, mas é quase impossível se tornar um verdadeiro morador de Sconset a não ser que tenha tido a sorte de comprar uma propriedade durante o governo Ford.

Há dois modos de chegar a Sconset. Um deles é pela Milestone Road, que é a única estrada mantida pelo estado em Nantucket. Possui uma extensão de onze quilômetros, é relativamente reta e plana, e bem calma exceto por marcadores de pedra a cada poucos quilômetros (e no Pi, a cinco quilômetros da cidade). Ao se aproximar do marcador de oito quilômetros, você terá uma bela

O *Livro Azul* ⚓ 313

vista reminiscente da savana africana, onde certos artistas com senso de humor construíram réplicas de tamanho real de elefantes e leões que aparecem de vez em quando. Fique atenta a eles ao passar de carro ou de bicicleta. O outro modo de chegar a Sconset é pela longa e sinuosa Polpis Road. Polpis o leva por muros de pedra e cercas de madeira, uma vista deslumbrante do Nantucket Shipwreck and Life-saving Museum próximo às águas, pelo desvio no hotel Wauwinet e na praia Quidnet, passando por Sesachacha Pond, onde você terá um vislumbre do farol Sankaty Head Lighthouse a distância antes de passar por trás do campo de golfe Sankaty Head. A Polpis Road tem quatorze quilômetros de extensão. Tanto a Polpis Road quanto a Milestone contam com ciclovias, e os mais entusiastas e com disposição física escolhem fazer o "loop". Você também pode sair de bicicleta para Sconset, depois guardar a bicicleta em frente ao **Wave**, o transporte público de Nantucket, e voltar para casa!

Cheguei a Sconset, e agora?

Sconset é famosa por ser uma colônia de chalés de verão, muitos deles minúsculos (como o do meu romance *Barefoot*), muitos deles antigos (algumas das residências mais antigas em Nantucket estão em Sconset, incluindo a casa chamada Auld Lang Syne, construída em parte por volta de 1675!), e muitas dessas colônias, pelo tempo limitado entre o fim de junho e início de julho, são cobertas por rosas. Não há experiência em Nantucket que seja mais idílica do que passear pelas ruas calmas de Sconset quando as rosas estão floridas. Eu vou todo ano — e todo ano fico apaixonada.

Ao longo da Baxter Road está a trilha de Sconset, um caminho ao longo do penhasco sobre o Oceano Atlântico. Você pode sair da Baxter Road e seguir até o **Sankaty Head Lighthouse**, que parece um bastão de doce vermelho e branco.

Você também pode seguir pela Ocean Avenue até o **Summer House**, um hotel com piscina de frente para o oceano. Há uma ponte para pedestres na qual você verá um enorme relógio de sol no lado privativo de uma residência. A ponte o levará para a Sconset Rotary, onde encontrará a lanchonete de sanduíche **Claudette** (salada de atum incrível), uma loja de bebidas, um pequeno correio com horários irregulares, o **Sconset Café** (casa do bolo de vulcão de chocolate), e por fim o Sconset Market. O mercado é o coração da cidade — conta não apenas com mantimentos, como também com sorvete e baguetes frescas todos os dias!

Ao longo da New Street em Sconset estão o **Sconset Casino**, a **Sconset Chapel** e o **Chanticleer**. Esse pequeno desvio não pode ser esquecido. O Sconset Casino agora é apenas um clube de tênis, mas também é um espaço para eventos como casamentos e eventos de caridade, e ocasionalmente exibe filmes no verão. Já foi usado como um palco de verão para atores da Broadway na década de 1920 que escolheram passar as férias em Nantucket. É uma construção que evoca os dias da velha Nantucket.

A Siasconset Union Chapel é uma capela ecumênica usada no verão para serviços religiosos. (Foi nessa igreja que eu me casei...) A Sconset Chapel, cuja tapeçaria dos genuflexórios foi bordada por paroquianos, desperta uma simplicidade aprazível. A capela dispõe de um columbário no jardim memorial, onde as cinzas de moradores de Sconset (e apenas moradores de Sconset) são guardadas em uma parede de bom gosto.

Haverá menção ao Chanticleer na seção de restaurantes, mas, mesmo que você não planeje comer lá, aconselho registrar com uma foto o jardim da frente com seu icônico cavalo de carrossel.

Uma Categoria Própria: Cisco Brewers

Considerada pela revista *Men's Health* "o lugar mais alegre da terra", a Cisco é, no vocabulário moderno, "uma coisa toda". Há três celeiros, um com um bar de cervejas, um com bar de vinhos e outro com bar não alcoólico, todos servindo produtos da Cisco, incluindo os populares Whale's Tale Ale, Gripah, vodca Triple Eight, e o meu favorito, o vinho espumante pinot gris de oxicoco. No entanto — e eu devo pontuar — o álcool é o menos importante do local. Esse é um centro de alegria. Há food trucks — o **167 Raw** para um bar de frios e guacamole, o **Nantucket Poke** para tigelas e tartare, e o **Nantucket Lobster Trap** para sanduíches de peixe-espada e rolinhos de lagosta. É comum show de música ao vivo. É repleto de cachorros, crianças e pessoas relaxando sobre mesas de piquenique ao ar livre ao lado de jardins que oferecem os produtos e as ervas para os coquetéis. É o *epítome* da vida praiana, uma parada obrigatória para festividades de domingo e, de modo geral, um passeio que você não pode perder. Para os que não consomem bebidas alcoólicas, há refrigerantes artesanais também. Cisco se provou tão popular que unidades-satélites surgiram em locais como Portsmouth, New Hampshire e Stamford, Connecticut. Site: Ciscobrewers.com; Instagram: @ciscobrewers.

Ao Mercado, ao Mercado

Se você está em busca de um mercado comum, a ilha tem dois **Stop and Shops**. Há um no centro, perto do porto, mas essa loja é menor do que a versão recém-renovada no meio da ilha, que tem a vantagem de contar com uma loja de bebidas de gerência familiar: a **Nantucket Wine and Spirits**. Site: Nantucketwineandspirits.com; Instagram: @nantucketwines.

Bartlett's Farm apareceu em quase todos os meus romances. A fazenda em si possui 160 hectares de campos, incluindo fileiras cenográficas de flores, algo que parece ter saído de uma pintura de Renoir. Também conta com uma floricultura que atende a todas as suas necessidades de jardinagem e de paisagismo, e um mercado fabuloso. Eu visito a fazenda umas duas ou três vezes por semana no verão. As atividades que gosto de fazer na Bartlett's: selecionar flores frescas, incluindo lírios que decoram minha cozinha todo o verão; tortas caseiras (eu escolho pêssego e mirtilos); comidas prontas (é aqui onde compro minha salada de lagosta; a salada de repolho também é deliciosa). Produção! Em meados de julho, o "berço de milho" aparece, seguido dos tomates (apesar da Bartlett's também contar com tomates de estufa). Eu também adoro as alfaces orgânicas deles, que já vêm embaladas e higienizadas. No outono: temos abóboras e cabaças. Site: Bartlettsfarm.com; Instagram: @bartlettsfarm.

Moors End Farm: Alguns residentes da ilha insistem que a Moors End Farm, situada ao longo da Polpis Road, tem milhos melhores do que a Bartlett's. (Já houve discussões sobre isso.) Durante os feriados, é aqui onde todo mundo, incluindo esta que vos fala, compra árvores de Natal, grinaldas e guirlandas. Instagram: @moorendfarm.

O **Nantucket Meat and Fish Market** é um favorito não apenas de Magda English e da mãe de Chad, como também meu. É impossível descrever melhor do que eu fiz nas páginas anteriores ("filés de peixe-espada grossos como livros"); os estandes de carne e de peixes são incríveis. Sinto muito, veganos — eu compro os filés marinados e hambúrgueres maravilhosos com queijo e bacon já incorporados (preciso alimentar as crianças famintas em casa!). O local também conta com uma loja da Starbucks, então minha filha pode comprar sua "bebida rosa". Site: Nantucketmeatandfish.com; Instagram: @ack_meatandfish.

O local ideal para comprar peixe é o **167 Raw**. A placa acima do balcão diz QUEM PERGUNTAR "TEM PEIXE FRESCO?" DEVE IR PARA O FIM DA FILA. Eu frequento o local desde que comprei minha primeira casa em 1998. Além dos peixes mais frescos e lindos, a loja também vende patês caseiros de anchova defumada e tortas de limão. Há um food truck no estacionamento, mas falemos disso depois! Site: 167raw.com; Instagram: @167raw_nantucket.

A **Hatch's**, na Orange Street, em frente à Marine Home Center, é minha escolha de loja de bebidas. Conta com tudo que quiser a preços razoáveis. Ponto-final. Site: Ackhatchs.com; Instagram: @hatchsnantucket.

QUEM ESTÁ COM FOME?

Nantucket é um paraíso para gastronomia. Mais uma vez, há muitos lugares para mencionar, então vou apontar os meus favoritos. Mas não vou dizer o que pedir (na verdade, eu vou).

Sente-se para almoçar ou para jantar

Sandbar: Se estiver vindo passar uma semana ou mesmo um dia em Nantucket, eu recomendo *muito* o Sandbar. É localizado na Jetties Beach, a menos de um quilômetro do centro — pode ir caminhando (vai abrir o seu apetite!). O Sandbar foi a inspiração para o Oystercatcher no meu romance *Golden Girl*. É uma verdadeira lanchonete de praia com assentos internos ao ar livre e assentos externos com pé na areia. O cardápio é casual — tacos de peixe, hambúrgueres, e um sanduíche excepcional de frango — e quase sempre conta com música ao vivo. O bar e o bar de frios são agitados, incluindo excelentes ostras no meio da tarde, mas também é excelente para famílias. É uma parada obrigatória. Site: Jettiessandbar.com; Instagram: @sandbarjetties.

Galley Beach (ou Blue Bistro): Mais um local na praia, apesar de ser mais luxuoso. O Galley é a Nantucket quintessencial. No fim da década de 1960, era uma hamburgueria (há uma cena aqui no meu romance *Summer of '69*), mas com o passar das décadas a atmosfera e a comida se tornaram mais requintadas. Conta com vistas do pôr do sol sem precedentes. Por tradição, quando sol se põe a cada noite, todos no restaurante aplaudem. (Há incontáveis ocasiões a cada verão que vejo um pôr do sol de tirar o fôlego e digo em voz alta: "Devem estar aplaudindo no Galley".) Minha opinião controversa é: vá para o almoço ou coquetéis, não para o jantar. O jantar é sempre lotado e um pouco "conturbado". As horas de coquetel também podem ser um pouco conturbadas, mas vale a pena pelo pôr do sol. No entanto, *não há lugar melhor* em Nantucket para aproveitar um almoço elegante do que o Galley. A comida é fantástica. É glamorosa. É a vida boa. A outra vantagem de ir ao Galley para o almoço é a vista dos guarda-sóis verdes, amarelos e azuis alinhados no Cliffside Beach Club. Confie em mim: vá para o almoço. Site: Galleybeach.net; Instagram: @galleybeach.

The Proprietors: Esse é o restaurante onde Lizbet e JJ se encontram para jantar. Na versão do Livro Azul de Lizbet, ela o descreve como "eclético", um lugar para "uma experiência de jantar profunda com os coquetéis mais criativos da ilha". O que amo no Props é o longo balcão (treze assentos), e a gastronomia criativa (extremamente deliciosa), a mesa alta compartilhada atrás do bar, o cantinho ao lado da lareira e o papel de parede do banheiro. Diga oi para a Tenacious Leigh por mim! Site: Proprietorsnantucket.com; Instagram: @propsbar.

The Tap Room: The Tap Room na histórica Jared Coffin House tem um "hambúrguer secreto" — semelhante ao Big Mac com queijo derretido — que não está no cardápio. A escolha vem com batatas fritas incríveis. Além disso, os popovers são obrigatórios. Site: Nantuckettaproom.com; Instagram: @theacktaproom.

The Nautilus: A única coisa que não gosto no Nautilus é que você precisa ser esperto, incansável e determinado como o Indiana Jones para conseguir uma reserva. Se você aceitar o desafio de conseguir uma mesa, tudo será delicioso e a clientela animada e muito atraente. Meu prato favorito é o arroz frito de caranguejo-azul (eu peço com dois ovos), e no último ano eu também adorei o frango grelhado tailandês. Site: Thenautilus.com; Instagram: @nautilusnantucket.

Cru: Outra reserva quase impossível. Cru está localizado no fim da Straight Wharf e conta com muita diversão externa que atrai uma clientela extremamente linda de bons vivants. Dentro, há três áreas de assentos: o salão dianteiro, o salão do meio e o bar ao fundo. Eu quase sempre como no bar. Quase sempre peço os rolinhos de lagosta e as fritas com maionese (a chef Erin Zircher sabe me mimar ao enviar uma bandeja de maioneses *saborizadas*, minha ideia de paraíso). Cru tem o melhor bar de frios da ilha, o que quer dizer *muito*. Cru tem o apelo da visualização de comidas deliciosas e cuidadosamente preparadas, excelente serviço e vista do mar. Há um motivo para ser quase impossível de entrar. Site: Crunantucket; Instagram: @crunantucket.

The Pearl e **The Boarding House**: Até a escrita deste livro, meus dois restaurantes favoritos, o Pearl e o Boarding House, foram vendidos para novos donos. O Telégrafo de Pedra me conta que os novos donos vão manter não apenas o toque original dos dois restaurantes, como também os cardápios. No passado, eu adorava me sentar no bar no Boho e pedir o patê de caranguejo, o espaguete de lagosta, os cookies de chocolate com um mini-milkshake. Subindo as escadas no Pearl, um pouco mais chique, eu gosto de pedir o martini de atum, o filé de sessenta segundos com ovos de codorna e o prato de lagosta (limite de dois por cliente). Eu posso apenas rezar para que a excelência seja preservada. Site: Thepearl-nantucket.com; Instagram: @pearlnantucket.

Bar Yoshi: É aqui onde Lizbet e Heidi Bick vão jantar nesta obra. O Bar Yoshi inaugurou em 2021 e eu jantei lá múltiplas vezes porque a comida é muito leve e fresca, e o espaço é bem convidativo. Aqui é o lugar *certo* para comer sushi; eu sempre optei por arroz frito, guiozas e rolinhos primavera. O restaurante fica na Old South Wharf e conta com grandes janelas com vista para o mar. Site: Bar-yoshi.com; Instagram: @baryoshinantucket.

Or, The Whale: Or, The Whale (que é o subtítulo de *Moby-Dick* em inglês) ocupa um terreno excelente na Main Street. Possui um bar extenso e um adorável jardim nos fundos. No ano passado, eu descobri a melhor razão para ir ao OTW: o lombo suíno coreano. É caro, mas alimenta quatro pessoas e ainda sobra. Esse lombo suíno é assado por horas para ficar macio e suculento, você pode até comer de colher. É servido com acompanhamentos leves, gostosos e apimentados — alface, menta fresca e molho de pimenta vermelha. Site: Otwnantucket.com; Instagram: @orthewhalenantucket.

Ventuno: Se jantar para você significa comida italiana, vai gostar de passar no Ventuno, localizado no coração do centro. Durante meus primeiros vinte anos na ilha, esse foi o querido restaurante 21 Federal, que aparece em muitos dos meus romances, incluindo *The Blue Bistro* e *Golden Girl*. O prédio antigo manteve-se o mesmo, mas a cozinha mudou para a elevada gastronomia italiana, além de ter o melhor filé da ilha. No entanto, o que eu mais amo no Ventuno é a atmosfera do bar. Os foliões podem preferir o animado bar aos fundos, mas, como a enfermeira de Mint Benedict, Charlene, eu posso ser vista no bar interno com o lendário bartender Johnny B. Às vezes, você quer ir a um lugar onde todos a conhecem pelo nome. Site: Ventunorestaurant.com; Instagram: @ventunorestaurant.

American Seasons: Ótima escolha para uma noite romântica. A comida do chef Neil Ferguson é requintada. O pequeno bar é uma joia escondida. Site: Americanseasons.com; Instagram: @americanseasons.

Straight Wharf: O Straight Wharf tem uma certa bipolaridade. Há o lado do bar, que atrai uma multidão jovem e pode ser barulhento. Mas o lado do restaurante é um dos mais elegantes locais para jantar na ilha. O salão de jantar é exuberante, e as mesas no deque são as mais cobiçadas porque é possível ver as balsas indo e vindo, e talvez tenha um vislumbre de Lizbet entrando no chalé do Mario! (Foi em um jantar no Straight Wharf que notei pela primeira vez os chalés situados nas docas e pensei: *Vou fazer Mario morar em um desses!*) Site: Straightwharfrestaurant; Instagram: @straightwharf.

Languedoc: Os sucessos continuam vindo! O Languedoc é um clássico bistrô francês na Broad Street. Já escrevi tantas cenas de livros que se passam aqui — é aqui onde o chá de bebê de Isabel acontece em *Winter Storms* e onde Vivi e Willa têm um jantar de mãe e filha em *Golden Girl*. O Languedoc é elegante e relaxante; você pode comer escargot em colete da Patagônia (muitas pessoas fazem isso). Eu sempre peço o cheeseburguer com batatas fritas ao alho, acompanhado de salada picada como entrada e o sundae cheio de acompanhamentos doces como sobremesa. É a refeição perfeita. O salão de jantar do andar de baixo e o bar, comandado pelo grande Jimmy Jaksic, são meus espaços preferidos, apesar do salão de jantar superior ser aconchegante e charmoso. Site: Languedocbistro.com; Instagram: @languedocbistro.

Millie's: Nós já falamos de Sconset no leste da ilha, mas não falamos de Madaket no lado oeste. Madaket é, a princípio, uma área residencial — alguns minutos de carro até Smith's Point revelará alguns pequenos chalés de verão (como o Wee Bit em meu romance *Golden Girl*.) É o local *perfeito* para ver o pôr do sol, e as vistas do porto de Madaket vão aprimorar seu Instagram imediatamente. O epicentro da diversão em Madaket é o universo do Millie's. O Millie's é, talvez, mais bem descrito como um restaurante de inspiração de culinária texana e mexicana com grande influência em Nantucket. Todos os itens do cardápio recebem nomes de locais em Nantucket. Eu sempre começo com o Altar Rock, fritas com milho, guacamole e o incrível queso da casa. Então opto ou pelo

Wauwinet, com uma luxuosa salada Caesar com camarões grelhados e servida com um molho de limão cremoso, ou o Esther Island, um taco de vieira grelhada com salada de repolho roxo. O Millie's tem uma centena de assentos externos, além de áreas internas superiores e inferiores, mas sempre há um tempo de espera — o que é frustrante. Eu sugiro ir antes de bater a fome! Há uma barraca de sorvete para depois da refeição, assim como um pequeno mercado onde você pode fazer algumas compras para os passeios ao Smith's Point! Site: Milliesnantucket.com; Instagram: @milliesnantucket.

Chanticleer: O Chanticleer, saindo de Sconset, tem uma longa tradição de gastronomia francesa elegante. Eu acho justo dizer que no passado era um pouco enfadonho. (O dono original não permitia música no salão de jantar, por exemplo.) No entanto, desde que foi adquirido pela restaurateur de Nantucket Susan Handy (do **Black-Eyed Susan's**, que aparece na obra *Here's to Us*), o local atingiu o perfeito equilíbrio entre clássico e moderno. O jardim da frente, ao redor de um icônico carrossel de cavalos, é um dos lugares mais encantadores para comer no verão. Há também dois espaços internos, assim como um jardim de inverno. (Eu prefiro o aconchegante e jovial salão de jantar à direita.) Além de ter o cardápio francês mais formal, há também a opção de um incrível hambúrguer (não estou envergonhada de dizer que é o meu pedido de sempre). O restaurante costumava atrair uma clientela mais velha, mas isso mudou por completo — agora é popular entre os millennials antenados, então eu estou aqui entre eles. Site: Chanticleernantucket.com; Instagram: @chanticleernantucket.

Petrichor: Uma joia perdida. Esse bar de vinhos está localizado no meio da ilha e conta com comida incrível, incluindo meu sanduíche de frango frito favorito na ilha, e faz um excelente trabalho com brunch. Muito recomendado, e após o jantar e alguns vinhos cuidadosamente curados, você pode caminhar até o Island Kitchen para uma sobremesa! Site: Petrichorwinebar.com; Instagram: @petrichorwinebar.

Island Kitchen: Também localizado no meio da ilha, o Island Kitchen é exatamente isso, um local incrível e aconchegante onde a comida é surpreendente e o sorvete ainda melhor. Os sabores dos sorvetes mudam com a estação, mas nos últimos anos o meu favorito é o suflê de limão, de pêssego e biscoitos. Houve uma época, há alguns anos, em que minha filha era obcecada pelo sorvete de carvão. (Era delicioso.) O sorvete do Island Kitchen também pode ser encontrado no **Counter on Main Street** na Nantucket Pharmacy e no meu queridíssimo **Surfside Beach Shack**. Site: Nantucketislandkitchen.com; Instagram: @iknantucket.

Sea Grille: um clássico restaurante de gerência familiar de frutos do mar e um favorito dos residentes! O Sea Grille é minha escolha para comer o melhor rolinho de lagosta e o melhor bisque de lagosta. Eu gosto de me sentar na área

320 Elin Hilderbrand

animada do balcão da frente e pedir do cardápio do balcão! A comida é surpreendente. Site: Theseagrille.com; Instagram: @theseagrille.

Para viagem!

Wicked Island Bakery: Lar dos infames pães matutinos. Para deixar claro: no verão de 2021, minha filha trabalhou no Wicked Island Bakery e, portanto, eu fiquei a par das intermináveis histórias sobre os pães matutinos. (Pode ser exagero dizer que eu poderia escrever um livro sobre os pães matutinos, mas isso definitivamente será o tópico da redação da minha filha para a universidade.) Quando deixei minha filha, com 15 anos, às 6h, já havia uma fila de pessoas esperando a padaria abrir. Uma vez, um homem viu minha filha descer do carro e saiu correndo do carro *dele* porque pensou que ela estava lá para entrar na fila. É ruim assim, e até pior. Os pães matutinos são rolinhos de canela caseiro produzidos em grupos de 30, e levam 45 minutos para assar. O frenesi é causado devido ao seu sabor delicioso, sim, mas também pela lei da oferta e demanda em ação (há um limite de seis pães por cliente no verão). As histórias que ouvi sobre adultos se comportando mal por causa dos pães matutinos me força, agora, a lembrar a todos que civilidade e gentileza são sempre mandatórias, especialmente ao lidar com pessoas na indústria do serviço e, em especial, quando estas são adolescentes em empregos de verão. Nós, adultos, devemos liderar pelo exemplo. Ponto-final. A Wicked Island Bakery também possui croissants de presunto e queijo *insanamente deliciosos* assim como os croissants de amêndoas que eu usei neste livro! E é onde você pode conseguir **Amy's Cookies**, biscoitos de açúcar adoráveis com inúmeras decorações charmosas feitos pela #girlboss Dra. Amy Hinson. (Amy atuou como minha especialista em ciência forense para *Golden Girl*.) Site: Wickedislandbakery.com; Instagram: @wickedislandbakery.

Born and Bread: É aqui onde compro meu pão de fermentação natural (eles também têm um pão de fermentação natural de azeitona viciante em certos dias.) O pão é fresquinho e cortado na hora. É também onde compro sanduíches incríveis, incluindo o favorito de Lizbet, o queijo-quente ABC! É bem no centro na Centre Street. Site: Bornandbreadnantucket.com; Instagram: @bornandbreadnantucket.

Lemon Press: Você ama sucos extraídos de frutas na hora, kombucha, açaí, torradas de abacate? Se sim, você precisa fazer uma visita à superestrela da Main Street, o Lemon Press. Eles oferecem um café da manhã ou um almoço reforçado — fresco, saudável, delicioso. E é de propriedade e operado por duas mulheres! A fila pode ser bem extensa, já que o local é muito popular por uma razão, então traga um livro (ou compre um — a Mitchell's Book Corner é do outro lado da rua!). Site: Lemonpressnantucket.com; Instagram: @lemonpressnantucket.

O *Livro Azul* 321

The Beet: Enquanto estamos no assunto de apoiar mulheres empreende-doras e comer uma refeição deliciosa e saudável, por que não parar no Beet? A gastronomia é de diferentes partes do mundo. Eu conheço pessoas que são de-votas à salada Kung Fu Fighter, e eu mesma adoro o hambúrguer de frango. Site: Thebeetnantucket.com; Instagram: @thebeetnantucket.

Walter's e **Stubby's**: Tanto o Walter's quanto o Stubby's ficam na área co-mercial, que fica no bloco entre a Easy Street e a Water Street, conhecida por ter restaurantes baratos, rápidos e deliciosos. A **Easy Street Cantina** fica na área comercial, assim como o **Steamboat Pizza** e o **Juice Bar** (você vai reconhecer o Juice Bar ao ver centenas de pessoas na fila). Minhas duas paradas favoritas na área são o Walter's e o Stubby's. O Walter's conta com sanduíches prontos quentes e frios, incluindo o melhor Reuben da ilha (você ficou sabendo aqui). O Stubby's é, como Edie comenta no livro, a versão do McDonald's de Nantucket. É conhecido pelas fritas de waffle — muito recomendadas — e também tem ham-búrgueres de carne e de frango no estilo fast-food. O Stubby's fica aberto até as 2h, tornando-se *muito* popular com o público noturno, e no ano passado algum gênio do marketing enfim criou um casaco que diz ACABEI NO STUBBY'S. Há mais de um desses pendurados no armário de entrada da minha casa! Site: Stub-bynantucket.com; Instagram: @stubbysnantucket.

Lolaburger: Não existem palavras para descrever o quanto eu amo o Lo-laburger. Eu amo demais, e é o jantar mais requisitado na minha casa (coita-do do Cringe Cooking!). É uma rede de luxo de hambúrgueres com o melhor sanduíche de frango grelhado da ilha (vem com queijo suíço, bacon e abacate). Eles também são conhecidos por suas fritas trufadas (*divinas*!). E contam com milkshakes. Eles têm uma área de jantar interna e externa com serviço de bar, mas eu prefiro pedir e buscar. A espera pode durar até uma hora, então con-sidere-se avisado! (Mas, ah, vale a pena.) Site: Lolaburguer.com; Instagram: @ lolaburguer.restaurants.

Food truck do 167 Raw: Esse food truck fica perto do fabuloso mercado de peixes. Tem o melhor hambúrguer de atum da ilha. Você pode pedir online e buscar quando estiver a caminho da praia. Recomendo muito! Você também pode comer tacos de peixe, tacos de carne, rolinhos de lagosta e o famoso cevi-che e guacamole. Site para pedir com antecedência: 167rawtakeout.com.

Something Natural: Uma instituição na ilha. Foi, talvez, minha descober-ta do pão de ervas do Something Natural no meu primeiro verão, em 1993, que me fez mudar para Nantucket. Os sanduíches do Something Natural são lendá-rios; são enormes — um sanduíche inteiro enche facilmente duas pessoas. Os biscoitos são gigantes, além de lendários. O Something Natural tem um jardim com mesas de piquenique se você quiser andar de bicicleta pela Cliff Road e comer lá, ou se você quiser ligar e pedir para levar antes de seguir para a praia.

Meu pedido de sempre é abacate, queijo cheddar e molho chutney no pão de ervas, o que pode soar estranho, mas é o sabor do verão para mim. Você pode comprar pães deles na loja da Cliff Road ou no Stop and Shop. Meus filhos preferem o pão português, que faz *a* melhor torrada. Site: Somethingnatural.com; Instagram: @somethingnaturalack.

Thai House e **Siam to Go**: Comida tailandesa para viagem da melhor qualidade. Eu gosto dos rolinhos primavera da Thai House, mas o pad thai de camarão é melhor no Siam to Go. Nantucket pode, às vezes, parecer desprovida de comida autêntica e barata de outras culturas, então esses dois locais têm a minha gratidão. Site: Ackthaihouse.com, siamtogonantucket.com; Instagram: @thaihouse_nantucket.

Boathouse: Houve um tempo em que todos que trabalhavam na Boathouse conheciam meu filho do meio pelo nome de tanto que ele comia lá. Além dos hambúrgueres e dos sanduíches de frango frito, a casa oferece tacos e burritos incríveis. Tudo é fresco e de preço razoável. Por diversas vezes, se eu estou saindo de casa e tenho filhos famintos para alimentar, eu peço o jantar deles e todos ficam animados. Site: Boathousenancutket.com; Instagram: @boat_house_nantucket.

Sophie T's: Uma clássica pizzaria gerenciada por uma família que há muito tempo tem sido nossa escolha para pizza e sanduíches (por talvez dez anos, toda festa do pijama envolvia uma ida ao Sophie T's). Eu amo a ACK Mack pizza, uma paródia do Big Mac com carne moída, queijo americano, cebolas, picles e uma crosta de gergelim coberta com molho especial. É deliciosa! Site: Sophietspizza.com; Instagram: @sophietspizza.

AMO A VIDA NOTURNA, QUERO APROVEITAR!

The Chicken Box: E, agora, o momento pelo qual todos esperavam: o Chicken Box! É preciso saber algumas coisas: é chamado apenas de "The Box", ou "A Caixa" em inglês. Se você disser, "I closed the Box last night" ["Eu fechei a Caixa ontem à noite", tradução livre], você soará como um residente local de Nantucket. Além disso, não há frango, *nem um pedacinho de frango*. É apenas um bar, o melhor boteco dos Estados Unidos, com piso grudento de cerveja e uma clientela linda o lotando, além de bandas incríveis, incluindo estrelas como G. Love, Grace Potter e Donavon Frankenreiter, que vem (eu acho) pelo seu amor pelo estabelecimento. Quando eu vou, não fico de brincadeira; posso ser vista na frente do palco, dançando. A ida ao Box é o evento mais popular da Lista de Desejos de Fim de Semana de Elin Hilderbrand e é o local mais visitado por pessoas que vêm para a ilha à procura de locais mencionados em meus livros. (Aparece em *The Love Season*, *O Grande Dia*, *The Identicals*, *The Perfect Couple*, *28 Summers*, *Golden Girls*, e muitos outros.) Site: Thechickenbox.com; Instagram: @theboxnantucket.

The Gaslight: Quer escutar excelente música, mas não quer sair do centro? Pois está com sorte! O prédio que costumava abrigar o cinema Starlight foi repaginado há alguns anos para se tornar o Gaslight, um bar, um restaurante e um estabelecimento de música ao vivo. A comida não é nada além de maravilhosa — feita por Liam Mackey, o chef do Nautilus — e às 22h, a música começa. Se você precisar de mais uma razão para conferir, também há uma máquina de vender champagne! Site: Gaslightnantucket.com; Instagram: @gaslightnantucket.

The Club Car Piano Bar: O Club Car é um restaurante refinado que incorpora um dos vagões de trem da antiga ferrovia Nantucket Railroad como seu bar (eis o porquê do nome). A comida do Club Car é fresca e inovadora, mas a verdadeira estrela é o bar com piano e karaokê. Planeje uma gorjeta de vinte dólares se quiser escutar *Tiny Dancer*, *Shallow* ou *Piano Man*. (Outras músicas — eu gosto de pedir *Rich Girl*, *Home Sweet Home* e o tema de *Welcome Back, Kotter* — são de graça.) Site: Theclubbar.com; Instagram: @nantucketclubcar.

Salões

R.J. Miller Salon: Tem sido minha escolha de salão nos últimos quinze anos — para cabelo, unhas e cuidados faciais — e eu amo. Há cenas nesse salão em meus livros *Segunda Chance* e *O Grande Dia* e, claro, é onde Amy e Lorna trabalham em *Golden Girl*. Site: Rjmillersalons.com; Instagram: @rjmillersalonspa.

Darya Salon e **Spa no White Elephant**: Eu amo a Darya! E, para os que estão prestando atenção, ela é quem pinta o cabelo da Kimber de laranja neste livro. Seu salão agora pode ser encontrado no White Elephant, descendo a rua do Hotel Nantucket! Site: Daryasalonspa.com; Instagram: daryasalonspa.

Exercitando-se

Forme Barre: A Forme Barre talvez possa ser descrita como meu lar longe de casa. Eu vou todo dia (presumindo que eu não esteja viajando). Eu já disse nas redes sociais que o melhor jeito de me encontrar em Nantucket é frequentar a aula de barre diária às 9h30 da manhã na Forme durante o verão. Podemos fazer plié juntos! No verão, a Forme também oferece aulas de Beach Barre com o ônibus de barre na Nobadeer Beach. Eu aproveito o barre na praia pelo menos uma vez no verão. (A Forme também conta com aulas virtuais, que faço quando estou viajando.) Site: Formebarre.com; Instagram: forme.nantucket.

Nantucket Cycling and Fitness: Se está à procura de aulas de spinning, esse é o lugar! Antes de comprar minha bicicleta ergométrica com streaming fitness, era aqui onde eu fazia aulas de spinning. O estúdio está escondido um pouco fora da Old South Road e pode ser difícil encontrá-lo, mas, quando souber onde é, você ficará deslumbrado. O espaço é encantador, os instrutores são rígidos e farão seu dinheiro valer a pena. Site: Nantucketfitness.com; Instagram: @nantucketcyclingfitness.

The Nantucket Hotel: Possui um dos melhores centros de academia na ilha e oferece inscrições para o público. Eles também têm uma instrutora de ioga mágica, Pat Dolloff. Siga a Pat no Instagram: @patricia_dolloff.

Outras Coisas Divertidas!

Aulas de culinária no **Nantucket Culinary Center**: Na esquina da Broad com a Federal está o Nantucket Culinary Center. O NCC oferece aulas de culinária, muitas dessas lecionadas pela minha amiga e heroína culinária **Sarah Leah Chase**. (Sarah desenvolveu receitas para o meu livro *Here's to Us* e eu usei o seu *Nantucket Open House Cookbook* extensivamente no *28 Summers*.) No andar inferior do NCC está o **Corner Table Café**. Site: Cornertablenantucket.com; Instagram: @cornertablenantucket.

Nantucket Island Surf School: Se as ondas estiverem boas, aproveite para experimentar! Os instrutores são jovens, muitos dos quais são alunos ou ex-alunos da Nantucket High School que cresceram surfando bem na Cisco Beach. Site: Nantucketsurfing.com; Instagram: @nantucketsurfing.

Endeavor Sailing: O *Endeavor* conta com três cruzeiros por dia, além de um cruzeiro ao pôr do sol (se o clima permitir) em um veleiro de nove metros e meio construído pelo capitão Jim Genthner. Você pode reservar assentos no barco com outras pessoas ou alugá-lo todo para você. Perfeito para grupos — famílias grandes, despedidas de solteira, finais de semana das amigas, e assim por diante. Você também pode trazer a sua própria comida e bebidas. Em *Winter Storms*, alguém fica noiva a bordo do *Endeavor*! Site: Endeavorsailing.com; Instagram: @endeavorsailing.

Miacomet Golf Course: Como a própria Sharon Loira aponta neste livro, *pode* ser complicado conseguir um tempo no Miacomet Golf Course, porque é o único campo de dezoito buracos público na ilha. O Miacomet também conta com um bar e restaurante muito bom e popular, uma pista de pilotagem e um minicampo de golfe. Site: Miacometgolf.com; Instagram: @miacometgolfcourse.

Absolute Sports Fishing ACK e Bill Fisher Outfitters: Para todos os amantes de Angler Cupcakes! Eu conheço os capitães envolvidos nesses dois negócios de pescaria e você estará em boas mãos! Charmosos e profissionais. Sites: Absolutesportsfishing.com, Billfishertackle.com; Instagrams: @absolutsportsfishingack, @billfishertackle.

Feriados e Festivais

Daffodil Weekend (ou "Fim de Semana do Narciso", o último fim de semana de abril): Daffodil Weekend (ou "Daffy", como em "Vai comemorar o Daffy?")

começa a temporada não oficial em Nantucket. As lojas na cidade reabrem, as balsas se enchem de pessoas trajando amarelo e verde, e você começa a ver muitos carros clássicos por aí. Daffodil Weekend começou em meados da década de 1970, quando o Nantucket Garden Club patrocinou um show de flores. Dois anos depois, o membro do clube de jardinagem Jean MacAusland começou a iniciativa de plantar um milhão de bulbos de narcisos ao redor de Nantucket, e a ilha celebra a florada não apenas com um show de flores, como também com um desfile de carros antigos que começa na cidade e viaja pela Milestone Road até Sconset. Os carros geralmente têm temas — "Festa de Barco de Renoir", por exemplo — e, uma vez em Sconset, os carros estacionam ao longo da Main Street e as pessoas montam piqueniques. Eu tenho cenas do Daffy em meus livros *The Matchmaker* e *28 Summers*.

Figawi (ou fim de semana do Memorial Day): Você tem mais do que 30 anos? Pule o Figawi. Figawi (o nome supostamente vem de marinheiros que se perderam na névoa e gritaram: "Where the f*ck are we?" — "Onde diabos estamos?") é tecnicamente uma corrida de barcos entre Hyannis e Nantucket, mas ao longo dos anos se tornou um fim de semana em que as pessoas em seus 20 anos levam vários engradados de Bud Light com o intuito de beber o máximo possível. (Eu descrevo o Figawi em meu livro *The Rumor*.) Figawi é uma praga tão grande na ilha que todo fim de semana do Memorial Day eu torço para que chova... e não sou a única.

Nantucket Book Festival (meados de junho): É óbvio que sou parcial, mas como uma pessoa que participou de muitos, muitos festivais de livros, eu posso dizer que o Nantucket Book Festival é o melhor. (Sempre cai quando estou em turnê, então nem sempre participo.) Site: Nantucket-bookfestival.org; Instagram: @nantucketbookfestival.

Nantucket Film Festival (meados de junho, após o festival de livros): O NFF foi fundado em 1997 e desde o início tem focado roteiros. É bem simples se comparado a outros festivais de filmes, apesar de receber celebridades em Nantucket durante o fim de semana. Os filmes são exibidos tanto no Dreamland quanto no Sconset Casino, e há muitas reuniões também, algumas em gloriosas residências particulares ao redor da ilha. Site: Nantucketfilmfestival.org; Instagram: @nantucketfilmfestival.

Dia da Independência, em 4 de Julho: O Dia da Independência está passando por transformações após a COVID. Tradicionalmente, incluía um desfile de bicicletas na Main Street, competições de comer torta e uma infame luta de água com o Departamento de Bombeiros de Nantucket. Na tarde de 5 de julho, o Visitor Services patrocina fogos de artifícios e as pessoas se reúnem na Jetties Beach. Isso foi cancelado em 2020 e 2021. Nobadder é a praia escolhida para as festividades do dia — de novo, se você tiver mais de 25 anos, pode querer conferir as outras praias que mencionei neste guia!

The Pops (segundo sábado de agosto): Meu "feriado" favorito em Nantucket. A apresentação da orquestra Boston Pops na Jetties Beach começou no fim da década de 1990 com o intuito de arrecadar doações para o Nantucket Cottage Hospital e geralmente arrecada dois milhões de dólares. As pessoas organizam piqueniques (como a Mallory em *28 Summers*) e se sentam na areia enquanto a Boston Pops se apresenta. Nos últimos anos, eles incluíram vários convidados especiais — tivemos Carly Simon, Kenny Loggins, The Spinners. O show termina com um magnífico show de fogos de artifício. É a melhor noite do verão.

Halloween: Nantucket sabe aproveitar o Halloween, especialmente se você tiver filhos! A Main Street é fechada, todas as lojas distribuem doces (bons doces!), e há um desfile de fantasias. Há também uma casa mal-assombrada na antiga estação de bombeiros.

Dia de Ação de Graças: O Dia de Ação de Graças em Nantucket tem sido tradicionalmente celebrado pelo Turkey Plunge na Children's Beach, que arrecada para o Nantucket Atheneum. Sim, as pessoas entram na água, não importa o clima. (Mas veja, eu nunca fiz isso.) Os outros eventos de Ação de Graças acontecem na sexta-feira. Todos se reúnem no centro para ver as luzes da árvore. As ruas de Nantucket são cheias de árvores de Natal que depois serão decoradas pelas turmas da escola de ensino fundamental e as organizações sem fins lucrativos. Às 17h há uma pequena cerimônia e ligam o interruptor, acendendo todas as luzes de uma vez! Nós, às vezes, temos visitantes importantes para isso!

Christmas Stroll: O maior feriado fora de temporada e talvez de todo o ano é o Christmas Strill da Câmara de Comércio de Nantucket (mais conhecido apenas como "Stroll", como "Elin estará dando autógrafos às 16h30 no sábado de Stroll"). Nós já sabemos que as árvores são iluminadas, e, como você deve estar adivinhando, as vitrines das lojas são decoradas para as festividades. A família Killen coloca uma árvore de Natal em um barco dory na doca da East Street Boat Basin. (Você *foi* mesmo ao Stroll se não tirou uma foto do dory dos Killen?) Por tradição, a Nantucket Historical Association faz uma festa beneficente para dar um vislumbre de sua vitrine "Festival of Trees" no Whaling Museum. Essa é a minha festa favorita do ano (infelizmente foi cancelada em 2020 e 2021). Eu descrevo essa festa, adivinhou bem, no meu livro *Winter Stroll*. No entanto, a exposição Festival of Trees é aberta ao público ao longo do ano e não deve ser esquecida — empreendimentos e residentes criativos decoram as árvores que são expostas no museu.

No Sábado de Stroll, a Main Street é fechada. O Papai Noel chega em um barco da guarda costeira ao meio-dia, e as crianças podem visitá-lo na igreja metodista. Há cantores vitorianos. Há barracas de comida no estacionamento do Stop and Shop ao final da Main Street. Antigamente, era possível ver as mulheres de Nova York em magníficos casacos de pele. Agora as pessoas tendem a se vestir de Max do filme *Grinch*, do próprio Grinch e de Sra. Noel safada. Há autógrafos de livros na Mitchell's ao longo do dia. Há também bandas ao vivo na Cisco Brewers. Nem todos os restaurantes abrem, então é muito importante fazer reservas com antecedência — a maioria dos restaurantes começam a aceitar reservas após do Dia de Colombo, em 12 de outubro.

Uma das minhas leitoras de Jacksonville, Flórida, Jenna T., compilou uma lista superútil de dicas do Stroll. Ela menciona o Stroll Scarf — há um cachecol novo todo ano, e o oficial pode ser adquirido apenas no Nantucket Boat Basin Shop. Ela recomenda o **B-ACK Yard BBQ** na Lower Main como um ótimo lugar para bebidas se quiser assistir à chegada do Papai Noel. Ela e sua equipe almoçaram no **Corner Table Market**, um espaço adorável para sanduíches, pastas, comidas prontas e café. Jenna amou a varanda da frente do **Nantucket Hotel** para bebidas e a parte interna do restaurante **Breeze** para almoço ou jantar. Jenna recomenda reservar o hotel cedo e me lembrou de que, como no Hotel Nantucket, o Stroll tem um mínimo de estadia de três noites.

O cumprimento correto é "Feliz Stroll!" Obrigada, Jenna!

RETRIBUINDO

Se você visitou Nantucket, já ofereceu a sua dose de apreciação à economia local com seus dólares suados. (E, como aprendeu, Nantucket *não* é barata!) No entanto, se quiser oferecer mais, eu vou dividir com as minhas organizações sem fins lucrativos preferidas. Os três locais que estou sugerindo são extremamente benéficas à comunidade durante todo o ano, incluindo a força de trabalho que limpa seus quartos, lava sua louça, corta o seu cabelo e remove o lixo.

Nantucket Boys and Girls Club: Eu fiz parte do quadro de diretores aqui por nove anos e fui presidente durante a arrecadação de verão por três. (Inspiração para meu livro *Um Caso de Verão!*) O clube é minha organização número um porque sem um espaço seguro para as famílias enviarem seus filhos após a escola, a ilha pararia de funcionar. O clube passou por uma renovação abrangente e agora é a líder entre os seus semelhantes — não apenas o prédio em si, mas o programa também. Se doar para o clube, você estará ajudando diretamente todos os trabalhadores de Nantucket. Site: Nantucketboysandgirlsclub.org; Instagram: @nantucketbgc.

Nantucket Booster Club: Todos os nossos atletas estudantes (entre os quais estão três dos meus filhos) precisam viajar na balsa rápida para competir fora. Isso custa dinheiro, assim como o transporte terrestre do outro lado. Se você for um apaixonado por esportes, então doar para o Boosters pode ser a sua escolha. Site: Nantucketboosterclub.com.

Nantucket Food Pantry: Os meses de inverno em Nantucket podem ser difíceis, e nós temos uma população vulnerável quando os visitantes de verão

328 · Elin Hilderbrand

param de chegar. O Food Pantry atende às necessidades dos residentes com falta de segurança alimentar há muito tempo. Site: Assistnantucket.org.

Em nome de Nantucket, eu agradeço por ler esta seção!

*

Isso nos traz ao fim deste guia. Eu me esqueci de alguma coisa? Sim. Um guia mais abrangente pode estar a caminho, mas este com certeza será o seu ponto de partida.

Eu quero dizer algumas palavras de despedida sobre a ilha. Mudei-me para Nantucket em 1993 com o intuito de ficar apenas um verão e "escrever meu livro". (Uma obra chamada *Girl Stuff*, que nunca viu a luz do dia.) Eu estava morando em Nova York na época, e quando voltei ao meu apartamento em Manhattan desabei em lágrimas. Minha colega de quarto olhou para mim e disse: "Presumo que teve um verão muito bom?" Eu soube, naquela hora, que meu futuro estava em Nantucket. Eu me mudei em junho do ano seguinte. Apaixonei-me pela ilha — suas dunas e zostera e estradas arenosas que cortam caminho pelos morros; as casas com nomes e sapateiras nos degraus da frente e caixas de flores exuberantes; a estética simples das telhas cinza com bordas brancas; os dias de névoa e os dias de sol forte; o prazer singular de dirigir um Jeep pela praia e assistir ao pôr do sol sobre as águas da praia Fortieh Pole; o cheiro de manteiga e alho ao entrar no 21 Federal; o sabor do milho colhido nos campos da Bartlett's Farm apenas uma hora antes; a sensação de toda noite ir para cama com areia entre os lençóis. Porém, mais do que isso, eu me apaixonei pelas pessoas. Foram as pessoas de Nantucket que tornaram a ilha meu lar e que tornaram criar três filhos uma experiência incrível. A comunidade anual é diversa e vibrante. Nós somos indivíduos esforçados, pacientes e tolerantes, e não há comunidade que se ajude tanto quanto nós.

Eu devo à Ilha de Nantucket tudo o que tenho e tudo o que sou. Que musa ela tem sido!

XO, *Elin*

Agradecimentos

Eu recebi muita ajuda ao criar o Hotel Nantucket. Minha inspiração foi o Nantucket Hotel and Resort, propriedade de Mark e Gwenn Snider. Mark e Gwenn lideram pelo excelente exemplo e reuniram uma equipe impressionante, muitos dos quais trabalharam no hotel desde sua inauguração em junho de 2012. Eu gostaria de agradecer ao gerente-geral Jamie Holmes pode se sentar e conversar comigo. Também tive uma conversa extremamente informativa com LeighAnne McDonald da recepção do hotel. Agradeço, sem ordem específica, a Nicole Miller, Tim Benoit, Deb Ducas, Johnathan Rodriguez, Carlos e Fulya Castrello, John Vecchio, Sharon Quigley, Kate O'Connor, Matthew Miller e Rick James, Danilo Kozic, Patricia Dolloff, Frederick Clarke, Wayne Brown e Amy Vanderwolk. Como Shelly Carpenter costuma dizer: "Hotelaria não se trata dos quartos. Não se trata das amenidades. Se trata das pessoas." As pessoas que trabalham no Nantucket Hotel and Resort estão entre os mais requintados da indústria da hotelaria.

Pela inspiração de design, eu quero agradecer a Elizabeth Georgantas, Erin Gates e minha brilhante cunhada Lisa Hilderbrand. Devo dar crédito à Elizabeth Conlon pela parede de moedas.

Os livros que ajudaram muito foram *Heads in Beds: A Reckless Memoir of Hotels e Hustles and So-Called Hospitality* de Jacob Tomsky e *The Heart of Hospitality: Great Hotel and Restaurant Leaders Share Their Secrets* de Micah Somolon. Eu analisei alguns sites do Departamento de Hotelaria da Universidade Cornell e o Statler Hotel, mas as versões da escola de hotelaria que apresento neste livro são ficcionais.

Para todas as coisas relacionadas a Minnesota/Minnetonka, agradeço aos meus amigos há mais de 37 anos, Fletcher e Carolyn Chambers.

Agradeço a Amy Finsilver e Pamela Blessing do XV Beacon em Boson por salvarem minha vida.

Agradeço à Ashley Lasota pelo termo *deep August* (ou "meados de agosto", do capítulo 21.) Eu amei.

Agradeço à conta do Instagram @Chadtucket. (Você sabe o porquê!)

Como muitos devem saber, eu não tenho um assistente, porque tenho um "marido empregado". Seu nome é Tim Ehrenberg, e ele é o diretor de marketing da Nantucket Book Partners e criador da conta literária no Instagram @timtalksbooks. Ele também é o segredo do meu sucesso. Tim e eu trabalhamos sem descanso no assustador porão do Mitchell's Book Corner, onde assino centenas de encomendas adiantadas que Tim, depois, embala com todo carinho e envia. Ele é o melhor companheiro, o gerente de tarefas mais rigoroso, entrevistador salvador da pátria, o leitor mais generoso e um dos meus melhores amigos. Eu te amo, Tim Ehrenberg! Nunca me deixe!

Um grande agradecimento à minha editora, Judy Clain, que mais uma vez abençoou meu trabalho com seu intelecto, sua afiada sensibilidade, seu humor e algo tão elusivo que parece mágica.

Agradeço aos meus agentes, Michael Carlisle e David Forrer, por tornaram todos os meus sonhos como escritora realidade.

Agradeço aos grandes Michael Pietsch, Terry Adams, Craig Young, Ashley Marudas, Lauren Hesse, minha publicista Katharine Myers, Brandon Kelly, Bruce Nichols, Jayne Yaffe Kemp, Tracy Roe, Anna de la Rosa, Mariah Dwyer, Karen Torres e Sabrina Callahan. Eu agradeço cada pequeno e maravilhoso detalhe que vocês fizeram por mim, que não é pouco!

Para meu time em casa: Rebecca Bartlett, Debbie Briggs, Wendy Hudson, Wendy Rouillard, Liz e Beau Almodobar, Margie e Chuck Marino, Katie e Jim Norton, Sue e Frank Decoste, Linda Holliday, Melissa Long, Jeannie Esti, a fabulosa Jane Deery, Julie Lancia, Deb Ramsdell, Deb Gfeller, Anne e Whitney Gifford, David Rattner e Andrew Law, Manda Riggs, Helaina Holdgate, Matthew e Evelyn MacEachern, Holly e Marty McGowan (Marty fez o livro!), Richard Congdon, Angela e Seth Raynor, Rocky Fox, Julie e Matt Lasota, e a talentosa Jessica Hicks. O que seria de mim sem vocês?

Agradeço a você, Timothy Field, meu querido amigo, por me amar apesar das loucuras.

Agradeço à minha família: minha mãe, Sally Hilderbrand, assim como Eric e Lisa, Rand e Steph, Todd, Doug e Jen. Um grande abraço à minha irmã, Heather Thorpe, por ser minha maior defensora, minha melhor amiga e a "mulher que me acompanha até em casa."

Por fim, toda a minha gratidão aos meus filhos: Maxwell, Dawson, Shelby e, agora, Alex. O maior privilégio da minha vida é ver vocês crescerem e se tornarem adultos maduros. Meu amor por vocês é infinito — e tudo o que escrevo é, como sempre, para vocês.

Sobre a Autora

Elin Hilderbrand reside o ano todo na Ilha de Nantucket há 29 anos. Nos verões, ela tem uma casa cheia de filhos jovens adultos, e ela ama cozinhar, ir à praia em seu Jeep e andar de bicicleta ergométrica com streaming fitness. *O Hotel Nantucket* é a sua 28ª obra.

Este livro foi impresso nas oficinas gráficas da Editora Vozes Ltda.,
Rua Frei Luís, 100 – Petrópolis, RJ.